LE TEMPS DES CHIMÈRES

Bernard Werber

LE TEMPS DES CHIMÈRES

ROMAN

Albin Michel

À mes trois « chimères ».
Jonathan, l'écrivain.
Benjamin, le musicien.
Alice, la danseuse.

AVERTISSEMENT

Cette histoire se déroule exactement cinq ans après l'instant où vous ouvrirez ce roman et commencerez à le lire.

ACTE I

La graine

1.

Une lumière brille dans l'obscurité.

Un homme, une torche électrique à la main, avance à pas de loup dans le couloir d'une cave peu fréquentée du Muséum d'histoire naturelle de Paris.

Dans la pénombre, il distingue des squelettes d'animaux de tailles différentes, stockés là en attendant d'être utilisés lors d'expositions. Les bêtes, figées dans des postures étranges, la gueule souvent ouverte, semblent reprendre vie lorsque le faisceau lumineux, en balayant l'intérieur de leurs orbites oculaires vides, crée des ombres portées.

Il règne une forte odeur de formol.

La poussière fait éternuer le visiteur, mais personne alentour ne peut l'entendre à cette heure avancée de la nuit.

L'homme suit le plan que lui a fourni son contact. Après quelques pas, il arrive devant une porte où l'on peut lire le nombre 103. En dessous, une inscription, accompagnée d'un sigle formé de trois arcs en triangle, signale : « BIOLOGICAL HAZARD ». Une autre, en dessous, indique : « DANGER », et une troisième : « INTERDIT AU PERSONNEL NON AUTORISÉ ».

Le visiteur examine la serrure.

Il sort de l'une de ses poches deux fines tiges métalliques qu'il introduit dans la fente prévue pour la clef. Après plusieurs manipulations, le mécanisme cède dans un déclic. Il presse la poignée et franchit prudemment le seuil.

À l'intérieur du laboratoire, les murs sont lisses et gris.

Au fond de la pièce, des paillasses blanches carrelées où sont posés des microscopes, des éprouvettes et différents appareils dont le visiteur nocturne ne connaît pas l'usage. Au centre se dresse un bureau avec un ordinateur. Sur le côté droit, une porte noire. Sur la gauche, une bibliothèque remplie de classeurs numérotés.

Arrivé au pied des étagères, il examine un à un les volumineux dossiers, puis finit par trouver celui qui l'intéresse. Il s'en saisit avec excitation et le pose sur le bureau. À la lueur de la lampe torche, il découvre sur la couverture les mots suivants :

« PROJET MÉTAMORPHOSIS ».

Il l'ouvre.

Ce qu'il lit dans le dossier le stupéfie.

Plus il tourne les pages, plus il est effaré. C'est encore plus impressionnant que ce que son informateur lui a indiqué. Il ne peut retenir un petit rire de satisfaction en pensant à la portée d'une telle découverte et à la déflagration qu'entraînera sa révélation.

Il dégaine son smartphone pour photographier les pages du dossier.

Soudain, il entend un bruit sourd qui vient de la porte noire sur sa droite. Comme un frottement. Il éteint la torche et range son smartphone. Après quelques secondes, il perçoit de nouveau un son. Il allume son portable et, à la lueur de l'écran, s'approche de la porte.

Il pose son oreille sur le bois. Les bruits ont cessé.

L'homme sent son cœur s'emballer. Il prend une grande inspiration et décide d'ouvrir. La serrure, de type courant, n'offre pas plus de résistance que la précédente et cède. Lentement, il pousse le battant, qui grince.

De la sueur perle sur son front déjà moite. Il éteint son smartphone, saisit la torche et avance.

Un couloir avec trois portes noires se présente devant lui. L'odeur de poussière et de formol a laissé place à d'autres, plus inhabituelles. Des senteurs de forêt : bois, terre, marécage.

Chaque porte est marquée d'une lettre majuscule. La porte A. La porte D. La porte N. Au hasard, l'homme choisit d'ouvrir la porte N.

La pièce dans laquelle il pénètre, d'une hauteur de plafond gigantesque, est plongée dans l'obscurité. Au centre, un cube de verre d'au moins trois mètres de haut occupe l'espace.

Le visiteur braque le faisceau de lumière vers les parois, pour discerner son contenu. À l'intérieur, un foisonnement de longues algues souples et bleutées baigne dans un liquide de teinte similaire.

Bloquant la torche sous son bras, l'homme sort de nouveau son smartphone et s'apprête à prendre une photo quand, soudain, les algues se mettent à remuer.

Deux mains puis un visage presque humain surgissent d'entre les filaments végétaux. Ce visage, dans un premier temps étonné de la présence du visiteur, lui adresse ensuite un grand sourire amical et un clin d'œil complice.

L'homme écarquille les yeux puis pousse un hurlement. Il recule, lâche sa torche et son smartphone, qui tombent au sol avec fracas.

Puis s'enfuit à toutes jambes.

2.

Arrête de sonner… Arrête de sonner !

Alice Kammerer enfonce sa tête sous l'oreiller. Depuis plusieurs minutes déjà, qui ont paru des heures à la jeune femme, quelqu'un cherche à la joindre sur son smartphone, et la sonnerie lui vrille les tympans.

Elle ouvre un œil, puis les deux, regarde, agacée, son réveil et constate que celui-ci indique six heures du matin. Elle saisit son téléphone d'un geste brusque. Qui est l'impudent qui ose l'appeler à une heure pareille ? Son nom s'affiche.

« Benjamin Wells ».

Elle soupire, attend que la sonnerie cesse et se replace en position de sommeil.

Nouvelle sonnerie stridente.

Alice renfonce sa tête dans l'oreiller et serre plus fort ses bras autour.

Puis finalement, excédée, elle décroche.

– Ton labo a été forcé, dit immédiatement Benjamin Wells, avant que la jeune femme ait pu prononcer un mot. Sur place, les vigiles ont retrouvé une torche électrique et un smartphone. Ils ont ainsi pu identifier l'intrus : il s'agit d'un journaliste d'un magazine du web. Diego Martinez. Il est connu pour être un chasseur de scoops.

Stupéfaite, Alice allume la lampe de chevet et s'assoit dans son lit.

– On ignore encore comment il a découvert ton travail. Peut-être un de tes collègues, l'enquête nous le confirmera. Mais il est déjà trop tard pour empêcher la fuite… Demain, le projet sera probablement exposé et repris dans tous les médias.

– Alors… tout est fini.

Et tout ce que j'ai déjà accompli n'aura servi à rien.

– Alice, ne panique pas. Moi aussi, j'ai des ressources. Voilà mon plan : au lieu de tenter de bloquer notre nouvel ami, nous allons l'accompagner dans son élan. Et officiellement. Il est grand temps de révéler à tout le monde la vérité.

3.

ENCYCLOPÉDIE : CONFRONTATION.

La nature crée des conflits entre toutes ses créations pour les obliger à évoluer.

Quand l'une d'elles n'est plus capable de changer, la nature ne l'élimine pas, elle en fait apparaître une nouvelle, légèrement différente, pour voir si, dans cette nouvelle formule, elle s'adaptera mieux.

Il n'y a pas de logique ni de morale dans ce processus. La nature additionne l'existence de ses créatures sans les juger. Ensuite, ce sont elles qui, dans le foisonnement des océans, des déserts, des plaines, des jungles,

adoptent des stratégies de lutte ou de coopération entre elles pour survivre et proliférer le plus longtemps possible.

Encyclopédie du Savoir Relatif et Absolu.

4.

– On se calme. Allez, on se calme, s'il vous plaît. S'IL VOUS PLAÎT !

Le ministre de la Recherche, Benjamin Wells, est debout devant un pupitre, face à une assistance composée de journalistes impatients.

Benjamin a une tête de forme triangulaire et les grands yeux noirs brillants typiques de la famille Wells, qui donnent à tous ses membres une ressemblance troublante avec l'écrivain Franz Kafka. Pour l'occasion, le ministre s'est habillé de noir : costume noir, chemise noire, cravate noire. Il fait tinter le verre posé sur le pupitre en le frappant avec un stylo.

– S'il vous plaît ! S'IL VOUS PLAÎT ! UN PEU DE SILENCE, S'IL VOUS PLAÎT !

La salle finit par obtempérer. Quand, enfin, il semble avoir l'écoute de tous, il se penche vers le micro.

– Mesdames, messieurs, je tiens d'abord à vous remercier pour votre présence. Nous sommes rassemblés aujourd'hui pour évoquer l'intrusion qui a eu lieu cette nuit au Muséum d'histoire naturelle. Intrusion qui a donné lieu à la révélation du projet Métamorphosis, décrit en détail par le journaliste Diego Martinez. M. Martinez s'est déjà illustré par ce qu'il est commun d'appeler des « scoops » dans le domaine du journalisme. M. Martinez prétend avoir lu un énoncé précis du projet lors de son intrusion en pleine nuit, illégale, je le rappelle, dans les locaux du Muséum d'histoire naturelle. Il en a donné quelques éléments sur Internet, assez troublants pour créer une tempête médiatique.

La rumeur enfle dans la salle de conférences du ministère. Wells fait de nouveau tinter son verre avec son stylo.

– S'il vous plaît ! S'il vous plaît !

Lorsque enfin le silence est revenu, le ministre poursuit :

– Ça ne servirait à rien de le nier : le projet Métamorphosis existe vraiment. Et ce que Diego Martinez décrit dans son article est réel.

Les commentaires reprennent de plus belle.

– Une nuance mérite cependant d'être apportée : Métamorphosis n'est qu'un... projet. Rien qu'un projet. C'est pourquoi j'ai tenu à faire cette mise au point officielle. Pour ceux qui n'auraient pas encore lu l'article de M. Martinez, en voici la teneur. Le professeur en biologie évolutive Alice Kammerer, qui est à l'origine du projet Métamorphosis, souhaite mettre au point, en utilisant les dernières techniques de manipulation génétique, une nouvelle humanité diversifiée en trois sous-espèces : des humains volants, des humains creusants et enfin des humains nageants.

Ça y est, il l'a dit. Maintenant, le monde sait. J'ai tellement redouté cet instant...

De nouveau, la salle se met à bruisser. Le ministre de la Recherche tente de calmer l'auditoire.

– Je sais... Je sais. Cela peut paraître... comment dire ? Avant-gardiste ? C'est ça : avant-gardiste. Jusqu'à en être déstabilisant. Mais peu importe le terme. Dès ce matin, l'annonce a généré une incompréhension et une hostilité aussi soudaines que disproportionnées.

Benjamin Wells prend une grande inspiration.

– En quelques dizaines de minutes à peine – mais, de nos jours, tout va si vite, me direz-vous –, une campagne de désinformation s'est mise en place. Tout d'abord, la blogosphère complotiste a relayé l'article. A suivi une campagne de calomnies, de dénigrement systématique et alarmiste, orchestrée par des gens malveillants. Une campagne amplifiée par les partis d'opposition qui, sentant là une opportunité, ont voulu nuire à l'image de notre gouvernement, qui finance ce projet novateur. Permettez-moi d'ailleurs de signaler que, si nous soutenons des recherches aussi audacieuses, c'est parce que nous avons, nous, au ministère de la Recherche la volonté de faire progresser la science. Nous n'avons en aucun cas peur des avancées qui sortiraient des sentiers battus. Sachez qu'en tant que membre du gouvernement je soutiendrai toujours les chercheurs innovants. Et lorsque ceux-ci seront lâchement vilipendés, et leurs découvertes bafouées par des gens malintentionnés à la recherche d'un coup médiatique, je leur donnerai les moyens de s'expliquer et de se défendre. Donc, mesdames et messieurs les journalistes, je vous remercie d'applaudir le professeur Alice Kammerer. Je tiens à vous rappeler que Mlle Kammerer, à trente ans à peine, est une brillante biologiste. Elle est déjà considérée comme une des meilleures spécialistes mondiales en épigénétique et bénéficie d'une renommée internationale pour ses travaux sur l'évolution du vivant et les mutations de l'ADN.

Voilà, c'est à moi.

Respirer. Surtout bien respirer.

La jeune femme aux longs cheveux noirs réunis en queue-de-cheval et aux grands yeux verts quitte son siège au premier rang pour monter sur l'estrade et se placer face au pupitre. Pour l'occasion, elle s'est habillée sobrement de blanc : veste blanche, chemisier blanc, jupe blanche.

Elle toise la salle.

Ce sont des hyènes. Ils attendent que je trébuche. Il va falloir que je trouve les mots justes.

Alice s'approche du micro, puis dit d'une voix claire et forte :

– Toute personne qui entreprend de révolutionner son domaine de compétence fédère immanquablement contre elle trois groupes : ceux qui souhaitent que rien ne change, ceux qui veulent faire la même chose mais qui s'y sont pris trop tard, et, surtout, la grande masse de ceux qui n'y connaissent rien et croient avoir une opinion en répétant ce que les plus nombreux et les plus hostiles disent déjà. A fortiori si ce sont des mensonges. Car l'émotion empêche la réflexion.

Elle prend le verre d'eau placé devant elle, et boit lentement une gorgée pour être sûre d'obtenir l'attention de tous. Une fois le verre reposé, elle regarde l'assistance.

– Maintenant, parlons du projet Métamorphosis. Oui, ce projet existe. Et, oui, j'y crois. Il n'en est pour l'instant qu'à la phase expérimentale, c'est vrai. Cependant, même s'il peut paraître extrêmement surprenant, j'espère vraiment un jour le réaliser. Pourquoi ? Parce qu'il est indispensable à la survie de notre espèce.

Elle laisse passer un temps, puis reprend :

– Je crois à la biodiversité comme preuve de l'intelligence de Mère Nature. C'est en multipliant les différentes formes du même animal que celui-ci s'adapte aux modifications de son environnement. Prenons l'exemple des fourmis : chez les formicidés sont répertoriées douze mille espèces différentes. La plus grande fourmi connue à ce jour fait soixante fois la taille de la plus petite. Comme si, chez les humains, certains d'entre nous mesuraient un mètre et d'autres près de soixante.

La scientifique saisit une télécommande et fait apparaître sur l'écran vidéo accroché au mur derrière elle la photo d'un animal semblable à une peluche.

– Plus près de nous, chez les lémuriens, se côtoient cent trente-deux espèces différentes, dont la taille, la fourrure, la couleur et les capacités divergent. Certains, comme les galéopithèques, aussi nommés « lémuriens volants », possèdent des membranes entre leurs pattes avant et leurs pattes arrière qui leur permettent de planer sur de très longues distances.

Sur l'écran, le temps d'une courte vidéo, un galéopithèque vole dans un ciel azur.

– D'autres lémuriens savent nager. D'autres encore creusent des terriers dans la terre. Mais aucun ne sait simultanément voler, nager et vivre sous terre. Ils ont chacun leurs spécificités physiologiques.

Nouvelle photo.

– Encore plus près de nous, les singes comptent cent vingt-cinq espèces différentes, chacune avec une taille bien spécifique, des talents, des rapports sociaux et des capacités très distincts.

On voit à présent le crâne d'un squelette humain.

– Et l'homme ? me direz-vous. Pour ceux qui l'auraient oublié, je rappelle qu'il existait jadis trois humanités différentes en plus de l'*Homo sapiens*, notre ancêtre direct. Tout d'abord, l'*Homo neanderthalensis*, découvert en 1856. Il possédait un cerveau plus gros que le nôtre : le sien avait un volume de 1 700 centimètres cubes alors que nous en avons un de seulement 1 300 centimètres cubes. Le Néandertalien devait donc être, je suis désolée de vous le dire, probablement plus intelligent que nous. Ensuite, l'*Homo floresiensis*, découvert en 2003. Il ne mesurait qu'un mètre dix mais possédait une cavité nasale plus large, ce qui indique qu'il avait une capacité olfactive hautement développée, donc qu'il sentait plus d'odeurs que nous. Enfin, l'*Homo denisovensis*, découvert en 2010. Avec ses grandes mains munies de longs doigts, il avait une plus grande dextérité que nous. Ces trois « autres humanités » ayant disparu, il ne reste plus que nous, les Sapiens.

Alice fait alors apparaître la photo d'une influenceuse célèbre. Son visage est lisse et brillant, sa poitrine surgonflée. Quant à ses lèvres, elles sont boursouflées, ses cils exagérément allongés, et ses doigts terminés par de longs ongles sur lesquels sont peints des couchers de soleil avec des palmiers. Sur le cliché, l'influenceuse exhibe comme un trophée un minuscule yorkshire, dont la tête est surmontée d'un nœud papillon recouvert de petits diamants et qui tire la langue. Sous ce portrait on peut lire : « 5 millions de followers ».

Quelques rires résonnent dans la salle, preuve que les journalistes se détendent enfin.

Alice prend une nouvelle gorgée d'eau.

– J'ouvre ici une parenthèse : quel degré de prétention faut-il avoir atteint pour baptiser sa propre espèce *sapiens*, qui vient du latin *sapio* signifiant « intelligent », « prudent », « raisonnable », ou plus simplement « sage » ?

Elle affiche un air faussement navré.

– Soyons honnêtes : nous ne sommes pas sages. Nous sommes même stupides, inconscients, déraisonnables et surtout d'un immense mépris pour les autres espèces coexistant avec nous sur la surface de cette planète. Nous sommes d'une telle arrogance que nous croyons que nous pouvons contrôler la nature. C'est pour cette raison que nous tendons à tout uniformiser. Les industriels de l'agriculture ont cherché à développer une seule sorte de blé, celui qui est censé pousser le plus vite et être le plus résistant. De même, nous avons multiplié une sorte de vache bien précise, celle qui produit le plus de lait. Un seul mouton, celui qui fournit le plus de laine. Un seul porc, celui qui accumule le plus de graisse. Une seule poule, celle avec les plus grosses cuisses et le moins de plumes possible. Ces espèces végétales ou animales ont été sélectionnées et clonées avec pour objectif de produire plus, plus vite afin de générer un maximum de profits. Mais quand survient une maladie, comme le mildiou qui frappe le blé, la vache folle, la tremblante du mouton, la fièvre porcine ou la grippe aviaire, que se passe-t-il ? Nos espèces uniformes meurent d'un coup en masse sans pouvoir se défendre.

Elle écarte de ses yeux une mèche de cheveux noirs échappée de sa queue-de-cheval, laisse passer un temps puis reprend :

– Le projet Métamorphosis consiste à copier Mère Nature et à nous rediversifier nous-mêmes. Comme l'a rappelé le ministre Wells, il s'agit de créer trois sous-espèces supplémentaires d'humains pour affronter les défis auxquels nous serons confrontés dans un futur pas si lointain. Chaque sous-espèce est hybride, c'est-à-dire qu'elle est le fruit d'un croisement entre l'humain et une autre espèce. La première catégorie est celle des humains volants, que j'ai baptisés de la dénomination anglaise « Aerials ». Ce sont des hybrides entre l'humain et la chauve-souris. La deuxième catégorie est celle des humains creusants, dont j'ai traduit le nom en anglais par « Diggers ».

Ce sont des hybrides entre l'humain et la taupe. Enfin, la troisième catégorie est celle des humains nageants, les « Nautics », hybrides entre l'humain et le dauphin. Ces dénominations ont été choisies à dessein : si on s'attarde sur les initiales de chaque hybride, Aerial, Digger, Nautic, on obtient le codage inscrit au cœur de nos cellules, le secret de la vie : « ADN ».

Alice Kammerer se tait, pour que tous apprécient l'heureuse coïncidence, puis boit une nouvelle gorgée d'eau.

– Ainsi, en devenant maîtres des trois éléments : l'air, l'eau et la terre, nous tenterons d'assurer la survie de notre espèce. S'il y a un séisme, ceux qui volent ne seront pas touchés. En cas de tsunami, ceux qui nagent survivront. Et si une surchauffe climatique survient, ceux qui peuvent se protéger des rayons du soleil en vivant dans les fraîcheurs souterraines résisteront.

Elle lâche un long soupir.

– Voilà. Mesdames et messieurs, vous savez désormais ce qu'est Métamorphosis. La diversité que ce projet propose est indispensable pour permettre à notre espèce de perdurer. Si je devais le résumer, j'énoncerais l'équation suivante : 50 % humain + 50 % animal = 100 % nouvelle humanité.

– Y a-t-il des questions ? demande le ministre Benjamin Wells.

Une femme blonde lève la main.

– Fabienne Legrand, pour *Sciences Magazine*. Dans son article, Diego Martinez prétend avoir trouvé, caché dans un aquarium géant de votre laboratoire, professeur Kammerer, je cite : « un monstre ».

C'est le ministre qui répond à la place d'Alice.

– En existe-t-il une photo ? Une quelconque preuve ? M. Martinez est connu pour chasser les scoops aux frontières de la science et de l'irrationnel. Il a déjà écrit des articles sur les maisons hantées et les extraterrestres.

Ricanements dans la salle.

– Nous avons invité M. Martinez à participer à cette conférence, signale Benjamin Wells. Il n'a visiblement pas jugé nécessaire de se déplacer pour nous raconter son expérience et sa rencontre avec son prétendu « monstre de l'aquarium ».

– Il dit qu'il craint d'être arrêté pour avoir pénétré par effraction dans un laboratoire du Muséum d'histoire naturelle, répond la journaliste blonde. Il pense que cette conférence est un piège qui lui était destiné. C'est du moins ce qu'il a expliqué sur son blog.

– Je vois. En plus de croire qu'il peut agir au mépris des lois de son pays, M. Martinez est paranoïaque.

– Mais il assure avoir vu un être vivant bizarre dans ce laboratoire, insiste-t-elle.

– S'il n'y a pas de preuve, madame, ce n'est qu'un témoignage, martèle le ministre. Et nous savons bien que tout témoignage est subjectif. Quant au fait qu'il ne soit pas parmi nous aujourd'hui, cela me semble démontrer qu'il n'est pas prêt à oser affronter une assemblée de journalistes aguerris qui pourraient l'interroger précisément et mettre en lumière ses mensonges. Il a tout de même réussi à attirer l'attention de la blogosphère et des médias en ajoutant à ses élucubrations une touche de sensationnel tout droit sortie de son imagination.

– Vous avez pourtant avoué, monsieur le ministre, que c'était un vrai projet scientifique soutenu par le gouvernement dont vous êtes le représentant, n'est-ce pas ? reprend la journaliste.

– Certes, mais ce n'est qu'un projet parmi beaucoup d'autres. Vous le savez certainement, au sein du ministère, nous soutenons des centaines de travaux scientifiques très audacieux et certaines recherches sont beaucoup plus étonnantes que ce projet-ci, croyez-moi. Je pourrais par exemple vous parler d'un projet visant à fabriquer un robot ordinateur équipé d'intelligence artificielle de dernière génération pour remplacer le président de la République...

Quelques rires saluent cette proposition.

Un homme de petite taille lève la main.

– Frédéric Stenz, pour TV News. J'ai une question pour le professeur Kammerer.

– Je vous écoute, répond l'intéressée.

– Pour envisager de créer d'autres sous-espèces d'êtres humains, vous prenez-vous pour Dieu ?

– Je me prends, comme vous dites, pour une simple admiratrice de la nature, répond Alice avec calme. Pourquoi chercher dans le ciel un dieu invisible alors qu'il existe un miracle bien visible autour de nous, qui est la nature elle-même ?

Elle sourit à l'assistance, satisfaite d'avoir prononcé cette phrase qui lui semble essentielle. Elle poursuit :

– Ces paysages variés, ces fleurs si différentes les unes des autres, ces animaux de toutes formes et de toutes tailles, n'est-ce pas déjà le plus grand de tous les miracles ? Je refuse de faire référence à ce « Dieu le Père » que je n'ai jamais vu, mais j'accepte volontiers d'envisager une Mère Nature dont je peux admirer l'œuvre à chaque instant. Et ce que je vois, c'est un monde merveilleux par sa diversité. Un monde avec des millions d'espèces, chacune avec des talents et des capacités spécifiques. Pourquoi vouloir tout contrôler et uniformiser ? Imaginez un instant notre planète s'il n'y avait qu'une seule sorte de poisson, d'arbre, d'herbe, d'oiseau ou d'insecte ! C'est l'uniformisation qui devrait vous effrayer, pas la diversité.

– Une autre question ? demande le ministre Benjamin Wells, qui sent que le capital de sympathie de la chercheuse commence à s'éroder.

Le journaliste de petite taille se manifeste de nouveau :

– Êtes-vous la descendante du professeur autrichien Paul Kammerer, qui s'est rendu célèbre dans les années 1920 pour ses travaux sur les crapauds ?

Les traits d'Alice se durcissent.

– En effet. Pourquoi ?

– Pour rappeler que le professeur Paul Kammerer est considéré comme l'un des pires escrocs de la science. Il s'est suicidé en 1927 lorsque ses collègues scientifiques ont dévoilé ses falsifications. Ma question est donc la suivante : vous revendiquez-vous de son héritage de malhonnêteté intellectuelle ?

Cette fois-ci, un brouhaha parcourt l'assemblée des journalistes qui, de toute évidence, ignoraient cette information.

Sans se départir de son calme, la scientifique répond :

– Vous n'êtes pas sans savoir, puisque vous connaissez l'histoire de Paul Kammerer, qu'il est avéré depuis peu qu'il s'est fait piéger par des collègues jaloux. Ils ont monté un complot contre lui en truquant son expérience pour le ridiculiser. On sait maintenant avec certitude que sa mort n'était pas un suicide, mais un assassinat maquillé en suicide.

La jeune scientifique boit encore un peu d'eau, puis poursuit :

– Christophe Colomb disait : « Rien de ce qui résulte du progrès humain ne s'obtient avec l'assentiment de tous. Et ceux qui aperçoivent la lumière avant les autres sont condamnés à aller vers elle en dépit de l'opinion des autres. »

– Y a-t-il une dernière question ? reprend le ministre pour éviter que la situation dérape.

Un homme de grande taille, barbu, se lève.

– Je n'ai pas de question, mais j'ai une réponse.

Il dégaine un revolver de dessous sa veste, lève son bras et crie :

– NON AU REMPLACEMENT DE L'HUMANITÉ PAR DES MONSTRES HYBRIDES !

Puis il tire.

5.

ENCYCLOPÉDIE : ZÉBRANE, TIGRON, TURKOMAN, MULET.

Les animaux hybrides sont connus par l'homme depuis l'Antiquité.

Ils sont souvent plus performants que leurs parents respectifs.

Le mulet est par exemple issu du croisement d'un âne et d'une jument. Il est plus fort et plus résistant que ses géniteurs, mais il a l'inconvénient de ne pas pouvoir se reproduire.

On pourrait citer aussi :

– le sanglochon : croisement d'un sanglier mâle et d'une truie.

– le mouchèvre : croisement d'un bélier et d'une chèvre, ou d'un bouc et d'une brebis.

– la crocotte : hybride d'un loup et d'une chienne.
– le bonozé : hybride entre un chimpanzé femelle et un singe bonobo.
– le whalphin : croisement d'une orque femelle et d'un dauphin.
En fonction de l'animal père ou mère, le nom n'est pas le même : le ligre est un hybride entre un lion mâle et une tigresse alors que le tigron est hybride entre un tigre mâle et une lionne.
Sans l'intervention de l'humain, ces deux espèces, lion et tigre, n'auraient jamais pu se rencontrer, car le premier vit en Afrique et le second en Asie.
Plus curieux encore est le turkoman, un hybride entre le chameau et le dromadaire. Le premier ayant deux bosses et le second n'en ayant qu'une, l'animal fruit de cette union n'a qu'une bosse… et demie.

Encyclopédie du Savoir Relatif et Absolu.

6.

– Tu as eu beaucoup chance, Alice.

Benjamin Wells est assis dans la chambre de son amie hospitalisée.

– La balle t'a à peine éraflé la peau de l'épaule, et on a pu maîtriser ton agresseur à temps avant qu'il fasse encore feu.

La jeune femme aux yeux verts se lève, vérifie que le pansement est bien positionné sur son épaule, puis elle enfile une chemise, une veste, et termine par une paire de bottines beige.

– Maintenant, le mieux est que tu te fasses oublier quelque temps, déclare Benjamin Wells.

Alice finit de ranger ses affaires, puis tous deux quittent la chambre et longent les couloirs de l'hôpital, où ils croisent soignants, malades et blessés.

À l'extérieur du bâtiment, des manifestants sont regroupés, arborant des pancartes sur lesquelles sont inscrits des messages : « L'HUMANITÉ N'A PAS BESOIN D'ÊTRE DIVERSIFIÉE », « NOS IMPÔTS NE DOIVENT PAS PAYER DES EXPÉRIENCES POUR NOUS REMPLACER PAR DES MONSTRES », « NON AUX DÉLIRES DES SAVANTS FOUS ».

Les participants répètent leur slogan en boucle :

« KAMMERER, T'ES AVERTIE : C'EST FINI TES CONNERIES ! »

Une haie de policiers les contient, mais des œufs volent en direction de la scientifique et du ministre.

Benjamin Wells utilise sa sacoche en cuir comme un bouclier qu'il positionne à hauteur de sa tête et aide Alice à rejoindre une voiture du ministère. Un œuf s'écrase sur la vitre de la portière du véhicule juste après que la jeune femme l'a claquée.

Le chauffeur démarre et dépasse le groupe de manifestants de plus en plus agressifs.

Ils roulent.

– Et toi, Benjamin, pourquoi me soutiens-tu ?

– C'est vrai, j'ai toujours été à tes côtés, c'est une sorte… d'habitude, répond-il en souriant. Souviens-toi, déjà au lycée, on s'entraidait souvent. Peut-être parce que nous avons un point commun : le poids de nos ancêtres. Mon arrière-grand-père était Edmond Wells, spécialiste des fourmis, et le tien, Paul Kammerer, spécialiste des crapauds. Deux savants qui ont finement observé la nature, qui ont fait des découvertes remarquables, qui ont essayé de les transmettre et qui finalement…

– … ont tous deux très mal fini ?

– … ont dû affronter l'étroitesse d'esprit de leurs contemporains, plutôt, nuance Benjamin. En tout cas, nous avons toi et moi des racines qui se ressemblent et, depuis notre plus jeune âge, nous subissons la pression de nos illustres ancêtres pionniers.

– Tout le monde n'a pas la chance d'avoir des parents anonymes, plaisante Alice.

– C'est une lourde charge de devoir se montrer à la hauteur de son héritage familial.

– Je reconnais que Paul Kammerer a toujours été un phare pour moi, dit Alice après un silence. Lui aussi, à l'époque, luttait contre l'obscurantisme de certains de ses pairs.

– Edmond Wells a aussi été un phare pour moi. Quand j'ai lu l'*Encyclopédie du Savoir Relatif et Absolu*, j'ai compris que, grâce à l'observation des fourmis, on pouvait avoir des idées sur notre espèce et dégager des perspectives nouvelles. Mon ancêtre avait déduit que l'évolution de l'humanité se ferait selon trois tendances : plus petit, plus féminin, plus solidaire.

Alice observe Benjamin et se dit que, avec cette tête triangulaire et ses grands yeux noirs, il a lui-même une tête de… fourmi.

Reste à savoir si c'est parce qu'ils ressemblent à des fourmis que les Wells s'y intéressent ou si c'est parce qu'ils s'y intéressent qu'ils ont fini par leur ressembler.

Le jeune homme poursuit :

– Et dans ta famille comme dans la mienne, les descendants

de ces grands hommes de science ont prolongé leur travail, c'est le cas en particulier de mon père, David Wells.

– Et maintenant, c'est toi, Benjamin, qui continues cette encyclopédie, n'est-ce pas ?

– Disons que c'est un passe-temps héréditaire : réunir, comprendre et diffuser la connaissance.

– Quel genre de connaissances y a-t-il dans cette *Encyclopédie du Savoir Relatif et Absolu* ?

– Tiens, ça t'intéresse maintenant ? s'amuse Benjamin. Chaque fois que j'essayais d'aborder le sujet à la fac, tu levais les yeux au ciel et changeais de conversation…

– Vu les circonstances, il est peut-être temps que je fasse un effort, répond-elle avec un clin d'œil complice.

– Puisque tu insistes. Disons qu'elle traite de tout : des informations scientifiques et historiques, des anecdotes marrantes mais aussi des recettes de cuisine ou des énigmes bizarres.

– Quel genre d'énigmes ?

Wells réfléchit.

– Il y a cette charade, par exemple. Elle est attribuée à Victor Hugo. Au premier abord, elle peut paraître enfantine, mais elle donne à réfléchir, tu vas voir. Mon premier est bavard, mon deuxième est un oiseau et mon troisième est au café. Mon tout est une pâtisserie.

Elle cherche.

– Bavard ? Je ne sais pas… On dit que la pie est bavarde. Et c'est un oiseau… Je sèche. Donne-moi au moins un indice.

– Mon indice est que c'est ultra facile à trouver.

– C'est ça, ton indice ? s'exclame Alice, l'air faussement offensé.

– Oui. En fait, je peux même aller plus loin : on ne trouve pas parce que c'est trop facile.

– OK, c'est bon. Donne-moi la solution.

– Ce sera bien plus amusant si tu trouves toute seule. Et je suis sûr que tu vas y arriver.

La jeune femme n'insiste pas. Elle hausse les épaules puis renonce, une moue boudeuse sur les lèvres.

Benjamin Wells sourit.

– Et dire que tout a commencé entre nous par une amitié de lycée. Ensuite, nos chemins se sont séparés mais nous ne nous sommes jamais vraiment perdus de vue. Tu es devenue chercheuse, et je suis devenu politicien.

– Ministre de la Recherche, de l'Enseignement supérieur et de l'Innovation, ce n'est pas vraiment ce que j'appelle un simple politicien.

– Je ne suis pas dupe, Alice. Nous, les politiciens, nous serons oubliés par l'Histoire. Seuls les présidents qui font la guerre resteront dans les annales. En revanche, on se souviendra des scientifiques avec des projets novateurs comme le tien, qu'ils réussissent ou qu'ils échouent. Voilà peut-être la raison plus personnelle pour laquelle je t'ai soutenue dans ton projet Métamorphosis, outre le fait que je le trouve merveilleusement pertinent. Je conserve une chance de laisser une trace de ma présence sur terre en tant que mécène de ton œuvre.

– Tu as fait plus que me soutenir, tu m'as inspirée, réplique Alice. Rappelle-toi, au début, mon idée était seulement de mettre au point un hybride capable de voler de ses propres ailes. C'est toi qui m'as conseillé de créer trois spécimens différents, chacun adapté à un milieu bien précis : l'air, l'eau, la terre. C'est toi qui m'as dit : « Tant qu'à faire, il faut prévoir une espèce pour chaque type de grande catastrophe écologique. »

– C'était l'idée de mon père, David, pas la mienne. Il a eu la même intuition que toi sur la nécessité de modifier le corps humain pour parer à toute éventualité.

– Tu es trop modeste, Benjamin. C'est toi qui m'as donné l'idée des Diggers et des Nautics, en plus de mes Aerials, et je t'en remercie. C'est même toi qui m'as dit de leur attribuer des noms anglais pour que mon invention passe les frontières.

Dehors, il se met à pleuvoir. Sur la vitre, les traces d'œuf disparaissent peu à peu. Les essuie-glaces vont et viennent. Le son produit est semblable à celui d'un cœur qui bat.

– Et puis tu m'as fait le plus beau des cadeaux, reprend-elle. Tu m'as donné l'autorisation et les moyens de travailler seule et non pas en équipe. Je n'ai pas eu à supporter le poids de la hiérarchie et les rivalités qui gangrènent tous les groupes de chercheurs.

Il hausse les épaules.

– Toi, tu travailles seule, mais pas moi. J'ai des comptes à rendre. Le président Légitimus m'a dit hier soir : « Je ne veux pas de problèmes avec tes projets bizarres. » La campagne pour son éventuelle réélection approche et ton impopularité dans les médias lui fait craindre pour son image. Il ne voudrait pas baisser dans les sondages, or la plupart des gens estiment que tu vas détruire l'humanité avec l'argent du contribuable.

Wells soupire.

– Il m'a d'ailleurs demandé un point sur les avancées de ton projet très... controversé.

– Justement, Benjamin, j'avance. Il faut juste me laisser du temps. Tu seras le premier prévenu dès que je penserai que c'est présentable.

Le ton du ministre change soudain.

– Tu ne m'as pas compris : après cet incident, nous n'avons plus de temps. Il faut que je visite ton labo de toute urgence pour pouvoir expliquer au président Légitimus où tu en es.

– C'est trop tôt, lâche Alice.

– Si tu ne me laisses pas voir, je ne pourrai pas continuer à te financer.

Elle le regarde droit dans les yeux.

– Tu me menaces ?

Il soutient son regard. Elle souffle bruyamment, agacée, puis détourne la tête.

– Comme tu voudras. Viens, puisque c'est toi qui paies. Mais je t'avertis, ça ne va pas te plaire.

– Au Muséum d'histoire naturelle, s'il vous plaît, lance le ministre à son chauffeur.

Les rues parisiennes, mouillées par la pluie, défilent derrière la vitre. Tout en regardant ce paysage urbain, Alice soupire :

– Ça ne va pas te plaire du tout…

7.

Ils marchent dans la galerie de l'Évolution.

Les animaux empaillés sont disposés en file indienne, des plus petits aux plus imposants. Comme si l'évolution ne s'accomplissait que sur le seul critère de la taille.

À cause des billes de verre qui remplacent leurs yeux, les bêtes taxidermisées ont un regard fixe et vide.

Alice Kammerer guide Benjamin Wells dans le dédale de

l'immense bâtiment. Ils descendent un escalier qui mène aux caves, puis s'engagent dans une enfilade de couloirs.

Il y a de la poussière en suspension. Le ministre éternue.

– Peu de gens viennent ici, déclare Alice. Au fait, tu ne m'as pas dit : comment avez-vous pu identifier le visiteur ?

– Diego Martinez ? D'abord par son smartphone, que la sécurité a retrouvé par terre, et ensuite grâce aux caméras de vidéosurveillance. Il ne portait ni cagoule ni masque.

Benjamin s'arrête, sort son propre smartphone et lui montre une vidéo où l'on voit le journaliste qui furète dans les allées du Muséum.

– Le gardien a mis du temps à réagir et Martinez a pu s'enfuir avant l'intervention des vigiles.

Ils reprennent leur marche et arrivent devant la porte 103. Le vigile en faction adresse une ébauche de salut militaire au ministre dès qu'il le reconnaît et les laisse passer.

– Au moins, Diego Martinez n'a pas détruit la serrure, il a opéré avec une certaine délicatesse, remarque la scientifique. On ne voit pratiquement pas de traces d'effraction.

– J'ai consulté son casier judiciaire. C'est un ancien cambrioleur reconverti dans le journalisme à sensation.

– Il a quelle tête, ton paparazzi ? Que je puisse le reconnaître s'il tente de me suivre.

Benjamin ressort son smartphone pour lui montrer les photos d'identification judiciaire de Diego Martinez prises lors de son premier séjour en prison. Une de face et deux de profil. L'homme a une grande cicatrice en Y sur la joue. Probablement influencée par le nom aux consonances espagnoles et la nature des clichés, Alice lui trouve une ressemblance avec le trafiquant de drogue colombien Pablo Escobar.

Elle sort une clef de sa poche, déverrouille la porte et allume l'éclairage du laboratoire. Au milieu de la pièce, le dossier Métamorphosis est posé, ouvert, sur son grand bureau.

Face à eux, une autre porte. Alice l'ouvre et entre dans le couloir qui débouche sur les trois portes A, D et N.

– Voyons maintenant le reste de ta zone d'expériences…, dit Benjamin.

Alice presse la poignée de la porte N et allume la lumière. Benjamin entre et découvre le cube de verre de trois mètres de haut rempli d'eau et d'algues bleutées. Il s'approche, intrigué.

C'est alors que surgit d'entre les franges végétales ce que le ministre prend de prime abord pour un singe. Un singe qui tient dans sa gueule une truite.

Wells a un mouvement de recul, puis s'immobilise. Le primate face à lui plaque ses mains palmées contre la paroi. Il n'a pas de fourrure. Sa peau est grise, légèrement bleutée, luisante et lisse.

L'être au milieu des algues étire un grand sourire, laissant échapper la truite d'entre ses dents, puis fait un clin d'œil qui semble amical.

– Voici le fruit de tes investissements, annonce Alice.

Abasourdi, Benjamin Wells ne quitte pas l'aquarium du regard.

– C'est ça, le monstre qu'a vu le journaliste ?

– Ce n'est pas un monstre, Benjamin, c'est un hybride singe-dauphin. Pour l'instant, je lui ai donné le nom savant de *Macacus aquarius*, mais quand je m'adresse à lui je l'appelle Eugène. « Le bien né », en grec.

Elle tourne la tête vers l'hybride et lui fait un signe de la main.

– Coucou, Eugène.

Le singe-dauphin élargit encore plus sa bouche aux dents pointues, comme s'il voulait faire bonne impression.

Pour tenter de dissiper le trouble du ministre, Alice explique :

– Tout tient à l'écriture du codage génétique de la partie primate et de la partie cétacé. Comme dirait un cuisinier : c'est ma recette et ma manière de doser les différents ingrédients qui fait la réussite ou non du plat. Si ce n'est qu'ici, les ingrédients sont des bouts de chaînes ADN.

Ébahi, Benjamin Wells observe le singe aquatique qui paraît très content de voir un nouveau visage et qui lui envoie toutes sortes de signes de connivence.

– Je ne savais pas que tu avais...

– Réussi ? le coupe Alice.

– C'est quand même étonnant... Enfin, je veux dire... je ne m'attendais pas à ce que tu aies obtenu des résultats aussi rapidement.

– Pas si rapidement que ça...

– Ton Eugène a quel âge ?

– Trois ans. C'est un enfant.

Benjamin sursaute, interloqué.

– Tu veux dire que ça fait trois ans que tu me caches que tu as... des spécimens d'hybrides vivants ?

– Je voulais être sûre qu'Eugène soit stable dans le temps avant de te le présenter, se justifie la jeune femme. Cela aurait été dommage que je te fasse venir pour voir un cadavre...

Le singe-dauphin continue de faire des signes de salutation en direction du ministre. Il semble très intéressé par cette nouvelle présence.

– Ce n'est pas tout. Suis-moi.

Ils se rendent dans la pièce située derrière la porte marquée D. Le ministre de la Recherche découvre un immense cube de verre rempli de terre brune.

– C'est ton potager pour nourrir Eugène ?

Alice frappe trois coups sur la vitre. La terre meuble est parcourue de remous.

Un visage à la peau couverte de poils noirs, fins et denses apparaît. De nouveau, Benjamin Wells a un léger mouvement de recul.

Une fois le choc passé, il s'approche et observe plus précisément la créature à l'intérieur du cube de verre. Il remarque qu'il s'agit encore d'un primate, mais dont les yeux et les oreilles sont de taille réduite, presque invisibles. Le nez, en revanche, est plus proéminent que celui d'un chimpanzé et terminé par une truffe rose qui remue. De longs poils plus clairs forment des moustaches au-dessus de la bouche ; mi-ouverte, celle-ci révèle deux grandes incisives, comme celles d'un castor ou d'un écureuil.

À côté du visage se posent d'un coup deux énormes mains roses dont les doigts sont prolongés de larges et épais ongles semblables à des griffes.

Utilisant ses mains comme des pelles, l'animal se déplace dans la matière brune pour plaquer son flanc contre la vitre.

– Il circule dans la terre avec la même aisance que l'hybride singe-dauphin grâce à ses mains palmées ?… Fascinant…

Benjamin peine à se remettre de son étonnement.

– Et ce spécimen s'appelle… ?

– *Macacus terrarius*. Mais pour moi, c'est Marie-Antoinette.

– Une femelle, donc, note le ministre. Et qui sont les parents de ta « Marie-Antoinette » ?

– Un babouin et une taupe.

Alice pointe du doigt la bouche de l'animal.

– Ses incisives plus longues lui permettent de fendre les racines et même de couper des substances dures, comme du bois. Et grâce à ses pattes larges et griffues, il peut se mouvoir dans la terre meuble comme s'il s'agissait d'une boue semi-liquide.

Elle se tourne ensuite vers le ministre.

– Prêt pour la suite ?

Wells acquiesce d'un signe de tête. Ils ressortent. Alice ouvre la dernière porte, la porte A.

Le ministre est immédiatement subjugué par l'immense volière et l'arbre qui s'élève en son centre.

Sur une des branches est posée une sorte de fruit allongé beige très clair, que le ministre prend d'abord pour une banane géante.

Alice siffle. Le fruit en question frémit. Puis il se fendille et s'ouvre, révélant un visage à l'envers.

Les yeux, placés sous la bouche et le nez, battent des paupières.

La fente s'élargit encore et deux ailes se déploient. Elles sont formées d'une fine membrane claire, presque translucide, qui réunit les très longues phalanges des mains de cet étrange singe.

– Je te présente *Macacus aerius*. C'est un hybride entre un gibbon – tu sais, ces singes sauteurs qui vivent dans les hautes branches – et une chauve-souris.

– Et il n'a pas de bras ? s'étonne Benjamin.

– Comme un ange, tu veux dire ? Des ailes plus des bras ? Posséder les deux n'est pas logique. Les mammifères n'ont pas six membres, mais quatre, donc ce sont bien les bras – et plus précisément les mains – qui permettent de composer des ailes. Comme pour les oiseaux, d'ailleurs.

L'étrange animal volette un peu dans sa cage, mais, limité par l'espace, vient vite se positionner devant les visiteurs.

– Si tu voulais qu'il vole, pourquoi ne pas l'avoir croisé avec un oiseau ? demande le ministre.

– J'ai essayé avec des gènes d'albatros mais les plumes posaient des problèmes insolubles.

Benjamin observe le gibbon-chauve-souris et trouve qu'il ressemble à un vampire comme on en voit dans les films d'horreur du genre de *Dracula*, si ce n'est qu'il est de couleur claire, presque blanche.

– Mâle ou femelle ? questionne-t-il.

– Joséphine est une femelle. Tu peux voir sur son torse qu'elle a six petits tétons.

Le ministre profite de ce que le volatile est proche pour l'examiner plus en détail. Il aperçoit un museau allongé, de grands yeux noirs sphériques et surtout deux larges et hautes oreilles pointues, dont l'intérieur est tapissé de striures.

– Tu peux lui parler. Elle a une ouïe surdéveloppée. Tu peux même chuchoter.

– Heu… Bonjour, Joséphine…

L'animal répond par une succession de petits cris aigus qui semblent un mélange de borborygmes de singe et de piaillements d'oiseau.

– Elle dit quoi, là, « ta » Joséphine ?

– Elle a faim. Je lui ai mis un distributeur de croquettes, mais elle aime les fruits entiers. Tu peux la nourrir, si tu veux.

Alice désigne une caisse remplie de pommes vertes. Le ministre en prend une et la tend à travers les barreaux blancs de la cage.

Aussitôt, Joséphine attrape la friandise avec sa bouche et, s'aidant des longs orteils qui prolongent ses membres antérieurs comme des doigts, tient la pomme pour l'ingérer progressivement en mâchant d'un air satisfait.

Quand l'hybride a terminé, elle pousse un cri. Le ministre lui offre une autre pomme verte.

– Je suis… je suis vraiment très impressionné, reconnaît-il.

Joséphine, rassasiée, volette. Le ministre est captivé par ce singe ailé.

– Joséphine n'a pas que des ailes, elle a d'autres attributs propres à la chauve-souris : ses os sont creux, donc plus légers, et elle peut respirer en altitude malgré la pression. La nourriture qui l'attire est naturellement différente : hormis les fruits et les fleurs, elle aime croquer de petits oiseaux ou de gros insectes, qui sont pour elle une source de protéines. Dans Métamorphosis, c'est tout l'être qui est repensé dans sa globalité. On est très loin du bricolage de membres greffés par chirurgie des romans de science-fiction des années 1900.

– Et Joséphine bénéficie aussi du sonar qui permet aux chauves-souris de se repérer dans l'obscurité des cavernes, c'est bien ça ? demande Benjamin, toujours subjugué.

– Exact. De même, Eugène n'a pas que des nageoires, il a aussi une peau lisse sans poils, comme celle des dauphins, et une capacité pulmonaire supérieure qui lui permet de longues apnées.

– Et Marie-Antoinette ?

– En plus de ses mains griffues et de ses longues incisives, elle a des vibrisses, ces moustaches qui lui permettent de sentir les infimes vibrations du sol, et un odorat qui l'aide à trouver sa nourriture. Elle aussi peut rester longtemps sans respirer dans ses galeries souterraines.

– Et de quoi se nourrit-elle, ta Marie-Antoinette subterrestre ?

– D'aliments trouvés dans le sol, essentiellement des vers. Mais aussi de racines et de champignons.

Joséphine ne quitte plus des yeux celui qui lui a offert sa nourriture préférée.

– Et puis les auteurs de science-fiction d'autrefois imaginaient qu'on fabriquerait des humains hybrides pour disposer de nouveaux esclaves, moi, je cherche simplement à en faire nos voisins ou... nos successeurs.

Le ministre scrute avec attention le singe volant aux longues ailes claires.

– Si un jour les gens apprenaient ce qu'il se passe ici...

– Ils comprendraient mieux ? l'interrompt Alice.

– Ils seraient encore plus terrifiés et ils te détesteraient davantage, répond Benjamin Wells, l'air sombre soudainement.

À ce moment, le singe volant, ayant terminé de dévorer sa pomme, revient se placer devant le ministre. Il lui tend son pied articulé comme une main, paume tournée vers le haut, comme pour quémander.

– Je crois que Joséphine te prend pour un pourvoyeur permanent de pommes, s'amuse Alice. Elle considère que ce qui a été offert une fois lui est dû régulièrement.

Le ministre et l'hybride restent longtemps à échanger des regards. Mais brusquement Joséphine, impatiente d'obtenir sa pomme ou gênée d'être ainsi observée, passe sa jambe à travers les barreaux de la volière, attrape la main de Benjamin et y plante ses deux canines proéminentes.

Benjamin pousse un hurlement de douleur.

– Non, Joséphine, non ! s'exclame Alice. Arrête ça tout de suite !

L'hybride consent à lâcher sa prise et le ministre recule en tenant sa main endolorie.

Alice lui indique un lavabo dans un coin, pour laver sa blessure, puis disparaît un instant avant de revenir avec du désinfectant, une bande et des compresses.

– Avec la salive, ça peut s'infecter, il vaut mieux badigeonner d'alcool.

Elle nettoie la plaie.

– Tu comprends maintenant pourquoi j'ai attendu avant de te les présenter ? Je voulais mieux connaître leur psychologie, leurs réactions en cas de présence humaine inconnue. Ce qui s'est passé à l'instant n'est qu'un ajustement d'éducation : elle t'a mordu comme une fillette humaine pourrait mordre un adulte qui lui refuse des bonbons.

Benjamin n'a pas l'air du tout convaincu.

– Je ne pense pas pouvoir empêcher longtemps les curieux de venir, après les révélations de ce Martinez. Il va falloir nettoyer ce laboratoire.

– Qu'est-ce que tu entends par « nettoyer » ? demande Alice, méfiante.

– Je vais envoyer une équipe de gens de confiance, des membres des services secrets qui savent gérer ce genre de situation et rester muets.

– Et pour Eugène, Marie-Antoinette et Joséphine ?

– Je ne vois pas comment les cacher. Il y aura toujours un journaliste qui voudra vérifier ce qu'était le « monstre » qu'a prétendu voir Diego Martinez. Le vigile en faction ne suffira pas. Tôt ou tard un journaliste parviendra à le corrompre.

– Ajoute des policiers, alors !

– Plus on mettra de monde au courant, plus le risque sera grand que quelqu'un veuille voir ou accepte de laisser voir. Ne sous-estime pas le pouvoir de la curiosité. Plus c'est protégé, plus cela semble précieux, secret ou suspect. Donc plus il y aura de gens qui auront envie de savoir.

– Que proposes-tu dans ce cas ?

Alice pose le bandage sur la main de Benjamin.

– Mes « nettoyeurs » vont démonter et enlever le matériel de ton labo. Ils vont détruire tous les documents. Quant à tes hybrides, eh bien ils devront procéder à leur euthanasie.

– Hors de question ! bondit Alice, hors d'elle.

Le ministre laisse passer un temps, puis reprend :

– Je ne te dis pas d'arrêter tes recherches, au contraire : je vais te permettre de les continuer. Mais autrement, et ailleurs, pour travailler dans de meilleures conditions. Cependant, pour cela, il va te falloir quitter le Muséum et faire le deuil de ces trois... brouillons.

– Eugène, Marie-Antoinette et Joséphine ne sont pas des brouillons, siffle Alice entre ses dents.

Le ton de Benjamin est sans appel.

– Alice, ce sont des cobayes effrayants qui, lorsqu'ils seront découverts – et je t'assure qu'ils le seront un jour ou l'autre –, te mèneront directement au lynchage ou à la prison. Si tu refuses ma solution, tu devras non seulement affronter la vindicte populaire, mais aussi la justice. Et je ne pourrai pas te sauver.

– Je n'ai pas peur, lance Alice, bravache.

– Si tu te retrouves en prison ou morte, tu ne pourras plus continuer tes recherches !

– Morte ? relève la jeune femme.

– Je te rappelle que tu viens d'échapper à un attentat ! clame Benjamin avec colère. Mon collègue de l'Intérieur m'a dit qu'ils avaient intercepté des échanges sur le darknet. Plusieurs personnes veulent faire cesser tes expériences de manière...

radicale. Tu n'auras pas toujours la chance de tomber sur un assassin maladroit. Crois-moi, le mieux est de poursuivre tes travaux ailleurs.

Alice encaisse ces arguments, respire lentement quelques instants puis marmonne :

– Attends, si je comprends bien, où que j'aille, un sniper peut me tirer dessus...

– En effet. Mais j'ai peut-être une idée. Il y a un endroit où tu seras en sécurité. C'est loin mais fais-moi confiance : je ne te laisserai pas mourir « suicidée » comme ton illustre ancêtre.

8.

ENCYCLOPÉDIE : PAUL KAMMERER.

L'écrivain américain Arthur Koestler décida un jour de consacrer un ouvrage aux impostures scientifiques. Il interrogea des chercheurs qui l'assurèrent que la plus minable était sans doute celle à laquelle s'était livré Paul Kammerer. Ce biologiste autrichien réalisa ses principales découvertes entre 1922 et 1929. Éloquent, charmeur, passionné, Kammerer prônait que « tout être vivant est capable de s'adapter à un changement du milieu dans lequel il vit et de transmettre cette adaptation à sa descendance ». Cette théorie rejoignait celle du transformisme de Jean-Baptiste de Lamarck et était en contradiction avec celle de Darwin, qui pensait, lui, que seul celui qui est déjà né adapté survit. Aussi, pour prouver le bien-fondé de ses assertions, le docteur Kammerer mit au

point une expérience spectaculaire. Il prit des crapauds des montagnes habitués à un milieu sec et froid et les déplaça pour les installer dans un milieu aquatique et chaud. Ces derniers, qui s'accouplent normalement sur terre, se mirent à préférer s'accoupler dans l'eau. Pour ne pas déraper sur la femelle mouillée devenue glissante, les mâles développèrent une bosse noire copulatoire sur le pouce, qui leur permettait de s'accrocher à la femelle durant l'accouplement. Cette adaptation au milieu fut transmise à leurs petits, qui naquirent avec une bosse de couleur foncée au pouce. Les crapauds avaient su changer pour s'adapter à un milieu différent.

Kammerer défendit sa théorie dans le monde entier avec succès. Un jour, un groupe de scientifiques lui proposa de la démontrer devant un public de professionnels. Cependant, la veille de l'expérience, un incendie éclata dans son laboratoire et tous les crapauds périrent, à l'exception d'un seul. Kammerer dut donc se résoudre à présenter cet unique survivant équipé de sa marque noire sur les pouces. Les scientifiques examinèrent l'animal à la loupe et s'esclaffèrent en constatant que les taches avaient été artificiellement obtenues par injection d'encre de Chine sous la peau. Kammerer quitta la salle sous les huées. Rejeté de tous, il fut mis au ban de la science. De toute façon, les darwinistes avaient gagné.

Peu de temps après cette humiliation publique, on retrouva son cadavre en forêt, et dans sa poche une lettre dans laquelle il déclarait « vouloir mourir dans la nature

plutôt que parmi les hommes qui l'avaient tant déçu ». Ce suicide acheva de le discréditer.
Pourtant, à l'occasion de recherches pour son ouvrage *L'Étreinte du crapaud*, Arthur Koestler rencontra l'ancien assistant de Kammerer. L'homme lui révéla avoir été à l'origine du désastre. C'est lui qui, à la demande d'un groupe de savants darwiniens, avait mis le feu au laboratoire et remplacé le dernier crapaud mutant à pouce équipé de coussinet par un autre, ordinaire, auquel il avait effectivement injecté de l'encre de Chine.
Une enquête plus récente a montré que Kammerer ne s'était pas suicidé, et que sa lettre d'adieu était un faux. Il s'agissait en réalité d'un meurtre maquillé en suicide : le rapport de police signalait en effet que l'arme était dans sa main droite alors que l'impact du projectile se situait dans sa tempe gauche.

Encyclopédie du Savoir Relatif et Absolu.

9.

Le haut-parleur égrène le compte à rebours.
« 4… 3… 2… 1… Décollage. »
La fusée s'élève dans une immense gerbe de fumée jaune et blanc.
La poussée gigantesque plaque l'unique passagère sur son siège.
Pendant les huit premières minutes, l'engin s'arrache du sol

terrestre. L'habitacle vibre. Alice serre les dents. La peau de son visage est étirée par l'accélération.

Tandis que la fusée poursuit sa trajectoire, la biologiste pense aux semaines qui viennent de s'écouler. Après la conférence de presse au ministère de la Recherche, son agression et la visite au Muséum d'histoire naturelle, Benjamin Wells s'est, comme il l'avait promis, organisé pour l'aider à continuer à travailler dans un lieu plus sûr. Quoiqu'un peu éloigné.

Il a, dans un premier temps, fait « nettoyer » son laboratoire secret. Résignée, Alice a préféré ne pas assister à l'euthanasie d'Eugène, de Marie-Antoinette et de Joséphine. Benjamin lui a garanti que les trois hybrides n'avaient pas souffert et que leurs corps avaient été incinérés pour que toute analyse soit impossible.

Puis il a lancé une campagne de dénigrement sur Diego Martinez, en martelant que ce dernier n'avait fait qu'extrapoler à partir de ce qu'il avait lu dans le dossier Métamorphosis. Wells a maintenu une seule et unique version : ce n'était qu'un projet parmi des centaines d'autres et il n'avait jamais été réalisé. La population s'est lassée, et le nom du journaliste a désormais rejoint ceux des complotistes et autres lanceurs d'alerte illuminés qui peuplent la blogosphère. Il a malgré tout sorti un livre pour raconter son expérience et a tenté d'en faire la promotion dans les médias, mais, chaque fois, on lui a rétorqué : « Où sont les preuves ? », et, chaque fois, il n'a eu qu'une seule réponse : « Je vous jure que je l'ai vu ! »

Ensuite, Alice a fait ses bagages et discrètement pris un avion pour rejoindre l'Amérique du Sud, plus précisément la Guyane française.

Benjamin Wells a profité de son statut de ministre de la

Recherche pour l'installer au centre spatial de Kourou, où elle a reçu une formation accélérée d'astronaute. Les techniques de préparation et d'apprentissage ont beaucoup évolué, et, en trois mois, elle a appris tout ce qu'elle devait savoir pour intégrer un programme de vol habité. Par chance, sa pratique quotidienne du sport lui a donné un cœur et une musculature de sportive qui l'ont aidée à passer les différentes étapes de sélection médicale sans trop de difficulté.

La fusée continue de monter.

Alice ne peut s'empêcher de penser à Eugène, à Marie-Antoinette et à Joséphine.

Ils n'ont pas demandé à exister et ils ont été sacrifiés. Comment les avait-il appelés déjà ? Ah oui, mes « brouillons ».

Les pauvres. Ils n'ont même pas eu de sépulture.

Ils sont des martyrs de la science. Les premiers à payer de leur vie les avancées de mes expériences.

Elle ressent tout à coup une douleur fulgurante au ventre.

Oh non, pas ça ! Pas maintenant !

Elle grimace.

« Sa » maladie. Elle ne la laissera donc jamais souffler ? Elle s'immiscera à la moindre occasion, ne lui laissera jamais aucun répit.

Alice se rappelle très bien comment cela a commencé. C'est arrivé la première fois qu'elle a eu ses règles. La douleur à l'époque lui avait fait l'effet d'un volcan dans le ventre. Elle avait demandé à sa mère si c'était normal que ce soit aussi douloureux, et celle-ci lui avait répondu par l'affirmative.

Ensuite, le supplice n'avait fait qu'empirer. Tout le monde, dans son entourage féminin, lui soutenait pourtant que ça allait passer. Une amie de sa grand-mère lui avait même dit : « C'est la punition d'Ève pour avoir mangé la pomme : les femmes accoucheront dans la douleur et en plus… même quand elles n'accoucheront pas, elles auront très mal. »

Sa mère avait quand même décidé un jour de l'emmener consulter. Et le médecin avait lâché le mot :

« Endométriose. »

Il lui avait expliqué que c'était une maladie gynécologique inflammatoire relativement banale puisqu'elle touchait 10 % des femmes dans le monde. Il avait ajouté que beaucoup d'entre elles vivaient avec ce problème de la puberté à la ménopause sans que ce soit trop difficile à gérer. Il lui avait même signalé, comme pour la consoler, que Marilyn Monroe souffrait elle aussi de cette maladie et que cela ne l'avait pas empêchée de devenir la femme la plus admirée du monde.

Quelle phrase débile ! Marilyn Monroe était dépressive et a eu une fin dramatique.

Une fois la consultation terminée, Alice, encore adolescente, s'était dit :

Je vais souffrir tout le reste de ma vie.

Je n'aurai pas une sexualité normale.

Je n'aurai probablement pas d'enfant.

Dès lors, elle est devenue plus solitaire. La douleur, insupportable et cyclique, a grandement participé à ce sentiment de solitude et à son besoin d'isolement. Car Alice a su très vite qu'elle ne pourrait parler de son problème à personne.

Le mot « maladie » ne vient-il pas de ce qu'on a du « mal à dire » ?

Cependant, elle ne voulait pas subir l'endométriose sans tenter de trouver une échappatoire. Alors elle a cherché dans la science et a trouvé une explication possible.

Une théorie avançait en effet que ce trouble était provoqué

par une certaine séquence dans le génome, un reste d'ADN de l'*Homo neanderthalensis.* Car jadis, les Sapiens et les hommes de Néandertal pouvaient se mettre en couple, faire l'amour et avoir des enfants hybrides moitié Sapiens moitié Néandertal.

Puis est venue une nouvelle période où les deux espèces n'arrivaient plus à se reproduire ensemble. Enfin les Néandertaliens ont disparu. Cependant il reste encore de nos jours, en moyenne, 1,8 % de gènes d'*Homo neanderthalensis* dans le code génétique des *Homo sapiens.*

Pour vérifier cette hypothèse, Alice a fait analyser son génome. Elle a ainsi appris qu'il y avait dans son ADN personnel, non pas 1,8, mais 2,7 % de séquences issues d'ancêtres néandertaliens.

Voilà l'origine de mon problème. Mes très lointains ancêtres sapiens ont « un peu trop » fait l'amour avec des Néandertaliens. C'est là que se trouve la source de ma douleur et c'est là que je vais trouver la clef.

Apprivoiser sa maladie a dès lors été l'un des objectifs de sa vie.

De quelque chose de mauvais peut sortir quelque chose de bon.

Elle a mené ses premières recherches autour des maladies causées par les restes de séquences génétiques des anciennes « autres » humanités, pour comprendre comment des morceaux de programmations génétiques d'espèces humaines disparues influaient sur l'humain moderne. Elle visualisait ce phénomène comme le bug d'un vieux logiciel qui perturbait le fonctionnement du nouveau.

Motivée par l'envie de s'en sortir, elle a obtenu des résultats, à tel point qu'elle est devenue l'une des jeunes scientifiques les plus prometteuses de sa génération, et a décroché une bourse du CNRS pour mener sa première thèse sur ce thème du « lien entre l'endométriose et les restes génétiques des anciennes autres humanités ». Elle a même reçu pour son travail une distinction internationale prestigieuse.

Mais elle se moquait bien des médailles et des honneurs. Ce qu'elle voulait, c'était ne plus avoir mal et trouver le moyen de soigner les deux cents millions de femmes qui, dans le monde, souffrent, elles aussi, de ce terrible mal.

Toute ma vie a été orientée par la douleur.

Alors qu'elle est plongée dans ses pensées, le feu se calme soudain dans ses entrailles. Elle prend une grande inspiration.

Ça y est, c'est passé. Comme un orage.

Alice Kammerer regarde par le hublot de la fusée.

Et maintenant je fends l'atmosphère à pleine vitesse.

Elle se souvient. C'est son père qui lui a transmis sa passion : voler. Elle se rappelle le jour où elle a découvert cette sensation fantastique. Elle devait avoir seize ans. Un dimanche, au cours d'une sortie entre copains, on lui a attaché un élastique aux chevilles et elle s'est élancée du haut d'un pont dans le vide.

La sensation a été forte, mais trop rapide.

Cependant, elle s'est aperçue que, après cette action, elle a moins pensé à sa maladie. Elle a donc reproduit l'expérience.

Voler me fait oublier mes problèmes terre à terre organiques.

Voler est un remède universel qui guérit temporairement les plaies du corps et de l'âme.

Elle s'est aussi appliquée à observer tout ce qui vole dans la nature : libellules, papillons, oiseaux, et bien sûr chauves-souris. Pendant les vacances, tôt le matin, elle partait, avec un appareil photo à longue focale et un micro directionnel, pour photographier les animaux volants et enregistrer leurs chants.

Puis Alice a voulu passer à un niveau d'expérience supérieur. Elle a donc tenté, avec son père, le parachutisme. Elle garde un souvenir ému de son saut au-dessus des pyramides du plateau de Gizeh, près du Caire.

Une minute trente de chute libre.

Une expérience magique au-dessus d'un lieu magique.

Mais, en chute libre, la sensation de vol était troublée par le vacarme du vent. Le bruit ne s'arrêtait qu'au moment où, après avoir ouvert le parachute, sa descente était ralentie puis stabilisée.

Elle s'est dit alors :

C'est en se plaçant en hauteur à distance d'une situation qu'on a le recul nécessaire pour comprendre ce qui se passe au ras du sol.

Elle a continué de chercher une façon de voler moins bruyante. Son père l'a donc initiée au parapente, un jour, au-dessus de l'île de la Réunion, dans l'océan Indien. Elle s'est élancée avec lui du haut d'une colline surplombant la baie de Saint-Leu.

Elle a pu connaître la sensation inouïe de glisser dans le ciel en silence. Elle a même pu constater que les pailles-en-queue, étonnants oiseaux locaux, venaient près d'elle pour la saluer de leurs piaillements.

Bonjour, les oiseaux. Merci de m'accueillir dans votre dimension aérienne.

Elle a tenté d'imiter leurs cris, et il lui a semblé qu'un dialogue s'installait. Mais un trou d'air l'a fait descendre d'un coup et elle a craint un instant de s'écraser au sol...

Après cette expérience déroutante, Alice a décidé de ne voler que sur des appareils aux structures suffisamment solides pour compenser les trous d'air. Elle a d'abord appris à piloter des

ULM, dans les Alpes, mais les appareils étaient trop bruyants pour elle.

Comme si je m'étais accroché un moteur de tondeuse à gazon dans le dos.

Elle a ensuite opté pour le planeur, mais, là, elle s'est sentie à l'étroit dans l'habitacle de plastique secoué de vibrations très sonores. Elle a testé les petits avions, les hélicoptères.

Et même si ces parenthèses lui permettaient quelques jours de répit vis-à-vis de la douleur, elles ne lui donnaient jamais la sensation de voler comme un oiseau.

Et puis son père a eu un accident. Une chute de parapente, durant laquelle le parachute ventral de secours ne s'est pas ouvert. Il est mort sur le coup.

Comme Icare qui, à force de vouloir monter plus haut, a fini par se brûler les ailes et tomber.

Du jour au lendemain, Alice a cessé ses expériences aériennes.

Elle n'a jamais imaginé qu'un jour elle testerait l'ultime moyen humain de voler. La fusée.

Aucun oiseau ne peut rivaliser avec une fusée, ni en vitesse, ni en puissance, ni en altitude...

Une sonnerie retentit dans l'habitacle en même temps qu'une lumière jaune clignote. C'est le signal que le premier étage de la fusée a été largué.

L'accélération se fait plus forte. Et la montée continue.

Alice plonge de nouveau dans ses pensées.

Sa passion pour le vol a été un guide aussi bien personnel que professionnel. À la question « Comment créer un être humain volant ? », la jeune femme aux yeux verts a tout de suite su que la solution viendrait de la programmation génétique.

Pour elle, il était évident qu'utiliser des ailes artificielles ou des moteurs à essence était inutile. Il fallait concevoir un être complet équipé, dès sa naissance, de ces merveilleux appendices naturels que sont les ailes.

Elle a donc rédigé sa deuxième thèse sur ce thème : « Comment fabriquer par génie génétique un humain hybride volant ». Ce travail lui a permis d'être engagée comme chercheuse au Muséum d'histoire naturelle.

Elle y a rencontré les plus éminents ornithologues et a commencé à concevoir un projet plus ambitieux.

Elle savait que, pour mener son projet à bien, il lui faudrait un soutien financier. Elle a alors pris son courage à deux mains et contacté un ancien ami de lycée et d'université, Benjamin Wells, devenu entre-temps ministre de la Recherche.

Elle lui a présenté son idée de croiser ses travaux de recherche sur la génétique avec ceux sur l'invention d'un « humain volant ». Et c'est lui qui lui a suggéré d'étendre son idée d'« humain augmenté » à d'autres éléments que l'air.

Ainsi est né le projet Métamorphosis, dont le sous-titre est : « Tentative d'invention de trois nouvelles humanités hybrides pour suppléer à l'humanité actuelle en cas de menace de disparition ».

Alors que la fusée continue de s'éloigner de la Terre, Alice a l'idée de mettre un peu de musique. Le module de l'appareil dans lequel elle a pris place est équipé d'un lecteur audio, et son casque, d'écouteurs intégrés. Elle a même pu télécharger des morceaux et constituer sa propre playlist. Elle lance *L'Apprenti sorcier*, un poème symphonique de Paul Dukas.

Par le hublot de la fusée, Alice voit sa planète natale de haut.

Elle jette un coup d'œil à sa montre.

Il lui reste vingt-trois heures de voyage. C'est le temps

nécessaire pour atteindre de manière optimale et à la bonne vitesse l'orbite de l'ISS, la station spatiale internationale qui se maintient à quatre cent dix kilomètres d'altitude au-dessus de la surface terrestre.

Elle se remémore les aboutissements auxquels elle est parvenue ces dernières années.

Grâce au soutien du ministre Benjamin Wells, elle a réussi à faire naître en secret les trois singes hybrides.

Jusqu'à ce que ce maudit journaliste vienne fureter dans mon laboratoire.

Et maintenant elle connaît l'exil.

L'exil de sa propre planète.

Nouvelle sonnerie. La lumière jaune clignote une fois de plus.

Dans un bruit assourdissant, la capsule se détache du dernier étage de la fusée et se met en vol orbital.

Soudain, il n'y a plus de vacarme ni de vibrations.

Tout est calme.

L'indicateur de gravité, une figurine en peluche représentant Isaac Newton, se met à flotter au bout de la ficelle à laquelle il est accroché.

Et voilà : fin de la pesanteur.

Une blague de son père lui revient en mémoire.

« Isaac Newton a découvert la gravité en 1687. Avant cette date, les gens prenaient tout à la rigolade… »

Elle observe la Terre par le hublot.

Finalement, Benjamin Wells m'a peut-être sauvé la vie.

Il m'a offert une formation d'astronaute aux frais de l'État.

Et je vais pouvoir poursuivre mes expériences dans un sanctuaire où je suis certaine d'être tranquille pour travailler.

Loin de l'exciter, la musique de *L'Apprenti sorcier*, pourtant de plus en plus expressive et rythmée, la berce. Et Alice s'endort en rêvant qu'elle flotte au milieu des étoiles en compagnie d'Eugène, de Marie-Antoinette et de Joséphine.

10.

Flashs lumineux. Sonnerie stridente.

Où suis-je ?

Alice Kammerer est réveillée en sursaut. Non, elle ne rêve pas : elle est bien dans l'espace. Exactement à la limite entre l'atmosphère et l'espace vide. Un trait bleu marine souligne cette frontière immatérielle.

Par le hublot, elle voit apparaître un point brillant au loin qui, en se rapprochant, ressemble à la lettre H.

C'est donc ça, la station spatiale internationale.

Elle regarde sa montre.

Je suis pile à l'heure prévue.

En se contorsionnant dans l'étroite capsule, Alice enfile son scaphandre et se prépare pour l'arrimage. C'est l'instant le plus délicat et elle sait qu'en cas d'erreur de manœuvre, seul ce scaphandre pourra la sauver.

Blong !

Grosse secousse.

Le contact avec l'ISS est établi.

Me voici arrivée à destination.

Bruits de métal qui claque. L'amarrage est verrouillé.

Une fois la pression égalisée entre l'intérieur de la capsule, l'intérieur de la station et le sas séparant les portes des deux habitacles, la scientifique retire son scaphandre, passe un pantalon de jogging et un sweat-shirt estampillé du logo de l'Agence spatiale européenne, l'ESA, et se place ensuite devant l'écoutille. La porte s'ouvre.

Derrière l'attendent les cinq occupants de la station orbitale. Chacun la salue chaleureusement en la prenant dans ses bras. Une fois les présentations terminées, les six se placent face à un appareil photo avec retardateur qui prend un cliché.

L'odeur… C'est ce qui surprend Alice en premier. Un mélange de vieille chaussette et de plastique brûlé. Ensuite vient la chaleur. Elle ne s'attendait pas à une température de pays tropical en plein espace.

Elle a à peine le temps d'enlever son sweat-shirt qu'un écran vidéo s'allume. C'est le directeur de l'ESA, pour le briefing collectif avec l'agence spatiale.

– Nous avons réceptionné la nouvelle pensionnaire, annonce un astronaute.

– Je vais bien, dit-elle en ajustant son tee-shirt.

– Bienvenue à bord, professeur Kammerer, répond le directeur de l'ESA.

Au bout de quelques minutes, après un échange rapide avec les différents astronautes déjà en poste dans la station, l'écran s'éteint. Tous participent ensuite au transfert du fret : les mallettes contenant les appareils scientifiques, les caisses avec la nourriture ou les citernes d'eau potable.

Tandis que les cinq autres terminent de ranger, l'astronaute japonaise va chercher ses propres bagages. C'est elle qui laisse sa place à Alice et quitte l'ISS.

Dernières salutations, et la Japonaise franchit le sas de la capsule pour repartir en sens inverse.

Le calme revenu, la jeune femme aux yeux verts prend la parole :

– Bonjour à tous et merci pour votre accueil. Je me nomme Alice Kammerer, j'ai trente ans et je suis biologiste généticienne spécialisée dans les mutations génétiques. Le ministère français de la Recherche m'envoie pour parachever la partie « adaptation du vivant à des milieux extrêmes » de mon projet.

Les quatre autres résidents de l'ISS se présentent à leur tour.

Un grand chauve athlétique, avec un sourire d'acteur de série télévisée et un tee-shirt siglé « NASA », s'avance vers Alice.

– Scott Bradley, dit-il en lui tendant la main. Je suis américain et biologiste. Je travaille sur la déformation des ruches et des toiles d'araignée en apesanteur.

C'est au tour d'un homme replet aux joues rondes de prendre la parole.

– Kevin Hurt, bienvenue. Moi aussi, je suis américain et biologiste. J'étudie les tardigrades. Ces animaux résistent au vide, aux températures extrêmes et aux différents rayonnements solaires, UV et cosmiques. On peut les sortir hors de la station spatiale sans qu'ils subissent le moindre dommage.

Un grand blond musclé, très souriant, adresse un signe de la main à la scientifique :

– Pierre Cuvier. Je suis français, pilote de chasse dans l'armée de l'air, et actuellement le commandant de la station.

– Simon Stiglitz, enchaîne l'homme de taille moyenne qui ne s'est pas encore présenté. Je suis français, moi aussi. Mais je ne suis pas militaire. Je suis biologiste, spécialisé dans les effets des radiations sur les organismes vivants végétaux et animaux.

Alice remarque que ses yeux sont gris clair et ses cheveux complètement blancs malgré un visage très jeune.

– Maintenant que les présentations sont faites, je vous propose de visiter ce que nous appelons entre nous le « château dans le ciel », dit le commandant Cuvier.

La jeune femme se laisse guider. Ils s'enfoncent dans un tunnel blanc.

Des câbles électriques pendent des parois auxquelles des objets sont fixés avec des courroies. Pierre indique à Alice des sangles au sol dans lesquelles ils peuvent s'accrocher les pieds pour se stabiliser, l'apesanteur créant un changement de perception de l'espace, puisqu'il n'y a plus ni haut ni bas, et que tout flotte.

La scientifique apprécie cet état de suspension, si ce n'est que, cette fois, la minute trente de sensation en apesanteur que dure un saut en parachute se transforme en état permanent.

Je vais rester un an à flotter sans gravité.

Pierre lui explique :

– En l'absence de haut et de bas, nous avons décidé de manière arbitraire que ce qui est tourné vers la Terre, c'est le bas et, a contrario, ce qui est tourné vers l'espace, c'est le haut. Pour ce qui est de la latéralité, c'est comme pour un navire, on se fie à la direction dans laquelle avance l'ISS. Ce qui est à gauche, c'est « bâbord », à droite, « tribord ».

Alice observe les gros modules cylindriques truffés d'appareils et de matériels rangés dans des sachets.

– Ici, la propreté est déterminante. Pas question de laisser traîner en l'air des poussières, des miettes, des gouttes.

Pierre désigne un élément à travers le hublot.

– C'est la colonne vertébrale centrale de la station. Elle est formée des cinq modules d'origine, connectés les uns aux autres, et qui forment une sorte de long tube de cinquante mètres. Les modules qui sont arrivés par la suite sont venus se greffer à gauche et à droite de cette colonne vertébrale, comme des branches à un tronc d'arbre.

Pierre lui fait signe de faire attention aux nombreux fils électriques qui ondulent.

– Voici la zone que tout le monde préfère dans l'ISS : la coupole d'observation Cupola et ses sept vitres. Elle est toujours face à la Terre et offre un panorama à 360 degrés. C'est l'endroit d'où l'on voit le mieux la surface de notre planète, mais aussi d'où l'on distingue les panneaux solaires et les équipes qui travaillent à l'extérieur. Et puis c'est de là qu'on apprécie le plus les couchers de soleil. Vous le savez sûrement, le temps s'écoule différemment ici. Il y a un coucher ou un lever de soleil toutes les heures et demie.

– Comment déterminez-vous si c'est le matin ou le soir ? demande Alice.

– Nous avons calé nos montres sur le temps universel terrestre.

Cuvier effectue un élégant demi-tour.

– Vous pourrez installer votre matériel dans le module scientifique européen Columbus. Venez, je vous y emmène.

Après quelques mètres de tunnel, la scientifique découvre un espace où sont déjà installés de nombreux appareils et ordinateurs.

Pierre lui montre ensuite comment fonctionnent les toilettes aspirantes, la douche et son système d'économie maximale d'eau, et enfin la zone de communication avec les centres de contrôle au sol.

Un peu plus loin, il lui désigne des appareils de gymnastique.

– Comme vous le savez, il est indispensable de pratiquer au

moins deux heures trente de sport tous les jours sur le tapis roulant ou le vélo afin d'éviter que vos muscles s'atrophient.

Enfin il la guide vers sa cabine.

– C'était la « chambre » de notre collègue japonaise. C'est désormais la vôtre.

Alice balaie du regard la minuscule pièce qui sera la sienne durant toute une année.

– Voilà, le tour est terminé, annonce Pierre. On se retrouve pour notre premier dîner en commun à vingt heures dans le module Unity. Si vous vous perdez dans le labyrinthe, c'est facile à retenir : c'est celui qui fait le lien entre la zone russe et la zone américaine.

Tout un symbole...

Alice passe l'heure suivante à mettre en place quelques-uns de ses outils scientifiques avant de rejoindre ses collègues.

Quand la jeune femme entre dans le module Unity, Simon distribue des plateaux-repas.

– Aujourd'hui, c'est Noël, donc dinde aux marrons au menu, signale-t-il.

– Quelle ironie de fêter le jour de la naissance du Christ si loin de la Terre, dit Scott.

– Buvons à son souvenir, propose Kevin en tendant des gourdes spéciales remplies de champagne.

Tous dévorent la dinde aux marrons, puis Pierre propose de chanter. Les quatre astronautes mâles entonnent en chœur un chant de Noël en anglais, « Silent Night ».

Alice trouve étrange de prononcer des paroles religieuses si anciennes dans le temple de la modernité. Mais, après avoir bu un peu de champagne, elle chante elle aussi à tue-tête.

Puis Scott va chercher sa guitare et entame un répertoire de chansons des Beatles que tous connaissent : « All You Need Is Love », « Black Bird ».

Tout le monde se détend et reprend les standards avec plaisir.

Puis Simon se dirige vers la zone cuisine et en revient avec des bûches de Noël.

– Comment arrivez-vous à produire ces plats ? interroge Alice, étonnée de ce festin.

Pour toute réponse, Simon quitte le module et réapparaît quelques instants plus tard avec, dans les mains, l'appareil permettant cet exploit : une sorte de gros boîtier surmonté de tubes transparents remplis de poudres colorées.

– C'est une imprimante à nourriture. Nous plaçons de la poudre de nutriments dans ce compartiment, nous réglons le goût avec ce bouton et nous pouvons même gérer la texture et la couleur ici.

– Un peu comme les machines à café automatiques à la cafétéria, commente Alice.

– Exactement. Si ce n'est qu'on maîtrise aussi, avec cet appareil, la forme, la couleur et la consistance.

– Et le goût ! ajoute Scott. Nous aurions pu déguster des bûches de Noël au goût de dinde ou de la dinde en forme de bûche !

Alice examine avec curiosité l'appareil.

– Mais je crois que vous avez apporté votre propre imprimante à ADN, n'est-ce pas, mademoiselle Kammerer ? dit Kevin.

– Vous avez fouillé dans mes bagages ? réplique-t-elle d'un ton sec, piquée au vif.

– J'aime bien savoir qui vit ici et ce que chacun utilise. Simple curiosité. C'est normal, puisque nous allons devoir cohabiter en huis clos pendant plusieurs mois, répond Kevin sans quitter la scientifique des yeux.

– Je vous prierais de ne plus toucher à mes affaires sans mon autorisation.

La phrase d'Alice jette un froid.

– Il faut la comprendre, dit Scott à l'intention de Kevin, elle vient d'arriver.

– Veuillez me pardonner, dit Kevin.

– Je… je vous en prie. C'est moi qui réagis trop fort, s'excuse la jeune femme à son tour.

L'ambiance se détend de nouveau. Scott, tout en se régalant de bûche et de champagne, se tourne vers Alice.

– On sait déjà beaucoup de choses sur vous, mademoiselle Kammerer, commence-t-il, la bouche pleine. Il nous manque juste quelques détails. Pouvez-vous éclairer notre lanterne sur votre projet ?

Je ne vais pas pouvoir tout leur cacher, sinon je vais exciter leur curiosité.

– Il consiste à fabriquer des êtres hybrides qui soient des mélanges entre plusieurs animaux.

– Lesquels ? interroge Scott.

– Des hommes et des taupes par exemple, répond à sa place Kevin. En tout cas, c'est ainsi que le ministre français de la Recherche a présenté son projet. J'ai visionné la vidéo de votre conférence sur Internet.

– Donc vous êtes une sorte de docteur Frankenstein français, professeur Kammerer ? lance Simon.

Alice braque son regard vert sur le biologiste.

– Dans le roman de Mary Shelley, la créature du docteur Frankenstein est composée de morceaux de cadavres cousus, animés par de l'électricité. Moi, je conçois des êtres complets sans coutures. Je les engendre en écrivant leur ADN, en quelque sorte, grâce un appareil, une sorte de traitement de texte qui utiliserait seulement quatre lettres de l'alphabet, celles des composés chimiques de la vie : G, T, A et C. G pour guanine, T pour thymine, A pour adénine, et C pour cytosine. Avec des combinaisons de ces quatre lettres parmi de très longues séries, je génère des êtres vivants originaux, les plus harmonieux possible, un peu comme un écrivain invente un personnage de roman avec les vingt-quatre lettres de l'alphabet. Si ce n'est que ce sont de « vrais » êtres de chair, de sang et de nerfs, des êtres nouveaux bien vivants.

– Et à quoi servent-ils, vos « êtres nouveaux » construits comme des personnages de roman ? demande Scott, manifestement perplexe.

– Je veux les rendre capables de survivre et de se reproduire malgré la montée des températures, la pollution, les tsunamis, les tremblements de terre, les radiations nucléaires, la raréfaction de l'eau, bref, les défis qui attendent l'humanité, répond Alice entre deux bouchées.

– Même les radiations nucléaires ? s'étonne Simon.

– Oui, je compte les rendre beaucoup plus résistants que nous, même à ce genre de menace.

Un long silence suit.

Est-ce de l'admiration ou de la méfiance ? J'espère que je ne me les suis pas déjà tous mis à dos…

– C'est très avant-gardiste, comme projet, reconnaît Pierre pour détendre l'atmosphère.

– En fait, vous voulez fabriquer des chimères, dit Simon.

– La chimère est un animal mythologique, comme la sirène, qui a un corps de femme et une queue de poisson, ou le centaure, avec un corps de cheval et un torse d'homme, dit Alice d'un ton docte. L'hybride en revanche est un être issu du mélange de deux espèces déjà existantes, sans parties séparées. Tout est fusionné jusqu'au cœur du noyau de leurs cellules.

– Ça ressemble quand même beaucoup à des chimères, insiste Pierre.

Ils aiment ce mot. OK, je le prends.

– Si vous voulez. Je m'assume en tant que « fabricante de chimères ».

Les quatre hommes la regardent avec intensité.

– Avez-vous envisagé qu'en voulant créer une nouvelle humanité vous risquiez de détruire l'ancienne ? remarque Simon.

– Il a raison, dit Kevin. Après tout, quel que soit le nom que vous leur donnez, vous êtes en train de fabriquer des… monstres, non ? Vous êtes-vous déjà posé la question ? Votre projet n'est-il pas une grande erreur finalement ?

Alice a envie de répondre, mais elle se sent soudain lasse de devoir toujours se justifier.

– Des chimères, des monstres, Frankenstein, une « grande erreur », pensez ce que vous voulez. Mais rien ne m'empêchera d'avancer dans mes expériences. Je ne juge pas votre travail, alors ne jugez pas trop hâtivement le mien.

L'ambiance festive n'y est plus.

Le repas se termine dans un silence pesant, tous s'apprêtent à aller se coucher dans leur cabine-chambre. Simon retient Alice par le bras et la prend à part.

– Quand vous dormez, pensez à mettre le système de ventilation en marche près de votre nez, sinon vous pouvez mourir asphyxiée. J'ai moi-même payé cher pour l'apprendre, parce qu'on ne m'avait pas précisé ce détail.

– Asphyxiée en dormant ? Comment est-ce possible ?

– Comme il n'y a pas de gravité, le gaz carbonique éjecté par les narines reste en suspens là où il a été soufflé et, s'il n'y a pas de ventilation devant son visage, on respire sa propre bulle de gaz carbonique.

– Je n'y aurais pas pensé… Merci pour le conseil.

– Ah, et en général la première nuit on a du mal à dormir, mieux vaut prendre un somnifère.

Il lui tend une pilule rouge et une gourde d'eau.

Elle l'avale sans réfléchir.

– Je vous fais peur, n'est-ce pas ? lui demande-t-elle alors qu'il s'apprête à s'en aller.

Simon lui sourit.

– Nous sommes tous des scientifiques, nous faisons avancer les connaissances, c'est la seule chose qui compte.

– Je suis contente que vous le preniez ainsi, répond Alice, soulagée. Bonne nuit.

– Bonne nuit.

De retour dans sa minuscule cabine, Alice fait une rapide toilette, se brosse les dents avec très peu d'eau, puis enfile un tee-shirt propre et s'installe pour la nuit. Elle s'attache avec des sangles à son étrange lit vertical et oriente la ventilation vers son nez comme le lui a préconisé Simon.

Alors que le somnifère commence à agir, une pensée l'assaille.

Tous ces astronautes ont l'air suprêmement doués pour s'adapter à des conditions de vie extrêmes. Moi seule suis arrivée ici pour de mauvaises raisons.

Est-ce que je mérite l'honneur d'être parmi eux ?

Suis-je « LA MÈRE DES CHIMÈRES » ?

Et si tout mon projet n'était, comme l'a suggéré Kevin, qu'une « grande erreur » ?

Ce doute plane en elle alors qu'elle sombre dans le sommeil.

11.

ENCYCLOPÉDIE : EFFET DUNNING-KRUGER.

En 1999, deux psychologues américains, David Dunning et Justin Kruger, ont publié un article dans lequel ils décrivent un paradoxe psychologique qui peut se résumer ainsi : les personnes les plus incompétentes n'ont aucun doute sur leur talent. A contrario, les gens les plus doués doutent sans cesse d'eux-mêmes et peuvent développer le « syndrome de l'imposteur ». Ce paradoxe a été nommé « effet Dunning-Kruger ».

En poussant plus loin leur analyse, les deux psychologues déduisent qu'il s'agit là d'une loi générale au sein de l'entreprise : plus la personne est incompétente, moins elle se pose de questions sur son propre talent. Et plus la personne est réellement talentueuse, plus elle est remplie de doutes.

Encyclopédie du Savoir Relatif et Absolu.

12.

Combien de temps ai-je dormi ? C'est la première pensée qui traverse l'esprit d'Alice lorsqu'elle ouvre un œil.

Il n'y a pas, comme à l'accoutumée, un rayon de soleil, une luminosité différente pour l'aider à émerger et l'encourager à démarrer sa journée.

Sa position verticale dans le lit la surprend, de même que sa brosse à dents et son dentifrice qui flottent à côté d'elle, ainsi qu'une goutte opaque grisâtre.

Un peu de bave que j'ai émis durant mon sommeil...

Les trois éléments tournoient, poussés par le courant d'air qui lui a permis de ne pas s'asphyxier.

Elle regarde sa montre et constate qu'elle a dormi dix heures.

C'est probablement dû au somnifère.

Elle ressent aussi un mal de crâne.

Et ça, au champagne d'hier soir.

Elle se détache de son lit puis ouvre la porte de sa cabine.

Elle rejoint le coin salle de bains où elle se douche, toujours avec très peu d'eau, se brosse les dents avec moins d'eau encore, puis récupère, avec un petit aspirateur, les gouttes qui ont été éjectées.

L'apesanteur procure beaucoup de plaisirs mais requiert quelques précautions. Il va falloir s'y faire.

Elle se sèche avec un appareil qui souffle de l'air chaud, se coiffe comme elle peut. Puis elle ouvre son sac de vêtements et en extrait une tenue propre pour la journée.

Les autres, qui sont habitués à la vie au « château dans le ciel », doivent être déjà levés et attelés à leurs tâches respectives.

N'ayant pas faim, elle rejoint sans prendre de petit déjeuner sa paillasse dans le module scientifique européen Columbus.

Mais alors qu'elle franchit le nœud, elle découvre une nuée de morceaux de verre brisé ainsi que des sphères de liquide en suspension. Elle reconnaît ses éprouvettes. Elles ont été détruites et leur contenu s'est dispersé.

Oh non ! Pas ça !

Quelques minutes plus tard, elle a réuni les autres membres d'équipage dans la salle à manger du module Unity.

– C'est forcément l'un de vous quatre, déclare-t-elle, furieuse. Qui a fait ça ? Qui ?

Kevin affiche une mine dubitative :

– Vous êtes sûre que vos tubes n'ont pas pu se briser tout seuls ? Je ne sais pas, peut-être que vous les aviez mal fixés, ou que…

Les autres ne semblent pas convaincus : ils savent bien que rien ne tombe ni ne se fracasse au sol à cause de l'apesanteur.

– Qui a fait ça ? reprend Alice en haussant la voix.

– Que celui qui a commis ce sabotage se dénonce, exige Scott d'une voix ferme.

– C'est comme dans un roman d'Agatha Christie, lance Kevin avec légèreté. Un crime, des suspects, un espace clos d'où personne ne peut fuir et la police ne peut pas nous venir en aide.

– QUI A FAIT ÇA ? répète Alice qui contient difficilement sa rage.

– Ce n'est pas moi, déclare Pierre.

La même phrase est reprise par Scott, Simon et Kevin.

Alice prend une grande inspiration.

Essaie de te calmer, leur hurler dessus ne te mènera à rien.

– Bien, je vois que la situation vous amuse, alors amusons-nous. Messieurs, qu'avez-vous fait hier après le dîner ? dit Alice en serrant les dents.

– Je suis allé me coucher, répond Pierre.

– Moi aussi, dit Simon.

– Je reconnais que j'ai traîné pour vérifier le bon fonctionnement des appareils qui participent à mes propres expériences, dit Kevin. Ensuite je suis allé me coucher.

– Moi, j'étais dans le dôme d'observation Cupola pour voir la Terre, dit Scott. Puis je suis allé me coucher.

– Quelqu'un aurait-il par hasard croisé l'un des autres dans les couloirs ? insiste-t-elle.

Personne ne répond. Alice secoue la tête.

OK, je n'en tirerai rien. Je tente une autre voie.

– L'enquête sera plus rapide que dans le roman d'Agatha Christie, dit-elle d'un ton las. Car je sais lequel d'entre vous ment.

Elle fixe un à un ses quatre collègues puis pointe du doigt l'un d'entre eux.

– Vous !

Simon, incriminé, se défend aussitôt.

– Je vous jure que ce n'est pas moi !

– Votre accusation est grave, Alice, intervient Pierre. Qu'est-ce qui vous permet d'être si sûre de vous ?

– Hier soir, il était très négatif lorsque je parlais de mes expériences, et, comme par hasard, il a tenu à m'accompagner jusqu'à ma chambre pour me donner un somnifère en prétextant que cela m'aiderait à gérer ma première nuit. C'était juste une manière de s'assurer que je ne le dérangerais pas pendant qu'il détruirait mon matériel.

– Maintenant que vous le dites, j'ai en effet croisé Simon près du module Columbus, dit Kevin. Mais je n'y ai pas prêté spécialement attention, nous savons tous ici que Simon est insomniaque.

– Oui, je suis insomniaque, oui, je me suis promené près de Columbus, s'agace Simon. Mais je n'ai pas détruit de matériel !

Tous ont les yeux braqués sur le jeune homme aux cheveux blancs qui commence à manifester des signes de panique.

– Mais enfin, puisque je vous dis que... je vous jure que..., bafouille Simon, de plus en plus mal à l'aise.

– C'est vraiment toi qui as fait ça ? questionne Scott, visiblement troublé.

– Je vous dis que je n'ai rien fait ! clame l'intéressé avec une intonation aiguë de plus en plus difficilement maîtrisée.

Tous se regardent.

– Si on applique les lois de la navigation, un sabotage volontaire dans un bateau, c'est grave... Qu'est-ce qu'on va faire de toi ? s'interroge Scott.

– Je ne sais pas si une pièce pourrait servir de prison, dit Alice, mais qu'on l'enferme dans une zone où il ne puisse pas s'attaquer au reste de mon matériel de travail me rassurerait...

Simon, devenu blême, continue de répéter :

– Je vous jure que je suis innocent...

– Il faudrait l'évacuer dans le prochain vol pour la Terre, déclare Pierre. On expliquera qu'il y a eu un incident qui fait qu'on ne peut pas le garder, mais on ne pourra pas signaler son acte sans ruiner sa carrière d'astronaute.

– MAIS PUISQUE JE VOUS DIS QUE CE N'EST PAS MOI !

– Oui, il faut l'évacuer au prochain vol, approuve Scott

sans prêter attention à ces protestations d'innocence. On ne peut pas garder quelqu'un qui sabote le travail de ses collègues.

Simon, qui a repris le contrôle de ses émotions, s'adresse plus calmement à ses coéquipiers :

– Mais enfin, Scott ? Kevin ? Pierre ? Cela fait des semaines que nous travaillons côte à côte, vous me connaissez, vous savez que je suis incapable d'une chose pareille !

– Je vais demander qu'on nous envoie au plus vite une navette, annonce Pierre. L'ambiance va devenir intenable après ça.

Alice, silencieuse depuis un moment, rompt le silence.

– Ce ne sera pas la peine.

– Pourquoi ? s'étonne Pierre.

– Simon a raison. Il est vraiment innocent.

– Qu'est-ce que vous racontez ? Vous venez de le désigner devant tout le monde, dit Scott, décontenancé.

– Je l'ai accusé pour voir la réaction des autres. Une stratégie que j'ai apprise, enfant, en jouant avec ma mère à des jeux de rôle : on désigne au hasard quelqu'un, cela crée un stress et on observe attentivement les réactions des autres participants pour repérer sur leurs visages une infime expression de satisfaction. Bref, un signe susceptible d'indiquer qui est soulagé qu'on accuse un innocent à sa place.

Elle marque un temps puis poursuit :

– Donc, pendant que Simon se défendait, je vous ai observés. Et l'un d'entre vous n'a effectivement pas pu retenir un début de sourire...

Alice suspend sa phrase, tourne autour des quatre astronautes, puis s'arrête devant Pierre.

– Vous !

– Comment ?! s'exclame le nouvel incriminé. Vous accusez de nouveau n'importe qui au hasard. Un coup, Simon, un coup, moi… Et après, ce sera le tour de Scott et de Kevin ! Cessons de jouer et revenons aux choses sérieuses…

Les trois autres le regardent avec insistance.

– Attendez, les gars ! Vous voyez bien qu'elle vous mène en bateau ! D'ailleurs, comment aurais-je pu trouver du temps pour sortir toutes les éprouvettes du thermos ?

Le regard d'Alice se durcit.

– Je n'ai jamais dit que les éprouvettes étaient dans un thermos…

Un long silence suit.

Pierre éclate d'un rire forcé. Les trois autres, gênés, ne le suivent pas dans son hilarité si peu naturelle.

– Les éprouvettes contenant des liquides sont dans un thermos pour rester à une température constante, tout le monde sait cela, se défend-il.

– Tout dépend de ce qu'elles contiennent. Mais là, en effet, les gamètes avaient besoin d'un milieu maintenu à basse température.

Pierre continue de rire seul. Puis il cesse d'un coup. Son expression change du tout au tout. Soudain, il prend appui sur une sangle et se propulse dans le couloir. Les autres le poursuivent. Arrivé dans sa cabine, il fouille dans ses affaires et dégaine un pistolet automatique. Il tient en joue les quatre autres astronautes, balayant l'espace pour pointer l'arme sur chacun à tour de rôle.

– Une arme ! Tu as apporté une arme dans tes bagages ! L'ISS est un lieu neutre, toute arme est interdite ici ! s'indigne Scott.

– Je ne l'ai pas apportée dans mes bagages, comme tu dis.

Quand les Russes ont abandonné la station, j'ai ouvert leur coffre et je l'ai trouvée à l'intérieur. Je savais que cette arme existait car un des cosmonautes russes me l'avait signalé en m'expliquant qu'ils pouvaient en avoir besoin, lors de leur atterrissage dans les steppes, en cas de rencontre avec un ours.

Il se tourne vers Alice.

– Bien joué, madame la détective. C'est bien moi qui ai détruit les éprouvettes contenant les gamètes devant servir à fabriquer vos aberrations scientifiques. Et je comptais bien détruire le reste du matériel pour être sûr que votre sinistre projet de chimères n'aboutisse jamais. Si Simon ne se baladait pas la nuit dans les couloirs, j'aurais pu terminer le travail. Je vais d'ailleurs remédier tout de suite à cette lacune.

Devant l'hésitation sur la conduite à tenir des quatre astronautes tétanisés, Pierre poursuit :

– Si on avait tué Oppenheimer, il n'y aurait pas eu Hiroshima. Parfois, éliminer un scientifique permet d'éviter une réelle catastrophe. Sur Internet, beaucoup de chercheurs comparent Alice Kammerer au savant fou Ilia Ivanov qui voulait, comme elle, créer des hybrides monstrueux. Et je compte bien tout mettre en œuvre pour l'empêcher de continuer.

Soudain, Kevin bondit et saisit la main de Pierre. Celui-ci presse la détente. La balle part et touche Simon au flanc.

Scott se jette à son tour sur Pierre et le force à lâcher l'arme. Le pistolet flotte dans l'air. Pierre, ne parvenant pas à l'attraper, préfère fuir. Les deux Américains se lancent à sa poursuite.

Alice se précipite vers Simon pour l'examiner.

– Vous êtes blessé ?

– C'est toujours comme ça, avec moi, ironise-t-il. Je fuis

de manière phobique le danger et la violence et… c'est moi qui me prends les balles perdues.

Elle soulève le tee-shirt du scientifique et constate que la plaie n'est que superficielle.

– Je suis désolée, Simon, je ne voulais pas que les choses prennent cette tournure.

– Ça va aller, dit-il.

De leur côté, les deux Américains finissent par rattraper Pierre qui file dans les couloirs de l'ISS. Le commandant français, se sentant acculé, tente une manœuvre désespérée.

Au moment où ses deux poursuivants se trouvent dans le module baptisé Kibo, qui servait aux expériences scientifiques de leur collègue japonaise, il l'isole puis le verrouille. Scott et Kevin frappent à la paroi, en vain. Ils sont piégés. Pierre lance alors la procédure de détachement du module prévue en cas d'urgence. Les deux astronautes hurlent mais aucun son ne s'échappe. Kibo est libéré d'un coup de l'ISS et glisse dans l'espace, condamnant les Américains à une mort certaine, piégés dans cette cage cylindrique dérivant vers l'infini.

Alice, le pistolet russe en main, fonce à son tour pour rejoindre Pierre.

– C'est fini ! Arrêtez-vous ! lui ordonne-t-elle en le tenant en joue.

– Vous n'oserez pas tirer, dit le commandant. Si vous appuyez sur la gâchette, et que la balle touche un élément essentiel… Boum ! Adieu l'ISS.

Profitant d'un instant d'hésitation de la jeune femme, Pierre s'enfuit vers la zone russe et s'enferme dans le module Zvezda, l'ancien laboratoire soviétique.

Lorsque Alice arrive, le sas est clos. C'est alors que Simon la rejoint et actionne la manette de verrouillage externe.

– Maintenant, c'est lui qui est piégé, déclare-t-il.

Pierre frappe de toutes ses forces au hublot du sas. Il s'égosille, mais personne ne l'entend.

– Il s'est mis lui-même en prison, dit Simon. Il ne pourra pas sortir sans notre autorisation.

Alice a l'air effrayée.

– Le module Kibo a été détaché de la station, note Simon. Et je ne trouve plus ni Kevin ni Scott... Ce cinglé a dû s'en débarrasser en les enfermant à l'intérieur et en les balançant dans le cosmos.

Ils se précipitent sur l'écran de contrôle, et voient le module Kibo qui s'éloigne. À son bord, les deux Américains ont plaqué leur visage contre le hublot.

Alice s'écrie :

– Kevin, Scott !...

Tout est allé si vite. Je ne comprends pas. Est-il possible que déjà deux astronautes soient condamnés à une mort lente, et un troisième enfermé dans une cage comme une bête féroce ?

– Je suis tellement désolée...

Sous le choc, Alice et Simon restent un long moment hébétés.

– C'étaient deux types formidables. De grands astronautes. Ils ont eu le courage de tenter de bloquer Pierre et ça a mal tourné. Ils n'auront même pas de sépulture, dit Simon en guise d'oraison funèbre.

– Je suis désolée, répète Alice.

– Bon sang ! Personne ne peut plus rien pour eux et ils vont mourir dans les heures qui viennent.

Je voudrais tellement remonter le temps et empêcher ce drame !

La jeune femme regarde par le hublot en direction du module Kibo – un point blanc qui devient de plus en plus petit.

Cette fois, je dois me rendre à l'évidence : mon projet entraîne des morts. Après le sacrifice de mes trois hybrides, Scott et Kevin seront les premiers martyrs humains de ma cause. Quel est le prix à payer pour tenter de proposer une voie nouvelle pour sauver l'humanité ?

Le jeune homme aux cheveux blancs prend une grande inspiration, cherchant visiblement comment sortir de l'angoisse du moment, et demande :

– Pierre vous a comparée à Ivanov. Qui est cet Ivanov ?

13.

ENCYCLOPÉDIE : LES ÉTRANGES EXPÉRIENCES D'ILIA IVANOV.

Dans les années 1900, le biologiste russe Ilia Ivanov révolutionna les techniques d'insémination artificielle en travaillant d'abord sur les chevaux. Il parvint à inséminer cinq cents juments avec un seul étalon alors que, jusque-là, on arrivait à le pratiquer que sur une vingtaine au maximum. Il obtint ainsi une réputation internationale de « surdoué de l'insémination artificielle ».

Ivanov se passionna ensuite pour la production d'hybrides. Parmi ce qu'il nommait lui-même ses « chefs-d'œuvre » : le zébrane, hybride d'un zèbre et d'une ânesse,

et le zubron, hybride d'un bison et d'une vache. En 1910, lors d'un congrès de zoologie en Autriche, il décrivit son grand projet : le humanzee, croisement entre un humain et un chimpanzé. À la suite de cette déclaration, il fut aussitôt mis au ban de la communauté scientifique mondiale. Pour ses confrères, Ilia Ivanov ne fut plus dès lors que « le Frankenstein russe ».

Cependant, il ne voulut pas renoncer et, après la révolution de 1917, proposa son idée au gouvernement. En 1926, un dirigeant soviétique, Gorbounov, la trouva audacieuse et finança son projet en arguant que cette expérience démontrerait une bonne fois pour toutes la théorie de l'évolution de Darwin et ridiculiserait définitivement les religieux réactionnaires.

Le professeur Ivanov vint à Paris, où il obtint le soutien du directeur de l'institut Pasteur de l'époque, qui lui permit d'inséminer trois femelles chimpanzés avec du sperme humain. La tentative fut infructueuse, et Ivanov proposa d'inséminer une femme humaine avec du sperme de singe. Le directeur de l'institut Pasteur commença alors à avoir des doutes sur l'intérêt de l'expérience et cessa de soutenir le scientifique.

Revenu en Russie en 1929, Ivanov trouva cinq femmes volontaires pour se faire inséminer par le sperme d'un orang-outan nommé Tarzan. Mais ce dernier mourut avant d'avoir pu donner ses gamètes.

En 1930, Staline organisa une purge généralisée de tous les scientifiques russes suspectés de comploter contre lui. Ivanov en fit partie. Il fut exilé dans un camp d'internement au Kazakhstan, où il mourut deux années plus

tard, laissant attachée à son nom l'image d'un scientifique fou et dangereux.

Encyclopédie du Savoir Relatif et Absolu.

14.

L'imprimante à nourriture dépose deux formes multicolores et odorantes qui pourraient faire penser à des hamburgers. Installés dans le module Unity, Alice et Simon les mangent en silence, et boivent à un rythme régulier quelques gorgées d'une boisson qui ressemble à de la bière.

Leurs regards restent perdus dans le vague.

– Je me suis trompée, déclare enfin Alice. Mon travail ne produit que des catastrophes. Et maintenant des morts.

Simon regarde la jeune femme de ses yeux gris clair.

– Ce n'est pas votre faute.

– Je me trompe de combat. Je crois que je vais sauver l'humanité en inventant des hybrides, or, tout ce que je fais, c'est tuer des humains.

Simon hoche la tête. L'ambiance est vraiment morose.

Combien de temps vais-je vivre ainsi dans la culpabilité et le deuil ?

Scott. Kevin.

Pourrai-je un jour m'en remettre et oublier ?

– Le sabotage de votre matériel par Pierre vous empêche-t-il de continuer vos travaux ?

– Il n'a détruit que les éprouvettes de gamètes humains mâles. Il reste les gamètes femelles issus d'autres animaux.

– Vous pouvez donc reprendre vos expériences ?

Alice plante ses yeux dans ceux de Simon.

– Je pourrais continuer, mais seulement si vous m'aidez.

– Moi ? Qu'ai-je à voir là-dedans ?

– Si je dois me méfier de vous, je ne pourrai pas poursuivre sereinement mon travail.

– Pour moi, vous n'êtes pas comme Ivanov. Et je tiens à m'excuser pour les propos que j'ai eus hier soir vous concernant. Si je le peux, et si vous le souhaitez, je vous aiderai.

Ils terminent leur repas dans un esprit plus constructif et la jeune femme explique à Simon le détail de ses expériences. À la suite de cette discussion, le physicien décide de renoncer un temps à ses propres recherches pour devenir temporairement l'assistant d'Alice. Ils travaillent ensemble pendant une heure, durant laquelle elle lui montre comment utiliser les appareils qu'elle a apportés et comment il doit procéder.

Puis, pour sceller leur collaboration, Simon propose de prendre un verre dans la coupole. De là, ils peuvent apercevoir Pierre, qui lui aussi les regarde à travers le hublot du module russe Zvezda.

– Est-ce qu'il va mourir là-dedans ? demande Alice.

– Le module de jonction entre le segment américain et le segment russe pourra nous servir de sas pour déposer de la nourriture et de l'eau et évacuer ses déchets. Il est en prison, mais il n'est pas condamné à mort. Et puis nous ne le garderons que le temps de faire venir une navette pour l'évacuer. Ce sera peut-être l'affaire de quelques jours. Ensuite, nous raconterons ce qui s'est passé ici et la justice prendra sa décision en connaissance de cause.

– Je suis navrée de vous avoir utilisé pour l'obliger à se révéler. Votre blessure à la hanche ne vous fait pas trop souffrir ?

– La balle m'a à peine éraflé la peau. Je ne sens presque rien.

– Ça nous fait un point commun. On m'a moi aussi tiré dessus quelque temps avant mon départ pour l'ISS. La balle m'a frôlé l'épaule. Nous avons… de la chance.

Alice se penche vers lui.

– Je serais curieuse de connaître votre histoire, Simon.

Il prend une grande inspiration puis expire lentement.

– C'est celle d'un enfant peureux qui a grandi trop vite sans avoir la possibilité d'être rassuré. Déjà petit, tout m'effrayait : les aiguilles des seringues des vaccins, le dentiste, les araignées, l'orage, les chiens qui aboient en montrant les dents, l'obscurité totale dans ma chambre. La nuit, je craignais qu'il y ait une bête sous mon lit. Il fallait toujours qu'il y ait une petite lampe d'allumée. À l'école, les autres élèves, voyant ma propension à m'angoisser de tout, s'amusaient à me faire peur. Le pire moment de l'année pour moi était la fête d'Halloween. Ensuite, quand j'ai commencé à suivre les actualités à la télé, mon calvaire n'a fait qu'empirer. Mais étrangement, tous les soirs, j'avais besoin de recevoir ma dose de frayeurs. Je regardais les informations du journal télévisé, fasciné comme un lapin pris dans les phares d'un camion. Les crimes. Les guerres. Les injustices. Les manifestations. Les grèves. Les scandales. Les épidémies. La pollution. Le réchauffement climatique. Les virus impossibles à soigner. Voilà ce qui occupait l'essentiel de mon esprit.

– Ma mère disait : « Vouloir comprendre le monde en regardant les actualités, c'est comme se dire qu'on peut connaître une ville d'après ce qui se passe aux urgences de son hôpital », raconte Alice en buvant une gorgée de sa boisson.

– Je voulais trouver des moyens d'échapper aux menaces futures, alors j'ai fait des études de science. Ma vie d'étudiant paranoïaque s'est déroulée dans la continuité de ma vie de lycéen inquiet. À vingt ans, un groupe d'élèves connaissant ma particularité a récupéré un loup dans la section vétérinaire de la faculté. Ils l'ont endormi et placé sous mon lit dans ma chambre de la cité universitaire. Quand je me suis couché, j'ai entendu un grognement : le loup se réveillait. Mais comme jadis je craignais qu'il y ait un monstre sous mon lit, je me suis dit que c'était un souvenir d'enfance, j'ai mis du temps à oser vérifier. Quand je me suis penché, j'ai vu les yeux rouges qui me fixaient. Et puis il y a eu un nouveau grognement, l'odeur, et j'ai vu les dents. J'ai compris que c'était un vrai loup et que c'était réel.

Simon frissonne à l'évocation de ce souvenir pénible.

– La terreur que j'ai ressentie ce soir-là a provoqué une crise de canitie.

– Tous vos cheveux sont devenus blancs sous l'effet de la peur, explique la scientifique qui a du mal à réaliser qu'on puisse être épouvanté à ce point.

– Exactement. Comme dans les dessins animés, ajoute Simon. Alors, quand j'ai découvert l'ISS, m'est apparue l'évidence : il n'y avait que là que je serais en sécurité. Je ne risquais plus de me faire attaquer par des voyous au coin de la rue ou des cambrioleurs la nuit chez moi. Je ne risquais plus de me retrouver blessé ou tué dans une guerre, d'être attaqué par un loup, ni même de me faire contaminer par une épidémie, ou pire, une pandémie mondiale… La station est devenue l'abri parfait. J'ai orienté toutes mes études pour qu'elles soient adaptées à cet objectif ultime : me réfugier dans l'endroit le plus inattaquable du monde.

– Et vous avez réussi…

– J'ai eu ce que je voulais, oui, reconnaît-il, fataliste, en touchant sa blessure.

Alice se tourne en direction du module russe Zvezda.

– Il est temps que nous nous occupions de Pierre. Appelons la Terre pour savoir quand ils viendront… nous en débarrasser.

15.

Les deux scientifiques français ont informé l'équipe du centre de Kourou des circonstances précises qui ont vu le sabotage du matériel d'Alice, la découverte du coupable, la perte des deux astronautes américains ainsi que celle du module Kibo, lequel continue de dériver dans le vide sidéral.

Ils ont aussi appris aux ingénieurs l'arrestation du commandant Pierre Cuvier et son enfermement dans le module Zvezda. L'Agence spatiale européenne a confirmé son intention d'envoyer au plus vite une navette pour récupérer le prisonnier, mais a précisé qu'aucune n'était disponible dans l'immédiat.

Il faut seulement attendre.

Alice et Simon se sont donc résolus à vivre normalement dans la station en se contentant de nourrir Pierre et de veiller au bon fonctionnement des systèmes de chauffage et de ventilation du module russe.

L'essentiel de leur temps, les Français travaillent ensemble sur le projet Métamorphosis.

– Passez-moi le sperme, s'il vous plaît, Simon, dit Alice.

Le scientifique lui tend une fine éprouvette contenant une substance argentée.

– Simple curiosité : vous avez déjà été en couple, Alice ? demande-t-il d'un ton détaché.

– J'ai consacré ma vie à la science. Rien qu'à la science.

– Votre passion pour la science est-elle l'unique raison de ce célibat ?

Alice répond très calmement :

– Ma grand-mère était d'origine russe. Elle a été enceinte de ma mère alors qu'elle était assistante dans une centrale nucléaire de type Tchernobyl. Elle a dû approcher de trop près une zone mal sécurisée qui émettait des radiations... Quoi qu'il en soit, ma mère est née avec une malformation. Le terme médical est « syndactylie ».

– Je crois savoir de quoi il s'agit. Elle avait les mains palmées ?

– C'est exact. À l'école, les autres enfants se moquaient d'elle. Ils lui disaient qu'elle allait devenir championne de natation...

– Pauvre enfant. Elle était plus à plaindre qu'autre chose. C'était une victime.

– Elle portait toujours des gants pour dissimuler sa différence. Sa famille a ensuite émigré en France, ma mère a suivi des études de biologie et c'est là qu'elle a rencontré mon père, scientifique spécialisé dans les mutations du vivant. C'était son professeur. Malgré la différence d'âge, ils ont vécu heureux, ils m'ont eue. Et puis mon père, passionné de vol, a fait une chute mortelle en parapente.

– Et vous vous êtes retrouvée seule avec votre mère ?

– Maman m'a toujours encouragée dans ce que j'ai entrepris, surtout lors de ma deuxième thèse, quand j'ai imaginé de fabriquer par génie génétique un humain hybride volant. Elle m'a avoué qu'elle se sentait honorée par cette idée d'un être qui possède des membranes entre les phalanges comme elle, mais aussi comme des ailes de chauve-souris, qui permettaient de voler. Elle m'était reconnaissante d'avoir ainsi, d'une certaine façon, tissé un lien avec mon père.

– Je comprends mieux l'origine de votre démarche.

– Un jour, alors qu'elle était en vacances près d'Arcachon avec son nouveau compagnon, celui-ci a été emporté par une baïne. Elle a voulu le secourir. Elle n'a pas réussi et elle a été emportée elle aussi. J'ai appris son décès par un coup de téléphone des pompiers.

Elle soupire.

– Et vous savez ce qui est le plus étrange ? L'une des premières pensées qui m'ont traversé l'esprit au moment de ce nouveau drame a été qu'elle n'avait finalement pas eu assez de membranes entre les doigts pour nager avec quelqu'un à contre-courant et le sauver.

À l'évocation de ce souvenir douloureux, Alice a un sourire triste.

– Ces moments ont dû être terribles, compatit Simon. Heureusement, vous n'avez pas hérité du handicap de votre mère.

– Pas le même, non. Mais il se trouve que j'ai moi aussi un handicap physique.

Je lui dis ou je ne lui dis pas ?

Elle s'arrête, prend une grande inspiration.

– J'ai une différence morphologique qui a complètement changé ma manière de penser.

Simon regarde les mains d'Alice.

– Non, ce n'est pas là. J'ai ce qu'on nomme un handicap invisible. L'endométriose.

Simon hoche la tête, l'air concerné.

Il semble savoir de quoi il s'agit.

– Des restes de séquences d'ADN de Néandertalien. Cela réduit énormément mes chances d'avoir des enfants, précise-t-elle cependant.

Il semble gêné devant la révélation d'un détail aussi intime. Alice hausse les épaules et s'empresse de reprendre sa manipulation.

– Merci pour le sperme… Où avez-vous disposé les ovules ? demande-t-elle.

Simon va chercher dans un caisson réfrigéré d'autres éprouvettes et une micropipette.

– Est-ce pour cette raison que vous voulez fabriquer ces hybrides ? Ils seraient en quelque sorte des… enfants artificiels qui remplaceraient vos enfants naturels ?

Alice feint de ne pas avoir entendu la question et se penche sur son microscope.

– Et vous, Simon, vous avez une femme qui vous attend sur terre ?

– Non.

Il soupire.

– Je vous ai dit que j'étais un peu hypocondriaque. Cela peut paraître ridicule, mais, quand j'étais jeune, j'avais très peur d'attraper le sida. Et puis, même quand il y a eu un traitement, j'ai eu la crainte d'attraper l'hépatite B, le papillomavirus, la syphilis, la chlamydiose… Je n'ai pu surmonter ces hantises qu'à vingt et un ans et… me décontracter n'a pas été facile.

Alice quitte un instant l'œilleton de son microscope, intriguée.

– Ma première expérience, disons… intime, était avec une étudiante en médecine. Par sécurité. Je me disais qu'elle saurait quoi faire pour se protéger. Ensuite, j'ai eu d'autres histoires, toujours avec des femmes qui travaillaient dans le milieu médical. Cependant, ces relations ont rarement dépassé quelques semaines.

– Par peur des MST ? demande un peu abruptement la jeune femme.

– Peut-être aussi par peur de l'engagement, reconnaît Simon. La peur de me sentir coincé. Cela explique pourquoi je suis encore célibataire.

– Ma mère disait : « Les hommes bien sont déjà pris, et s'ils sont libres c'est qu'ils ont un problème caché. »

Ce souvenir la fait sourire.

– Et nous voilà tous les deux, isolés et seuls. Un peu comme Robinson Crusoé et Vendredi, dit-elle.

Et Samedi si l'on pense à Pierre enfermé dans son module russe.

– Je me demande s'ils ont eu une histoire sentimentale, s'interroge Simon après un long moment.

Robinson et Vendredi, ensemble ? Quelle drôle d'idée...

– La solitude est parfois très difficile à vivre, poursuit Simon. On a tous besoin de quelqu'un à nos côtés, quelqu'un qui partage nos bons et nos mauvais moments, qui...

Simon cherche ses mots mais n'arrive pas à terminer sa phrase. Suit encore un long silence. Alice relève à nouveau la tête de son microscope et se tourne vers lui. Le visage de Simon a changé. Il est grave, et ses yeux sont animés d'une lueur différente. Intense.

Le scientifique approche très lentement son visage de celui d'Alice, comme pour lui laisser la possibilité de reculer ou de lui exprimer un refus. Cependant elle ne bouge pas.

Ça me rappelle la rencontre entre la capsule américaine Apollo et le vaisseau russe Soyouz en 1975...

Il continue d'approcher au ralenti.

Elle ne bouge toujours pas.

Chaque seconde lui semble très longue.

Elle se souvient d'une autre phrase de sa mère : « À tous les grands carrefours de la vie, on a le choix entre la peur et l'amour. »

Elle a peur mais elle bloque tout son corps pour ne pas s'enfuir.

Leurs lèvres entrent en contact.

Très lentement, elle ouvre la bouche. Leur baiser, plus profond, dure quelques dizaines de secondes.

Dans leurs regards, l'énergie est désormais différente. Elle a l'impression que celui de Simon brille d'un nouvel éclat.

Il semble rassuré que nous ayons franchi un cap dans notre complicité. Je le suis aussi. Cependant, j'ai envie de vivre pleinement chaque étape l'une après l'autre. Comme disait Maman : « Ralentis, tu iras plus vite. »

– Et si on allait dîner ? propose-t-elle la gorge nouée sous le coup d'une émotion incontrôlable malgré tous ses efforts pour s'apaiser.

Simon sourit, un peu gêné.

– Bien sûr.

Il est aussi maladroit que moi...

– Je me disais que nous sommes décidément très particuliers. Nous avons dit vous et moi exactement tout ce qu'il ne faut pas dire pour séduire l'autre.

Cette fois-ci, tous les deux rient franchement.

– Prononcer les mots « endométriose » et « peur », on ne peut pas démarrer plus mal..., plaisante-t-il.

Sans parler de Scott, de Kevin et de Pierre, dont le souvenir et la pensée ne sont guère inspirants pour un instant romantique.

Alice redevient sérieuse et le repousse de la main alors qu'il s'approche pour obtenir un nouveau baiser.

– Nous allons y aller pas à pas. Il ne faut pas me brusquer…

– C'est vous qui m'indiquerez le moment opportun pour détacher les différents étages de la fusée.

J'aime bien son humour.

– Et puis… je crois qu'il est important d'avoir une ambiance propice, dit-elle avec un clin d'œil.

Il faut que j'arrive à oublier mon passé. Il faut que j'arrive à oublier la mort des deux Américains. Il faut que j'arrive à oublier Pierre enfermé dans son module russe. Il faut même que j'arrive à oublier que je dois les oublier. Sinon je ne pourrai jamais être vraiment détendue avec Simon. J'ai l'impression de passer un examen dont l'objectif n'est plus, comme à l'université, de se rappeler ses cours, mais plutôt de faire le vide total dans sa tête.

Le dîner est un moment agréable. Les deux scientifiques se racontent leur vie, entrant un peu plus dans le détail.

Le repas terminé, Simon part jeter un œil au module où est enfermé Pierre. Ils décident de se retrouver dans le dôme Cupola une demi-heure plus tard.

Dans sa chambre, Alice met ce qu'elle a emporté de plus sexy, un tee-shirt noir avec un short, noir lui aussi, satiné, qui révèle ses très belles jambes. Pour créer une atmosphère propice dans le dôme, la jeune femme installe des fausses bougies électriques et un petit appareil qui diffuse de la musique, en l'occurrence les *Gymnopédies* d'Erik Satie.

Alors qu'il est minuit en temps universel, les deux scientifiques se retrouvent dans la coupole d'observation italienne. Pour l'occasion, Simon lui aussi a fait un effort. Il a enfilé un tee-shirt et un short, noirs. Il a apporté un thermos de champagne.

– On pourrait dire que c'est un rendez-vous aux chandelles, au clair de lune, si ce n'est que les bougies sont électriques, et que c'est un clair de… Terre, dit Simon.

Il lui tend le thermos de champagne. Elle boit au goulot la boisson pétillante et fraîche puis la lui offre en retour. Simon boit trop vite et recrache quelques gouttes du liquide doré, qui se mettent à flotter autour d'eux.

C'est lui qui est censé être trouillard et c'est moi qui ai peur. J'ai rarement eu aussi peur de ma vie. Même lorsque je me suis élancée pour mon premier saut en parachute au-dessus des pyramides en Égypte.

Ils commencent à s'embrasser timidement sur la bouche. Avec une audace qui la surprend elle-même, Alice déshabille Simon presque entièrement, ne lui laissant que son caleçon. Puis elle enlève son tee-shirt et son short, laissant apparaître son soutien-gorge et son slip en dentelle noire.

Ils sont tous les deux presque nus, flottant dans le dôme d'observation au milieu des gouttes de champagne qui forment comme des étoiles scintillantes autour d'eux, avec, en arrière-fond, le rond bleu turquoise de la Terre.

– Peut-être qu'un voyeur sur terre nous observe avec un télescope…, dit Simon.

Elle l'attire vers elle pour l'embrasser. À son grand étonnement, c'est donc elle qui prend l'initiative alors que la musique d'Erik Satie résonne, de plus en plus présente. Mais ils sont trop nerveux et, avec l'apesanteur, n'arrivent pas à fusionner leurs corps.

Une goutte de champagne pénètre dans l'œil d'Alice.

– Ce n'est qu'un premier essai, comme on disait pour le lancement de la fusée Apollo 1 en janvier 1967, dit Simon en lui essuyant une larme.

– Celui qui a fait trois morts sans même avoir décollé ? relève-t-elle, sarcastique.

– Celui-là même.

– Et ensuite, ont-ils réussi ?

– Oui, avec la fusée suivante, je crois, répond doucement Simon tout en caressant la fine peau des épaules rondes de la jeune femme.

– Parfait, alors n'attendons plus, lançons Apollo 2, murmure-t-elle. Et pour commencer nous allons arrêter de nous vouvoyer, qu'en penses-tu ?

Elle monte le son des *Gymnopédies*, reprend une gorgée de champagne, puis saute sur les hanches de Simon, l'enserrant entre ses cuisses et pressant sa poitrine contre la sienne.

De nouveau, leurs bouches se retrouvent.

Ainsi unis, ils flottent en lévitation dans le dôme transparent.

Voilà l'expérience ultime d'apesanteur.

Au bout de quelques minutes, elle sent une sorte d'irrépressible pression qui part de son ventre et monte jusqu'à sa gorge.

Que se passe-t-il ?

Tout son corps semble traversé par une tension électrique qui la parcourt de bas en haut. Sa colonne vertébrale devient comme la cheminée d'un volcan. Soudain, un voile blanc obstrue sa vue. Sa respiration s'arrête alors que son cœur bat très vite.

Je suis en train de mourir.

Elle reste en suspens de longues secondes, avec la sensation d'une immense vague qui la submerge. Ses poumons se gonflent à l'extrême et elle lâche un grand cri qui libère toute la tension accumulée.

C'est maintenant.

Son cerveau, arrivé à un summum de plaisir, se bloque et fait défiler devant ses yeux toutes les couleurs de l'arc-en-ciel.

Je meurs...

Une phrase de sa mère résonne dans son esprit : « C'est au moment où la chenille pensait que sa vie était finie qu'elle se transforma en papillon. »

Ce que je vis est aussi une manière de voler. Voilà donc ce que cherchait mon âme en se libérant de la pesanteur...

Alice se détache du corps de Simon et reste à flotter dans le dôme Cupola, les yeux dans le vague, la mâchoire relâchée.

– Ça va ? l'interroge Simon, inquiet.

Elle ne répond pas, un sourire figé aux lèvres, alors que ses yeux sont embués de larmes.

– Tu es sûre que ça va ? répète-t-il.

Elle n'a pas envie de parler. Elle se sent vidée de toute énergie.

Ça y est, j'y suis arrivée. Je ne pense plus à rien. J'ai tout oublié. J'ai même oublié qui je suis, où je suis, quel jour nous sommes. Je suis dans un état d'absence totale et c'est délicieux. Je crois que j'ai uniquement envie de rire.

Puis lui vient une sensation mêlant une joie immense, l'impression d'avoir fondu et comme un frétillement dans ses extrémités.

Elle éclate de rire.

Simon rit aussi.

Elle ressent encore des picotements et des frissons sur tout son épiderme, mais elle sait que la grande vague qui a dévasté son esprit est passée.

– Encore..., souffle-t-elle.

Ils recommencent. C'est à la fois moins expérimental et

plus expérimenté. Alice a l'impression que les sensations sont décuplées. Désormais il ne s'agit plus de découvrir, mais de reconnaître.

Enfin, ils s'endorment nus, leurs corps réunis. Elle, sa peau rose, ses cheveux noirs, et lui, sa peau blanche et ses cheveux blancs, forment ensemble le symbole du Yin et du Yang, qui tournoie au ralenti dans le dôme transparent devant la sphère bleue de la Terre.

16.

Le café a un goût particulièrement doux pour Alice ce matin. Tout lui semble exquis, y compris le croissant reconstitué par l'imprimante alimentaire.

– Merci, dit-elle.

– De quoi ?

– De m'avoir changée.

Elle a en effet l'impression d'être différente. Son visage, aux traits habituellement soucieux, est détendu.

– Moi aussi, j'ai changé, répond Simon. J'ai la sensation que tous ces aliments sont succulents.

Alice a soudain une idée. Elle pose son thermos de café, se tourne vers les appareils et appuie sur l'interrupteur général des communications. Elle passe du « ON », vert, au « OFF », rouge.

– Qu'est-ce que tu fais ?

– J'en ai marre des Terriens. Je ne sais pas s'ils n'ont pas des micros ou des caméras cachés dans l'ISS. Dans le doute, je préfère couper. De toute façon, je ne veux plus leur parler.

Je ne veux être connectée qu'à toi. Je souhaite avoir enfin un peu de tranquillité et d'intimité.

Ils passent ainsi les jours suivants à profiter de cet état de grâce, oubliant presque la présence de Pierre, étonnamment calme, isolé dans son module.

Durant la journée, ils travaillent avec passion au projet Métamorphosis et, le soir, ils font l'amour dans toutes les positions que permet l'apesanteur.

Et puis, au matin du septième jour, Simon déclare :

– Alice, nous ne pouvons pas vivre seulement d'amour et d'expériences scientifiques, coupés du monde.

Il faut que je botte en touche.

– Tu as raison, il nous faut aussi des jeux d'esprit ! Tiens, je connais une énigme : mon premier est bavard, mon deuxième est un oiseau, mon troisième est au café, et mon tout est une pâtisserie. C'est une charade qu'un ami m'a posée il y a peu de temps et à laquelle je n'ai pas encore trouvé la réponse. Il m'a simplement signalé que c'était ultra facile.

– Je suis sérieux, Alice ! proteste Simon, exaspéré par sa légèreté.

Est-ce que je peux lui dire que tout est enfin tranquille, que je ne veux plus me reconnecter à la noirceur, à la mort, au jugement des autres, que je ne veux plus avoir à expliquer tout ce que je fais ?

Je veux aimer et créer mes hybrides, c'est tout.

– Nous devons nous reconnecter à Kourou, insiste-t-il.

– Et pourquoi donc ? lance-t-elle d'un ton badin.

– Parce que nous sommes des astronautes de l'ISS.

Comment lui faire comprendre que là-bas, il y a la peur, alors qu'ici il y a l'amour.

Simon poursuit :

– Nous devons les rappeler. C'est notre devoir, Alice.

On dirait que tu n'arrives pas à assumer la chance que tu as de vivre cette situation parfaite d'isolement avec moi…

Elle pousse un soupir désabusé tandis que Simon appuie sur le bouton qui connecte de nouveau les appareils de communication.

Il se replace devant l'écran d'ordinateur.

– Allô, Kourou ? Ici l'ISS, Simon Stiglitz.

Un homme en chemisette, des stylos accrochés à la pochette, apparaît. Il a l'air très angoissé.

– Enfin ! hurle-t-il. Qu'est-ce qui vous a pris de couper les communications ?

– Un incident technique que nous avons mis du temps à réparer. C'est de ne pas réussir à nous contacter qui vous met dans cet état ?

– Vous n'êtes donc au courant de rien ? demande l'homme, livide.

– Au courant de quoi ? s'inquiète Simon.

L'homme sur l'écran s'éponge le front avec un mouchoir et parle d'une voix hachée.

– Le… la…

Il respire vite, a du mal à articuler.

Il suffit qu'on tourne le dos pour que tout se complique. Déjà, quand j'étais petite, si je fermais les yeux, dès que je les rouvrais surgissait un problème.

– Calmez-vous et racontez-nous ce qui se passe ! ordonne Alice.

– Personne n'a compris comment la situation a pu si vite dégénérer…

– Quelle situation ? Mais, bon sang, de quoi parlez-vous ?

– Eh bien… eh bien… Au début, on pensait tous que l'escalade se calmerait, comme d'habitude, et puis…

– Reprenez-vous, s'agace Simon. On ne sait toujours pas à quoi vous faites allusion.

– Eh bien, eh bien… Tout a commencé avec… une mèche de cheveux. Une simple mèche de cheveux.

– Quelle mèche de cheveux, bon sang ? demande Simon, à bout de patience.

– Eh bien, une mèche de cheveux qui dépassait du voile… La femme a été arrêtée à Téhéran par la police des mœurs parce qu'un peu de sa chevelure dépassait de son voile.

– Et… ?

– Quand son cadavre a été retrouvé, on a constaté qu'elle avait été torturée et violée. C'est l'étincelle qui a mis le feu aux poudres…

– Comme après le décès de Mahsa Amini en 2022 ? le coupe Alice. Les jeunes Iraniennes ont manifesté ?

– Oui… au début. C'étaient des manifestations pacifiques, initiées par des associations de lutte pour les droits des femmes, mais elles ont été réprimées avec une violence disproportionnée par les gardiens de la Révolution. Des manifestants ont été arrêtés et pendus pour l'exemple. Essentiellement des femmes. Ces exécutions ont agi comme un électrochoc sur beaucoup d'Iraniennes et d'Iraniens. La haine contre ceux qu'ils désignaient comme « les vieux barbus mollahs corrompus qui dirigent le pays » n'a pas cessé de monter. Jusqu'au jour où un père, dont la fille a été elle aussi arrêtée par la police des mœurs, torturée, violée et exécutée, a décidé de passer à l'action. C'était un ingénieur dans le nucléaire et il avait accès aux sites sensibles... Aidé de membres de sa famille et de quelques collègues acquis à sa cause, il a récupéré une tête de missile tactique et placé le dispositif explosif dans le parking de l'immeuble du Conseil du Discernement au moment où se trouvaient rassemblés tous les mollahs et les membres du gouvernement. La déflagration a pratiquement rasé tout le centre de Téhéran. Aussitôt, le chef des gardiens de la Révolution a déclaré qu'il s'agissait d'un sabotage des services secrets israéliens et a lancé un missile sur Jérusalem.

L'homme de Kourou parle à toute vitesse au point d'en perdre la voix.

– Reprenez votre souffle, dit Simon.

L'homme expire un grand coup avant de poursuivre :

– L'engin a été intercepté par le système antimissile « Dôme de fer ». Il a explosé en vol. Mais Israël a immédiatement réagi en lançant, à son tour, des missiles sur les silos à missiles potentiellement nucléaires iraniens, faisant pas mal de dégâts. L'ONU a condamné Israël presque unanimement. Mais c'est comme si la boîte de Pandore avait été ouverte... Les Nord-Coréens, grands soutiens de l'Iran, ont attaqué la Corée du Sud, qui a elle aussi pu intercepter des missiles avec le même système « Dôme de fer » acheté quelque temps auparavant aux Israéliens. Et tout comme ces derniers, les Sud-Coréens ont répliqué en envoyant des missiles sur les sites suspectés d'être des silos de tir ou des centres de fabrication de ces armes.

De nouveau, l'homme marque une pause.

– Ensuite, le président du Pakistan a profité de la situation pour dire qu'il n'y avait que deux camps : « celui des pays où les femmes décentes portent le voile et celui de ceux où vivent des mécréantes qui exhibent leur chair aux regards des hommes pour les exciter et avoir des rapports illicites en dehors des liens sacrés du mariage ». Sa déclaration a agi comme un signe de ralliement pour tous les défenseurs du voile. Les Pakistanais ont simultanément envoyé trois missiles nucléaires sur New Delhi, censé être, selon eux, le plus grand repaire de femmes non voilées et d'infidèles ennemis de l'islam. Les systèmes antimissiles indiens en ont intercepté deux, mais pas le troisième. Du coup…

– Attendez, attendez, l'interrompt Simon, estomaqué. Vous voulez dire qu'il y a eu des missiles nucléaires envoyés sur Israël, l'Iran, la Corée du Sud et l'Inde ?

– Des centaines de missiles ont été lancés dans les deux jours qui ont suivi, faisant des centaines de milliers de morts, ajoute l'homme, des sanglots dans la voix. Au troisième jour, le gouvernement pakistanais a signé un accord d'alliance militaire avec le gouvernement chinois. L'Inde s'est retrouvée prise en étau entre les missiles venant de sa frontière nord-est et ceux lancés depuis sa frontière nord-ouest. L'armée indienne a donc répliqué, en envoyant un missile sur Shanghai, qui n'a pu être intercepté. Et du fait des accords de coopération militaire, le conflit a fini par toucher aussi le Japon, tout le Moyen-Orient, les États-Unis, la Russie… et l'Europe.

Alice et Simon restent silencieux, atterrés.

Tout ça en sept jours ?

Il y a un moment de flottement puis Alice demande :

– Et la France ?

– Elle a été moins impactée que les États-Unis et la Chine, qui se livrent à une surenchère de tirs nucléaires, engendrant des ravages d'une ampleur inouïe…

Un long silence suit.

– Qu'en est-il des autres continents ? questionne Simon.

– Ils sont tous plus ou moins touchés.

– Même l'Afrique ?

– Même l'Afrique, l'Amérique du Sud et l'Australie. Tous sont entrés dans ce que l'on appelle déjà la Troisième Guerre mondiale. L'emballement a été d'autant plus rapide que beaucoup de systèmes de lancement de missiles sont activés par des programmes de déclenchement automatique.

– Vous voulez dire que certains tirs ont été initiés par des ordinateurs sans décision humaine préalable ?

– En effet, la plupart des missiles et antimissiles ont été lancés sans la moindre intervention humaine.

– Je n'arrive pas à réaliser, murmure Simon. C'est tellement… tellement fou ! À croire que le monde n'attendait qu'un prétexte pour utiliser tout cet arsenal nucléaire accumulé depuis la Deuxième Guerre mondiale…

Alice dit à Simon :

– Le mot « apocalypse » vient de deux mots grecs : *apo*, préfixe qui signifie la séparation, la négation, et *caluptô*, qui signifie « cacher, voiler ». Mot à mot, l'apocalypse, c'est le fait de retirer un voile, de dévoiler, de révéler. C'est comme si, déjà, dans les écrits de l'Antiquité, il était dit que le voile serait le déclencheur de la fin du monde.

– Et maintenant, où en est-on ? demande Simon.

– La guerre se poursuit. Comme une énergie noire de haine, de rivalités et de colères accumulées depuis des années qui ne cesse de se diffuser, dit l'homme en chemisette blanche.

– Ou une volonté d'autodestruction de toute notre espèce, chuchote Alice.

Et cela arrive au moment où Simon et moi nous libérons notre énergie d'amour.

Je n'aurai donc jamais de répit.

Je n'aurai jamais le droit d'être heureuse, tranquille, paisible.

On dirait que, dès que les choses se calment, c'est pour préparer une catastrophe.

Je n'aurais jamais dû rallumer la communication avec la Terre. Nous aurions pu rester ici, à faire l'amour sans nous préoccuper du reste du monde.

Surtout quand celui-ci s'autodétruit pour une histoire de mèche de cheveux qui dépasse et qui déplaît à une « police des mœurs ».

– Et vous, à Kourou, comment avez-vous été épargnés ? demande Simon.

– Le centre spatial a été attaqué, mais il est protégé par l'armée. Il est encore opérationnel. C'est pour cette raison que j'arrive encore à vous parler et à communiquer avec vous, mais nous ne pourrons pas tenir longtemps.

– Qui vous attaque en Guyane française ?

– L'armée vénézuélienne. Ils ont fait alliance avec les Russes, les Chinois, les Nord-Coréens et les Iraniens. Ils prétendent lutter contre la suprématie des Occidentaux. Toutes les énergies se sont cristallisées autour des deux camps : le camp occidental et le camp oriental. Mais le conflit touche aussi l'espace. Vous n'y avez peut-être pas fait attention, mais chaque camp envoie des missiles sol-espace pour détruire les satellites pouvant servir au guidage des missiles sol-sol ou sol-air. Nous avons intercepté un message vous concernant, il faut vraiment que vous soyez très pru... Krrrzzzzzzzz.

L'écran s'éteint d'un coup, l'homme en chemisette a disparu. Alice et Simon tentent d'utiliser d'autres lignes de communication radio, en vain. Ils essaient aussi d'appeler leurs familles par tous les canaux possibles. Sans résultat.

– Cette fois-ci, nous avons complètement perdu le contact avec la Terre, dit Simon.

Les deux astronautes se rendent dans le dôme d'observation Cupola. Ils utilisent les téléobjectifs des appareils photo embarqués pour observer la surface de la Terre. Ce qu'ils voient les sidère.

– Bon sang, regarde ça, Alice ! La ville de Téhéran, qui est dans la zone de nuit, ne dégage plus aucune lumière.

– Et là ? C'est pas là que devait se trouver Istanbul ? Tout est éteint ! s'exclame Alice. Il n'y a pas non plus de lueurs sur Athènes !

Seuls le Moyen-Orient et l'Europe de l'Est jusqu'à la Grèce sont visibles, car l'Europe de l'Ouest, l'Amérique, l'Australie et l'Extrême-Orient sont pour l'instant de l'autre côté de la planète. Quant à l'Afrique de l'Ouest elle est encore dans la zone éclairée, ce qui ne permet pas de distinguer les capitales éteintes.

– Tu as vu ça, au niveau de l'Arabie saoudite ? dit Simon.

Une sorte de minuscule fleur blanche pousse en accéléré pour se transformer en petit chou-fleur.

– Bon sang, c'est une bombe atomique qui explose sur Riyad !

Une autre fleur blanche surgit. Simon estime que c'est Ispahan.

À nouveau, une minuscule fleur argentée grandit pour devenir un chou-fleur blanc. D'autres sinistres fleurs blanches surgissent de la nuit qui recouvre la Terre.

Jamais je n'aurais pu imaginer ça.

Ce n'est pas terminé. Nous assistons en direct depuis l'espace à la Troisième Guerre mondiale.

Alice pense à sa maman.

Au moins elle n'aura pas vécu cette horreur.

– Regarde, là ! s'écrie Simon.

Alice tourne la tête. Une torpille quitte la SSC, la station spatiale chinoise, et se dirige vers eux au ralenti.

Aussitôt, Simon fonce au poste de pilotage et actionne les réacteurs qui sont d'habitude utilisés pour replacer la station sur son orbite lorsqu'elle perd de l'altitude.

Tout le « château dans le ciel » se met à vibrer et à doucement s'élever.

La torpille approche.

Elle passe au ras de la station et finit par toucher une extrémité du module russe Zvezda, qui explose.

– Pierre !

Alice se saisit de l'arme russe, avant de se lancer, à la suite de Simon, dans les couloirs de la station. Ils arrivent au moment où le module commence à flamber. Le sas, ouvert, libère un nuage de fumée d'où sort, comme un fantôme, l'ancien commandant de l'ISS.

Alice tient en joue Pierre tandis que Simon referme le sas et déclenche la procédure de largage du module Zvezda avant qu'il explose entièrement.

Pierre, barbu et chevelu, maigre, les yeux hagards, les dévisage et prononce un seul mot :

– Merci.

Puis il les serre fort contre lui et les embrasse avec ferveur.

Dans un mouvement brusque, Alice le repousse et continue de le tenir en joue.

– Vous pouvez baisser votre arme, dit Pierre. Durant ma détention, j'ai eu le temps de réfléchir. Croyez bien que, lorsque je rentrerai sur terre, je serai le premier à reconnaître mes torts.

Comment le croire ?

Se pourrait-il que ce soit aussi simple ?

– Je ne pense pas que nous rentrions de sitôt, soupire Simon.

Simon et Alice mettent Pierre au courant de la Troisième Guerre mondiale en cours et du lancement de la torpille par les Chinois, à l'origine de la destruction de son module.

– Je veux savoir ce qui est arrivé à ma famille ! s'écrie aussitôt le commandant français.

– Je crains fort qu'ils aient eu moins de chance que toi, dit Simon.

Le militaire baisse la tête, sonné. Sa douleur ne semble pas feinte.

– Notre monde a disparu et nous sommes coincés ici tous les trois comme sur une île déserte, résume Alice.

Dans ce malheur terrible qui nous frappe tous, nous sommes des survivants, peut-être même les uniques survivants de la Troisième Guerre mondiale. Tous les êtres humains que nous avons connus ont probablement disparu. Plus rien ne sera jamais pareil.

La mort de Scott et de Kevin semble presque anecdotique par rapport à la disparition probable de plusieurs milliards d'humains…

Pierre serre les poings.

– Alors ça y est, la Troisième Guerre mondiale a vraiment lieu !

– Et elle n'est peut-être pas terminée, complète Simon. De plus, nous ne sommes pas en sécurité ici. Les Chinois ont peut-être d'autres torpilles espace-espace.

– D'ailleurs, au cas où cela se reproduirait, savez-vous, Pierre, si nous avons un moyen de défense ? Un missile antimissile, un bouclier magnétique, ou une arme secrète quelconque ? l'interroge Alice.

L'ancien commandant les guide sans un mot vers le module Leonardo, un élément à usage multiple. Le militaire français ouvre un sas et révèle un appareillage compliqué.

– D'ici, on peut lancer nos propres torpilles espace-espace.

Surmontant sa fatigue et sa colère, le commandant accomplit une série de manœuvres et de réglages complexes. Soudain, la SSC apparaît sur un des écrans de contrôle. Pierre ouvre un boîtier et actionne une manette rouge.

– Suivez-moi, dit-il.

Réunis dans le module Cupola, ils assistent au lancement d'une torpille espace-espace qui se dirige lentement vers la station chinoise.

– L'ISS fait 420 tonnes. Zhongguo Kongjianzhan, le nom chinois de la station spatiale chinoise, n'en fait que 60, explique Pierre.

– Notre cible est donc plus petite, remarque Simon, comme pour se rassurer.

– Mais aussi plus fragile, dit Pierre.

Et alors que la torpille continue d'avancer, les trois astronautes voient que l'équipe chinoise a déclenché à son tour ses réacteurs de positionnement pour essayer d'éviter le projectile.

Trop tard. La torpille de l'ISS percute le centre de la station chinoise dans une déflagration lumineuse silencieuse. S'ensuit la dispersion de plaques et de morceaux métalliques dans l'espace. Alice a l'impression de distinguer, au milieu de la pluie de boulons et de tôle qui les frôlent, des corps humains.

Des résidus pleuvent sur l'ISS, comme de la grêle qui viendrait fouetter la station en produisant des *bing* métalliques très sourds.

Puis le silence revient enfin.

– Voilà, cette menace est éliminée. C'est peut-être le dernier chapitre de la guerre dans l'espace, annonce Pierre.

– Bravo, commandant, dit Alice.

Simon le regarde d'un air suspicieux.

– N'oublie pas qu'il a tué Scott et Kevin.

– Pierre, pouvez-vous jurer que vous ne tenterez plus de nous nuire ? l'interroge la jeune femme.

– Je le jure, dit le Français.

– Il ment, rétorque Simon.

– J'ai beaucoup réfléchi ces derniers temps, je vous l'ai dit. Ce qui m'a semblé scandaleux au premier abord, l'invention de trois nouvelles humanités, va peut-être dans le sens de l'évolution de la nôtre, après tout.

– Il nous dit ce que nous avons envie d'entendre pour mieux nous berner, chuchote Simon à l'oreille d'Alice.

– Et moi, je le crois sincère, lui répond-elle.

– Mais tu ne vois donc pas qu'il ment !

– Alors que proposes-tu ? De le tuer ?

– De le garder enfermé dans un autre module intact.

– Nous avons besoin de lui, Simon. Tu as vu comment il a évacué la menace de la station spatiale chinoise ? Il y a un moment où faire confiance est peut-être le comportement le plus illogique mais le plus rentable.

Simon fixe Alice du regard quelques secondes avant de répondre, résigné :

– Sache que, pour ma part, je ne lui fais pas du tout confiance. Le chien qui a mordu mordra de nouveau.

– Et moi, je crois que les gens peuvent changer. Nous pouvons tous procéder à notre propre métamorphose.

Alice se tourne vers le militaire.

– Selon vous, combien de temps pouvons-nous rester ici ?

– D'après mes souvenirs du dernier relevé des réserves d'air, d'eau, de nourriture et de carburant nécessaires pour maintenir la station en altitude, on devrait pouvoir tenir six mois. Mais en évitant tout gaspillage et en rationnant l'eau et la nourriture, on peut doubler ce temps.

– Donc un an ? dit Alice.

– Oui. Un an.

– Et ensuite ? demande Simon.

– J'ai peut-être une solution. Une navette secrète a été ajoutée l'année dernière pour pouvoir fuir en cas de danger immédiat. Elle est cachée dans le module Centauri. Elle peut contenir trois astronautes. Je sais la piloter. Je pourrais donc nous ramener sur terre.

Un an, tous les trois, en huis clos, à quatre cent dix kilomètres au-dessus d'une planète dévastée par la Troisième Guerre mondiale, sans savoir si nos proches ont survécu et sans moyen de contacter qui que ce soit, voilà donc ce qui nous est offert comme avenir.

– Je propose de m'occuper tout de suite de l'inventaire précis de nos réserves, dit le militaire.

Simon et Alice échangent un regard. Alice accepte d'un signe de tête.

Restés seuls, ils observent la Terre.

– Je crois que je n'arrive pas à réaliser l'ampleur de ce qui s'est passé, avoue-t-elle. Tout est allé si vite.

– Nous avons tout perdu, ajoute Simon, le regard fixe. Et nous allons devoir cohabiter avec notre pire ennemi.

– Mais nous sommes vivants et nous avons encore les moyens de survivre. C'est déjà ça.

Simon a un rictus.

– Je crois que le pire est encore à venir.

Ça y est, il retrouve sa peur de tout.

– Nous étions au paradis et nous ne nous en étions pas rendu compte, lui répond Alice. Désormais, nous sommes deux dans un monde nouveau. Comme Adam et Ève.

– Plus le serpent, remarque Simon.

– Quoi qu'il en soit, nous avons un an pour tenter d'inventer ici une solution, poursuit Alice sans relever.

– Tes hybrides ?

– Oui, mes hybrides. 50 % d'humain plus 50 % d'animal égale 100 % de nouvelle humanité… maintenant que l'ancienne semble avoir disparu.

– Quand même, je ne comprends pas comment on a pu en arriver là, dit Simon.

– C'était annoncé. C'est la bataille finale. L'Armageddon.

17.

ENCYCLOPÉDIE : ARMAGEDDON.

Dans l'Apocalypse de saint Jean, il est fait mention de la bataille de l'Armageddon. Ce nom désigne la guerre ultime qui mettra un terme définitif aux anciens royaumes humains (Apocalypse 16, 16).

Saint Jean fait référence à la colline de Megiddo (*Har* signifie en hébreu « colline »), qui se trouve dans la vallée

de Jezreel, au nord d'Israël. C'est là qu'en 609 Josias, roi de Judée, a été vaincu et tué par le pharaon Nekao II. Cette défaite a été perçue à l'époque comme une catastrophe d'ampleur historique.
Saint Jean annonce dans l'Apocalypse une nouvelle bataille comme celle d'Armageddon, ou plus dévastatrice encore. Il signale qu'elle se déroulera simultanément dans plusieurs pays, sur toute la planète.
Dans sa prophétie, il décrit une grande confusion durant laquelle les ennemis de Dieu s'entre-tueront jusqu'au moment où ils comprendront que c'est en fait Dieu qui les punit.
Dans le Livre d'Ézéchiel (38, 21) et le Livre de Zacharie (14, 13), il était déjà écrit que viendrait un temps où tous les ennemis de Dieu s'entre-tueraient. De même, dans les Psaumes (37, 29), il est annoncé que ce ne sera pas la fin de la Terre (car cette planète est la demeure éternelle de l'homme), mais celle d'une forme d'humanité, celle qui s'oppose aux projets divins.

Encyclopédie du Savoir Relatif et Absolu.

ACTE II

Les racines

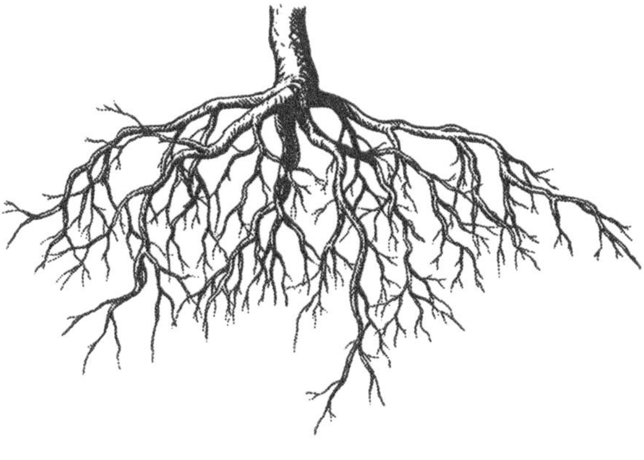

18.

Un an a passé depuis la fin de la Troisième Guerre mondiale. Un an à survivre dans la station spatiale pour les trois astronautes français. Un an de travail. Un an de tâtonnements, d'expérimentations sur le projet Métamorphosis. Un an d'échecs et puis…

– EURÊKA ! s'exclame Simon en relevant les résultats des dernières analyses des trois fœtus d'hybrides.

Aussitôt, Alice et Pierre le rejoignent. Ils observent les petites créatures qui bougent lentement dans trois couveuses cylindriques remplies d'une substance rosée remplaçant le liquide amniotique.

– Ça y est, ils ont dépassé le seuil fatidique des trois mois et tous les indicateurs vitaux sont bons, déclare Alice au comble de l'émotion. Ce sont les premiers à franchir cette limite déterminante !

Juste après avoir prononcé ces mots, la jeune femme repense à la centaine de fœtus d'hybrides qui, eux, n'ont pas réussi à vivre aussi longtemps.

Simon la serre fort dans ses bras et l'embrasse.

– J'étais sûr que nous allions réussir, ajoute l'astronaute aux cheveux blancs.

Ils admirent les trois petits êtres dont la courbe des battements cardiaques ondule sur un écran d'ordinateur.

Celui qui est le plus à droite possède des mains avec de longs doigts reliés par des membranes qui leur donnent l'allure de petites ailes. Le deuxième a déjà des mains et des pieds palmés. Quant au troisième, tournoyant lentement dans le cylindre transparent de gauche, il est muni de grandes mains terminées par de larges doigts.

– Bienvenue à l'Aerial, au Digger et au Nautic ! énonce Pierre en désignant successivement chacun des fœtus. J'ai toujours été impressionné par ton truc des initiales : A, D, N.

Alice ne repère dans sa voix ni inquiétude ni moquerie.

– Et nous, la quatrième espèce, nous sommes… les « Normaux » ou, en anglais, les « Normals » ? dit Simon.

– Je pense que ce n'est pas la bonne expression, répond la jeune femme. Le plus juste serait de reprendre notre dénomination scientifique. Nous sommes des *Homo sapiens*, donc nous n'avons qu'à garder l'appellation plus simple et plus courte de Sapiens. Qu'en pensez-vous, messieurs ?

– Ça me va. Oui, c'est nous, les… Sapiens. Avec un S comme… « survivants », plaisante Simon.

À cet instant, Alice ressent une reconnaissance infinie envers la vie qui les a épargnés et a permis ce renouveau à travers ces fœtus qui, comme eux, se sont accrochés.

– Pourquoi l'homme-dauphin est-il le plus grand ? demande Pierre.

– Leur taille correspond à la nature de leur hybridation :

les dauphins sont plus grands que les chauves-souris et les chauves-souris sont plus grandes que les taupes.

La jeune femme regarde tour à tour les deux hommes qui s'affairent chacun à sa tâche et elle est parcourue d'un frisson.

Trois hybrides, trois humains.

Ses deux collègues sont maigres, ont les yeux cernés et la peau couleur parchemin. Simon Stiglitz porte une barbe blanche d'une longueur approchant celle, blonde, de Pierre Cuvier. Aucun n'a voulu gaspiller de l'eau pour se raser.

Ils ressemblent à des fantômes.

Quant à Alice, elle s'est habituée à se laver avec le stock de lingettes humides laissé par la Japonaise qui l'a précédée. Elle se regarde dans le reflet de la vitre d'une armoire.

Je ressemble à ma grand-mère.

Tous les trois ont fini par se faire à la vie spartiate dans ce qu'ils n'appellent plus le « château dans le ciel », mais le « château hanté ». Ils ont fait d'énormes efforts pour ne rien gaspiller, car ils savaient que c'est le prix à payer pour tenir.

Pendant qu'Alice et Simon travaillaient au laboratoire, Pierre a entretenu et réparé les machines, nettoyé la station et préparé les repas, permettant au couple de scientifiques d'avoir plus de temps pour leurs expérimentations.

L'ancien commandant a établi une discipline concernant la propreté et la gestion des ressources qui a permis le bon fonctionnement général de la communauté.

– Tellement d'échecs et enfin la réussite…, dit Simon le regard brillant en admirant les cylindres où flottent les fœtus.

Comme ils sont beaux. Je n'en reviens pas d'avoir produit des êtres aussi esthétiques.

– Et... ils seront donc résistants aux radiations ? demande Pierre.

– Simon a mis au point, en plus de ma programmation génétique spéciale, un protocole de mithridatisation.

Le biologiste, féru d'histoire ancienne, explique le principe qui tire son nom du roi Mithridate.

– Ayant appris qu'il allait être empoisonné à l'arsenic par les Romains, il a pris tous les jours des doses de ce poison jusqu'à être complètement immunisé. Tout organisme peut en effet s'adapter à un poison si celui-ci lui est délivré progressivement, de façon à lui laisser le temps de trouver ses propres défenses. Sous le contrôle d'Alice, j'ai donc exposé les trois fœtus à une dose quotidienne de radiations, et, en réaction, ils ont développé une résistance.

– Comme avec un vaccin ? On injecte un peu du virus pour que le corps développe ses propres moyens de s'en protéger ? dit Pierre.

– Exactement, répond Alice. Mais le dosage progressif est délicat. S'il n'y en pas assez, ce n'est pas efficace, et si l'on en donne trop, ça peut tuer.

– C'est probablement ce protocole qui a tué les fœtus expérimentaux précédents, reconnaît Simon.

– Mais nos trois fœtus sont enfin sortis de la période dangereuse, ils ont trois mois et sont vivants ! dit Alice. Je propose donc que nous les baptisions.

– Et comment voulez-vous les nommer ? demande Pierre.

– Pourquoi pas avec des noms des dieux grecs ? propose Simon.

– Bonne idée, acquiesce Alice.

– Ce premier Aerial pourrait prendre le nom du seul dieu

de l'Olympe équipé d'ailes : Hermès. Le dieu des voyages, de la médecine, du commerce, dit Simon.

– Ça me plaît, approuve la jeune femme.

– Et c'est aussi le dieu... des voleurs, il me semble, rappelle Pierre.

– Bienvenue sur terre, Hermès, bienvenue dans la communauté des Sapiens, déclare Alice sans tenir compte de cette dernière remarque.

Elle va chercher une étiquette qu'elle colle directement sur le cylindre et inscrit au feutre en gros caractères : « Hermès ».

Simon désigne ensuite le Nautic.

– Que diriez-vous de Poséidon, le dieu de la mer ?

Alice prend une deuxième étiquette et écrit : « Poséidon ».

– Et le Digger, comment va-t-on le baptiser ? Quel dieu vit sous terre dans la mythologie grecque ? demande Pierre.

– C'est Hadès, répond Simon. Le dieu des mondes souterrains. D'ailleurs, son nom signifie « celui qu'on ne voit pas ».

– Hadès, ah oui, ça me revient ! Il règne sur les Enfers, dit Pierre. Il est le maître du royaume des morts.

Simon sourit, ravi de ces échanges sur le thème mythologique.

– Souvenez-vous, poursuit Pierre, Hadès kidnappe Perséphone. Pour le punir, Déméter, la mère de Perséphone, empêche les plantes de germer et tout le monde meurt de faim.

– Mais c'est justement Hermès qui négocie et ordonne à son frère de libérer Perséphone, intervient Alice. Il suffira qu'ils s'entendent bien entre frères et il n'y aura pas de problème.

Et elle appose l'étiquette « Hadès » sur la surface du cylindre contenant le Digger.

– C'est étrange, d'ailleurs, qu'il n'y ait que des mâles, remarque Pierre. C'est volontaire ?

– Pas du tout. Si nous avions dû choisir leur sexe, nous aurions opté pour des femelles. Elles vivent plus longtemps et sont plus résistantes aux maladies, à la douleur et aux épreuves. Mais j'ai voulu que le sexe soit aléatoire. Comme trois pièces qu'on lance et qui tomberaient toutes les trois du même côté.

Les trois astronautes passent la journée dans le module Columbus à observer, dans leurs trois cylindres transparents, les précieux fœtus agités par moments d'infimes soubresauts.

– On dirait que leurs yeux bougent sous leurs paupières, comme s'ils suivaient du regard des événements, s'étonne Pierre.

– Ils doivent rêver, suggère Simon.

– Mais de quoi peuvent-ils rêver puisqu'ils n'ont aucun passé ? demande le militaire.

– C'est une énigme, reconnaît Alice. On ne peut même pas envisager qu'ils aient des souvenirs de leurs vies antérieures puisqu'ils sont les premiers chacun de leur nouvelle espèce.

Les fœtus alternent mouvements lents et frissons nerveux.

– Ils n'ont jamais rien vu, et pourtant on dirait qu'ils gesticulent comme s'ils réagissaient à ce qui est devant eux, constate Pierre. Regardez ! celui-là a un mouvement de bouche comme s'il mastiquait.

– Ils se préparent à vivre, dit Simon.

– Ils rêvent de leur futur possible, ajoute Alice.

Les deux hommes finissent par s'endormir devant les trois cylindres transparents éclairés de l'intérieur.

Alice, elle, n'arrive pas à trouver le sommeil.

J'ai réussi. J'AI RÉUSSI !

Ce qui se déroule ici et maintenant est déterminant pour ce qui va se passer par la suite sur terre.

J'ai peut-être inventé nos « successeurs ».

Et grâce à eux, notre espèce, légèrement modifiée, survivra.

Comme le papillon survit en changeant de forme et en abandonnant sa peau ancienne de chenille.

J'ai créé les trois humanités du futur.

Merci, univers, de m'avoir permis d'aller au bout du projet Métamorphosis.

Elle pense à tout le chemin parcouru, prend une grande inspiration et sourit.

Tout est parfait. Tout est désormais à sa place. Je ne suis qu'une servante de Mère Nature. C'est forcément elle qui a souhaité cet aboutissement positif.

19.

– Il y a d'autres survivants !

C'est Pierre qui annonce la bonne nouvelle à Alice et à Simon, alors qu'ils se trouvent dans la salle dite des radars.

– J'ai identifié au-dessus de la France deux sources d'activité humaine bien nettes.

Les deux autres le regardent, surpris. La vie a suivi son cours dans l'ISS, mais les réserves s'épuisent et les conditions de vie deviennent de plus en plus difficiles pour les trois astronautes, qui savent que leurs jours sont comptés.

– J'examine encore la France, car je garde toujours l'espoir de retrouver ma femme et mes enfants, se justifie l'ancien commandant.

– Et qu'est-ce que tu as trouvé ?

– Des jaillissements d'émissions électromagnétiques. C'est-à-dire des endroits où l'électricité est utilisée par des machines qui produisent des ondes. Grâce à ses capteurs ultrasensibles, l'antenne de l'ISS peut capter ces champs électromagnétiques, même s'ils sont infimes.

– Comment savoir si cette énergie est le fruit d'une action humaine délibérée ? s'interroge Alice. Je veux dire... ce sont peut-être juste des appareils électriques qui fonctionnent automatiquement sans que qui que ce soit les active...

– Toutes les machines réclament de l'entretien pour fonctionner. A fortiori celles qui sont branchées sur des systèmes électriques. De plus, ces signaux sont récents, je ne les avais jamais repérés avant.

– D'où sont-ils émis ? demande-t-elle.

– Le premier que l'antenne a relevé, le plus fort, est dans le centre de Paris. Au niveau de la station de métro Châtelet-Les Halles.

– Comment l'expliques-tu ?

– À mon avis, une communauté de survivants a pu s'installer dans cette station souterraine, parmi les plus grandes et les plus profondes.

– Et les autres points d'émissions ? dit Simon.

– J'en ai repéré plusieurs un peu partout sur la planète, dont un dans les Alpes, dans l'ancienne station de Val Thorens. La région a pu être épargnée, car elle est protégée par des montagnes qui forment une sorte de mur protecteur contre les vents porteurs de radiations. En fait, tout comme pour Tchernobyl, les bombes atomiques ont généré des gros nuages radioactifs dispersés par les vents. C'est le hasard de leurs trajectoires qui fait que des zones sont touchées ou non.

– Donc la station de métro Châtelet-Les Halles à Paris et Val Thorens auraient pu échapper aux radiations ? dit Simon.

– C'est possible, oui. La première parce qu'elle est située en sous-sol, et la seconde parce qu'elle est en altitude.

Alice affiche un grand sourire.

– Après la réussite de survie des hybrides, c'est une autre sacrée bonne nouvelle !

– En fait, si je cherchais ces sources d'émissions électromagnétiques, c'est aussi pour une autre raison moins réjouissante, déclare Pierre. Nous arrivons au bout de toutes nos réserves.

– On peut certainement encore tenir avec moins d'eau et de nourriture, objecte Simon.

– Certes, mais pas avec moins de carburant. Nous serons bientôt à sec. La station descend progressivement et nous ne pouvons plus la remonter pour la garder dans la bonne orbite. Rappelez-vous : nous ne devons pas descendre en dessous des quatre cent dix kilomètres, sinon la force gravitationnelle va nous attirer d'un coup vers la Terre et l'ISS va s'écraser.

– Selon toi, de combien de temps est notre répit ?

– Quelques heures, tout au plus.

– Tu as vraiment attendu le dernier moment pour nous en parler ! s'agace Simon. Est-ce qu'au moins on est sûrs que la navette de secours fonctionne ?

– Je l'ai vérifiée. Elle avait besoin de plusieurs réglages et réparations. J'y ai travaillé et désormais, oui, on peut dire qu'elle est opérationnelle.

– Alors ne traînons pas. On prépare tout et on rentre à la maison, décide Alice.

Elle détache un des caissons antichocs et anti-radiations sanglés à la paroi et y installe Hermès, Poséidon et Hadès, plus l'imprimante et les fioles contenant les gamètes des trois espèces pouvant être hybridées.

– Voilà, dans ce caisson antichoc, il y a tout, dit-elle. Nos trois bébés, tout le matériel et les composants qui nous permettront d'en fabriquer d'autres.

Simon vérifie les tenues et les casques de sortie conçus pour protéger des radiations. Il trouve aussi un compteur Geiger portable.

– Avec ces combinaisons étanches et ce matériel de survie, dit-il, on devrait pouvoir tenir. De toute façon, je surveillerai le compteur.

– Reste-t-il un peu de nourriture et d'eau ? demande Alice à Pierre.

– D'ici notre arrivée, nous aurons épuisé toutes les réserves… Il faut espérer trouver de quoi subvenir à nos besoins sur terre.

– Et si tout a été irradié ? fait remarquer Simon.

– Dans ce cas… évidemment, ce sera plus délicat. Il faudra compter sur notre débrouillardise, reconnaît Pierre.

– Pour filtrer l'eau des égouts, chasser le rat et le pigeon irradiés ? ironise Simon.

Alice soupire puis déclare :

– Faisons confiance à notre propre capacité d'adaptation. Après tout, nos ancêtres ont toujours trouvé des solutions. Sinon, nous ne serions même pas nés.

– Dans ce cas, pas la peine d'attendre, partons, dit Pierre. Dans une heure, ça vous va ?

Alice et Simon approuvent. Pierre insiste :

– Ne vous chargez pas trop. Juste le strict nécessaire.

– Je prends quand même ça, signale Simon en montrant son pistolet. On ne sait jamais.

Les trois astronautes se préparent sans perdre une minute. Ils enfilent des combinaisons, récupèrent des protections anti-radiations qu'ils placent dans un caisson, puis prennent place dans la navette d'évacuation d'urgence.

Pierre s'installe aux commandes. À ce moment, une grande secousse ébranle l'ISS.

– On décroche ! s'exclame Pierre.

– Quoi ? Mais je croyais qu'on avait encore du temps ! s'affole Alice.

– Je le croyais aussi, mais la gravité nous aspire ! explique Pierre.

Le « château dans le ciel », en manque de carburant, glisse lentement vers la Terre.

Le commandant règle plusieurs appareils sur le tableau de bord, actionne différents boutons puis lance le compte à rebours.

– 10...

L'ISS continue sa chute. Alice serre fort la main de Simon. Son autre main se crispe sur la poignée de la précieuse mallette.

– 9...

Elle se penche vers Simon et lui chuchote à l'oreille :

– Il faut que tu saches que... zchkruiii zensschin...

Ce qu'elle prononce est couvert par le bruit des réacteurs qui viennent de se mettre en marche.

– 8...

Les trois astronautes voient avec effarement la Terre qui se rapproche alors que les vibrations augmentent.

– Tu as dit quoi ?

– 7...

– Je suis...

– 6...

Le frottement de l'air dû à l'entrée dans les couches denses de l'atmosphère provoque un vacarme épouvantable.

– Tu es quoi ? hurle Simon.

– 5…

– … enshkrinteu.

– Quoi ?

– 4…

Alice surmonte le bruit en hurlant à son tour :

– JE… SUIS… ENCEINTE.

– 3…

– Quoi !? Mais… mais… Je croyais que ton endométriose empêchait toute grossesse ?

– 2…

– Moi aussi je le croyais. Mère Nature en a décidé autrement. Tu vas être père.

Une émotion indescriptible envahit Simon. Sa gorge se noue. Il déglutit, puis un grand sourire éclate sur son visage. Il ferme les yeux pour apprécier encore plus cette seconde précise. Alice serre encore plus fort la main de son compagnon.

– 1…

Pierre actionne la manette qui permet de libérer la navette des crochets qui la retiennent.

Plusieurs claquements métalliques secs s'enchaînent.

– Zéro… mise à feu ! annonce le militaire.

Et il appuie sur le bouton rouge.

Au vacarme général de l'ISS en train de chuter s'ajoute le bruit caractéristique des tuyères de la navette. L'engin argenté se détache de la station spatiale internationale.

Par les vitres de droite, les trois astronautes voient le château de métal qui les a hébergés s'éloigner alors que, dans celles de gauche, la Terre s'approche. Alice remarque que Pierre surveille Simon.

Ces deux hommes ne s'apprécieront jamais. C'est comme s'ils étaient nés pour être rivaux.

20.

ENCYCLOPÉDIE :
LA LUTTE ENTRE SAINT PIERRE
ET SIMON LE MAGICIEN.

Simon le Magicien est né en Samarie, en Israël, à la même époque que Jésus-Christ. Les Actes des Apôtres (8, 4-25) racontent que Simon, qui faisait ordinairement des tours de magie avec beaucoup de succès, apprit que Jésus faisait des miracles et voulut acheter le pouvoir de faire de même, ce qui mit en fureur les apôtres.

Selon un texte du début du christianisme connu sous le nom d'*Actes de Pierre*, une discussion s'engagea entre Pierre et Simon le Magicien, autour de ce qu'est la magie et de ce que sont les vrais miracles.

Simon, pour démontrer le pouvoir de la magie, aurait effectué, sur le forum de Rome, devant l'empereur Claude et la foule ébahie, un tour extraordinaire au cours duquel il se serait envolé.

Pierre aurait alors réuni un groupe de chrétiens qui, pour le faire chuter, se seraient mis tous à prier avec ferveur. Une sorte de combat aérien se déroula donc entre la

magie et la mystique. Pierre aurait fini par gagner, et Simon serait tombé, mourant sur le coup.

Pour les chrétiens, la chute de Simon le Magicien confirme que le christianisme est plus puissant que toutes les autres formes de spiritualité. Quant au terme de « simonie » lié à cet épisode, il désigne le fait d'acheter ou de vendre contre de l'argent ou une protection des biens religieux ou spirituels (comme des bénédictions ou des bénéfices ecclésiastiques).

Il semble que Simon ait détenu une forme de connaissance issue de la tradition gnostique grecque, mélange de science et d'ésotérisme qui expliquait la création du monde, l'apparition de l'homme sur Terre, et la notion de mission de vie dans un monde d'illusions. Simon le Magicien aurait d'ailleurs écrit plusieurs traités, parmi lesquels *Les Quatre Quarts du monde* et l'*Apophasis mégalè* (qu'on peut traduire par la « Grande Déclaration »).

Le combat entre Simon et Pierre, devenu légendaire, est le sujet de nombreuses peintures et sculptures religieuses depuis le Moyen Âge. Simon le Magicien a aussi inspiré le personnage de Merlin l'Enchanteur dans le cycle arthurien, ou plus récemment celui de Gandalf dans *Le Seigneur des anneaux*.

Encyclopédie du Savoir Relatif et Absolu.

21.

Du feu. Partout.

La navette s'enflamme comme une météorite en pénétrant dans l'atmosphère. Tout l'avant du fuselage de l'engin n'est plus qu'une fournaise. Le nez en céramique de l'appareil devient orange alors que les vibrations sont de plus en plus fortes et que les flammes lèchent les hublots.

Enfin, tout se calme. Le bruit, le feu, la chaleur, les vibrations cessent.

La navette, habilement pilotée par Pierre, se stabilise et se dirige vers la France.

En s'approchant de Paris, ils découvrent de plus près à travers le pare-brise les conséquences de la Troisième Guerre mondiale.

Ils distinguent les cratères laissés par les bombes.

La déflagration principale a eu pour épicentre le Stade de France, au nord de la capitale, cible bien repérable depuis le ciel. Comme si le pilote qui avait largué la bombe avait voulu marquer un but. Partout ailleurs, des impacts de tailles différentes ont éventré des quartiers entiers.

Au fur et à mesure que le vaisseau approche du sol, les trois astronautes repèrent la tour Eiffel, encore intacte, ainsi que la cathédrale Notre-Dame de Paris et la basilique du Sacré-Cœur, à Montmartre. En revanche, la tour Montparnasse et l'Arc de triomphe ont disparu.

Pierre, à la manœuvre, décide de faire atterrir la navette sur le parvis de Notre-Dame. Cependant, il se rend compte trop tard que la zone de roulage n'est pas assez longue. Pris de court, le militaire tente alors un atterrissage en catastrophe, estimant pouvoir être ralenti par les immeubles alentour.

Le contact avec le sol est violent. Tout le train d'atterrissage est arraché, puis, après une courte glissade, la navette vient s'écraser contre un bâtiment de style haussmannien.

Le nez du vaisseau se brise dans un épouvantable fracas. Les trois passagers sont projetés vers l'avant, mais heureusement retenus par les harnais de sécurité.

Après quelques minutes, chacun retrouve ses esprits.

– Ça va ? demande Simon.

En dehors d'égratignures, de quelques contusions et de brûlures légères dues au frottement du thorax contre les courroies des harnais, tous s'en sortent indemnes.

Alice se tient le ventre.

J'espère que le fœtus a supporté le choc.

Le liquide amniotique a dû le protéger.

J'espère aussi que les fœtus d'hybrides ont résisté dans leur caisson, protégés par les épaisseurs de mousse.

En revanche, la navette est hors course.

– Nous voilà arrivés, annonce Pierre en dispersant de la main la fumée qui s'échappe de son tableau de bord.

Ils toussent.

– Niveau de radiations ? questionne le commandant de bord.

Simon surveille l'écran de l'appareil où s'inscrit la mesure.

– 120 millisieverts.

– Ce qui correspond à... ? interroge Pierre.

– C'est le niveau de radiations autour de la centrale nucléaire de Tchernobyl quand elle a explosé. C'est mortel.

Alice met sa main sur son ventre.

Oui, mon fœtus est toujours là, vivant. Je le sens.

Son autre main se pose sur la mallette.

Et la mallette contenant mes trésors n'a pas été touchée.

Les trois astronautes détachent leurs harnais de sécurité et s'aperçoivent que, du fait de la pesanteur terrestre « normale », ils sont devenus très… lourds. Le moindre geste leur réclame beaucoup d'énergie, comme s'ils portaient des vêtements lestés de plomb.

Ils se meuvent avec difficulté mais parviennent à se dégager de leur siège. Ils enlèvent leurs tenues blanches d'astronautes et enfilent, après beaucoup d'efforts, les combinaisons de protection anti-radiations de couleur orange fluorescent et leurs casques.

Nous ne sommes plus adaptés à notre planète. Quelle dérision. Nous sommes comme des étrangers sur terre. Et encore, nous arrivons à bouger parce que nous nous sommes appliqués à pratiquer assidûment, tous les jours, nos deux heures trente de sport. Je n'ose imaginer dans quel état nous serions si nous n'avions pas fait ces exercices.

Alice se déplace lentement jusqu'à la mallette contenant ses trois fœtus d'hybrides, les gamètes et l'imprimante génétique, et vérifie qu'elle est intacte. Cependant, au moment où elle veut la soulever, elle s'aperçoit qu'une tige de métal bloque la grosse valise.

Alors qu'elle tente de la dégager, l'avant de la navette s'embrase.

– Ce doit être un câble dénudé qui a créé un faux contact, explique Pierre. Il faut évacuer l'engin. Désormais, il peut exploser d'un instant à l'autre.

– Non, attendez, la mallette ! s'écrie la jeune femme aux yeux verts.

Simon essaie à son tour de libérer le caisson, mais la tige métallique, tordue par l'atterrissage brutal, l'en empêche.

– On n'a plus le temps ! les bouscule Pierre. Si on n'évacue pas tout de suite, on va mourir brûlés vifs !

Après avoir vérifié l'étanchéité de leurs combinaisons, Simon force Alice à quitter le vaisseau spatial. À peine sont-ils à l'extérieur que les trois astronautes s'écroulent par terre, écrasés par cette gravité dont ils avaient oublié la puissance.

Alice s'appuie sur ses mains, pousse sur ses bras pour se mettre à quatre pattes, puis avance. Elle parvient ainsi à faire une cinquantaine de mètres pour s'éloigner de la navette. Derrière eux, le réservoir explose, le feu se propage à tout l'appareil.

– Il faut récupérer la mallette ! hurle la scientifique dans son casque.

– Tu vois bien que le vaisseau flambe ! lui oppose Simon.

– Il faut pourtant la sortir de là. Elle a beau être blindée, antichoc et ignifugée, si la température monte, les trois fœtus cuiront ! dit-elle.

– J'y vais ! déclare Pierre.

Surmontant la difficulté de déplacer son corps qui lui semble peser des tonnes, il parvient à entrer à quatre pattes dans la navette, en dépit de la fumée et des flammes.

– Il est fou ! La combinaison est conçue pour protéger des radiations, pas du feu ! dit Simon.

Les deux Français attendent plusieurs minutes qui leur semblent des heures quand soudain, surgissant de la fumée et des flammes, tel un phœnix, apparaît la silhouette du militaire qui brandit la mallette tout en avançant, complètement voûté.

Les deux autres astronautes s'approchent, toujours à quatre pattes, pour l'aider à s'éloigner.

Alice saisit la précieuse mallette tandis que Simon soutient Pierre par le bras. Une fois en sécurité, elle l'ouvre pour vérifier si les chocs ou la chaleur n'ont pas endommagé les cylindres. Elle lâche un soupir de soulagement quand elle constate que les fœtus continuent de batifoler dans le liquide rosé comme si de rien n'était.

Simon examine Pierre, qui, allongé au sol, tente de recouvrer quelques forces. C'est alors qu'il remarque qu'une partie de la combinaison de protection orange a fondu, laissant un trou béant qui expose sa chair.

Simon blêmit. Ce qui n'échappe pas à l'ancien militaire.

– Je suis foutu, c'est ça ? En combien de temps ces radiations de 120 millisieverts vont-elles me tuer ?

– Eh bien… Le processus de nécrose des cellules étant lancé est irréversible…

– Combien de temps ? insiste Pierre.

– À Tchernobyl, certains pompiers ont tenu quelques heures, d'autres quelques jours.

– La peau en lambeaux et les muscles à vif…, ajoute Pierre avant de vomir dans son casque.

Il l'enlève et se met à respirer l'air extérieur.

– Non ! Ne fais pas ça ! hurle Simon.

Pierre sourit et inspire de nouveau.

– Fichu pour fichu, autant que je ne meure pas en m'étouffant dans mon casque avec mon propre vomi. Pour un militaire, c'est un peu minable comme fin.

– Tu as sauvé les hybrides, déclare Alice, les yeux rougis par l'émotion.

– Au cas où tu douterais encore de ma loyauté, te voilà fixée...

La jeune femme serre Pierre dans ses bras. Celui-ci demande :

– Tu m'as dit... qu'il restait des balles dans le pistolet, n'est-ce pas, Simon ?

Le scientifique hésite un moment, puis donne l'arme au militaire. Mais la main de Pierre tremble déjà trop et il n'arrive même pas à placer le canon sur sa tempe.

– Tu peux... m'aider ?

Simon reprend l'arme, mais il est incapable de tirer.

Alice attrape alors le pistolet, le place sur le cœur du commandant et ferme les yeux. Puis elle presse trois fois la détente.

Du sang coule de la commissure des lèvres de Pierre. Dans un dernier effort, il ouvre la bouche, comme pour dire quelque chose. Mais avant que le moindre son sorte de sa gorge, son regard devient fixe. Tout son corps se fige et retombe comme une poupée de chiffon.

– C'était un type bien, déclare Alice, des larmes sur les joues.

– Je reconnais, je me suis trompé. Les gens peuvent changer, dit Simon, ému.

Ils restent un instant près de lui, immobiles et silencieux.

Puis, surmontant la difficulté de se mouvoir avec la gravité terrestre, Simon et Alice tirent sur plusieurs mètres le cadavre du militaire pour le placer à l'intérieur de la cathédrale Notre-Dame de Paris envahie de plantes grimpantes résistantes à la radioactivité.

Ils franchissent la nef, puis le transept, et installent le corps au milieu de l'abside.

– Il aura une cathédrale entière pour mausolée, dit Alice.

Même les pharaons n'ont pas eu quelque chose d'aussi beau pour ultime demeure.

– « Tu es Pierre et sur cette pierre je bâtirai mon Église », énonce Simon.

– Ce sera son épitaphe.

Tandis que Simon s'emploie à déshabiller complètement le cadavre, Alice utilise une feuille qu'elle a cueillie sur une des plantes pour enlever les traces de vomi et de sang, puis lui ferme les yeux.

Je ne m'attendais pas à ce que la mort de celui que j'ai jadis considéré comme mon pire ennemi puisse m'émouvoir à ce point.

Pierre, je suis consciente que, sans toi, notre aventure aurait pris fin depuis longtemps. Tu es la preuve que, parfois, nos adversaires nous font progresser encore plus vite et plus loin que nos alliés.

22.

– Je me sens si lourde, dit Alice. Comme aimantée au sol.

– Nous étions des supermen, nous voici redevenus des limaces rampantes, résume Simon.

– Je ne me rendais pas compte du privilège immense que c'était d'être aussi légère là-haut.

La jeune femme, toujours à quatre pattes, parvient à se redresser un peu. Elle se retrouve dans la même position que certains singes lorsqu'ils se déplacent en appui sur leurs bras.

Simon se redresse à son tour.

– C'est un coup à prendre, mais on peut arriver à retrouver notre capacité bipède.

Au bout de plusieurs minutes, ils finissent enfin par marcher presque normalement.

– En route pour la station Châtelet-Les Halles ! lance Simon.

Alice ramasse une corde qui traîne et place la mallette sur ses épaules, comme un sac à dos. Elle n'a plus l'intention de s'éloigner de ce trésor. Simon prend la tête de l'expédition, le pistolet dans une main et le compteur Geiger dans l'autre.

Pas après pas, ils découvrent l'aspect postapocalyptique des rues parisiennes. Tout est en ruine et envahi par la végétation.

– C'est quoi, le niveau de radiations ? demande Alice.

– Toujours 120 millisieverts.

Le paysage autour d'eux les effraie et les fascine à la fois. En un an, les plantes se sont développées, recouvrant l'asphalte où jadis roulaient les voitures. Des tuyaux jaillissent comme des viscères de plastique des façades éventrées d'immeubles qui laissent entrevoir des appartements tels qu'ils étaient avant la Troisième Guerre mondiale, avec leur mobilier et leurs objets de décoration.

Des bus renversés servent d'abri à des chiens errants au pelage clairsemé. Ces chiens ont un regard qu'on dirait plein de reproches : les humains les ont trahis alors qu'ils leur avaient accordé toute leur confiance et leur amour.

Moi qui prévoyais d'inventer une nouvelle humanité mutante pour survivre en cas de catastrophe, je n'avais pas imaginé que tout puisse aller si vite, si loin, et de manière si radicale.

Mère Nature a dû perdre patience devant nos folies.

Elle a inspiré aux hommes leur autodestruction et ils se sont révélés d'une efficacité redoutable.

Comme si nous étions déjà programmés pour vivre ce cataclysme.

Au-dessus d'eux tournoient des nuées de corbeaux aux plumes anthracite.

Les corbeaux sont plus intelligents que nous. Non seulement ils ont survécu, mais en plus nous leur avons servi de nourriture, comme après chaque bataille de l'histoire humaine. Qu'elle soit gagnée ou perdue.

Derrière un amas de carcasses de voitures rouillées, Alice repère enfin l'entrée principale du Forum des Halles, cet ancien centre commercial abandonné au cœur de la station de métro et de RER. Une énorme pompe formée d'une grille et d'un tuyau en aluminium est visible et son ronronnement indique qu'elle fonctionne.

– Cette installation pourrait être un système d'aération bricolé par des survivants, estime Simon.

Ils contournent le tuyau, entrent dans la galerie et descendent la volée de marches qui mène au premier sous-sol. Les magasins, eux aussi envahis de mousse, d'herbes sauvages et de lierre, ont leurs vitrines brisées mais leurs marchandises sont encore en rayons.

Paris est devenue une ville fantôme.

Dans un commerce déserté, Alice et Simon s'équipent de torches électriques, de pics d'alpinisme et de cordages, pour parer à toute éventualité.

Le jeune homme marche par mégarde sur ce qui lui semble une caisse de bois sec. Un craquement résonne dans les couloirs vides. En levant le pied, Simon constate qu'il vient d'écraser une cage thoracique humaine prolongée d'un crâne.

D'un signe de tête, il indique à Alice de regarder au sol. La jeune femme baisse les yeux. Des squelettes gisent, plus ou moins affleurants, au milieu des détritus, des gravats et des plantes grimpantes. Avec leurs dentitions entièrement exhibées, ils semblent rire de la situation.

Alice et Simon accélèrent le pas. Devant eux, un escalator plonge dans les entrailles du centre commercial. Ils descendent prudemment les marches métalliques qui par endroits laissent entrevoir des trous béants que les deux scientifiques enjambent avec précaution.

Au fur et à mesure qu'ils s'enfoncent sous la surface, les crépitements du compteur Geiger se font plus espacés.

L'écran affiche désormais 60, puis 50 et enfin 30 millisieverts.

– D'après mes souvenirs, la station de métro Châtelet-Les Halles est aussi vaste que profonde. Ça pourrait expliquer que des humains aient pu s'y réfugier et y survivre, dit Simon.

Alors qu'ils poursuivent leur avancée à la lueur de leurs torches électriques, ils perçoivent des bruits.

– Il y a une présence en dessous…, murmure Simon.

Soudain, de gros rats gris aux yeux rouges et aux longues queues roses déboulent entre leurs jambes, faisant de nouveau crépiter le compteur Geiger.

– Comme ils circulent aussi en surface, ils sont irradiés, explique Simon qui a du mal à dissimuler son aversion pour ces rongeurs. Fais attention qu'ils ne te mordent pas et qu'ils ne percent pas ta combinaison.

À peine le scientifique a-t-il terminé sa phrase qu'un rat lui saute sur la tête depuis le plafond et s'accroche au sommet de son casque. Simon le repousse d'un geste de la main et, une fois que le rongeur est au sol, lui tire une balle qui le fait exploser. La détonation et le spectacle du rat transformé en bouillie enlèvent toute envie d'approcher à ses congénères, qui détalent à toute vitesse.

– L'effet dissuasif ne sera que temporaire, prévient Alice.

– Plus que deux balles, déplore Simon. Essayons de les économiser au cas où nous rencontrerions d'autres menaces plus graves.

Ils poursuivent leur descente et contournent une nouvelle zone infestée de rongeurs.

Puis Simon voit que le compteur Geiger affiche 10 millisieverts.

– Nous pouvons enlever nos tenues de protection, signale-t-il en retirant son propre casque.

Alice fait de même.

Ils respirent enfin librement. Le contact de l'air sur la peau et dans les narines leur procure une sensation délicieuse. Ils ôtent, plient et rangent les deux combinaisons orange fluo dans un grand sac de supermarché qui traîne au milieu des décombres. C'est Simon qui le porte.

Ils empruntent les escalators qui mènent au parking souterrain du Forum des Halles. Ils repèrent de nouveau un bruit. Cette fois, rien à voir avec des couinements de rats. On dirait quelque chose comme un marteau qui frappe une enclume.

Ils progressent en suivant ce martèlement étrange et arrivent devant une énorme porte blindée entrouverte.

– C'est de là que vient le son, dit Simon.

Ils poussent la porte, qui s'ouvre sur un escalier.

– On dirait qu'il y a une activité là-dessous.

Ils descendent lentement les marches, s'efforçant d'être le plus discrets possible.

– Ce n'est pas un bruit de machines qui percutent du métal, constate Alice, troublée. C'est de la musique. De la musique électro ! C'est Daft Punk. Je crois même reconnaître ce morceau : « One More Time ».

Ils accélèrent le pas. Le rythme se fait plus net et le son est de plus en plus fort. La luminosité change elle aussi : des rais verts, bleus, jaunes et roses alternent contre les murs du couloir encore sombre.

Au détour d'un virage, Alice et Simon n'en croient pas leurs yeux : ils viennent de tomber sur ce qui leur semble bien être une fête dans un parking.

C'est quoi, ça ?

Le décor est impressionnant : comme dans une immense boîte de nuit, des projecteurs, des boules à facettes, des lumières ultraviolettes éclairent la piste de danse. Sur les murs sont peintes des fresques, représentant, sur trois côtés, des jungles tropicales et, sur le dernier, une plage de sable rose avec des cocotiers.

Sur une estrade rouge, un DJ est à la manœuvre aux platines. Il s'arrête parfois de manipuler ses appareils pour agiter les bras au-dessus de sa tête et donner le rythme.

En contrebas de l'estrade, une foule compacte danse et se défoule alors que les lumières stroboscopiques flashent et que des projecteurs multicolores tournoient.

Les deux astronautes n'en reviennent pas : au quatrième niveau du parking du Forum des Halles, un an après la fin du monde, la fête bat son plein.

23.

La musique est si forte qu'instinctivement Alice met sa main sur son ventre, comme pour ajouter une protection au fœtus qui, réveillé, donne des coups de pied, au début de manière anarchique puis en rythme avec la musique.

Elle dépose la mallette contenant les trois hybrides et le matériel au sol. Simon abandonne le long d'un mur le sac avec les combinaisons anti-radiations.

– En tout cas, ils ont de l'électricité, pour arriver à produire autant de décibels et de lumière.

Je dois en avoir le cœur net.

Fendant la foule d'un pas déterminé, Alice rejoint le DJ sur son estrade. Le visage bronzé, une barbe poivre et sel de trois jours, vêtu d'une chemise hawaïenne rose à fleurs mauves entrouverte sur son torse velu agrémenté d'une longue chaîne au bout de laquelle brillent de grosses notes de musique en relief, il a l'air jovial.

– Je peux vous parler ? demande Alice en hurlant.

– Qu'est-ce que vous dites ? fait le DJ en soulevant à moitié le casque qui lui couvre les oreilles.

La jeune femme s'approche le plus près possible et arrive à augmenter son propre volume sonore.

– Peut-on se mettre à l'écart pour discuter ?

– Quoi ?

Et en plus il est sourd.

Alors Alice continue en utilisant le langage des mains, indiquant successivement sa bouche puis son oreille.

– Ah ? Vous voulez qu'on parle ?

Elle hoche la tête, puis, en les désignant tous les deux, mime avec ses doigts une personne qui marche.

Le DJ fait signe à un autre type aux allures de rasta équipé de grosses lunettes de soleil pour qu'il prenne le relais. Celui-ci se place aussitôt face aux platines et agite la main au-dessus de sa tête au rythme de la musique.

– Vous voulez discuter de quoi ?

– On peut aller dans un endroit moins bruyant ? demande Alice dès qu'elle a l'impression que l'homme peut la comprendre.

Cette fois, le DJ secoue affirmativement la tête et la guide vers les toilettes. Simon les rejoint avec les deux bagages volumineux.

– Je me nomme Alice Kammerer et voici Simon Stiglitz.

– Enchanté, moi, c'est Franckie. Franckie tout court. Je vous ai jamais vus par ici…

– J'ai une question stupide à vous poser, l'interrompt Alice avant que la conversation prenne une autre tournure. Qu'est-ce que vous faites là ?

Franckie éclate d'un grand rire puis leur dit :

– Ben, permettez-moi de vous retourner la question ! Parce que, en fait… si je ne m'abuse, vous n'appartenez pas à cette communauté.

D'un coup, Franckie cesse de sourire et recule d'un pas.

– Ne me dites pas… ne me dites pas que vous et votre ami êtes des irradiés de l'extérieur ? Ceux que nous nommons les « zombies » ?

Alice remarque qu'il a un fort accent marseillais qui participe à son côté vacances ensoleillées.

– Nous venons de l'espace.

Franckie prend un air interrogateur.

– Donc vous n'êtes pas des zombies, mais des extraterrestres. C'est bien ça ?

– En fait, nous venons de l'ISS, la station spatiale internationale, et nous avons atterri grâce à la navette de secours sur une zone que nous avons identifiée comme étant potentiellement habitée, précise Simon.

Franckie hoche la tête.

Comment arrive-t-il à intégrer aussi vite une telle information ?

– Et... en admettant que je prenne au sérieux ce que vous venez de dire, j'ai une question à vous poser : pourquoi êtes-vous descendus de votre station spatiale ?

– Plus assez de carburant pour maintenir la structure en orbite, explique Simon.

– Ah, je vois, je vois.

Il souffre d'écholalie. Il répète certaines phrases deux fois.

– Pouvez-vous nous raconter comment vous avez survécu à la Troisième Guerre mondiale ? s'enquiert Alice.

– Eh bien, si vous êtes des extraterrestres, nous, nous sommes des « intra-terrestres ». Quand la première grosse bombe est tombée au nord de Paris, sur le Stade de France, j'étais aux platines pour une soirée techno dans une boîte de nuit pas loin d'ici. Un type est monté sur l'estrade, a pris le micro et a fait une déclaration à tous les gens présents. Il a dit : « Je suis colonel dans l'armée. Je viens de recevoir des informations. La situation est grave. Ne posez pas de questions, je vous expliquerai plus tard. Il faut faire vite. Suivez-moi tout de suite si vous voulez rester vivants. » Et il nous a emmenés ici. Voilà, voilà.

– Et ensuite, comment avez-vous pu survivre ? demande Simon.

– En fait, il s'est révélé que le type était réellement un militaire. Dans les services secrets. Du coup, il détenait les bonnes informations. Il savait que plus rien ne pourrait s'arranger. Et il savait que le sous-sol du Forum des Halles pouvait servir d'abri antiatomique en cas de guerre. Il nous a indiqué tout ce qu'il fallait faire. Nous nous sommes installés ici, dans cette zone cachée, prévue pour ce genre de… situation. Une mini-centrale nucléaire autonome déconnectée du réseau municipal nous fournit l'électricité dont nous avons besoin. Pour l'air, il y a des pompes et des filtres décontaminants. Et un circuit autonome purifie l'eau.

– Comment vous nourrissez-vous ? demande encore Simon.

– En plus de grosses réserves de boîtes de conserve, une ferme hydroponique produit des fruits et des légumes frais. Ce lieu a vraiment été conçu comme un immense abri antiatomique collectif susceptible de tenir des dizaines d'années en autonomie complète.

– Impressionnant, dit Alice qui commence à être rassurée.

– Et ce n'est pas tout : ils avaient aussi prévu un hôpital avec un équipement de pointe, un laboratoire scientifique destiné à étudier les virus et à fabriquer des vaccins en cas de guerre virale ou bactériologique, et tout un arsenal pour organiser une résistance.

– Combien êtes-vous ? l'interroge la jeune femme.

– Nous nous sommes retrouvés à 696 ici, à suivre ce colonel.

Il y a donc eu des survivants qui ont trouvé refuge sous terre. C'est bien ce que je pensais : mon choix de créer des hybrides hommes-taupes est une bonne solution car, sous terre, on est protégé de toutes les catastrophes qui se produisent en surface.

Franckie poursuit :

– Par la suite, de nombreux irradiés ont voulu nous rejoindre, mais on a vite compris qu'ils risquaient de nous irradier nous-mêmes.

– Ceux que vous nommez les « zombies » ?

Franckie acquiesce d'un hochement de tête.

– Le colonel nous a signalé que les systèmes de sas anti-bombes étaient complètement étanches. Nous avons donc fermé toutes les issues. Avant, nous avons transféré dans les tunnels non contaminés tout ce que contenait la médiathèque pour continuer de nous instruire et nous avons également récupéré les machines de la salle de sport du Forum pour garder la forme.

Alice et Simon restent sans voix devant l'ingéniosité que ces survivants ont développée.

– À mon tour de poser des questions, reprend le DJ. Comment, depuis l'espace, avez-vous su que nous étions là ?

– Nous l'ignorions. Nous avons juste repéré grâce aux radars de l'ISS une activité électromagnétique soudaine et bien sectorisée, explique Simon.

Franckie réfléchit.

– Nous avons récemment décidé d'ouvrir une des issues qui mènent en surface pour remplacer la pompe à air. Les techniciens ont dû laisser par inadvertance une issue béante. C'est ce qui vous a permis de percevoir l'électromagnétisme et d'arriver jusqu'à nous… D'ailleurs, j'y pense, comment avez-vous fait pour survivre après votre atterrissage dans Paris irradié ?

– Nous avons des combinaisons anti-radiations et un compteur Geiger, répond Simon.

– Je vois, je vois.

– Vous ne nous avez toujours pas expliqué pourquoi c'est la fête ici...

– J'organise des soirées à thème. Le colonel m'a proposé de m'en charger lorsque nous avons eu réglé tous les problèmes de survie sur le court terme. Lui a pris en charge les aspects pratiques et moi le côté loisirs et détente. Jadis je travaillais au Club Méditerranée. On a d'ailleurs repris la formule du Club. Moi, je suis un CV, pour « Chef de Village ». Ceux qui m'aident sont les GO, pour « Gentils Organisateurs » et les autres sont des GM, pour « Gentils Membres ».

Incroyable, un Club Med souterrain pour échapper à l'apocalypse. Et ils font la fête alors que les cadavres de leurs voisins, de membres de leurs familles jonchent la surface juste au-dessus d'eux.

– Est-ce votre colonel qui dirige ce lieu ? dit Simon.

– En fait... non. Le pauvre, il n'a pas eu de chance. Comme je vous l'ai dit, il y a un grand stock d'armes ici. Un jour qu'il vérifiait le bon fonctionnement des mines antipersonnel, l'une d'elles lui a explosé entre les mains. Quelle dérision pour un militaire : échapper à la guerre et aux bombes lancées par l'ennemi pour mourir seul dans une pièce en vérifiant ses propres armes... Du coup, on a fermé l'arsenal. Je suis le seul à avoir gardé un pistolet en cas de gros problème.

Il a un geste pour exprimer son fatalisme, puis poursuit son récit.

– Je me suis retrouvé à cumuler les fonctions de direction et de gestion. En fait, je fais tout ici. Je prends toutes les décisions. Et comme vous le voyez, l'ambiance est bonne. On mange bien, on bricole un peu pour maintenir les appareils en état de bon fonctionnement, on danse, on fait l'amour. Que rêver de mieux ? Ça aurait pu être l'enfer et c'est devenu le paradis. Oui, c'est le paradis.

– Ce n'est pas un peu épuisant de faire la fête tout le temps ?

– On ne fait la fête que le soir. Le reste de la journée, tout le monde travaille. Certains participent aux tâches de nettoyage, d'autres de réparation. D'autres encore se sont reconvertis en agriculteurs modernes dans les fermes hydroponiques. Ce n'est que le soir qu'on se détend vraiment.

Alice ne peut s'empêcher de dévisager Franckie.

Quel drôle de bonhomme.

– Et il commence à quelle heure, votre « soir » ?

– Vous êtes arrivés juste au moment où la soirée débutait.

– Mais il est tôt. Selon ma montre, il est dix-huit heures en temps universel, remarque Simon.

– Comme nous ne voyons pas la lumière du jour, pour nous, il est vingt-deux heures. Tout le monde a déjà dîné, alors on lance les festivités.

Alice et Simon modifient l'heure sur leurs montres.

– Et donc tous les soirs depuis un an vous dansez sur de la musique électro ?

– Ah non ! objecte le DJ en secouant la tête avec force. Parfois, pour les plus âgés, on met de la musique classique, du jazz ou du rock.

J'attendrai les soirées de vieux, alors.

Franckie s'assoit sur le rebord du lavabo.

– Je vous ai dit qu'on avait baptisé notre communauté New Ibiza ? C'est parce que toute notre philosophie est épicurienne, au sens où nous avons décidé de nous amuser et de jouir au maximum de chaque instant. Vous connaissez la devise *Carpe diem* ? Eh bien nous la vivons tous les jours. Tous les jours ! Et puis on ne fait pas que danser. Nous organisons aussi des projections dans la salle de cinéma. Nous regardons des séries télévisées, comme *The Walking Dead* ou *The Last of Us*, pour nous rappeler comment la science-fiction des années 2000 est devenue notre réalité. Il y a même un casino pour jouer au poker et à toutes sortes d'autres jeux. Nous misons de vieux billets qui ne sont plus en circulation.

– *Carpe diem* est une philosophie sympathique mais ce n'est pas très constructif, remarque Alice.

– Vous voulez construire quoi ? Tout est en ruine et irradié en surface ! répond Franckie.

– Les rats, les corbeaux et les pigeons ont trouvé les moyens de s'adapter, eux, rétorque Alice, pour qui ce détail a une grande signification.

La vie a trouvé des solutions pour ceux qui en cherchaient.

– OK, des mutants ont survécu aussi, mais on s'en fout, on ne peut plus rien bâtir de sain. D'ailleurs, ici, à New Ibiza, l'autre grande devise de notre communauté est : *No future.*

– C'est l'un des slogans punk des années 1980, se rappelle Simon.

– Et qui garde les enfants pendant que tous ces adultes prennent du bon temps ? s'interroge Alice.

Franckie a soudain l'air grave.

– Nous avons trois règles fondamentales : pas de travail, pas de famille, pas de patrie. Donc, par voie de conséquence, surtout pas d'enfants.

– Et quand une femme tombe enceinte ? demande Alice.

– Il y a plusieurs médecins ici qui s'occupent de « gérer » ça.

La jeune femme met la main sur son ventre.

– Mon compagnon et moi ne sommes pas aussi épicuriens que vous. En tout cas, pas encore. D'autant que je suis enceinte.

Franckie fait la grimace.

– Vous attendez un… vrai bébé ? Le truc qui ne dort pas la nuit, qui pleure, qui vomit et qui a besoin de couches qui puent ?

– Et j'ai l'intention de le garder. Ça pose un problème ?

– Du moment que vous ne faites pas de prosélytisme. On ne voudrait pas que vous donniez envie aux autres de vous imiter.

Maintenant que j'ai fait passer la première information, je peux essayer de faire passer la seconde.

– Ça tombe bien, car le professeur Stiglitz et moi avons un enfant « normal » à naître et trois enfants « spéciaux ».

– Vous voulez dire des enfants malformés ou handicapés ?

– Je veux dire des enfants « différents ».

Franckie éclate de rire.

– Arrêtez avec vos mystères ! De quoi vous parlez ?

– Eh bien, après les zombies, les extraterrestres, les intraterrestres et les mutants, il est temps d'aborder une autre forme de vie postapocalyptique : les hybrides, annonce Alice.

– Hybride ? Un rapport avec les voitures moitié à essence et moitié électrique ?

– Disons qu'il y a l'idée de mélange, en effet. Les hybrides sont moitié humain, moitié… autre chose, précise Simon.

– Autre chose quoi ? s'impatiente Franckie.

Alice désigne la mallette posée sur le carrelage des toilettes.

– Ils sont dans cette boîte et a priori eux aussi ont survécu à tous les désagréments liés à cette période particulière de l'histoire de l'humanité.

De nouveau, Franckie éclate d'un grand rire tonitruant, puis il reprend, avec son accent ensoleillé :

– Alors ça, c'est vraiment... la bonne nouvelle de la journée. Si j'ai bien compris, grâce à vous, nous allons avoir un enfant normal et trois enfants « hybrides »... C'est bien ça ? C'est bien ça ?

Trois dans un premier temps et peut-être plus si tout va bien. Mais c'est un peu tôt pour en parler.

Il essuie des larmes de rire.

– Quand je vais annoncer ça aux autres, ça va leur faire un sacré sujet de conversation. C'est ce qui manque le plus ici : la nouveauté. On n'est pas nombreux, on vit en vase clos. On ne parle que de bouffe et de musique. C'est répétitif, à la longue. Ah, ça oui, c'est répétitif.

– Puisque, si j'ai bien compris, c'est vous le chef de village, dit Alice, je pense que c'est à vous qu'il faut le demander. Où pourrait-on s'installer ?

Franckie réfléchit en se grattant la barbe.

– Je vous propose une salle qui servait de lieu de réunion pour les syndicats de la RATP. Vous verrez, c'est très confortable. En plus, vous serez dans une zone moins bruyante qu'ici. Et puis je pense que vous aurez besoin d'un peu de matériel en plus de vos propres appareils, non ? Vous pourrez demander au coin des scientifiques ; ils ont tout là-bas : des microscopes, des scanners, des appareils bizarres que vous devez connaître mieux que moi.

– C'est adorable de votre part. Vous nous offrez un beau cadeau, remercie Simon, soulagé de la tournure que prend la conversation.

– Vous m'êtes sympathiques. Et puis j'imagine que, en tant que futurs parents, vous ne serez pas intéressés par faire la fête tous les soirs.

Tandis qu'ils quittent leur coin tranquille, Simon demande :

– Simple curiosité : comment faites-vous pour être bronzés en vivant sous terre ?

– Ça vous plaît ? Nous avons récupéré des machines de bronzage à lampe UV dans le centre sportif. À force de vivre sous terre, nous serions tous pâlots. Et nos médecins nous ont expliqué que c'était indispensable pour fixer les vitamines.

Franckie donne une grande tape dans le dos de Simon.

– Avouez, vous ne l'imaginiez pas comme ça, la fin du monde, hein ! Vous n'aviez pas prévu qu'on passerait son temps à boire, à danser, à jouer aux cartes et à faire l'amour sans s'encombrer de gosses ! Pourtant depuis la fin de la Deuxième Guerre mondiale, les sociologues nous avaient avertis que nous risquerions de terminer dans une société de loisirs. De toute façon, comme c'est la fin du monde et qu'on va tous crever, autant s'amuser un peu avant, vous ne croyez pas ?

– Un futur où l'on fait la fête en permanence... Je n'ai lu ça dans aucun livre de prospective, s'amuse Simon.

– Je vais quand même en parler aux autres pour qu'ils sachent qui vous êtes et les raisons de votre présence ici. Ils vont bien finir par vous repérer et se poser des questions. Et, bon... lorsque l'enfant normal naîtra, eh bien on expliquera que c'est une exception.

– Et pour les trois enfants hybrides ? s'inquiète Alice.

– Pour l'instant, mieux vaut rester discret. Une information à la fois.

Franckie rigole encore un peu, donne une nouvelle tape dans le dos à chacun puis les guide vers la salle de réunion.

Sur le chemin, Alice et Simon voient que tous les couloirs sont eux aussi décorés de peintures réalistes représentant des décors naturels : jungles, plages, mais aussi déserts, forêts, montagnes. Des box ont été transformés en logements, eux-mêmes décorés de plantes vertes en plastique. À l'intérieur on aperçoit du mobilier.

La température est étonnamment chaude.

Ici, c'est l'été permanent.

Ils croisent quelques personnes qui les saluent poliment. La plupart portent des vêtements de type vacances : chemise ample, short, jupe légère, sandalettes. Beaucoup sont bronzés, arborent même des lunettes de soleil.

Je ne m'attendais pas à ce que le monde d'après l'apocalypse soit aussi « estival ».

Simon et Alice se regardent, complices.

Finalement, c'est peut-être sympa de vivre ici avec ces survivants dans un lieu déjà aménagé.

Enfin, ils arrivent à la salle de réunion du syndicat. Ils sont impressionnés par l'espace que Franckie leur propose.

Le chef de village décroche des affiches où l'on peut lire des slogans syndicaux : « GOUVERNEMENT DÉMISSION », « NOUS NE LÂCHERONS RIEN » « GRÈVE GÉNÉRALE ».

– Bon, c'est recouvert de poussière, il va falloir nettoyer. Je prévoyais de transformer cet endroit en spot de dégustation de rhum, mais maintenant que vous êtes là, je pense que vous pouvez en faire quelque chose de plus sérieux.

Une fois Franckie parti, Alice s'assoit sur un des fauteuils.

– C'est quoi, le dicton, déjà ? « Au final, tout finit par s'arranger, et si ça ne s'arrange pas, c'est que c'est pas la fin »…

– Tu as confiance dans ces New-Ibiziens ? demande Simon.

– Nous n'avons pas vraiment le choix. Tu veux faire quoi ? Errer au milieu des ruines en surface dans nos tenues de protection ? Ici, nous avons l'air, l'eau, la nourriture, l'électricité, une vie sociale et même du matériel scientifique.

– Mais tu as entendu : ils ne veulent pas d'enfants, ils veulent juste s'amuser, remarque Simon, sceptique.

– Ce que j'ai entendu, c'est qu'ils acceptent de nous accueillir, et ce que j'ai vu, c'est que Franckie nous a donné un espace plus grand que les box de parking qui sont attribués à la plupart des habitants de cette ville souterraine.

Elle se lève et, après avoir essuyé avec son coude une table, y dépose la mallette. Elle en sort les trois cylindres transparents contenant les fœtus des hybrides, les éprouvettes de gamètes et l'imprimante à ADN. Elle vérifie que rien n'a été abîmé et que tout fonctionne.

Simon la prend dans ses bras, l'embrasse et lui murmure à l'oreille avec une imitation maladroite de l'accent marseillais :

– … « De toute façon, comme c'est la fin du monde et qu'on va tous crever, autant s'amuser un peu avant… »

24.

ENCYCLOPÉDIE : EXTINCTION DE MASSE.

Depuis que la vie est apparue sur terre, cinq extinctions de masse ont eu lieu.
La première, celle dite de l'Ordovicien, s'est déroulée il y a 445 millions d'années. Cause probable : un refroidissement brusque. Elle a entraîné la disparition de 60 % des espèces vivantes, qui se trouvaient à l'époque essentiellement dans les océans.

La deuxième, celle du Dévonien, s'est déroulée il y a 360 millions d'années. Cause probable : l'épuisement de l'oxygène dans l'océan. Elle a entraîné la disparition de 75 % des espèces vivantes. Là encore, essentiellement des espèces marines.
La troisième grande extinction, celle du Permien, s'est produite il y a 250 millions d'années. Cause probable : une énorme activité volcanique. Elle a duré un million d'années et a entraîné la disparition de 95 % des espèces vivantes. Cette fois-ci, ce ne sont pas seulement les espèces marines, notamment les gros poissons, qui ont disparu, mais aussi sur terre la plupart des insectes et des petits herbivores.
La quatrième grande extinction est celle du Trias. Elle s'est produite il y a 200 millions d'années. Cause probable : l'émission d'énormes quantités de dioxyde de carbone issu des laves produites par le morcellement des continents. Elle a entraîné la disparition de 70 % des espèces vivantes de l'époque vivant dans l'eau, sur terre et dans les airs.
Et enfin la cinquième extinction est celle du Crétacé, il y a 66 millions d'années. Cause probable : l'impact d'un énorme astéroïde sur la zone mexicaine du Yucatan. Cette catastrophe aurait entraîné la disparition de la plupart des gros dinosaures, permettant aux petits mammifères à sang chaud de proliférer et de prendre le contrôle de l'écosystème jusqu'à la suprématie de l'un d'entre eux, un primate un peu spécial : l'humain.

Encyclopédie du Savoir Relatif et Absolu.

25.

– WWWOUIIINNNNN !

Comme tous les nourrissons, le nouveau-né déploie ses alvéoles pulmonaires en poussant un cri.

Ça y est, il vit !

Alice prend le nouveau-né et le serre dans ses bras. Elle parvient à surmonter son émotion pour l'embrasser longuement.

IL VIT ! IL VIT !

Franckie utilise son smartphone pour filmer la scène.

Simon saisit l'enfant pour le poser délicatement sur une table et lui essuie le visage.

Enfin, après cette longue attente, il est enfin là ! Je suis tellement heureuse ! J'ai tant attendu cet instant...

Franckie parle derrière son appareil tout en continuant de filmer.

– Heu... C'est normal qu'il ait d'aussi grands yeux ?

Alice ne répond pas.

– Et d'aussi grandes oreilles ? s'obstine-t-il.

Malgré l'absence de réponse, le cinéaste amateur continue de poser des questions :

– Et c'est normal qu'il ait des... ailes ?

– Taisez-vous, s'il vous plaît, supplie Simon.

– OK, mais... vous avez vu la longueur de ses orteils ? On dirait des doigts !

C'est Alice qui, après avoir doucement extrait le nouveau-né de la matrice d'accouchement, consent à lui fournir quelques explications :

– Vu que ses mains servent de support à la membrane de ses ailes, il est logique que ses jambes se soient transformées en des sortes de bras terminés par des pieds aux orteils très longs, leur donnant l'allure de doigts.

– Ah d'accord, d'accord, dit Franckie, dubitatif. Un peu comme les anges ou… le diable ?

– Non, dans la mythologie, les anges et le diable ont des bras et des jambes, *plus* des ailes, ça leur fait six membres, ce qui est illogique, répond Simon avec sérieux. Les mammifères n'en ont en général que quatre. Donc soit on a des bras, soit on a des ailes.

Franckie n'insiste pas.

Le nouveau-né hybride à la peau blanche pousse un cri spécial, mélange de vagissement de bébé humain et de piaillement aigu de chauve-souris.

– Il est bizarre, son cri, dit le Marseillais.

– Il a faim, avance Simon.

Aussitôt Alice, qui a préparé un biberon, prend le nouveau-né ailé, le pose sur ses genoux et lui donne du lait tiède. Du fait de son propre ventre proéminent, elle se tortille pour trouver la position la plus confortable et caler l'hybride.

Tous sont émus de voir ce nouvel être téter comme un petit humain.

– Bienvenue sur terre… Hermès.

L'enfant bat des paupières mais reste concentré sur son biberon.

– Pour dire vrai, je ne croyais pas que ce jour arriverait. Tous ces efforts enfin récompensés…, dit Simon.

Franckie, attendri, pose son smartphone.

– Je peux ? Je peux ?

Alice lui tend l'hybride. Franckie le saisit avec une précaution touchante et finit de lui donner le biberon.

Simon prend la main d'Alice, dont l'autre main reste posée sur son ventre, en protection.

– Coucou, Hermès, c'est moi, tonton Franckie. Crois-moi, tu es né au bon endroit, on va bien s'occuper de toi.

Et il l'embrasse plusieurs fois tout en le berçant.

Le nouveau-né, de la taille d'un bébé humain normal, cligne les yeux et semble le fixer, comme s'il se demandait qui est cette personne si grande qui le tient. Son nez, qui ressemble à un museau, frétille pour analyser les odeurs. Ses oreilles se tendent au moindre son produit dans la pièce.

Seuls ses longs orteils, en se pliant et se dépliant, révèlent le plaisir qu'il a à déguster ce lait tiède.

– Aujourd'hui est un grand jour, déclare Alice. Hermès est peut-être le premier prototype de ce qui préfigure la nouvelle humanité.

Ma première chimère réellement vivante.

Les trois humains passent le reste de la journée à pouponner Hermès, l'enfant hybride tant attendu.

Le soir venu, Simon et Alice restent à regarder le petit Hermès qui dort dans son lit comme s'il s'agissait d'un spectacle. Les matrices transparentes renfermant les deux autres fœtus homme-taupe et homme-dauphin trônent sur la table toute proche, éclairées par des petites lampes.

Ils bougent lentement dans le liquide contenant les substances nécessaires à leur croissance. Autour d'eux, l'ancienne salle de réunion syndicale est devenue un appartement en désordre en même temps qu'un laboratoire rempli d'appareils.

Simon pousse un long soupir.

– Tu veux que je te dise ? Je ne pensais pas que ça arriverait un jour.

– Tu veux que je te dise ? Moi non plus, répond malicieusement Alice.

Ils rient, mais le rire de la jeune femme se transforme en grimace.

– Je sens qu'à l'intérieur de mon propre ventre aussi, notre enfant se prépare à sortir.

– Tu ne veux toujours pas savoir le sexe ? Tu sais qu'il y a des machines ici qui pourraient nous donner cette information.

On frappe à leur porte.

– Qui est là ? demande Simon.

– C'est Franckie. Excusez-moi de vous déranger, mais je voulais savoir si je pouvais encore voir votre… enfin « notre » enfant.

L'appellation surprend le couple. Jusque-là, Franckie nommait les fœtus des « expériences ».

– Hermès est vraiment très beau, reconnaît-il tandis qu'il caresse la joue lisse de l'hybride.

– Une forme de beauté un peu nouvelle, ajoute Simon. En tout cas, il ne ressemble pas à ce que nous avons connu jusque-là comme esthétique de nouveau-né.

– Reste le problème d'en parler à ceux de ma communauté, dit Franckie. Je ne sais pas trop comment ils vont le prendre. Je ne veux évidemment pas critiquer, mais reconnaissons qu'Hermès est quand même très différent des autres bébés…

Alice se lève de sa chaise, trouve une position verticale confortable et place une main sous son ventre pour soulager la tension.

– On ne peut plus le dissimuler. Il faut que les New-Ibiziens sachent que nous avons réussi.

– C'est trop tôt, dit sèchement Simon.

– Encore ta peur du regard des autres, proteste Alice. En taisant son existence plus longtemps, on ne fait que repousser l'échéance. Hermès doit être présenté, admis, toléré, puis éduqué et installé dans New Ibiza.

– Et si la réaction est hostile ? s'inquiète le scientifique.

– Alice a raison, Simon, nous ne pouvons éternellement cacher ce bébé un peu particulier. Il faudra bien le présenter, de toute façon.

– Et si les New-Ibiziens sont effrayés et veulent le détruire ? dit Simon.

– On le défendra.

– Contre les 695 habitants ?

Tous les trois observent Hermès qui sourit dans son sommeil.

– Tu penses vraiment qu'ils pourraient vouloir l'éliminer ? demande le chef de la communauté à Simon.

– Bien sûr ! Pas toi ?

Franckie réfléchit.

– OK, c'est là que j'interviens en tant que chef de village. Comptez sur moi pour protéger cet enfant.

De nouveau, il a dit « enfant ». Il commence à avoir un lien affectif réel.

– Je vous propose quand même d'attendre que les deux autres naissent, intervient Alice. Alors nous aurons une meilleure vision des enjeux.

Au moment où elle prononce cette phrase, elle sent un violent coup de pied à l'intérieur de son ventre.

Et l'on va aussi devoir tenir compte de toi, mon « expérience intérieure » personnelle.

26.

Trois jours plus tard naît le deuxième nouveau-né hybride, croisement de sperme humain et d'ovule de femelle taupe. Il est de taille plus réduite que son aîné, possède de grandes mains aux larges doigts déjà équipés d'ongles épais et pointus, de tout petits yeux. Il a une fine fourrure noire douce comme de la soie. Son museau est plus proéminent que celui d'Hermès, et muni de longs poils vibrisses comme ceux d'un chaton. Dans sa bouche il y a des incisives qui le font ressembler à un gros écureuil.

Franckie, une fois de plus, filme, attendri, le premier cri, le premier pleur et le premier biberon de l'enfant-taupe. Cette fois, l'effet de surprise est moins fort, mais l'émotion toujours intense. Les trois humains notent que le nouveau-né semble avoir une vue déficiente, mais un odorat surdéveloppé.

– Bonjour, Hadès.

Le lendemain arrive le troisième nouveau-né hybride. C'est le plus grand des trois, de taille même supérieure aux bébés humains.

Il a une peau gris bleuté, lisse, des yeux ronds sans paupières. Un museau proéminent et des mains dont chaque doigt est relié au suivant par une délicate membrane. Ses dents sont spéciales : petites, aiguisées, similaires à celles des dauphins.

Le premier cri qui libère les poumons est moins humain que celui de ses « frères », plus aigu, presque dans les ultrasons.

Alice saisit avec la plus grande douceur la petite main palmée et observe les doigts qui se réunissent puis s'écartent.

Voilà ta revanche, Maman, pour ta syndactylie. Un jour, ce seront ceux qui n'auront pas les mains pourvues de membranes entre les doigts qui seront rejetés parce que considérés comme « difformes ».

– Bonjour, Poséidon, dit Franckie.

– Maintenant, le trio des hybrides est au complet : Hermès, le roi de l'air, Hadès, le roi des souterrains, et Poséidon, le roi des mers, résume Simon.

Franckie propose de prendre la photo officielle où le couple des deux « scientifiques venus de l'espace », comme il les appelle parfois, tient dans ses bras les trois hybrides, chacun enveloppé dans une serviette rehaussant sa couleur de peau : blanc, noir, bleu.

– Il est désormais temps d'informer New Ibiza de la situation, déclare le chef de village à l'accent marseillais. Je vais m'en charger.

Simon et Alice se regardent, inquiets. La jeune femme s'assoit, comme épuisée. Elle est partagée entre la joie d'avoir réussi et la crainte que les autres rejettent les nouveau-nés.

Simon pense que les autres vont nous reprocher d'avoir osé créer des monstres en cachette dans leur sanctuaire. La peur du risque qui l'empêche d'aller de l'avant est un des aspects qui me déroutent le plus chez lui. Au moins, Papa et Maman m'auront transmis ce talent particulier : foncer sans réfléchir si on est convaincu qu'on combat pour une cause noble.

Comme il s'y est engagé, Franckie réunit les 695 habitants de New Ibiza dans le grand parking qui sert de dance-floor. Il monte sur l'estrade et attrape le micro.

– Hey ! Mes frères et mes sœurs ! J'ai une super nouvelle ! Comme vous le savez, nous avons accueilli Alice et Simon, des scientifiques et astronautes qui vivaient dans l'ISS tout là-haut, suspendus dans le ciel. Ce sont des savants hyperdoués. Je crois qu'on peut déjà les applaudir.

La foule dubitative applaudit mollement.

– Merci, merci pour eux. Eh bien, ces deux-là avaient un projet commun scientifique un peu dément. Je vous avoue, je ne croyais pas qu'ils réussiraient. Mais ils n'ont pas baissé les bras, ont beaucoup travaillé ces derniers mois. Et leur projet a finalement abouti. J'ai vu et j'ai filmé le résultat. C'est surprenant, mais c'est surtout méchamment cool.

L'assistance écoute, soudain silencieuse.

– Enfin, je crois que le plus simple est de vous montrer ça, pour que vous partagiez mon émerveillement devant ce succès total.

Franckie fait signe à Alice de le rejoindre. Elle tient Hermès dans ses bras.

– Voilà donc l'aboutissement de leurs travaux ! annonce-t-il.

Les New-Ibiziens découvrent le nouveau-né à la peau blanche équipé de petites ailes. Une clameur de surprise monte de l'assemblée. Alice et Simon n'arrivent pas à savoir si c'est de l'enthousiasme ou de la frayeur.

– Je vous présente mon filleul. Il a été baptisé en toute modestie Hermès. Comme le dieu grec des voleurs… Ça tombe bien, il paraît qu'il va savoir voler !

Peu de gens réagissent au jeu de mots censé être drôle du chef de la communauté.

– Saluons l'arrivée de ce charmant bébé ! Bienvenue sur terre, Hermès !

Le public ne réagit toujours pas, puis, après un long silence, commence à manifester sa réprobation.

C'est fichu. Ils ne vont pas accepter la présence des hybrides.

Simon murmure à l'oreille d'Alice :

– Il fallait s'en douter.

Non, nous n'allons pas échouer maintenant après avoir surmonté autant d'épreuves !

– C'est quoi, cette connerie ? dit un homme. Avec ses ailes, on dirait un rat vampire. Nous ne voulons pas de cette sale bestiole ici !

– Non ! reprennent plusieurs personnes.

– Il faut le crever ! hurle un autre.

Progressivement, une rumeur hostile monte.

– Le crever ! Oui, le crever !

Simon décide d'intervenir :

– Pourquoi tant de haine envers un nouveau-né que vous ne connaissez pas ?

La rumeur s'arrête.

– Nous l'avons appelé Hermès, mais son nom scientifique est *Homo volantis*. Comme vous l'a signalé Franckie, c'est un hybride homme-chauve-souris, qui sera capable, en grandissant, de voler. Qui d'entre vous n'a jamais eu envie de voler ? demande le scientifique.

La question surprend.

– Qui n'a jamais rêvé de pouvoir, comme un oiseau, se déplacer dans les trois dimensions ? Alice a eu une idée extraordinaire. Elle a imaginé qu'il fallait changer la forme de l'être humain pour lui permettre de survivre en lui offrant la possibilité de ne plus avoir à ramper sur cette terre irradiée par nos bombes atomiques.

Bravo, Simon, je crois que tu as stoppé le premier effet négatif. Maintenant, c'est à moi de jouer.

Alice, vêtue d'une robe rose à fleurs mauves qu'elle a récupérée dans les stocks de la communauté pour être dans l'esprit New Ibiza, prend la parole à son tour :

– Je suis une chercheuse qui n'a qu'une ambition, qu'un seul projet, qu'une seule obsession : faire que, dans le futur, il reste encore des traces de la civilisation humaine. Vous êtes des survivants d'une catastrophe planétaire. Ce désastre est la preuve que nos choix anciens n'étaient pas les bons. J'essaie de trouver d'autres solutions pour l'avenir. Et l'une d'entre elles est de réinventer la forme physiologique de l'humain. C'est ainsi qu'est apparu Hermès.

Elle brandit le bébé qui gazouille tout en étirant timidement ses petites ailes.

– Ce n'est pas un humain ! dit une femme très maquillée, sur un ton clairement hostile.

– Je vous l'accorde, il est « différent ». Il a la peau blanche et des ailes. Et puis de grandes oreilles. Et des longs orteils. Mais qui n'a pas ses petits défauts ?

– Ce ne sont pas des défauts, poursuit la femme.

– En tout cas, il a une qualité rare. Il survivra probablement là où beaucoup d'entre vous mourront. Si quelqu'un a une meilleure idée pour sauver l'humanité, qu'il se fasse connaître ou qu'il se taise pour toujours.

Un lourd silence suit sa dernière phrase.

– Moi, je propose cette solution. Elle n'est peut-être pas la bonne. Si vous avez mieux, je suis prête à y renoncer, reprend Alice.

Ici et là, dans l'assistance, la rumeur change d'intonation.

Je dois avoir l'air déterminée. S'ils sentent que j'ai un doute, ils ne me suivront pas.

– Comme vous l'a dit Franckie, ce bébé se prénomme Hermès. C'est le premier hybride vivant né sur terre, et il est pour moi une préfiguration de l'humanité du futur.

Simon lui fait un signe d'approbation. Alice remercie et passe le micro à Franckie.

– Chers frères, chères sœurs, je crois que nous avons la chance extraordinaire d'assister à un événement historique : la naissance d'un être capable de poursuivre l'aventure humaine autrement. Alors ne gâchons pas notre plaisir. Acclamons le travail d'Alice et de Simon. Acclamons Hermès. Vive Hermès !

Le chef de village se met à applaudir tout seul. Il est imité par le couple de scientifiques.

Tout se joue maintenant.

– C'est vraiment un… être vivant ? demande une autre femme à la chevelure blonde. Ce n'est pas une poupée-robot ?

Franckie lui répond.

– Non, Marguerite, ce n'est pas un jouet, c'est un hybride créé par Alice et Simon, comme Alice l'a expliqué à l'instant. Et je crois qu'on peut tous lui manifester notre enthousiasme par nos applaudissements.

De nouveau, les trois claquent dans leurs mains, enfin suivis par ladite Marguerite et une vingtaine de personnes.

– Vive Hermès ! clame Franckie.

Malgré quelques huées et sifflements, de plus en plus de personnes reprennent en chœur :

– Vive Hermès !

Franckie se tourne vers les deux scientifiques et leur dit à voix basse :

– Amenez les deux autres. Il ne faut pas attendre.

Simon descend de l'estrade, s'éclipse quelques instants et

revient avec les deux nouveau-nés chimères dans les bras. Franckie s'approche de celui à la fine fourrure noire.

– Deuxième merveille : Hadès ! Nommé comme le dieu grec des sous-sols et des Enfers. Ça ne vous rappelle pas quelque chose ? Nous aussi, on est en sous-sol et certains soirs... c'est une fiesta d'enfer !... Alors on lui dit quoi, à Hadès ?...

Une nouvelle fois, la majorité de l'assistance se met en chœur à crier :

– Vive Hadès !

D'un geste de la main, Franckie désigne à présent le nouveau-né à la peau gris bleuté et aux mains palmées.

– Et voilà mon préféré. Il me rappelle le parfum du port de Marseille ! Je vous présente Poséidon ! Le roi de la mer ! Et on lui dit quoi, à Poséidon ?

– Vive Poséidon !

Passé la surprise, plusieurs personnes demandent à monter sur scène pour voir de plus près les hybrides.

Les trois nouveau-nés se comportent à la perfection. Ils émettent des gazouillis attendrissants, des piaillements et agitent leurs extrémités.

– Je crois qu'on a réussi, se réjouit Franckie en adressant des clins d'œil complices à Alice et Simon.

Alice lui chuchote :

– Ça tombe bien, car nous voudrions continuer à en produire.

– Et vous pensez en faire combien ? demande Franckie, tout à son succès.

– 144 de chacune des espèces.

Franckie tousse.

– Je vous demande pardon ?

– Donc trois fois 144, soit 432 jeunes chimères à venir.

C'est trop ou ça peut passer ? Évidemment, il ne suffira pas de les faire naître. Il va falloir les nourrir, accessoirement les éduquer, et les loger.

– Pour moi, ça peut passer. Mais bon, je ne me rends pas compte de ce que s'en occuper peut représenter. Ni de comment la communauté va réagir... On va vérifier ça tout de suite.

Franckie reprend le micro et s'exclame :

– Ils vous plaisent ?

La foule manifeste son approbation par une rumeur positive.

– Ça vous dirait qu'on en fasse naître d'autres ?

– Combien ? demande la femme blonde que Franckie a appelée Marguerite.

– Eh bien... quelques dizaines.

– Nous étions convenus de ne pas avoir d'enfants ici, dit un homme brun pourvu de grosses moustaches.

– Tais-toi, Thomas ! le coupe Marguerite. Regarde-les ! Ils sont trop mignons !...

– Attendez, attendez... On se calme ! tempère le DJ au micro. Mes frères et mes sœurs, répondez à ma question : faire naître de nouveaux hybrides, c'est cool ou c'est pas cool ?

Hésitation collective. Puis Marguerite s'égosille :

– C'est coooooool !

D'autres reprennent :

– Coooooool !

– Alors on va les faire naître, les éduquer et les aimer, vous êtes d'accord ? poursuit Franckie avec énergie. Tiens, y a-t-il des professeurs parmi nous ?

– Oui, moi ! dit une voix. J'étais professeur d'histoire.

– Moi, institutrice, enchaîne une autre.

– Moi, prof de gym.

– Moi, professeur de français.

– C'est cool, tout ça ! Et maintenant, question subsidiaire : y a-t-il des gens qui ne supportent pas les enfants ici ?

– Oui, moi, répond aussitôt Thomas.

Deux ou trois voix s'élèvent.

– Bien, dit Franckie, merci de votre franchise. Je propose qu'on lance un vote qui décidera si on autorise Alice et Simon à produire ces futurs citoyens de New Ibiza. Procédons à main levée. Vous êtes prêts ? Alors qui considère qu'avoir avec nous ces petits hybrides adorables, avec leurs petites ailes si chouettes, leurs nageoires trop mignonnes et leurs grandes mains, c'est cool ?

Des mains se lèvent.

Index pointé, Franckie compte méthodiquement chaque bras tendu.

– Qui considère au contraire que c'est pas cool ?

D'autres mains se lèvent, parmi lesquelles celle de Thomas.

De nouveau, Franckie compte en s'aidant de son doigt.

– OK, la majorité est… pour les hybrides !

Applaudissements de certains, soupirs de déception d'autres.

– Donc, à partir d'aujourd'hui, nos deux amis Simon et Alice sont autorisés à poursuivre la production de ces charmants bambins un peu différents, mais surtout très rock'n'roll ! Et ça, c'est vraiment cool ! Yeah !

– Et que proposez-vous à ceux qui ont voté contre ? demande Thomas.

– Ils resteront dans une zone « sans enfants » que nous définirons.

Cette proposition est accueillie avec soulagement.

– En revanche, nous allons créer une grande zone de production où tous ceux qui le souhaiteront pourront venir aider, en tant que volontaires, à faire naître cette nouvelle génération de chimères salvatrices de l'humanité !

Franckie se tourne vers les deux scientifiques et leur fait un nouveau clin d'œil complice.

– C'est important de donner une illusion de vote démocratique, leur dit-il à voix basse. Personnellement, j'ai toujours considéré que la démocratie ne dépendait que de la manière dont on présentait les choses à un moment donné. Parfois ça passe, parfois non.

– Eh bien, là, c'est passé, non ? dit Simon.

Franckie se penche et murmure à voix encore plus basse :

– Pas vraiment… En fait, la majorité était contre mais, quand j'ai annoncé le score, je savais que personne n'allait vérifier. De toute façon, je ne leur en ai pas laissé le temps. C'est ce qu'on appelle le « flou artistique ». Acceptez ce cadeau de politique basique. C'est ma participation à votre projet.

Alice lâche un long soupir de satisfaction.

– Quel sentiment étrange de voir enfin ce que j'ai toujours souhaité voir se réaliser… J'ai l'impression de ne plus avoir d'objectif à atteindre.

– Tu as un Sapiens à faire naître, lui rappelle Simon en lui posant la main sur le ventre. J'espère que tu t'intéresseras autant à l'humain que tu portes qu'aux trois hybrides que tu as fabriqués en éprouvette.

Et si Simon était dans le vrai ? Si je me faisais plus de souci pour les trois nouveau-nés hybrides que pour mon propre bébé ? Mon travail est déjà passé en priorité devant la famille…

– Et je serai encore là pour filmer, vous pouvez compter sur moi, intervient Franckie.

Simon pose une fois encore sa main sur le ventre de sa compagne. Il sent que le bébé bouge à l'intérieur. Alice lui adresse un sourire.

Bientôt, mon tour viendra de vivre l'expérience de création d'une vie nouvelle dans ma chair.

27.

ENCYCLOPÉDIE : ACCOUCHEMENT HUICHOL.

Les Indiens Huichol, qui vivent dans la Sierra Madre, à l'ouest du Mexique, ont conservé une curieuse coutume.
Durant l'accouchement, le père du futur enfant s'installe au-dessus de la future mère, sur les poutres qui soutiennent le toit de la maison. On attache ensuite aux testicules du père une cordelette dont les deux extrémités sont placées dans les mains de la mère. Ainsi celle-ci peut tirer sur la cordelette dès que les contractions sont trop fortes, faisant ainsi ressentir au père les douleurs que lui provoque l'accouchement.

Encyclopédie du Savoir Relatif et Absolu.

28.

– Ah… Ah ! Ahhhh !

Autant la naissance des trois hybrides s'est déroulée dans la sérénité, autant l'accouchement de l'humain s'avère ardu.

Les contractions sont de plus en plus douloureuses et, malgré l'aide de Jeremy, un membre de la communauté de New Ibiza, ancien médecin accoucheur-obstétricien, le bébé se présente mal.

Le praticien, aidé de Simon, a installé une table de travail avec des linges propres et de l'eau, mais il n'est pas satisfait.

– Poussez, Alice ! Poussez plus fort !

Alice essaie d'obéir, mais sans succès. Elle serre de plus en plus fort la main de Simon.

– Respire, lui dit-il, impuissant à soulager l'immense douleur qu'elle semble ressentir.

– Poussez ! Alice, faites un effort, il faut vraiment pousser !

« Poussez, poussez », il en a de bonnes ! Je voudrais le voir dans la même situation, on verra s'il sait pousser !

– Poussez le plus fort que vous pouvez !

Elle tente encore de contracter son ventre mais la douleur ne cesse d'augmenter.

– Allez, Alice, je suis sûr que vous pouvez y arriver, insiste Jeremy.

Elle respire de plus en plus bruyamment. Elle a l'impression d'être déchirée de l'intérieur et en même temps elle sent que l'entité qui la remplit a envie de sortir.

Simon ne sait plus quoi faire pour aider. Il lui tend un verre d'eau pour qu'elle boive, passe des linges frais sur son front bouillant. Il ne grimace même pas lorsqu'elle lui écrase la main.

Et les minutes s'écoulent, se transformant en dizaines de minutes, puis en heures.

– Tant pis, il faut tenter la césarienne ! annonce le médecin après avoir palpé le ventre.

– Sans anesthésie ? s'inquiète Simon.

– Je n'ai malheureusement plus de quoi en stock. Mais, vous savez, ce genre d'opération se pratiquait déjà dans l'Antiquité. C'est comme ça qu'est né Jules César et c'est lui qui a donné le nom à l'opération. Et à l'époque il n'y avait pas d'anesthésie, évidemment.

Il a bien évoqué un accouchement par césarienne sans anesthésie ? Il va m'éventrer ?

L'idée terrifie Alice. Alors, prise d'une rage nouvelle et surmontant la douleur, elle contracte de toutes ses forces ses muscles. Elle a l'impression que son corps devient un volcan en éruption. Et son esprit est concentré sur ce nouvel objectif : éjecter ce qu'il y a à l'intérieur.

Je dois réussir cet accouchement par voie naturelle sans césarienne.

Elle pousse un long cri, tout en broyant la main de Simon.

– Ça y est, ça vient ! dit Jeremy. Je pense que je vais pouvoir dégager la tête, mais il va falloir agir vite, car ce cordon mal placé complique tout.

Enfin apparaît le haut du crâne. L'obstétricien passe la main derrière la nuque du bébé, puis, alors qu'Alice est toujours en train de pousser, il saisit le nouveau-né.

Ça y est.

Cependant, l'enfant, de couleur foncée, presque bleutée, ne respire pas encore. Le médecin entreprend de lui masser la poitrine sous les yeux d'Alice qui, oubliant sa douleur, ne pense plus qu'à la survie de cet être qui vient de sortir si difficilement de son corps.

Je ne vais quand même pas échouer à donner la vie à un être humain normal là où j'ai réussi à donner la vie artificiellement à trois chimères !

Le nouveau-né ne respire pas.

Simon le prend dans ses bras et sans réfléchir, parce qu'il a appris à le faire en cours de secourisme, il pince les petites narines du bébé et lui ouvre la bouche, puis il colle sa propre bouche contre la sienne et souffle lentement.

Les poumons du bébé s'ouvrent avec une première respiration, suivie par une seconde. Et enfin le cri libérateur est lâché, qui se transforme en pleurs. Simultanément, la peau légèrement bleutée du bébé change pour devenir brune, ensuite elle s'éclaircit et prend une tonalité blanche puis rose.

Des larmes coulent des yeux d'Alice, et en atteignant les coins de sa bouche, font apparaître un grand sourire.

– C'est une fille, annonce Jeremy.

Alice prend son enfant et la serre fort contre sa poitrine.

Simon, ému, les entoure toutes les deux de ses bras.

– Ce n'était pas si difficile. Il suffisait de pousser, mais personne ne me l'avait dit..., plaisante Alice.

Elle essuie de la main les larmes de bonheur sur le visage de son compagnon.

Elle regarde sa fille. Ce bébé lui ressemble, avec des cheveux bruns, mais ses yeux sont gris clair comme ceux de son père.

– Nous l'appellerons Ophélie. « Celle qui sauve », annonce la jeune femme aux yeux verts.

Et tout en serrant fort sa fille, elle n'arrive pas à quitter des yeux les trois berceaux dans lesquels dorment ses trois autres enfants, l'hybride humain-chauve-souris, l'hybride humain-taupe et l'hybride humain-dauphin.

– J'ai l'impression qu'après l'apocalypse la vie renaît enfin, déclare Simon.

Alice soupire, soulagée.

– Maintenant que ça, c'est fait, il n'y a plus qu'à faire naître tous les autres…

29.

Dans les mois suivants, grâce au matériel scientifique récupéré dans le laboratoire militaire indiqué par Franckie et avec l'aide de plusieurs bénévoles passionnés par le projet, les chimères de la deuxième génération voient le jour. Comme l'avait prévu Alice, elles sont exactement 144 pour chacune des espèces, soit 432 nouveau-nés qui s'ajoutent aux trois premiers pour former un total de 435 hybrides.

Les New-Ibiziens, après avoir été surpris, et pour certains irrités, sont, eux aussi, attendris par ces bébés bizarres, avec leurs si mignonnes petites ailes, leurs nageoires ou leurs longues incisives.

Quant à Franckie, c'est un vrai papa poule. Il reste de longues heures à bercer les nouveau-nés et à leur donner le biberon.

– Qu'est-ce qu'ils sont attachants, reconnaît-il. On dirait un peu ce qu'on nommait à mon époque des Pokémons !

– Tu vois, Simon, dit Alice qui donne le biberon à Ophélie, tous les êtres peuvent changer. Nous avons assisté à la métamorphose de Franckie. Depuis quelque temps, il boit moins, il fume moins…

– Il bronze moins et il fait moins la fête…

– Il passe ses journées dans la pouponnière et il se couche

tôt. Si ça continue, il va finir par se mettre en couple et faire des enfants…

– J'ai quand même des limites ! s'indigne Franckie. Il ne faut pas exagérer : on ne m'enlèvera jamais de l'idée qu'une vie de couple monogame est une prison. Ce serait comme si je mangeais tous les jours le même plat.

– Et si ce plat, c'est du caviar ? suggère Alice.

Franckie éclate de son grand rire tonitruant.

– Eh bien, j'aurais quand même de temps en temps envie d'une pizza ! Écoutez, je suis DJ, ancien chef de village au Club Méditerranée, épicurien, et même si j'adore ces gosses, je ne me vois pas fonder une famille. Et puis j'ai 695 New-Ibiziens qui m'apprécient, pourquoi devrais-je me contenter d'une seule ? Je ne vois pas du tout ça comme un futur idéal. Ah ça non, pas du tout.

Au fil des mois, l'ambiance à New Ibiza change. Les fêtes ne sont plus aussi régulières. Le niveau global de décibels est plus bas, pour ne pas risquer de réveiller les bébés. Beaucoup de volontaires hommes ou femmes se relaient pour s'occuper des jeunes hybrides et plusieurs éprouvent désormais l'envie de se mettre en couple pour fonder une famille.

Même Thomas, qui s'était déclaré hostile au projet, s'est installé avec Marguerite. Franckie aussi a renoncé à ses convictions de célibataire et file le parfait amour avec une charmante jeune femme.

Alice sourit.

Moi-même j'ai changé. Depuis que j'ai accouché, j'ai l'impression d'être guérie de mon endométriose. Je n'ai plus de douleurs. C'est comme si la malédiction s'était arrêtée.

Donner naissance à Ophélie m'a réparé le ventre.

Les bébés hybrides grandissent bien, progressent et sont très joueurs. Ils interagissent entre eux mais aussi avec les humains. Ils sont souriants, curieux de tout.

Ils sont neufs. Ils sont purs. Ils ne sont pas encore pervertis par la société humaine. Sauront-ils garder cette pureté lorsqu'ils apprendront dans quel monde ils ont atterri ?

30.

– … Et c'est ainsi que les trois quarts de l'humanité ont péri en quelques jours seulement, soit sous les bombardements, soit à cause des vents de radiations qui ont suivi, explique Alice Kammerer.

Quinze ans ont passé.

Dans la salle de cinéma des Halles transformée en amphithéâtre, tous les jeunes élèves écoutent, un peu surpris, la conclusion du cours d'histoire contemporaine. Les plus âgés sont des adolescents, mais tous sont très matures pour leur âge. C'est du moins ce qu'Alice constate en se souvenant de sa façon d'être au même âge.

– Et c'est pourquoi nous vivons ici, protégés et cachés sous terre, conclut-elle.

Un long silence suit.

– Y a-t-il des questions ? demande-t-elle tout en arrangeant sa chemise hawaïenne.

Elle regarde sa classe de 559 élèves : les 435 hybrides, dont Hermès, Poséidon, Hadès, auxquels s'ajoutent Ophélie et les 123 humains nés depuis l'arrivée des deux astronautes.

Ils sont tous vêtus de chemises et de vestes adaptées. Chaque saison, les couturières new-ibiziennes s'amusent à leur confectionner des vêtements spécifiques : veste permettant de laisser sortir les bras ailés pour les Aerials, tee-shirt à manches très amples pour les gros bras des Diggers, chaussures larges pour les pieds palmés des Nautics.

– Pourquoi n'y a-t-il eu aucune force pour contrebalancer et contenir les pulsions de guerre ? demande Poséidon.

– Les défenseurs de valeurs pacifiques n'étaient pas suffisamment puissants ou influents. Rappelez-vous les deux chemins possibles : la voie de la peur ou celle de l'amour. Le plus fort levier des émotions humaines reste la peur ; c'est elle qui a permis au primate encore présent dans nos gènes de fuir les dangers et donc de survivre jusqu'à nos jours. Il leur était indispensable d'avoir peur des prédateurs, des maladies, de la guerre et de l'orage pour réagir. Les gouvernants gardaient le pouvoir ou se faisaient élire en manipulant les masses grâce à la peur. Les budgets de l'armée étaient votés parce qu'on avait peur. Et tout cet armement si cher et si précieux ne pouvait rester à rouiller dans les hangars.

– Et l'amour ? lance un Nautic en levant sa main palmée.

– L'amour est un levier beaucoup plus lent pour changer le monde. Nous avons vu ensemble lors d'un cours précédent que les livres d'horreur et les films d'épouvante avaient beaucoup de succès, de même que les jeux vidéo ultraviolents. Pourquoi ? Parce qu'ils provoquent des stimuli forts et immédiats, et que nous adorons ressentir des émotions fortes, fussent-elles négatives.

– Vous voulez dire que l'amour provoque des émotions faibles ? demande un jeune Aerial.

– Si vous êtes menacé par une arme, vous ne réfléchissez plus et vous agissez dans la précipitation, soit pour céder, soit pour fuir, soit pour vous battre. C'est simple. Mais si on vous propose un baiser, vous réfléchissez, donc vous hésitez. Vous êtes partagé entre plusieurs sentiments, et la plupart viennent de votre enfance et sont influencés par les relations que vous aviez avec vos parents. C'est donc plus compliqué.

– Mais nous, nous n'avons pas de parents ! plaisante un Digger.

Grand éclat de rire général.

– Est-ce que cette démonstration signifie que la peur du danger a créé le danger ? dit Ophélie.

– Quelques années avant la Troisième Guerre mondiale, la sécurité a été confiée à des systèmes d'intelligence artificielle qui semblaient plus rapides et plus fiables que les humains pour prendre les décisions importantes. Mais ils n'avaient aucune conscience ni aucun recul. Ils ont accompli ce pour quoi ils étaient programmés, c'est-à-dire répondre à l'attaque de missiles par l'envoi d'autres missiles encore plus dévastateurs. C'est pour cette raison que la Troisième Guerre mondiale a été si rapide et surtout si destructrice.

Tous les jeunes élèves sont concentrés. Alice peut percevoir dans leurs yeux leur besoin d'apprendre, de comprendre, et peut-être leur envie de ne plus reproduire les mêmes erreurs que leurs prédécesseurs.

Alice est fière de l'enseignement qu'elle leur dispense, et de cette école qu'elle a créée avec Simon.

Depuis la naissance des hybrides quinze ans auparavant, aidée par son compagnon mais aussi par plusieurs instituteurs et professeurs qui se sont portés volontaires, elle a déployé une énergie considérable pour « bien éduquer » ceux qu'elle nomme non plus des hybrides ou des chimères mais des « nouveaux humains » ou ses « autres enfants ». En retour, ces derniers la nomment d'ailleurs d'un très respectueux « Mère ».

Elle a ainsi mis au point l'ESRA, l'École du Savoir Relatif et Absolu, dans l'esprit des écoles pythagoriciennes de l'Antiquité et de la philosophie encyclopédique d'Edmond Wells. Elle leur a non seulement appris à parler, à lire et à écrire, mais elle leur a enseigné l'histoire, la géographie, les mathématiques, les sciences. Elle a profité des livres de la bibliothèque des Halles pour leur transmettre une solide culture littéraire, et des ressources de la médiathèque pour compléter leurs connaissances par la découverte mais aussi la pratique de la musique, de la peinture, de la sculpture, et surtout du cinéma. Chaque jour, les élèves visionnent un film ou un documentaire pour comprendre le monde d'avant la guerre.

Alice Kammerer leur a également prodigué des rudiments de médecine, de psychologie, de sociologie et de politique. De plus, comme elle considère que la morale et l'éthique sont déjà incluses dans son enseignement, il lui a semblé important de leur inculquer les préceptes de base contenus dans les Dix Commandements de la Bible, comme « Tu ne tueras point » ou « Tu ne voleras point ».

En constatant la qualité de l'enseignement dispensé à l'ESRA, beaucoup de New-Ibiziens ont souhaité que les enfants qu'ils s'étaient autorisés à avoir en voyant les hybrides d'Alice en bénéficient eux aussi. Si bien que les hybrides et les Sapiens du même âge ont suivi une scolarité commune, ensemble, en bonne intelligence, dans la salle de cinéma transformée en amphithéâtre.

Ophélie fait partie des plus âgés et c'est une excellente élève. Elle a vite épaulé sa mère pour donner des cours. Et comme elle vit indifféremment avec les humains et les hybrides, la jeune fille informe régulièrement ses parents de la manière dont ces derniers perçoivent leur enseignement.

Force est de constater que de manière générale les hybrides sont de meilleurs élèves que les Sapiens. Peut-être du fait de leur différence, ils sont pour la plupart curieux, voire passionnés par la découverte de cette si étrange et complexe culture humaine.

Alice frappe dans ses mains.

– Le cours est terminé, vous pouvez rejoindre la salle de sport.

Tous les élèves se lèvent et courent dans les couloirs dans un joyeux brouhaha.

Alice rassemble ses notes et rejoint Simon au laboratoire. Celui-ci étudie les effets des radiations sur des cellules prélevées sur les hybrides.

– L'assemblée générale commence dans quelques minutes. Ils vont décider du plan d'agrandissement de New Ibiza afin d'installer des logements pour la nouvelle génération d'hybrides et de jeunes humains.

– Ah oui, c'est vrai, il va falloir leur trouver des chambres individuelles rapidement…

– Franckie a insisté pour que nous soyons présents tous les deux, dit-elle.

– Pour l'instant, je termine cette manip. Je vous rejoindrai ensuite.

– Tu avances bien ?

Simon lui montre un tableau rempli de chiffres.

– Tant qu'ils ne seront pas confrontés à l'extérieur, on ne pourra pas savoir s'ils sont vraiment résistants aux radiations. Et toi, où en es-tu de tes recherches biologiques ?

– Je pense que, même si nous avons réussi à créer une première génération bien portante, il n'est pas certain que ces hybrides soient capables de se reproduire, dit-elle.

– Tu veux dire comme les mulets ?

– C'est la limite du système, beaucoup d'hybrides nés de croisement entre deux animaux sont stériles. Ou alors leurs petits naissent dégénérés et ne survivent pas.

– Donc il faudra attendre que nos chimères soient en âge de procréer pour avoir une réponse à cette question, conclut Simon.

Puis il lâche un long soupir.

– Quoi qu'il en soit, je les trouve quand même très…

Très bons élèves ? Très curieux ? Très sérieux ? Très polis ?

– Très quoi ? demande Alice.

Il cherche le mot exact puis dit :

– … Très mignons.

31.

– Et toi, tu es d'une espèce qui n'aurait jamais dû exister !

Ils sont 280 garçons, humains et hybrides, dans le vestiaire de la salle de sport des Halles. Ils sont à l'opposé du vestiaire des filles où se trouve Ophélie. Et loin aussi de celui des adultes censés les surveiller.

– Tu peux répéter ça pour voir ? dit un petit brun à l'air déterminé.

– Ton peuple est un peuple maudit ! Vous, les Arméniens,

vous nous avez volé notre terre sacrée du Haut-Karabagh, répète l'autre garçon, aux cheveux bruns lui aussi.

– C'est le contraire ! Et puis, vous, les Turcs, vous avez massacré plus d'un million des nôtres sans qu'ils puissent se défendre !

– Menteur ! Vous, les Arméniens, vous faites courir cette légende pour qu'on vous plaigne, mais, à la même époque, beaucoup d'Arméniens ont massacré des Turcs et de ça, personne ne parle, s'énerve le premier.

– Un million de civils assassinés, c'est un vrai génocide, et nous n'avions même pas d'armes ! réplique le second.

Les deux garçons, torse nu, se font face, tandis que d'autres viennent se placer du côté de l'un ou de l'autre.

– C'est vrai ce qu'il dit ? demande un enfant qui semble ne pas savoir de quoi il retourne.

– Évidemment ! Les Arméniens ont péri dans l'indifférence la plus totale de 1915 à 1923. Personne n'est venu nous aider à arrêter tous ces tueurs turcs !

– C'est une légende construite de toutes pièces pour votre propagande, siffle le garçon turc entre ses dents.

– Vous, les Turcs, vous êtes des gens violents qui ne vous exprimez que par les massacres. Tuer, vous avez ça dans le sang ! Et après, vous réécrivez l'Histoire à votre convenance pour ne pas vous sentir coupables, accuse l'Arménien.

L'adolescent d'origine turque ferme les poings, prêt à frapper.

– Ose répéter que nous sommes violents ! dit-il.

D'autres enfants les rejoignent. Deux groupes se forment. Un derrière le Turc et l'autre derrière l'Arménien.

Un Nautic s'interpose. C'est Poséidon. D'une taille supérieure à celle des jeunes humains, il impose le respect.

– Mais de quoi parlez-vous ? Nous n'avons appris cette histoire de massacre en Arménie dans aucun des cours de Mère.

– C'est mon père qui m'a raconté tout ça. Et il tenait lui-même cette histoire de mon grand-père, dit le jeune garçon arménien.

– Moi aussi, c'est mon père qui m'en a parlé, et il m'a averti que cet énorme mensonge permettait aux Arméniens de donner une mauvaise image des Turcs.

– C'est la vérité ! Mon père me l'a dit, renchérit l'Arménien.

– Et moi, mon père m'a dit que c'était une totale invention pour vous faire passer pour des victimes et que le monde s'apitoie.

Les deux groupes se défient.

Poséidon prend la parole.

– Arrêtez, tous les deux ! Vous vous rendez compte de ce que vous faites ? Vous vous disputez pour des histoires du passé ! Et vous êtes prêts à vous battre pour ça ? C'est... stupide ! Dois-je vous rappeler qu'une guerre mondiale a probablement éliminé les trois quarts de l'humanité en surface ? Là, nous parlons non pas de millions mais de milliards de victimes. Et vous, vous êtes des survivants ! Alors arrêtez vos chamailleries et faites la paix. Je vous propose de vous serrer la main et de ne plus parler de conflits qui se sont produits il y a longtemps et qui ne concernent que vos ancêtres.

– C'est facile pour toi de dire ça, tu n'as pas d'ancêtres, dit un garçon qui se trouve du côté arménien.

Poséidon secoue la tête et répond :

– En effet, je n'ai pas d'ancêtres. J'arrive dans ce monde tout neuf. Sans ce sac à dos rempli de lourdes pierres que sont les douleurs du passé. Regardez-vous, les Sapiens : vous êtes tous des descendants de victimes ou de bourreaux. Et cet héritage vous empêche de vous considérer comme frères.

La remarque venant d'un être non humain du même âge qu'eux participe au trouble général des jeunes gens présents.

D'autres Nautics décident de s'interposer et d'aider Poséidon dans sa démarche de pacification. Puis de jeunes garçons diggers et aerials viennent eux aussi en renfort pour séparer les belligérants.

– Il a raison, nous non plus, nous n'avons pas d'ancêtres, et donc aucune vieille rancœur qui fermente dans nos esprits, déclare Hermès. Amis humains, cessez de vous connecter à ce passé douloureux et regardez devant vous.

Cependant, les groupes de chaque côté augmentent au fur et à mesure que la situation s'éternise.

– L'hostilité entre cet Arménien et moi est révélatrice d'un autre problème bien plus vaste – un problème que vous, les chimères, ne pouvez pas comprendre, précise le garçon turc.

– Tiens donc ! Et lequel ? demande l'hybride à la peau bleutée.

– La religion, énonce fièrement un Turc. Vous, les chimères, vous êtes des mécréants. Vous n'avez même pas de foi. Les Arméniens sont chrétiens et nous, les Turcs, sommes musulmans. Et même si la guerre est terminée, nous naissons avec notre religion, qui nous est enseignée et transmise par nos parents.

Beaucoup d'autres garçons humains approuvent.

– Et nous ne comptons pas renoncer à notre foi, affirme le jeune Turc.

– Nous non plus, dit le jeune Arménien.

– Attendez, attendez, intervient Hadès. Vous voulez dire

que vous voulez vous battre pour des histoires de guerres de religion qui datent d'un siècle ?

– Pas d'un siècle ! La civilisation arménienne est apparue en 2500 avant Jésus-Christ. Donc il y a des milliers d'années !

– Et nous, les Turcs, nous existions probablement bien avant. Nous avons reçu la révélation du Prophète et nous nous sommes convertis en l'an 1000. Eux ne sont que des... infidèles.

– Non, c'est vous, les infidèles, répond le jeune Arménien en bombant le torse.

– Mort aux infidèles ! crie alors le jeune Turc.

Il brandit un tournevis que lui a discrètement glissé dans la main un autre enfant, contourne Poséidon et donne un grand coup au ventre de l'Arménien avant que celui-ci ait pu réagir.

C'est le signal. Aussitôt, les deux groupes d'enfants, qui pour la plupart n'ont même pas fini de se rhabiller, se mettent à se frapper les uns les autres. Les deux camps scandent le même slogan : « MORT AUX INFIDÈLES ».

Hermès, Poséidon et Hadès ainsi que les quelques hybrides lancent des appels au calme. Ils sont rapidement dépassés par le nombre de Sapiens enragés qui veulent en découdre pour défendre leur foi.

Poséidon prend ses deux frères hybrides à part et leur dit :

– Il faut arrêter ce délire collectif.

Ils appellent leurs congénères et, ainsi aidés de plusieurs dizaines d'hybrides qui les ont rejoints, s'organisent pour séparer les deux groupes. Au bout d'un moment, ils parviennent à créer un cordon protecteur efficace et obligent ceux qui veulent se battre à renoncer.

Parallèlement, quelques Aerials, qui sont les plus rapides pour se déplacer dans les couloirs, évacuent les blessés. Ils sont emmenés à l'infirmerie où, aussitôt, Jeremy, le médecin qui avait aidé Alice à mettre au monde Ophélie et qui est de garde ce jour-là, les prend en charge. Il envoie une infirmière avertir les autres adultes du drame qui s'est déroulé dans les vestiaires.

Alice, Simon et Franckie sont les premiers à accourir, aussi en colère qu'inquiets.

– Tout est rentré dans l'ordre, les rassure Hadès.

– Que s'est-il passé ? demande Simon.

– Une chamaillerie pour des vieilles histoires. Ça aurait pu très mal tourner, mais on a évité le pire.

Alice sent que l'aîné des Diggers cherche à couvrir ses camarades. Elle demande à Jeremy comment vont les blessés.

– Celui-ci a reçu un coup de tournevis au ventre, dit-il.

– Raconte-moi qui t'a frappé, exige Alice sur un ton sans appel en s'adressant au blessé. Que s'est-il passé ?

Le jeune garçon raconte dans le détail sa version de l'incident. Alice s'assoit, abasourdie.

Comment est-ce possible qu'ils soient déjà si cons ?

Ils reproduisent des querelles ancestrales pour des histoires de divinités qui n'ont jamais été vues par personne, mais qui ont été imaginées par des prêtres pour contrôler les plus naïfs. Des enfants de quinze ans sont prêts à s'entre-déchirer pour ça ?

– Et là, où en est-on ? s'inquiète Simon.

Hermès lui répond :

– Aidés des Nautics et des Diggers, nous avons pu arrêter les plus vindicatifs. Et mes frères Aerials ont transporté ici les blessés.

Les hybrides semblent être les seuls à réfléchir normalement, pour la simple et bonne raison qu'ils n'ont ni ancêtres ni religion...

Franckie, sentant la tension générale et l'impact négatif que peut avoir cet incident, déclare :

– Je crois qu'il ne faut pas étouffer cette affaire. Au contraire, il faut en profiter pour marquer le coup. Oui, il faut marquer le coup.

– À quoi penses-tu ? questionne Simon.

– Je vais organiser ce soir une cérémonie pour remercier les hybrides qui ont permis de mettre fin à ce conflit. Avec peut-être une médaille. On faisait ça, au Club Med, la distribution de médailles en plastique pour récompenser les enfants. Ils adoraient ça. Et on installera peut-être aussi un buffet avec des gâteaux. Le sucre, ça rassure et ça calme.

Et le soir même, dans la salle où se déroulent les fêtes, Franckie, après avoir narré l'incident à tous les présents, fait applaudir les jeunes héros nautics, diggers et aerials. Il fait ensuite monter sur scène le petit Turc et le petit Arménien à l'origine du conflit et leur propose de se serrer la main.

Au début, les deux adolescents refusent, mais, sous la pression de l'assistance, finissent par consentir à ce geste symbolique sous les applaudissements de la foule.

Franckie conclut :

– Ainsi les hybrides ont montré que non seulement ils étaient bien éduqués, mais que spontanément ils avaient envie de venir en aide aux humains.

Le chef de village, en verve, poursuit avec son accent marseillais typique :

– Les hybrides n'étaient pas obligés d'intervenir. Et personne ne les a poussés à le faire. Ils en ont eu envie par pure empathie. Et ils ont non seulement convaincu les petits humains de cesser de se battre, mais ils ont en plus évacué les blessés vers l'infirmerie. Ils ont su coordonner leurs efforts pour être plus efficaces. Voilà ce qui est extraordinaire : ces jeunes hybrides d'à peine quinze ans ont réussi, sans l'aide du moindre adulte, à s'organiser et à prendre les décisions nécessaires pour sauver d'autres enfants, de surcroît différents d'eux.

Nouveaux applaudissements.

Simon se penche vers Alice et lui chuchote :

– De quelque chose de mauvais peut sortir quelque chose de bon. Regarde : plus personne n'ose contester l'intérêt d'avoir fait naître des hybrides.

Puis Franckie annonce que tout le monde va pouvoir boire et manger pour marquer l'événement. Tous se précipitent sur le buffet.

Alice et Simon, en retrait, observent l'assistance, adultes et jeunes mélangés, qui se régale des friandises offertes.

– Plus je vis avec tes hybrides, plus je les sens motivés pour bâtir un monde plus pacifique, déclare Simon.

– « Nos » hybrides, rectifie Alice.

Simon la regarde.

– Je n'en reviens pas d'être allé au bout de cette expérience.

– Nous avons réussi ensemble, insiste-t-elle.

Il la saisit par la taille et l'embrasse longuement.

– Tu as donné un sens à ma vie, dit-il. Jusque-là, mon objectif était d'éviter les problèmes et de me protéger. Je jouais en défense en esquivant tout ce qui pouvait ressembler à un danger. Mais toi, tu m'as appris à aller de l'avant, à prendre des risques. Grâce à toi, j'ai compris que c'est en sortant de sa zone de confort qu'on vit vraiment.

– Et toi, tu m'as appris à faire confiance à quelqu'un, lui répond Alice. Moi qui ai toujours cru que j'irais plus vite toute seule sans m'encombrer de qui que ce soit !... Tu m'as montré que, bien accompagnée, je pouvais aller plus loin.

– Mon objectif de vie est désormais de prendre des risques pour connaître mes limites, dit-il pensivement.

– Le mien reste le même : faire évoluer l'humanité pour qu'elle survive à toutes les épreuves à venir.

Simon désigne discrètement leur fille Ophélie qui discute avec Hermès, Poséidon et Hadès tout en mangeant des bonbons. Tous les quatre forment un groupe à l'écart des autres.

– Je crois que notre fille a déjà intégré les hybrides comme des êtres égaux.

– Viens, propose Alice en le tirant par le bras.

Les deux parents s'approchent discrètement de leur fille pour écouter la conversation. Les quatre adolescents ont le bras droit tendu devant eux, le poing serré, et forment une sorte de croix.

– Six ! dit Hadès.

– Huit, dit Hermès.

– Cinq ? ajoute Poséidon, hésitant.

– Et toi, Ophélie, tu en penses quoi ?

– Allez, je tente le sept.

Mais de quoi ils parlent ?

Ils rouvrent tous simultanément la main. À l'intérieur, des cailloux. Ils les comptent et c'est Hermès qui annonce :

– Cinq ! C'est Poséidon qui a gagné.

Il pose un caillou au sol, puis tous recommencent à tendre leur poing et à énumérer des chiffres à tour de rôle.

Simon murmure :

– Qu'est-ce que c'est que ce jeu ?

– Je crois que je sais. C'est un jeu très ancien qui se nomme le « jeu des trois cailloux ». Chaque participant met zéro, un, deux ou trois cailloux dans sa main. Il s'agit de deviner la somme des cailloux de toutes les mains. Celui qui trouve pose un caillou au sol et continue de jouer. Celui qui a gagné trois fois et s'est donc débarrassé de ses trois cailloux remporte la partie. C'est simple, mais ça demande beaucoup d'intuition et de psychologie.

Le jeu ! Comment n'y ai-je pas pensé avant ! C'est la meilleure manière d'intégrer les mentalités différentes et de créer de l'entente entre les élèves. Surtout si c'est un jeu aussi simple que celui-ci. Il faut que je réfléchisse à donner plus de place au jeu dans mon enseignement.

Alice et Simon continuent de regarder le petit groupe.

– Je crois que nous avons beaucoup à apprendre en les observant, dit Alice. En tout cas, Ophélie ne semble avoir aucune gêne à discuter avec eux comme avec des gens… normaux.

– Ça t'étonne ?

– Eh bien oui… Même si nous les avons fabriqués, je n'arrive toujours pas à me dire que ce sont vraiment des êtres comme nous.

– Parce que nous en sommes les créateurs, dit Simon. Il faut peut-être oublier cette étape de leur existence et les voir juste comme des amis de notre fille.

Il a raison. C'est quand même un comble que ce soit moi qui, après m'être battue pour qu'ils existent et soient traités comme des gens normaux, sois étonnée que ma propre fille joue et rie avec eux.

Alors que Poséidon semble avoir remporté la manche en gagnant encore une fois, ils discutent d'un sujet qui paraît les préoccuper.

Alice et Simon s'approchent un peu plus près.

– ... Alors ça, ça m'étonnerait, dit Poséidon.

– Moi, j'en suis sûre, dit Ophélie.

– Impossible, dit Poséidon.

– Ça semble assez peu probable, insiste Hermès.

– Ça dépend quand même beaucoup de ce que vous savez..., tempère Hadès.

– Jamais de la vie ! s'exclame Poséidon. D'ailleurs, il suffirait de le tester pour s'en apercevoir.

Mais de quoi ils parlent ?

– Alors vous en voulez la preuve ? demande Ophélie.

– Bien sûr.

– Montre ! On n'attend que ça...

– Eh bien, la voici.

Ophélie se penche alors vers Poséidon et l'embrasse sur la bouche.

Ce geste inattendu fait rire les deux autres qui réclament eux aussi un baiser. Ophélie ne se fait pas prier.

Passé l'effet de surprise, Alice songe :

La peur ou l'amour ? Ces quatre-là en tout cas ont l'air d'avoir choisi. Seront-ils capables de transformer l'humanité ?

32.

ENCYCLOPÉDIE : JEAN-BAPTISTE DE LAMARCK.

Jean-Baptiste de Lamarck est l'inventeur du concept de « transformisme ».
Il fait une carrière militaire, puis quitte l'armée et se passionne pour la médecine et la botanique. Il publie en 1779 sa *Flore française*, un ouvrage dans lequel il établit quelques règles permettant de reconnaître plus facilement les fleurs et les plantes. Le livre est un grand succès.
Il entre à l'Académie des sciences et reçoit le titre de « professeur d'histoire naturelle des insectes et des vers au Jardin du Roi ».
À ce poste prestigieux, il crée le Muséum d'histoire naturelle, à Paris, et enseigne la zoologie des invertébrés, qu'il commence à répertorier et à classer. C'est alors qu'il déduit le concept de « transformisme » : les espèces deviennent plus complexes, plus diversifiées et plus spécialisées en se transformant avec le temps et le changement de milieu.
En 1809, Lamarck publie sa *Philosophie zoologique*. Il y expose sa théorie de l'évolution des espèces par mutation interne :
« Dans tout animal qui n'a point dépassé le terme de ses développements, l'emploi plus fréquent et soutenu d'un organe quelconque fortifie peu à peu cet organe, le développe, l'agrandit et lui donne une puissance propor-

tionnée à la durée de cet emploi. Tandis que le défaut constant d'usage de tel organe l'affaiblit et finit par le faire disparaître. »

Il donne ainsi l'exemple de la girafe qui, en période de sécheresse, étire son cou pour atteindre les feuilles placées au sommet des grands arbres et modifie ainsi son organisme. Par la suite, elle donne naissance à des girafons qui, eux-mêmes, ont le cou de plus en plus long pour atteindre les meilleures feuilles. Et plus les girafons étirent leur cou, plus la génération suivante aura un cou allongé. De même, selon Lamarck, si la taupe est devenue progressivement aveugle, c'est qu'elle n'a pas besoin de ses yeux sous terre.

« Tout ce que la nature a fait acquérir ou perdre aux individus par l'influence constante des circonstances, elle le conserve pour la génération de nouveaux individus qui en proviennent, pourvu que les changements acquis soient communs aux deux sexes qui ont produit ces individus. »

Après la publication de cet ouvrage, Lamarck subit les attaques directes des autres scientifiques, et notamment de Georges Cuvier, scientifique renommé, partisan de la théorie du « fixisme » qui veut que les espèces n'évoluent pas.

Vers soixante-quinze ans, à force de regarder dans son microscope, Jean-Baptiste de Lamarck devient aveugle. Déconsidéré par ses pairs, rejeté par le milieu académique de l'époque, tombé dans la misère, il vend ses collections de fleurs et d'insectes à des scientifiques étrangers pour survivre. Il meurt dix ans plus tard, en 1829, à l'âge de quatre-vingt-cinq ans, seul et ruiné, son œuvre méprisée par ses collègues.

C'est Charles Darwin, en développant en 1859, soit trente ans plus tard, la théorie de la sélection des plus aptes dans son livre *L'Origine des espèces*, qui poursuivra la réflexion de Lamarck sur l'évolution et la critiquera. Darwin est même l'un des plus féroces adversaires de Lamarck. Pour lui, si toutes les girafes ont le cou long, c'est que celles qui avaient le cou plus court, étant inadaptées, ont disparu. Darwin écrit : « J'ai lu Lamarck et j'ai trouvé que c'était un auteur médiocre. »

Pour résumer : si, pour Charles Darwin, l'évolution se fait par le hasard – la sélection des plus aptes et la disparition des faibles, en accord avec les concepts élitistes de son époque –, pour Jean-Baptiste de Lamarck, l'évolution se fait par la transformation de ceux qui en ont la capacité ou en émettent le désir profond, chaque être étant capable de s'autoprogrammer.

Soixante ans après la mort de Lamarck, certains scientifiques (comme Paul Kammerer) se réclamèrent de la pensée lamarckienne, mais furent aussitôt attaqués puis déconsidérés par les savants officiels, plutôt darwiniens. Actuellement, le travail de Lamarck a été oublié au profit des théories de Darwin qui sont les seules reconnues par l'ensemble de la communauté scientifique.

Cependant, certains phénomènes, comme la transformation des orchidées pour s'adapter à la forme exacte et à l'odeur sexuelle des abeilles, ne trouvent aucune explication possible par le darwinisme et ne peuvent être compréhensibles qu'à la lumière de la théorie de Lamarck, qui dit que les êtres vivants ont la capacité de se transformer volontairement pour s'adapter au milieu qui les entoure. De même, la nouvelle discipline nommée « épigénétique » n'est que le nom moderne du transformisme de Lamarck. De plus en plus de chercheurs reconnaissent ainsi que non seulement Lamarck a été le premier à réfléchir à l'évolution des espèces, mais aussi que ses théories sont les seules qui permettent de comprendre la complexité du monde vivant.

Encyclopédie du Savoir Relatif et Absolu.

ACTE III

Le tronc

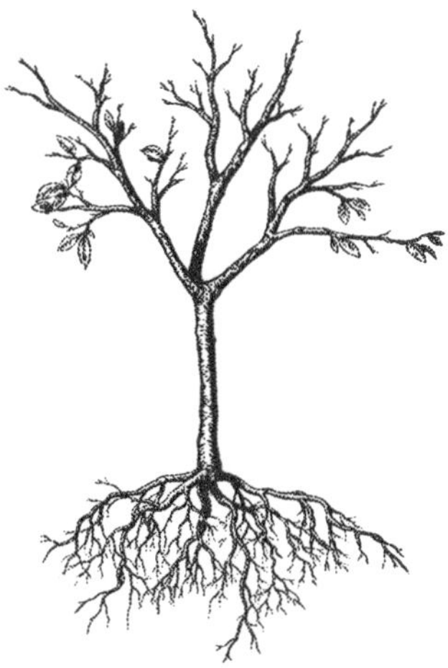

33.

Cinq ans ont passé depuis l'incident entre l'enfant turc et l'enfant arménien dans les vestiaires de la salle de sport.

Une jeune femme de vingt ans, ses longs cheveux blonds tombant sur ses épaules, marche seule dans un couloir de New Ibiza.

Soudain, elle entend des bruits de pas derrière elle. Elle se retourne, mais ne distingue personne. Elle continue sa route. Tout à coup, dans la zone où elle se trouve, tous les néons accrochés au plafond se mettent à clignoter. Elle accélère.

Derrière elle, toujours ces bruits de pas. Inquiète, elle se met à courir. Les néons continuent de clignoter, créant un effet stroboscopique de plus en plus rapide.

Brusquement, tous les néons s'éteignent en même temps. La jeune femme a un frisson de terreur. Les bruits de pas se transforment en un bruissement d'ailes et se rapprochent.

D'un coup, les néons se remettent à clignoter, éclairant par intermittence le couloir sombre.

La jeune femme s'arrête, tremblante.

Un petit morceau de ciment lui tombe alors sur la tête. Terrifiée, elle lève lentement les yeux et le voit.

Il est suspendu au néon par les pieds et la regarde. Ses grandes oreilles frétillent, sa truffe la renifle.

La jeune femme pousse un hurlement. Trop tard. Un battement d'ailes, et l'Aerial la bâillonne avec son pied aux orteils longs et souples comme des doigts, l'emprisonne dans la matière membraneuse de ses ailes et la serre fort.

– Je ne veux pas vous faire de mal, lui murmure-t-il à l'oreille. Juste un baiser, s'il vous plaît.

Elle le reconnaît alors. Elle l'a déjà vu : il suit lui aussi les cours de l'ESRA.

La jeune femme aux cheveux blonds cherche à se dégager et lui mord à pleines dents l'extrémité de la truffe.

Sous l'effet de la douleur, il pousse un cri aigu et ouvre ses ailes, libérant la jeune femme.

Elle court et se met à crier :

– À L'AIDE ! AU SECOURS !

Elle fonce à perdre haleine pour se réfugier dans le logement qu'elle occupe avec Marguerite, sa mère, et son père, Thomas, l'un des principaux détracteurs des hybrides. Il est en train de réparer une canalisation d'eau avec d'autres hommes. Il s'arrête net en voyant sa fille affolée, les cheveux en bataille.

– Un Aerial ! lui dit-elle dans un souffle. Un Aerial m'a attaquée dans le couloir ouest !

– Quoi ?!

– Il m'a suivie et il m'a sauté dessus ! Il m'a emprisonnée dans ses ailes et il a tenté de m'embrasser de force.

Sans réfléchir, le quinquagénaire saisit une grosse clef à

molette qu'il brandit comme une massue. Les autres hommes prennent chacun un outil : marteau, cordes, barre de fer.

– Dépêchons-nous de mettre la main sur ce monstre avant qu'il quitte la zone ! lance Thomas.

Ainsi armée, la troupe s'élance dans le couloir à la recherche de l'Aerial.

L'hybride, qui les voit arriver, hésite sur la conduite à tenir. Mais l'attitude hostile de ceux qui sont à ses trousses ne lui laisse pas le choix. Il s'enfuit en courant sur ses pattes, poursuivi par les Sapiens. Vite essoufflé, il déploie ses ailes et s'envole. Mais le plafond du couloir, d'à peine trois mètres de hauteur, l'empêche de s'élever.

Il bat des ailes et débouche dans un couloir de l'ancien RER bloqué par des gravats.

Déjà ses poursuivants se rapprochent, menaçants.

– On le tient ! jubile Thomas.

– Non, attendez ! Je vais vous expliquer, tente de se défendre l'Aerial. Je voulais juste un petit baiser pour savoir l'effet que ça faisait d'embrasser une Sapiens.

Mais un homme lance une corde nouée en lasso dans sa direction. Le nœud coulant se resserre autour de la patte de l'hybride, forcé de se poser.

Une fois au sol, les cinq hommes se déchaînent sur lui et le rouent de coups.

Ne pouvant plus se retenir, l'Aerial pousse un cri strident en ultrasons, douloureux aux oreilles de ses agresseurs. Ils cessent de le frapper. Mais passé l'effet de surprise, ils reprennent de plus belle.

À l'entrée du couloir surgissent alors trois autres jeunes Aerials, alertés par le cri en ultrasons.

– LAISSEZ-LE ! hurle Hermès.

Thomas le reconnaît. Il sait que cet hybride est le premier de sa catégorie et possède une sorte d'ascendant sur les autres.

– Il a essayé de violer ma fille, il doit payer ! crie-t-il.

– S'il a commis un crime, il doit être jugé, rétorque Hermès avec un ton qu'il veut ferme.

Les autres hommes du groupe approuvent. Thomas finit par se résigner.

34.

Quelques heures plus tard, un tribunal improvisé se réunit au niveau 2 du parking du Forum des Halles.

Assis devant une table sur une estrade au fond de l'immense salle, Franckie domine la foule. Il a enfilé une sorte de grande veste noire qui lui donne un air sévère. À sa droite se trouvent neuf humains qui serviront de jurés.

Sur un côté en contrebas de l'estrade est installée la défense, servie par Alice en personne. À l'opposé, l'accusation. Le procureur n'est autre que Thomas.

C'est lui qui s'exprime en premier :

– Cet incident n'est probablement que le premier d'une longue série, affirme-t-il en faisant les cent pas devant l'assistance. Car ne doutons pas que d'autres suivront. Ce que cet Aerial a commis est révélateur. Ma fille s'en est tirée de justesse en ayant le réflexe de lui mordre la truffe. Mais la prochaine fois, qu'arrivera-t-il ? Des viols, des crimes ! Et nous, humains, pourrons-nous parer aux conséquences des pulsions animales de ces monstres du psychisme desquels nous ignorons tout ?

Une rumeur de mécontentement monte de la foule.

Franckie hoche la tête puis annonce :

– La parole est maintenant à la victime.

La jeune fille blonde se lève.

– C'est bien lui ! s'indigne-t-elle en pointant du doigt l'Aerial assis à côté d'Alice. Il m'a poursuivie, puis il m'a sauté dessus depuis le plafond. Ensuite, il m'a emprisonnée dans ses grandes ailes et s'est approché si près que j'ai pu sentir son haleine sur mon visage. Il a même tenté de m'embrasser !

Elle a un frisson de pur dégoût.

– Je me suis défendue et j'ai pu me dégager. Si je n'avais pas réussi, il aurait probablement abusé de moi, car j'ai… j'ai aussi senti son sexe contre moi… c'était comme un animal en rut ! Je suis sûre qu'il avait l'intention de me violer !

L'assistance s'agite, le brouhaha enfle.

– Un viol de la part d'un Aerial ! répète le père. Vous vous rendez compte de leur niveau de nuisance ! Êtes-vous prêts à prendre le risque que cette situation se reproduise ? Si on ne fait rien, c'est ce qui arrivera, à coup sûr ! Voilà pourquoi je réclame que cette bestiole néfaste soit exclue de notre communauté ! Qu'on envoie cet Aerial en surface, au milieu des rats et des pigeons irradiés. Il pourra les embrasser s'il est à ce point en manque d'affection !

Au fond de la salle, les Aerials, les Diggers et les Nautics s'ajoutent à la masse des spectateurs sapiens, sans oser se manifester.

Franckie reprend les débats.

– La parole est à l'accusé. Reconnaissez-vous les faits évoqués par le procureur et par la victime ?

L'Aerial tremble de peur. Alice, assise à ses côtés, le regarde avec bienveillance pour tenter de le réconforter. En vain : l'Aerial se lève lentement, la tête baissée.

– Oui.

– Pouvez-vous expliquer votre acte ?

L'Aerial, dont les ailes sont entravées dans le dos par une corde, tourne son visage vers Alice, les yeux remplis de larmes. Alice lui caresse le crâne et l'incite à parler d'un signe.

– Je... je ne sais pas ce qui m'a pris... J'ai vu cette jolie Sapiens blonde et je l'ai tout à coup trouvée très... attirante. C'était comme une pulsion... Je voulais juste l'embrasser. Rien de plus. Je vous le jure !

De nouveau l'assistance réagit en chuchotant.

– C'est tout ce que vous avez à dire ? insiste Franckie.

– Je ne sais pas ce qui m'a pris ! Je suis désolé ! Je promets que je ne recommencerai plus. Je ne me suis pas rendu compte de la gravité de ce geste... d'affection.

– La parole est à la défense. Nous vous écoutons, Alice.

La quinquagénaire se lève d'un mouvement sûr. Elle est vêtue pour l'occasion d'un ensemble veste et jupe blanc qui rappelle celui qu'elle portait au moment de son discours au ministère de la Recherche il y a presque vingt-cinq ans. Ses cheveux noirs parsemés de quelques mèches grises sont regroupés en queue-de-cheval. Faisant face tour à tour à l'assistance et aux jurés, elle s'exprime d'une voix forte :

– Permettez-moi une mise au point. Un : l'accusé n'a pas commis de viol. Deux : il n'a tué personne. Et trois : ce qui lui est reproché n'est qu'une manifestation, certes un peu maladroite, j'en conviens, d'attirance envers un être d'une autre espèce que la sienne. Le fait que cet incident soit unique et isolé doit entrer en ligne de compte. En revanche, l'émotion, légitime, de la victime ne doit en aucun cas nous faire prendre des décisions hâtives, a fortiori décréter des sentences disproportionnées. Je sais que, dans un tableau blanc, on ne voit que la tache noire, mais reconnaissons que, cette fois, elle est infime. En l'état actuel de nos recherches sur le sujet, envoyer l'accusé en surface serait sans nul doute signer son arrêt de mort.

– Vous n'avez donc pas confiance dans vos propres expériences ? ironise le procureur Thomas. Ne nous avez-vous pas vous-même expliqué que vous aviez complété la mutation ADN de vos hybrides par une mithridatisation pour qu'ils puissent supporter les radiations extérieures ?

– Certes, mais nous n'avons encore jamais pu le vérifier.

Les gens dans la salle réagissent à voix haute, certains disant : « Il n'aurait pas dû attaquer la fille », d'autres : « Non, il ne mérite pas ça ! », le tout créant un brouhaha assourdissant.

Le procureur Thomas lève la main.

– Je réclame encore la parole.

– Accordé, dit Franckie en tapant des mains sur la table pour obtenir le silence et l'écoute.

– Je souhaiterais faire part à la communauté d'une information qui me semble capitale. J'ai effectué des recherches dans les archives de la médiathèque de la grande bibliothèque des Halles. Avant qu'éclate la Troisième Guerre mondiale, le professeur Alice Kammerer faisait l'unanimité contre elle. Un homme a bien essayé de l'arrêter durant une conférence…

– Objection, votre honneur ! Cet homme, il y a deux décennies, avait tenté de me tuer en me tirant dessus !

– Peut-être avait-il perçu le degré de dangerosité de vos expérimentations, persifle Thomas.

– Je ne vous permets pas de…

– Laissez-le parler, s'il vous plaît, Alice, intervient Franckie. Où voulez-vous en venir, Thomas ?

– Je dis simplement qu'il n'y a pas de fumée sans feu. Et que si tous ces gens voulaient obliger le professeur Kammerer à cesser ses activités, c'était peut-être pour de bonnes raisons.

– Mais..., tente de nouveau de l'interrompre Alice.

– Tout le monde la détestait...

– Je vous interdis de...

– Et nous, pauvres naïfs, nous l'accueillons dans notre sanctuaire et la laissons parachever son sinistre projet, ajoute Thomas en haussant la voix. Voici ce que je pense : nous avons laissé le ver s'installer dans la pomme, puis la pourrir de l'intérieur. Et maintenant, le résultat est là : nous vivons au milieu de monstres !

Alice sent la colère l'envahir tout entière.

– Vous ne pouvez pas dire que...

Mais Thomas ne la laisse pas terminer sa phrase.

– Ma fille est agressée par une de ces créatures issues de l'imagination diabolique de cette femme. Il est grand temps d'agir ! Nous devons mettre hors d'état de nuire ces 435 animaux nuisibles. Et commençons par faire un exemple en expulsant cet Aerial agresseur.

– Je vous répète qu'en surface il risque de...

– De succomber ? Parce que votre manipulation n'est pas suffisamment maîtrisée ? Ce ne serait que justice ! Agissons de manière exemplaire pour qu'aucune de ces chimères ne cherche à nouveau à s'en prendre à l'un des nôtres ! Je vous le dis encore une fois : il faut expulser cet ignoble Aerial obsédé sexuel en surface !

Plusieurs personnes dans l'assistance scandent :

– EN SURFACE ! EN SURFACE !

– MORT À L'AERIAL !

Ainsi la vérité éclate au grand jour. Ils ont toujours considéré mes hybrides comme des monstres, mais ils se taisaient par peur de passer pour des réactionnaires. Thomas ne fait que libérer leur parole.

Le juge Franckie demande le silence en tapant dans ses mains mais personne ne lui obéit. La foule est en ébullition.

Au fond de la salle, les 144 hybrides aerials laissent filtrer un murmure d'indignation devant l'attitude jugée raciste du père de la victime et du reste de l'assistance. Les 145 jeunes Nautics et les 145 Diggers marquent eux aussi leur désapprobation mais n'osent l'exprimer ouvertement, de peur de susciter un surplus d'animosité à leur égard.

Alice soupire, désespérée.

Bon sang, c'était trop beau, ça ne pouvait pas durer.

Elle regarde le jeune accusé, toujours entravé et recroquevillé sur le siège à ses côtés.

Il y a une part animale qui résonne forcément encore en eux… Mais comment l'expliquer aux gens, maintenant qu'ils ont peur ?

Alors que le brouhaha augmente, la scientifique ferme un instant les yeux.

Je pensais qu'il se créait à New Ibiza une nouvelle humanité suffisamment éduquée pour qu'elle cohabite en parfaite harmonie avec l'ancienne.

Le juge Franckie, constatant qu'il n'arrive pas à obtenir le silence, sort un pistolet d'un sac aux couleurs rasta posé au pied de sa chaise et tire trois fois en l'air. Des morceaux de polystyrène tombent du double plafond.

Surprise, l'assistance se calme.

– Bien, dit-il, nous allons maintenant procéder au vote.

Franckie se tourne vers les neuf humains assis à ses côtés sur l'estrade et s'adresse à eux d'un ton solennel :

– Chers jurés, vous avez entendu les témoignages de la victime et de son agresseur, les plaidoiries du procureur Thomas et de l'avocate Alice. C'est à vous de décider d'exclure ou non l'accusé en surface. Nous avons assez perdu de temps. J'opte pour un vote à main levée.

Cette fois-ci, il ne pourra pas tricher en notre faveur si le verdict ne nous est pas favorable.

– Qui veut que l'Aerial soit exclu de New Ibiza et forcé de remonter en surface ?

Un premier juré lève la main, suivi par deux autres. Un quatrième hésite puis lève la main à son tour. Un cinquième esquisse un geste puis se ravise.

– Donc nous avons quatre voix pour l'exclusion et par conséquent cinq contre l'exclusion. L'agresseur est acquitté.

Aussitôt on détache les ailes de l'Aerial. De nouveau, des murmures grondent. Les hybrides, toujours discrets au fond de la salle, sont soulagés mais n'en laissent rien paraître.

Incroyable, on a réussi. J'étais persuadée qu'ils allaient le condamner. Peut-être ont-ils compris qu'une entente était préférable entre les hybrides et les humains.

La tension cependant est palpable. Certains applaudissent, d'autres sifflent, huent les jurés et le juge Franckie.

Mais soudain, Thomas se dirige droit vers le bureau de Franckie, récupère le pistolet et tient le jeune Aerial acquitté en joue. Ce dernier, tétanisé par la peur, place aussitôt son aile en bouclier mais reste immobile.

Le doigt de Thomas presse la détente. Tout se passe alors

comme au ralenti. Une flamme sort de l'extrémité du canon de l'arme et une balle de 9 millimètres fend l'air.

Alice, pétrifiée, suit des yeux la trajectoire de la balle qui vole dans les airs.

C'est alors que Simon, debout au pied de l'estrade, bondit et pousse l'Aerial de toutes ses forces, parvenant à le sauver de justesse. Le jeune hybride, par réflexe, se plaque aussitôt au plafond. La balle termine sa course en se plantant dans le mur de béton.

Thomas vise une nouvelle fois l'Aerial, mais Simon s'est déjà élancé sur lui. Il dévie le tir, qui touche cette fois un néon du plafond. Les deux hommes roulent au sol, s'empoignant pour se bloquer mutuellement.

Un troisième coup de feu retentit, tandis que les deux hommes sont toujours au corps à corps. Ils se figent.

OH NON… PAS ÇA !

Ophélie, tentant de fendre la foule jusqu'à ses parents, pousse un cri :

– Papa !

Simon s'affale en mettant la main sur son torse, comme s'il voulait empêcher le sang de couler. Thomas, le pistolet toujours en main, reste assis au sol, hébété.

Alice se précipite auprès de son compagnon. Simon pâlit à vue d'œil et commence à haleter.

Le jeune Aerial, tremblant de rage, saute depuis le plafond sur Thomas pour le désarmer. Ce dernier, par réflexe, appuie de nouveau sur la détente. La balle perfore le cœur de l'homme-chauve-souris, qui s'écroule.

– MORT AUX HYBRIDES ! hurle quelqu'un.

C'est le signal. En quelques secondes, le slogan devient cri de guerre. Une bagarre générale s'engage entre humains et hybrides.

– Tu avais raison, Alice…, murmure Simon.

Il lui sourit, tousse puis prend une grande inspiration pour prononcer quelques mots :

– … Tout le monde… peut… changer.

Ophélie s'agenouille auprès de son père en sanglotant et lui tient la main. Simon respire douloureusement.

– Je… J'étais peureux et je suis… devenu…

– … héroïque, le coupe Alice, les joues inondées de larmes.

Il a un pauvre rictus, puis tousse encore. Du sang s'écoule de la commissure de ses lèvres.

– Voici venu le temps de… ma… dernière… métamorphose. J'étais un corps… et je vais me transformer en… pur esprit… libéré de sa gangue de matière. Merci pour m'avoir…

Il ne peut terminer sa phrase.

Autour d'eux, les combats deviennent de plus en plus féroces, comme si toutes les tensions, tous les non-dits, toutes les jalousies et les rivalités entre Sapiens et hybrides explosaient au grand jour.

Les Aerials, qui essaient de se tenir au-dessus de la mêlée en s'envolant vers le plafond, sont la cible de jets d'objets lourds. Ceux qui sont touchés et qui tombent au sol sont immédiatement lynchés. Les craquements sinistres de leurs os brisés résonnent dans le parking.

Les Diggers plantent leurs incisives dans les bras et les cuisses humaines. Quant aux Nautics, ils profitent de leurs mains palmées pour distribuer des gifles qui claquent de manière retentissante.

Un homme qui combat un Nautic près de la console du DJ appuie sans le faire exprès sur un des boutons de programmation et déclenche la chanson punk « God Save the Queen ». La voix du chanteur des Sex Pistols Johnny Rotten clame : « *No future* » sur un bruit de rythmique assourdissante en même temps que s'allument les lumières stroboscopiques et colorées.

Un autre humain, tentant de repousser une attaque d'Aerials à l'aide d'une torche, finit par mettre le feu à l'estrade. La fumée qui se dégage de ce début d'incendie ajoute à la confusion.

Les flammes finissent par déclencher le système d'alarme incendie et des jets d'eau jaillissent sur la foule en furie, que plus rien ne semble pouvoir arrêter.

35.

LA LÉGENDE DE L'ÉCHO.

Une petite fille et sa mère se promènent dans l'étroite vallée d'une zone montagneuse. La petite fille est impressionnée par ce site qu'elle n'a jamais vu. Elle s'extasie :

– Que c'est beau !

L'écho renvoie :

– ... C'est beau.

La petite fille, surprise, demande :

– Il y a quelqu'un qui parle ?

Et l'écho résonne de nouveau :

– ... Quelqu'un qui parle.

– Qui es-tu ?

L'écho lui renvoie ses paroles :
– ... Qui es-tu ?
La petite fille s'agace.
– J'ai demandé la première. Alors réponds, toi d'abord !
– ... Toi d'abord !
La petite fille s'énerve.
– Je ne sais pas qui tu es mais je trouve que tu es très bête !
Et l'écho continue :
– ... Tu es très bête.
– Tu m'insultes ?
– ... Tu m'insultes.
– Tu m'énerves !
– ... Tu m'énerves.
– Qui que tu sois, je te déteste.
– ... Je te déteste.
Alors la petite fille se dit qu'elle est allée trop loin et que la personne avec laquelle elle discute s'est peut-être sentie insultée.
– Bon, je ne le pensais pas vraiment. Je ne vous connais pas après tout, si je vous ai manqué de respect, je m'excuse.
– ... Je m'excuse.
– Je n'ai rien contre vous.
– ... Rien contre vous.
– Finalement, je vous aime bien.
– ... Vous aime bien.
La petite fille, étonnée par l'expérience, se tourne vers sa mère et demande :
– Qu'est-ce qui se passe, Maman ?
Celle-ci, amusée, lui répond :

– C'est ce qu'on appelle l'écho. C'est aussi une métaphore intéressante des effets de notre attitude dans la vie. Ce que tu envoies, tu le reçois. Si tu envoies de la peur, tu reçois de la peur. Si tu envoies de la méfiance, tu reçois de la méfiance. Si tu envoies des insultes, tu reçois des insultes. Si tu envoies de l'amour, tu reçois de l'amour. L'univers fonctionne comme un miroir qui te renverra toujours ce que tu lui as envoyé.

Encyclopédie du Savoir Relatif et Absolu.

36.

La dernière goutte d'eau du système anti-incendie vient de tomber sur les combattants toujours enragés.

Il n'y a plus de musique mais les projecteurs stroboscopiques poursuivent leur danse macabre, éclairant le sol jonché de corps.

Au milieu du chaos, Alice et Ophélie sont toujours près de Simon. La scientifique se relève lentement, les yeux pleins de larmes, alors que des lumières de toutes les couleurs se succèdent sur son visage mouillé.

Simon est mort.

Tout est fini.

J'ai tout raté.

Elle prend dans ses bras son compagnon et le porte pour le déposer dans un coin de la salle, qu'elle balaie du regard : autour d'elle, c'est la désolation.

L'alliance entre les hybrides et les humains est rompue.

On ne pourra plus restaurer la confiance. C'en est fini de l'estime et du respect mutuel entre les deux groupes.

Un souvenir d'enfance lui revient soudain : elle repense à ce papillon à peine né qu'elle avait vu voleter quelques mètres avant de se prendre dans une toile d'araignée.

C'est aussi le sens de l'évolution d'avancer dans la violence et la destruction. Et c'est ce qui parvient malgré tout à survivre qui peut continuer à changer le monde...

Franckie la rejoint. Sans un mot, il prend tour à tour dans ses bras la mère et la fille. Puis il leur dit :

– Je ne m'attendais pas à ce que la situation puisse dégénérer aussi vite, si mal. Tout ça m'a échappé.

Alice ne répond pas.

Alors Franckie se dirige d'un pas décidé vers l'estrade, branche le micro de la console qui produit un larsen strident, puis se met à hurler :

– Ça suffit !

D'un coup, les combats cessent. Un silence plus assourdissant encore que le bruit qui l'a précédé envahit l'ancien parking.

Chaque camp rassemble ses troupes. Le bilan est lourd. Treize morts côté hybrides, dont l'Aerial agresseur de la jeune fille, et huit morts côté humains, dont Simon et Thomas. À ces décès s'ajoutent une cinquantaine de blessés divers plus ou moins graves.

Les hybrides et les humains, qui semblent revenir à la raison, nettoient spontanément le champ de bataille. Le quatrième sous-sol est réquisitionné pour accueillir les blessés, sous la surveillance des médecins new-ibiziens. Les morts, eux, sont allongés en rang d'oignons le long du couloir qui mène à la surface, dans l'attente d'être inhumés.

La nuit qui suit est un supplice pour Alice. Elle tente en vain de consoler Ophélie, qui finit par s'endormir au petit matin, épuisée d'avoir trop pleuré.

Ai-je vraiment vécu cette scène ?

Suis-je responsable de ce qui vient de se passer ?

Pourquoi faut-il que dès que quelque chose commence à fonctionner, des forces antagonistes se lèvent pour tout gâcher ?

Simon a été l'homme qui m'a révélée à moi-même.

Grâce à lui j'ai compris que je n'étais pas qu'une scientifique : j'étais aussi une femme.

Grâce à lui j'ai compris que l'on pouvait vivre à deux en communion totale sans se perdre ni se renier.

Ces pensées se télescopent dans sa tête. Aux premières heures du jour, Alice jette sur le papier ce qui sera l'oraison funèbre de Simon. Mais elle a des blocages incompréhensibles, elle peine à trouver les mots justes, la douleur de la perte est trop forte.

Comment vivre sans lui ? Comment continuer sans son soutien et son amour ?

L'enterrement est prévu tôt le lendemain. Par crainte des microbes et autres bactéries dus à la décomposition des corps, la communauté a pris l'habitude de les mettre en terre dans un délai très court.

Une zone dans le tunnel du métro a été spécialement dégagée pour créer un grand cimetière.

À l'heure prévue, toute la communauté de New Ibiza est présente dans la grande salle de parking. Le cercueil de Simon est posé sur une table, sur l'estrade. Ophélie est assise au premier rang en contrebas, silhouette fragile à côté de Franckie et de leurs amis hybrides. Au moment où le cercueil de Simon est refermé par trois hybrides et un humain, Alice, vêtue de noir, prend la parole.

– Simon a tout le temps vécu dans la peur, et le jour où il se révèle le plus courageux de tous, il le paie de sa vie. Qu'en déduire ? Que les peureux vivent plus longtemps que les courageux ? Je refuse de cautionner ce raccourci simpliste. Je préfère penser que Simon a eu une vie parfaite. Il l'a commencée avec un handicap, qu'il a surmonté pour trouver le chemin de lumière. Dès lors, tout était accompli. Il a connu l'amour, mon amour, il a connu la paternité avec la naissance d'Ophélie. Il va connaître l'immortalité de l'âme, car jamais je ne l'oublierai et je ferai tout pour qu'humains et hybrides entretiennent son souvenir. Sans Simon, jamais les hybrides n'auraient pu voir le jour. Sans lui, jamais je n'aurais pu être mère. Sans lui, jamais le futur n'aurait été possible. Quant aux circonstances particulières qui ont entraîné sa mort...

Alice laisse passer un moment, elle est trop tendue pour continuer à parler. Puis elle reprend :

– Je crois que ces circonstances sont révélatrices d'un changement d'époque. Désormais, les hybrides ne sont plus des enfants, ils sont entrés dans le monde des adultes de la manière la plus violente et la plus douloureuse qui soit.

Elle pose son regard sur Ophélie. Sa fille est soutenue par les trois hybrides qu'elle considère comme ses frères : Hermès, Hadès et Poséidon. Elle poursuit :

– Simon, je sais que ton âme immatérielle m'entend. Sache que tu as été un compagnon merveilleux. Ton esprit peut s'élever et rejoindre la lumière. Jamais je ne t'oublierai, Simon.

Merci pour tout ce que tu as été et tout ce que tu as accompli. Merci d'avoir existé.

Les sanglots d'Ophélie brisent le silence, suivis par ceux de plusieurs humains présents et de nombreuses chimères.

Puis quatre hommes procèdent à l'inhumation dans le sol du tunnel. Franckie plante une stèle où est inscrit : « PROFESSEUR SIMON STIGLITZ, CO-CRÉATEUR DES HYBRIDES ».

Puis les autres morts sont eux aussi mis en terre, entourés de leur famille et de leurs amis.

Ce sont les premiers morts hybrides. Le plus âgé a à peine vingt ans. Pour l'occasion, chacune des trois espèces a mis au point un rituel mortuaire inspiré du rituel humain, et imaginé des stèles aux motifs différents adaptés à leur style particulier.

Une fois que toutes les cérémonies sont achevées, Franckie retrouve Alice dans son box aménagé en appartement.

– Il faut qu'on parle. Je... enfin les autres, ils sont venus me voir et ils ne veulent pas prendre le risque que ça se reproduise.

Alice, affairée à fouiller dans le tiroir de son bureau, lui tourne le dos et ne répond pas.

– Je ne sais pas si tu m'as compris, Alice, mais... les New-Ibiziens ne souhaitent plus poursuivre l'expérience.

La scientifique se fige. Il continue :

– Ils ne veulent plus vivre avec les chimères. Il faut les comprendre. Huit morts en une seule journée, c'est énorme. Depuis la fin de la Troisième Guerre mondiale, nous n'avions eu à déplorer que trois décès, le colonel et deux autres personnes âgées.

– Il y a eu bien plus de victimes chez les hybrides ! proteste Alice d'une voix glacée. Treize, pour être précise.

– Oui, mais ce sont des chimères. Ils ne sont pas à proprement parler… comme nous.

Elle serre les dents puis explique :

– Leur cerveau est similaire au nôtre. Ils parlent. Ils écrivent. Ils ont des sentiments comme nous. Ils souffrent comme nous. Ils ont des émotions comme nous.

– Ne joue pas sur les mots. Ce sont quand même des… animaux.

– Et alors ? Nous aussi ! Le mot « animal » vient de *anima*, qui signifie « souffle de vie, principe vital, âme ». Car les anciens avaient compris que les animaux ont une âme.

– Ont-ils vraiment une âme, Alice ? Les êtres que tu as créés sont tout « neufs » ; en tout cas, ils ne peuvent pas être des réincarnations.

Il commence à m'énerver, je ne suis pas d'humeur à continuer ce genre de discussion métaphysique. Ce n'est vraiment pas le moment.

Franckie déroule son raisonnement.

– Et puis, même s'il y a une part d'humanité dans ces chimères, nous sommes conscients qu'elles ne pensent pas comme nous.

– Ah bon ? Si tu doutes de leur humanité, il suffit de discuter avec elles.

Franckie semble exaspéré.

– Alice, je ne veux pas rentrer dans ce débat. Les chimères n'étaient pas là à la création de notre communauté de New Ibiza. Et regardons les choses en face : ces nouveaux venus ne sont pas intégrés, ils sont juste tolérés.

Alice s'immobilise et regarde Franckie droit dans les yeux.

– Il me semblait pourtant que vous les aviez admis comme vos égaux.

– Ils ont tué huit personnes ! Mes… congénères estiment

que ce sont des étrangers qui ont abusé de notre gentillesse et de notre hospitalité.

– Ils sont nés ici.

– Ils ont été autorisés à naître ici, ce qui est différent ! s'emballe Franckie. Et on a accepté parce qu'on ignorait comment la situation allait tourner. Et elle a mal tourné.

De nouveau, Alice se retient d'exprimer ce qu'elle ressent.

Son opinion est faite. Je n'arriverai pas à le convaincre.

La fête est finie.

Franckie a le regard fuyant.

– Alice ? Le mieux est que toutes les chimères partent d'ici. Je sais que cela peut paraître…

– Ce qui équivaut à une condamnation à mort, le coupe Alice.

– Tu peux comprendre, j'en suis sûr.

Non.

– Ils payent tous pour l'acte d'un seul, c'est injuste.

– De toute façon, tu te doutes bien que nous ne pouvons plus croire en une coexistence pacifique.

Je ne dois pas me laisser emporter par la colère.

– Tu parles au nom de la communauté, mais toi, qu'en penses-tu personnellement, Franckie ?

Le chef de village se dandine d'un pied sur l'autre.

– Je pense que nous avons essayé la coexistence et que nous avons échoué. Nous sommes trop différents. Il y a un moment où insister ne sert à rien. On ne peut pas faire rentrer un carré dans un rond… Oui, un carré dans un rond.

Alice refuse d'alimenter la polémique. Franckie continue :

– Et puis nous tenons trop à nos nouveaux enfants pour prendre le risque qu'ils soient agressés par vos chimères.

Pour lui, le mot « chimère » est plus péjoratif. Il ne cesse de l'employer pour parler des hybrides.

Alice explose :

– Sans nous, vous n'auriez même pas d'enfants ! Ces chimères, comme tu dis, tu les as aimées, souviens-toi ! Tu leur as donné le biberon, tu t'es levé la nuit pour les rendormir. Tu les as vues s'interposer lors de l'altercation entre les enfants humains ! C'est grâce à elles, Franckie, que tu as même arrêté de boire, de fumer et de te coucher tard !

Le visage de Franckie se ferme soudain. Alice ne l'a encore jamais vu avec l'air si sombre.

– Alice, en tant que chef de village, je suis le garant de la survie de cette communauté. Donc, si ses membres me demandent de les débarrasser des chimères, peu importe ce que je ressens. Je dois faire ce qui est bon pour la communauté. Je dois protéger les miens.

Ça y est, notre amitié n'existe plus.

– Et c'est en condamnant à mort les hybrides que tu vas le faire ?

Franckie fait comme s'il n'avait rien entendu et reprend :

– À votre arrivée, Simon et toi, vous m'aviez bien signalé que les hybrides avaient été mithridatisés pour supporter les radiations ?

– Nous n'avons jamais pu le vérifier, tu le sais bien !

– Alors, il faut espérer que ça marche.

Alice sent le désespoir qui la gagne.

Vont-ils vraiment tous mourir dès qu'ils seront en surface ?

Pour elle, la perte de Simon est déjà difficile à vivre, mais ce que lui annonce Franckie ajoute un drame collectif à son deuil personnel.

Le pire entraîne le pire.

C'est à ce moment qu'une douleur se signale dans son ventre.

Oh non, pas ça.

Elle reconnaît sa vieille ennemie. Elle avait cru que son accouchement et sa vie épanouie l'avaient débarrassée de ce mal, mais elle prend conscience qu'il n'était qu'endormi, attendant une période de stress pour revenir.

Le corps fonctionne comme les banques qui ne prêtent qu'aux riches : il ne donne la santé qu'aux gens bien dans leur peau. Et il la prend à ceux qui gèrent les contrariétés.

– Donc nous allons être expulsés en surface…

Le chef de village secoue la tête.

– Pourquoi « nous » ? Les hybrides sont expulsés. Ta fille et toi êtes des humains, donc vous pouvez évidemment rester.

– Il est hors de question qu'ils partent sans moi. Je les ai fait naître, je ne les abandonnerai pas. Et je connais Ophélie. Elle me suivra.

Alice s'approche de l'homme à la chemise hawaïenne et lui pose la main droite sur l'épaule.

– Je pensais que tu avais changé, Franckie, dit-elle gravement. Quoi qu'il en soit, merci de ton accueil. C'est quand même grâce à ton aide qu'on a pu arriver jusque-là.

Franckie la salue et la laisse seule.

Alice se lève en grimaçant.

Il faut que je prévienne Ophélie.

Alice frappe à la porte de la chambre de sa fille. Prostrée sur son lit, Ophélie est toujours sous le choc, bouleversée par la perte de son père et la fin de l'harmonie entre les peuples hybrides et les survivants. Alice s'assoit sur le bord du lit et caresse longuement le dos de la jeune fille.

– Demain nous partirons, dit-elle.

Ophélie marque son étonnement.

– Partir où ?

– En surface, ma fille. Certaines métamorphoses ne sont pas stables ni définitives, tu sais. Franckie est redevenu ce qu'il était, un jouisseur égoïste. Cette communauté d'humains a retrouvé son essence, qui est celle des premiers *Homo sapiens* : peureux, agressifs, méfiants de tous les êtres différents. Un jour ils finiront par comprendre. Mais ce jour n'est pas encore arrivé. Alors, en attendant, nous devons nous éloigner d'ici pour ne pas devenir comme eux.

37.

En ce petit matin de juin, l'ancienne capitale de la France est recouverte d'une brume rasante opaque qui empêche de voir au-delà d'une dizaine de mètres.

Alice sort de la station de métro Rambuteau en tenue anti-radiations. Sa tête est protégée par un casque. Elle tient le précieux compteur Geiger dans une main et le pistolet dans l'autre.

Elle examine les alentours, puis son appareil. Elle se tourne vers Ophélie, elle aussi bien protégée dans sa combinaison orange fluo et restée en retrait, et s'écrie :

– 30 !

La jeune femme s'approche de sa mère.

– Tu en es sûre ?

– Il semble que le taux a beaucoup baissé en vingt ans. Mais ce n'est pas encore assez bas pour nous autoriser une sortie sans protection. En tout cas pas pour nous, les humains « normaux ».

Ophélie ne répond pas. Elle est subjuguée par ce qu'elle voit à l'extérieur.

Alice pense à l'allégorie de la caverne de Platon.

Des gens vivent au fond d'une caverne, n'osent pas en sortir et ne se font du monde qu'une représentation imaginaire en observant les ombres qui se reflètent sur la paroi... Aujourd'hui, ma fille sort de la caverne, où tout n'est que croyances et illusions, et découvre enfin le vrai monde.

Alice elle-même est surprise par ce qu'elle voit. À force de vivre sous terre, elle avait fini par oublier à quoi ressemblait la surface.

– Et pour les hybrides ? s'inquiète Ophélie.

– C'est le moment de vérité. Selon mes calculs, les trois espèces, Aerials, Diggers et Nautics, sont capables de survivre en milieu irradié jusqu'à 40 millisieverts. Donc, à 30, en théorie, ils devraient tenir. Le seul moyen de savoir, c'est d'essayer. Vas-y. Fais-les monter.

Ophélie disparaît dans la bouche de métro. Elle en ressort quelques minutes plus tard avec Hermès. L'homme-chauve-souris est hébété lorsqu'il débouche rue de Turbigo. Inquiet au début, il est immédiatement surpris – et ravi ! – par l'absence de plafond. Il éprouve un sentiment de liberté inconnu jusqu'alors.

Il ferme les yeux tout en prenant une grande inspiration. Il reste en apnée quelques secondes, puis expire. Il apprécie de respirer de l'air frais. Alors il sourit et déploie ses longues ailes claires avec délectation.

Tandis que le brouillard se dissipe et commence à dévoiler

les ruines qui les entourent, il prend conscience qu'il est le premier hybride à sortir sans tenue de protection. Et le seul. Il frétille des ailes.

– Attends, Hermès, ne t'envole pas encore, lui demande Alice. Assieds-toi ici. Observons s'il n'y a pas d'effets indésirables, comme des vomissements ou des éruptions cutanées.

L'Aerial obtempère.

La scientifique lui prend le pouls puis écoute sa respiration et ses battements cardiaques. Elle examine ses yeux, sa langue, sa température. Elle lui demande de tousser, de suivre du regard son doigt de droite à gauche. Elle lui tape un genou pour vérifier ses réflexes.

– Pas de nausées ?

Il fait un signe de dénégation.

– Pas de migraines, de maux de tête, de vertiges ?

Hermès prend encore plusieurs profondes inspirations puis déploie complètement ses ailes et affiche un air ravi.

– Je me sens mieux ici que sous terre, affirme-t-il. Devant ce ciel infini, je ressens une irrépressible envie de m'envoler…

– Bon, eh bien… je crois qu'ils tiennent le coup, dit Alice à sa fille. L'idée de Simon de consolider leur résistance par la mithridatisation aura finalement été payante.

Hermès garde les yeux rivés vers le ciel. Des frissonnements d'impatience agitent l'extrémité de ses ailes.

– Attends un peu, ce n'est pas encore le moment, insiste Alice. On va d'abord tous se réunir pour organiser notre exode.

Les deux humaines font ensuite monter à la surface Poséidon et Hadès, eux aussi abasourdis devant le spectacle de la cité en ruine.

Autant Poséidon apprécie l'humidité de l'air, autant Hadès cherche à protéger ses yeux du soleil.

Après plusieurs minutes, Alice procède avec eux aux mêmes examens de contrôle qu'avec Hermès. Le résultat est sans appel : les trois hybrides paraissent adaptés à la vie à la surface.

Elle lance d'un ton ferme à sa fille :

– Vas-y ! Fais monter les autres !

Un par un, les 419 hybrides remontent les escaliers de la bouche de métro en une longue file indienne. Ils sont tous sidérés par le spectacle du monde qui se dévoile devant eux.

– Pour l'instant, vous restez bien groupés, ordonne Alice.

Tous acquiescent, et la procession ainsi formée se met enfin en marche.

Alice et Ophélie, facilement repérables grâce à leur combinaison de protection anti-radiations orange fluo, ouvrent la marche. Alice se retourne une dernière fois vers la structure du Forum des Halles, qu'on aperçoit au bout de la rue.

Adieu, Franckie. Et vous, les New-Ibiziens, vous n'avez pas voulu accepter ce qui est nouveau, vous resterez sous terre avec ce qui est ancien. Vous n'avez pas voulu des chimères, vous resterez entre vous. Faites la fête. Amusez-vous. Nous ne vous dérangerons plus. Vous vieillirez comme vous avez vécu. Dans la peur de ce qui est différent et avec peut-être un peu de regret, pour les plus évolués d'entre vous, d'avoir manqué une occasion de changer.

Au fur et à mesure de leur avancée, Alice observe avec attention leur environnement. Durant les vingt années où ils sont restés enfermés sous terre, la nature a pris ses aises. Les herbes, les buissons et les lierres sont devenus des arbustes, des arbres qui ont poussé en crevant le béton fendillé ou en prenant racine sous l'asphalte.

En dehors des pigeons et des rats, habitants habituels de Paris en toutes circonstances, d'autres espèces d'insectes, de reptiles, d'oiseaux et de mammifères ont proliféré.

Au détour d'une rue, le groupe tombe devant ce qui leur semble être un sanglier, mais qui, après examen plus minutieux, est en fait un porc poilu, suivi de ses petits marcassins-porcinets. Détail troublant : ils ont tous trois yeux.

– Ils ne ressemblent pas à ceux des vidéos de la médiathèque, remarque Ophélie.

– Ils n'étaient pas comme ça avant, en effet, dit Alice. Ils ont probablement muté lorsque les radiations nucléaires se sont répandues. Et ils n'ont jamais dû se trouver en présence d'êtres humains car ils ne sont pas effrayés par notre présence. Ils ne savent pas comment les humains ont traité leurs ancêtres.

Comme pour confirmer ses dires, les sangliers à trois yeux se contentent de mâcher bruyamment de gros champignons rouges à points noirs qu'ils arrachent du sol.

Abandonnant ces animaux à leur festin, le groupe continue d'avancer, parcouru de murmures étonnés.

Pour eux, tout est stupéfiant. Il faut que je les laisse découvrir le monde.

– Vous pouvez explorer les alentours, mais restez groupés, dit Alice.

Les hybrides, ravis, s'aventurent dans les magasins remplis de plantes et de poussière. Les objets qui s'y accumulent sont autant de trésors qui les fascinent et les surprennent.

Une poignée d'Aerials entrent dans un magasin de jouets

spécialisé dans les superhéros. Ils sont amusés de voir que certaines figurines leurs ressemblent.

Ils doivent penser qu'ils existaient déjà dans l'inconscient des Sapiens.

Des Nautics ont trouvé un magasin de matériel de plongée sous-marine et s'émerveillent devant les palmes, les combinaisons et les masques. Des Diggers ont, de leur côté, découvert des engins de chantier abandonnés. Ils regardent avec envie ces objets imaginés pour creuser la terre : marteaux-piqueurs, excavatrices et bulldozers.

Ophélie repère un magasin d'articles de sport. Sa mère propose à tous de s'y rendre. Les 140 Diggers, mais aussi les 139 Aerials s'équipent de lunettes de soleil pour supporter l'intensité de lumière du jour plus forte que celle des néons qu'ils ont connue toute leur vie dans les sous-sols de New Ibiza. Quant aux 140 Nautics, ils optent pour des vêtements recouvrant leur corps, afin que leur peau fine et fragile ne se déshydrate pas trop vite.

Alice et Ophélie récupèrent des sacs à dos qu'elles remplissent d'ustensiles de camping qui pourront servir de matériel de survie : boussoles, couteaux suisses multilames, briquets, cordages, pelles et pioches pliables, sacs de couchage, couteaux, machettes, gourdes.

Plus loin, dans un supermarché, ils découvrent des conserves restées miraculeusement intactes.

– C'est quand même incroyable que cette nourriture soit toujours comestible vingt ans après, s'étonne Ophélie.

– C'est parce que les industries agro-alimentaires d'avant-guerre injectaient des conservateurs puissants de nouvelle génération à l'intérieur des produits et les enveloppaient d'épais emballages métalliques, explique Alice. Ces substances chimiques étaient si efficaces que les cadavres humains ne pourrissaient plus. Lorsqu'on devait réouvrir un cercueil pour faire par exemple un test de paternité on retrouvait les corps intacts.

– Tu veux dire que l'ancienne humanité s'était exclue de l'écosystème ?

– Regarde, dit-elle en indiquant la silhouette d'une femme, encore recouverte de vêtements, au sol. Celle-ci n'est même pas complètement dégradée.

Mère et fille s'approchent du cadavre.

– Et ces morceaux gélatineux, qu'est-ce que c'est ?

– Des prothèses en silicone. Les femmes, et parfois les hommes, s'en faisaient implanter au niveau des seins, des fesses, des lèvres, des pommettes et même du menton, pour paraître plus séduisants.

Voilà la preuve que les influenceuses, en tant qu'évolution ultime de l'espèce, ne sont pas complètement... biodégradables.

L'ensemble de la troupe poursuit sa progression dans le chaos de ce Paris postapocalyptique.

À l'avant, Poséidon, doté des bras les plus puissants, dégage le chemin à grands coups de machette. Cependant, quand se dresse devant lui un enchevêtrement d'épaves de voitures rouillées et de plantes de plusieurs mètres de haut, il est forcé de s'arrêter, et tous avec lui.

Hermès prend alors l'initiative de soulever Alice. Il la fait voler au-dessus de ce fatras de métal et la dépose de l'autre côté. Puis c'est au tour d'Ophélie, qui est attrapée et soulevée dans les airs pour franchir l'obstacle. Elle qui a toujours vécu sous terre dans des espaces confinés apprécie ce premier bond dans le ciel.

L'idée est tout de suite reprise par les autres Aerials, qui saisissent les hybrides creusants et nageants, incapables de voler, et les portent de l'autre côté de l'obstacle.

Puis l'ensemble de la troupe reprend sa marche.

Plus loin, le groupe pénètre dans un tunnel routier, lui aussi bouché en son centre par un éboulement. Cette fois, ce sont les Diggers qui, grâce à leurs puissantes mains griffues et à leurs incisives tranchantes, creusent un passage dans le sol et libèrent la voie.

– Inutile de nous fatiguer à essayer de traverser Paris. Nous serons toujours bloqués par des plantes, des bâtiments effondrés ou des enchevêtrements de voitures, constate Alice.

– Que proposes-tu ? demande Ophélie.

– Ce que nous aurions dû faire depuis le début : prendre la voie fluviale.

Avec l'autorisation d'Alice, quelques Nautics se jettent à l'eau. Des péniches flottent encore sur la Seine. Les hybrides en sélectionnent une dont la coque est restée en bon état, et les Diggers utilisent une fois de plus leurs bras puissants, leurs mains griffues et leurs incisives tranchantes pour la dégager des plantes aquatiques qui l'emprisonnent.

Puis le groupe monte à bord. Une dizaine de Nautics, placés à l'arrière de la péniche, s'immergent et battent des membres inférieurs en cadence. Grâce à leurs pieds palmés, ils permettent au vaisseau de prendre de la vitesse.

Au-dessus d'eux, des Aerials servent d'éclaireurs. Après avoir effectué plusieurs loopings et vols planés pour se dégourdir les ailes, ils prennent leurs places de vigie. Très vite, ils signalent des barrages d'arbres flottants et de bateaux mêlés.

– Je ne m'attendais pas à ce que la nature ait à ce point reconquis les espaces jadis domptés par l'homme, soupire Alice.

Ils passent devant la tour Eiffel. Elle est restée debout, comme les trois astronautes l'avaient observé depuis le hublot de la navette en quittant l'ISS. Mais lorsque Alice l'examine de plus près, elle voit que le monument est désormais transformé en gigantesque tuteur pour toutes sortes de plantes grimpantes qui ont recouvert le métal rouillé. Des faucons tournoient à son sommet, envahi de fleurs et d'insectes.

La faune a aussi pris possession des berges du fleuve. Des oiseaux exotiques de toutes les couleurs et de toutes les tailles survolent les rives de la Seine.

Il y a des pélicans jaunes.

La nature trouve toujours un chemin pour survivre. La diversification en formes, en espèces, en couleurs est l'expression de sa puissance.

À côté d'Alice, Ophélie est encore plus émerveillée par ce monde nouveau dont elle ignorait la réalité. Elle avait certes vu des photos, des documentaires sur le Paris d'avant-guerre, mais tout, ne serait-ce que le ciel avec ses dentelles de nuages, lui semble une œuvre d'art.

– Que cette ville devait être belle ! s'extasie-t-elle.

– La plus belle du monde…, approuve Alice. Enfin, de mon point de vue. Mais je dois avouer qu'avec cette faune, cette flore luxuriante et sans les voitures, elle dégage un charme nouveau qui ne me déplaît pas.

Juste à cet instant, un groupe de flamants roses d'un rose fluorescent s'envole de l'île aux Cygnes, située face à l'ancienne Maison de la radio, apportant une touche colorée supplémentaire.

Plus loin, des chevaux blancs tachetés de noir s'abreuvent tranquillement dans l'eau du fleuve, au milieu des nénuphars recouverts de minuscules crapauds noirs.

Les deux Sapiens, postées à l'avant de la péniche, scrutent, fascinées, le paysage de jungle urbaine qui se révèle devant leurs yeux.

Ophélie n'en revient pas d'autant de couleurs, de perspectives, de plantes et d'animaux.

– Ce qui est quand même étonnant, c'est que tous ces êtres végétaux et animaux ont su s'adapter à une atmosphère irradiée à 30 millisieverts, réfléchit Alice à voix haute.

– N'est-ce pas déjà ce qui s'était produit à Tchernobyl ? demande Ophélie qui se remémore un passage de l'*Encyclopédie du Savoir Relatif et Absolu* que lui avait lu sa mère.

– Tu as raison. Tout comme sont apparues des malformations probablement issues de l'action des radiations sur les fœtus.

Comme Maman et sa syndactylie...

Les deux femmes repèrent un nouveau groupe de sangliers à trois yeux qui semblent les observer depuis la berge.

– C'est la preuve que mon ancêtre Paul Kammerer et avant lui Jean-Baptiste de Lamarck avaient raison, note Alice. La programmation génétique se modifie pour s'adapter à l'environnement et donne ensuite naissance à des générations mutantes. Les scientifiques qui ont mené des recherches sur le sujet ont appelé « épigénétique » ce nouveau champ de la science.

Un cerf à la fourrure bleu turquoise, pourvu d'immenses bois blancs, pousse un long brame qui retentit au loin.

– C'est aussi la confirmation de ma théorie selon laquelle la nature aime la diversité, ajoute Alice. Maintenant que l'emprise uniformisante de l'humain a disparu, un esprit enfantin semble vouloir s'exprimer, qui crée des animaux de toutes les formes, de toutes les couleurs et de tous les caractères, comme pour s'amuser.

– Parle-moi encore de cette ville avant la guerre, demande Ophélie. Comment c'était, avant ? Il y avait beaucoup d'habitants à Paris ?

– À peu près cinq millions. Cette jungle qui défile sous nos yeux, d'où émergent par endroits des ruines, était jadis un ensemble de maisons, d'immeubles et de rues ordonnées suivant différents plans établis au fil de l'histoire de la ville. Y circulaient en permanence une multitude de bus, de camions, de voitures, de motos, de vélos, de trottinettes et de piétons. Surtout des voitures. Et l'ensemble produisait énormément de bruit et de gaz d'échappement. Les principaux animaux visibles étaient les chiens tenus en laisse et les pigeons.

– Et il n'y avait pas de meutes de chiens sauvages ? s'étonne Ophélie.

– Ni chiens sauvages, ni sangliers à trois yeux, ni cerfs bleus, ni flamants roses..., répond Alice sur un ton amusé.

– Tu en parles comme si tu étais contente que la Troisième Guerre mondiale ait mis fin à cette ancienne manière de vivre à Paris.

Alice caresse la main de sa fille.

– Ce que tu vois est peut-être le sens de l'évolution. Comme si la nature, cherchant un répit pour pouvoir de nouveau se manifester librement, avait poussé les hommes à s'entre-tuer.

Elle soupire et son regard s'assombrit un instant.

– J'ai moi-même participé à la pollution, au bruit, à la fumée, reconnaît-elle. Je prenais du plaisir à consommer et à acheter des objets en plastique que je jetais ensuite, parfois sans même les avoir utilisés. C'était l'ancien monde. Nous ne nous rendions pas compte. Mais tout cela est désormais bien fini et nous voilà maintenant comme les premiers Hébreux qui ont suivi Moïse pour bâtir un nouveau monde !

– À ce détail près que nous n'avons pas de Terre promise et que ce que nous traversons n'est pas un désert mais une jungle, complète Ophélie.

Les Nautics se relaient pour propulser la péniche, tandis que les Aerials continuent de guetter les obstacles ou les menaces alentour. Alertés, les Diggers s'activent alors à libérer le passage.

Les 424 exilés suivent le parcours sinueux de la Seine, quittant la ville par Issy-les-Moulineaux, au sud-ouest. Puis ils longent Boulogne-Billancourt, et plus au nord Levallois-Perret, Asnières.

Après plusieurs heures de navigation, la lumière du jour commence à décroître et la fatigue se ressent chez les chimères. Les Diggers ont de plus en plus le « mal de l'eau », à cause des mouvements de roulis et de tangage du bateau. Les Aerials sont moins efficaces dans leur rôle de vigie. Eux aussi ressentent le « mal de l'eau » quand ils sont sur la péniche.

Seuls les Nautics comptent bien rejoindre ce concept extraordinaire dont Alice leur a parlé et dont ils ont vu de nombreuses représentations dans des livres ou des films : la mer, cette étendue aquatique qui s'étalerait à l'infini.

Alors que la nuit tombe, la péniche se retrouve bloquée par un barrage, qui cette fois-ci semble infranchissable : un ensemble de troncs, de tôles et de béton sur lequel circulent des castors albinos deux fois plus gros que ceux que connaissait Alice.

Alors que les Diggers proposent de se battre avec les rongeurs, aidés par les Aerials et les Nautics, Alice tranche :

– C'est le signe qu'il faut s'arrêter.

Elle s'adresse alors au groupe :

– Tout le monde est fatigué. Il est temps de trouver un abri. Je vous propose de débarquer et de continuer à pied.

– Et ensuite ? demande Ophélie.

– Nous pourrions peut-être chercher un milieu forestier pour nous poser.

À la demande d'Alice, Hermès survole la zone avec le compteur Geiger pour trouver l'endroit où la radioactivité est la plus faible.

Au bout d'une heure, il revient en annonçant :

– Plus au nord, près d'un étang, la radioactivité est à moins de 10 millisieverts.

– Guide-nous, répond aussitôt Alice en récupérant le compteur.

En longue file indienne, le groupe s'enfonce dans une zone qui devient peu à peu une forêt. Le soleil couchant a laissé la place à la pleine lune, qui éclaire le chemin en laissant filtrer sa clarté entre les feuillages.

Autour d'eux, la végétation bruisse de mille sons produits par les insectes et les animaux sauvages.

– Plus on s'enfonce dans la forêt, plus le niveau de radioactivité baisse, signale Alice en examinant le compteur Geiger qui indique moins de 12 millisieverts. On dirait que ces grands arbres ont absorbé les radiations.

Après une heure de marche, ils débouchent dans une clairière. Au centre, un étang, ceinturé de grands arbres et bordé d'une petite villa, au sud, et d'un parking, au nord. Une pancarte indique : « ÉTANG DE LA FORÊT DE CUCUFA ». Alice examine les alentours.

J'aime bien cet endroit.

Cette fois, le compteur Geiger indique le niveau tant espéré de 10 millisieverts. Les deux humaines hésitent, puis c'est Ophélie qui, la première, prend l'initiative d'enlever son casque et sa tenue de protection anti-radiations, suivie par sa mère.

Toutes les deux prennent de grandes goulées d'air frais. Et cet afflux d'oxygène leur donne une sensation d'ivresse.

Que c'est bon de pouvoir enfin respirer de l'air non filtré !

Des odeurs aux fragrances subtiles font frétiller les narines d'Ophélie. Un mélange de parfums de fleurs, d'herbes, mais aussi de bois, et de différentes matières en décomposition. Instinctivement, elle ferme les yeux pour encore mieux percevoir toutes les nuances de ces informations sensorielles inédites. Les insectes, les chants d'oiseaux, le bruit du vent, tout la ravit.

Elles sentent l'air sur leur visage, et leur peau leur semble être une membrane ultra-sensible. Alice touche le sol et enfonce ses doigts dans la terre meuble. Ophélie s'accroupit et fait de même.

Les deux femmes apprécient le contact de leurs mains nues avec cette matière brune.

Puis elles touchent les troncs, les feuilles, les herbes. Alice hume les fleurs, en introduit même certaines dans sa bouche et les mâche.

Nos cinq sens peuvent enfin fonctionner.

– C'est comme si la parenthèse de la Troisième Guerre mondiale se refermait enfin, dit-elle.

Mère et fille respirent amplement plusieurs minutes l'air qui embaume l'odeur des mousses, des résineux et de l'étang où fermentent quelques algues. Autour d'elles les hybrides, en cercle, attendent patiemment les prochaines instructions de leurs guides sapiens.

En tant que leader naturel de l'expédition, Alice s'adresse au groupe :

– Bien. Nous avons atteint une zone de très faible radioactivité. Nous allons construire ici un village.

Poséidon lève la main.

– Pour nous, les Nautics, il est indispensable d'avoir un accès permanent à l'étang. Donc je propose que ce village touche le bord de l'eau.

Hermès réclame à son tour la parole.

– Pour notre part, nous aimerions qu'il soit près des grands arbres, que nous puissions avoir de la hauteur.

– Nous, les Diggers, nous souhaiterions développer une cité souterraine. Cette clairière sera parfaite.

Alice tente de satisfaire chacun.

– Je comprends vos requêtes spécifiques. Nous allons donc installer une communauté composée de trois villages séparés.

Elle sort de son sac à dos un papier et un crayon.

Elle dessine l'étang, place au nord le territoire des 140 Diggers, à l'est celui des 140 Nautics et à l'ouest celui des 139 Aerials.

Plusieurs hybrides viennent observer ce plan.

– Ophélie et moi habiterons la villa au sud de l'étang, celle que nous avons aperçue à notre arrivée.

Sans attendre, chaque groupe se sépare et installe un bivouac temporaire pour la nuit.

Tous commencent déjà à discuter pour organiser l'aménagement de leurs territoires respectifs. Leur excitation est palpable.

38.

Dans les mois qui suivent, les trois cités chimériques poussent comme des champignons dans la luxuriante forêt de Cucufa.

Chaque groupe lance des expéditions vers les villages alentour, en ruine, et rapportent du matériel : pelles, pioches, échelles, marteaux, ciseaux, et même un bulldozer, un tracteur, une scie mécanique, deux marteaux-piqueurs à essence et des bidons de carburant encore intacts. Ils reviennent aussi avec des vêtements, des meubles, des objets qu'ils avaient l'habitude d'utiliser lorsqu'ils vivaient à New Ibiza.

La première structure à voir le jour est une taupinière baptisée Digger City, qui ressemble beaucoup à une pyramide. C'est là que s'installent les hommes-taupes. Vu la quantité gigantesque de terre qu'ils arrivent à déblayer, Alice n'a pas de peine à imaginer la multitude de couloirs souterrains qui ont été creusés en sous-sol.

Les Nautics ont appelé leur village Nautic City. Ils ont monté des maisons de bois sur pilotis avec l'aide des Diggers, qui ont coupé le bois, et celle des Aerials, qui ont porté les rondins jusqu'au bord de l'étang.

En échange, les Nautics, plus forts et plus grands, aident leurs frères hybrides à construire leurs maisons, en participant notamment à la création d'un système d'irrigation souterrain sous la taupinière des Diggers.

Les maisons des Aerials, de forme sphérique, sont posées sur les branches supérieures des plus grands arbres, utilisant eux aussi le bois coupé et taillé en planches fines par les Diggers.

La coopération entre les hommes-taupes, les hommes-dauphins et les hommes-chauves-souris s'avère très efficace. La seule limite est physique : les Nautics n'arrivent pas à pénétrer dans certains couloirs étroits de la taupinière, les Diggers ont le vertige et rendent rarement visite aux Aerials, et ces derniers, claustrophobes, n'ont guère envie d'aller sous terre ou sous l'eau.

Alice et Ophélie bénéficient elles aussi de l'aide des hybrides qui leur prêtent main-forte pour réparer la villa.

Tous ensemble aménagent, à l'emplacement de ce qui fut jadis le parking de l'étang de Cucufa, une agora pour les réunions collectives.

Au fil des jours, la vie s'organise dans la communauté. Les trois villages et les deux humaines vivent en bonne intelligence.

Chaque vendredi soir, Hermès, Hadès et Poséidon, qu'Ophélie appelle ses « frères », viennent dîner à la villa d'Alice ; c'est l'occasion de faire le point sur l'avancée des chantiers et de proposer de nouvelles initiatives.

Au comportement des trois hybrides, Alice a l'impression que les premiers-nés, qui se font parfois appeler « rois » par leurs congénères, sont amoureux de sa fille.

Tant qu'Ophélie n'en aura pas choisi un en particulier, l'équilibre sera maintenu.

Quant à Alice, que les hybrides nomment toujours « Mère », elle prend son rôle de fédératrice très au sérieux. Elle continue d'éduquer les hybrides lors de cours collectifs dispensés dans l'agora, mais aussi de débats sur l'histoire de l'humanité et sur son futur possible.

Et puis la nouvelle que tous espéraient tombe enfin.

Une Digger enceinte est sur le point d'accoucher.

Aussitôt Alice et Ophélie demandent à Hadès que la jeune

femme soit transportée dans leur maison pour pouvoir intervenir en cas de problème.

La femme digger, au ventre étiré par la grossesse, semble exténuée. À ses côtés, le futur père paraît encore plus inquiet que la principale intéressée. Il ronge ses énormes ongles avec ses longues incisives, produisant un bruit de claquement sec et de gros copeaux de corne qui s'entassent au sol.

À l'extérieur de la villa, les autres Diggers se sont regroupés et essaient d'en savoir plus en regardant par la fenêtre. Tous les habitants de Cucufa sont intrigués.

Enfin on va savoir si les hybrides sont capables d'avoir des enfants, s'ils ont surmonté la malédiction des mulets stériles.

– Calmez-vous, dit Ophélie au père digger. Maman sait ce qu'elle fait.

Puis elle se tourne vers les autres Diggers qui ont, pour certains, franchi le seuil et lance :

– Je vous prierai d'évacuer pour laisser l'accouchement se dérouler dans les meilleures conditions.

La jeune femme digger, couchée les jambes relevées, transpire beaucoup et respire bruyamment.

– Je sens que ça vient ! annonce-t-elle enfin.

Alice s'approche et voit en effet un peu de chair qui apparaît entre les jambes de la parturiente.

Ça y est.

Avec des gestes délicats, Alice aide à l'expulsion du nouveau-né. Et le petit Digger apparaît enfin. Tout son corps est recouvert d'un fin duvet noir. Il a déjà des moustaches vibrisses et des grandes mains. Ses yeux sont clos, il est immobile et n'émet aucun cri ni pleur.

Alice pose son oreille sur le thorax du bébé.

Aucun battement n'est perceptible.

Le père se ronge les ongles jusqu'au sang. Autour, les Diggers sont de plus en plus inquiets.

Alice coupe le cordon ombilical, pose le nouveau-né sur une table et tente plusieurs manipulations pour essayer de lancer le cœur ou la respiration.

Respire ! Allez, respire !

En vain.

Résignée, Alice se tourne vers le père et lui fait un signe négatif de la tête. Mais soudain la maman digger émet un râle.

Il y en a un autre.

Tous les signes montrent en effet qu'un nouveau bébé digger s'apprête à naître.

Le père est désormais figé comme une statue.

Alice saisit le deuxième bébé digger avec une grande délicatesse, coupe le cordon et pose le nouveau-né enveloppé d'un linge sur la table. Lui non plus ne respire pas.

Alice se remémore la technique que Simon avait employée sur Ophélie à sa naissance. Elle place sa bouche sur celle du nouveau-né digger, aspire puis souffle profondément tout en appuyant sur la poitrine.

De nouveau, c'est un échec.

Une tension parcourt l'assistance. Les hybrides rassemblés devant la villa prennent peu à peu conscience que leur avenir dépend de ce qui se passe à cet instant.

C'est bien la malédiction des mulets.

Si les hybrides ne sont pas capables de produire des enfants viables, tout ce que j'ai accompli n'aura servi à rien. J'aurai seulement créé trois espèces éphémères.

Comme des mouchoirs en papier qui ne servent qu'une fois puis qu'on jette.

Mais la mère digger lâche un nouveau râle : un troisième nouveau-né se présente.

Mais combien y en a-t-il ?

Alice regrette de ne pas avoir eu sous la main un appareil d'échographie. Elle aurait pu se préparer à accueillir les nouveau-nés dans de meilleures conditions et peut-être leur sauver la vie.

Malgré les soins qui lui sont prodigués, le troisième nouveau-né digger ne réagit pas plus que ses deux prédécesseurs. Ophélie le saisit alors par les pieds, le place tête en bas, le secoue et lui tape dans le dos. Alice la regarde sans réagir.

Au point où l'on en est.

Et le miracle se produit.

Le bébé digger lâche un cri qui se transforme en pleurs.

Toute la tension des spectateurs se dissipe d'un coup, comme si un orage venait de se libérer.

La mère pleure de joie. Le père et Alice aussi.

Elle plaque son oreille contre la poitrine et écoute.

Il respire et le cœur bat.

Bravo, ma fille.

Ophélie est émue. Elle repère que le nez du bébé digger semble agité. Alors elle le pose sur le ventre de sa mère et le nouveau-né rampe instinctivement pour se diriger vers un des quatre tétons maternels.

Son premier sens est donc l'odorat.

Le bébé digger avale goulûment le lait et se calme.

Son deuxième sens est le goût.

Les mains agrippent les poils du ventre de la mère pour trouver la meilleure position afin de téter la précieuse boisson.

Son troisième sens : le toucher.

En revanche, les yeux restent clos.

Alice se souvient d'avoir vu une scène similaire lorsque sa chatte avait accouché. Les chatons étaient aveugles les premiers jours, mais capables de trouver les tétons.

Cependant la femme digger grimace de douleur et ne peut retenir un nouveau gémissement.

Il y en a encore un autre.

– Je te laisse faire, Ophélie, dit Alice. Tu m'as l'air plus douée que moi.

Et c'est ainsi qu'Ophélie permet la mise au monde du deuxième bébé digger vivant, sous les applaudissements des hybrides présents pour accueillir l'heureux événement.

Quel soulagement ! Désormais on sait. Les hybrides peuvent se reproduire, même s'ils n'ont pas forcément 100 % de réussite.

*Les Diggers sont officiellement la première espèce humaine du futur. L'*Homo subterraris.

Quelques semaines plus tard, naissent les premiers Aerials. Ce sont deux nouveau-nés tout blancs avec des petites ailes, de grandes oreilles et des yeux noirs sphériques. Contrairement aux Diggers, aucun mort-né n'est à déplorer.

Plus tard encore, naît la première Nautic. Enfant unique de taille plus importante que les autres petits hybrides, ce bébé nautic n'a pas de poils, mais une peau lisse gris bleuté et des yeux ronds comme ceux d'un poisson.

Tout en la cajolant, Alice ressent une grande fierté et une immense reconnaissance envers sa fille, promue accoucheuse officielle de la communauté. Elle ne peut s'empêcher de penser qu'elle tient dans ses bras une sorte de petite sirène comme dans le conte d'Andersen, mais bien réelle.

– Entre nous, Maman, je peux te l'avouer maintenant, dit Ophélie après s'être longuement lavé les mains. Je pensais que tes chimères ne pourraient pas avoir d'enfants.

– Maintenant que les trois espèces ont réussi à se reproduire, tous les espoirs sont permis pour l'avenir, lui répond Alice en la serrant contre elle.

À l'extérieur, les piaillements joyeux des Nautics retentissent.

Le monde du futur leur appartient, songe Alice.

Tout peut recommencer à partir d'ici.

Et avec un peu de chance et de méthode… mieux qu'avant.

39.

ENCYCLOPÉDIE : ADAPTATION DES ESPÈCES À TCHERNOBYL.

Après l'explosion de la centrale nucléaire de Tchernobyl le 25 avril 1986, et l'immense nuage radioactif produit par cette catastrophe, beaucoup d'espèces ont péri mais certaines ont survécu. D'autres ont même muté et proliféré, au point que, dans cette région, sont apparues des espèces qu'on croyait disparues, comme l'ours brun, les bisons, les loups, les lynx ou les chevaux sauvages.

Parmi les animaux survivants, on remarque cependant des changements de morphologie : les daims ont vu leur taille se réduire et leurs poils s'épaissir, les lapins sont

devenus plus rapides et, paradoxalement, leur fourrure a éclairci ; les hirondelles, plus petites, ont instinctivement niché dans les zones les moins irradiées. Les grenouilles sont devenues noires, les abeilles se sont mises à construire des ruches avec des rayons plus arrondis, les araignées ont produit des toiles aux soies plus odorantes. Quant aux plantes survivantes, elles ont développé des enzymes spéciales capables de réparer en continu leur ADN attaqué par les radiations. De même, les feuilles des végétaux ont changé de couleur pour devenir moins vertes et plus rouges.

Encyclopédie du Savoir Relatif et Absolu.

ACTE IV

Les branches

40.

Une jeune femme aeriale plane au-dessus de la forêt de Cucufa.

Cinq ans ont passé depuis le jour de leur arrivée autour de l'étang sanctuaire.

Alice Kammerer a maintenant cinquante-six ans. C'est toujours une belle femme, dont le visage hâlé porte quelques rides d'expression. Ses cheveux noirs, striés de mèches blanches, sont noués par un ruban rouge en une longue queue-de-cheval. Elle est vêtue d'une tunique, rouge elle aussi. À son cou est accrochée une fine cordelette avec trois pendentifs en bois, représentant des ailes, des nageoires et des incisives, symboles des trois communautés.

Elle marche autour de l'étang.

Les arbres, immenses et fournis, bruissent de mille sons. Elle respire avec plaisir l'air matinal. Elle s'assoit devant la grande pyramide noire construite par les Diggers.

Des adultes acheminent des rondins de bois et des pierres, tandis que des enfants jouent à cache-cache entre la surface et les galeries souterraines.

J'aurais tant aimé que tu voies ça, Simon.

Alice s'assoit sur un rocher au bord de l'eau, sort son calepin et un stylo de la poche de sa tunique.

Elle cherche l'inspiration et note :

Premier bilan descriptif de la communauté de Cucufa telle que je l'ai vue évoluer depuis son installation il y a cinq ans et telle que je la vois, l'entends et la comprends maintenant.

1 : LES DIGGERS
(nom scientifique : *HOMO SUBTERRARIS*)
AU NORD

DESCRIPTIF INDIVIDU
Taille moyenne : 1,60 m.
Couleur : fine fourrure noire couvrant tout le corps.
Les Diggers bénéficient d'une capacité de respiration en apnée qui leur permet de rester longtemps sous terre sans suffoquer.

ARCHITECTURE
Leur cité est une pyramide de terre marron foncé d'à peu près 10 mètres de hauteur. Une ouverture au ras du sol mène au couloir souterrain central qui distribue les tunnels secondaires à la manière des racines d'un arbre.
Ce couloir central débouche sur une immense caverne. Au milieu se trouve un lac.

Note : ce lac souterrain est plus grand que l'étang de Cucufa et son eau est plus pure.

Cette caverne est éclairée par des milliers de vers luisants posés au plafond.
Les Diggers ont aménagé autour du lac souterrain, à l'intérieur de cette grande caverne, des maisons semblables à des igloos.

À l'extrémité du lac est construit un édifice de forme pyramidale beaucoup plus grand que les logis individuels : le palais d'Hadès.

ARTS
SCULPTURE : Les Diggers sculptent et cisèlent le bois en le rongeant avec la pointe de leurs incisives. Ils sont très myopes, mais voient bien de près, et leurs sculptures sont très précises. De la vraie dentelle de bois.
MUSIQUE : Les Diggers jouent des percussions sur des arbres creux. Ils aiment les sons graves.
DANSE : Ils composent des chorégraphies qui ressemblent à des numéros de claquettes en tapant directement le sol de leurs larges pieds nus.

GASTRONOMIE
Les Diggers cultivent des racines et des champignons sous terre, élèvent des limaces, des lombrics, des vers, sources de protéines, dont ils font des pâtés et des saucissons. Leur gastronomie tourne autour de ces différents aliments.

SPIRITUEUX
Les Diggers produisent de l'alcool de carotte et de betterave.

PHILOSOPHIE
Leur doctrine est élaborée autour de deux concepts forts : « Un arbre est solide par ses racines. Une fois que quelque chose est ancré profondément dans le sol, il pousse haut et rien ne peut le détruire. »
Et aussi : « On ne voit que la partie en surface des choses, mais il faut toujours se demander ce qu'il y a en dessous. »

POLITIQUE
Hadès s'est autoproclamé roi dès l'installation, il y a cinq ans. Il demande donc à être nommé « roi Hadès ». Son peuple l'a aussitôt reconnu en tant que tel. Âgé de vingt-cinq ans, il vit entouré de ses barons, huit mâles parmi les plus solides physiquement qui lui servent d'émissaires auprès de la population.

Il possède aussi un harem, composé d'une vingtaine de jeunes femmes choisies pour leur beauté selon les critères diggers, à savoir : gros ongles longs et épais, fine fourrure soyeuse, quatre petits seins fermes, petits yeux, larges pieds et museau rose retroussé. Leur odeur informe le roi de leur niveau de fécondité.

MATURITÉ SEXUELLE
À un an chez les taupes et à treize ans chez les humains, chez les hommes-taupes, elle est à six ans, âge auquel le Digger atteint sa taille adulte.

RITUEL DE REPRODUCTION
L'acte de reproduction a lieu au printemps, sous terre. Les couples se réunissent dans une grotte très profonde et se choisissent dans l'obscurité la plus totale en sélectionnant leur partenaire à son odeur.

GESTATION
La gestation chez les taupes est de un mois par portée, et chez les humains de neuf mois, les Diggers, à moitié taupe et à moitié humain, ont eux un temps de gestation qui se situe dans la moyenne de ceux de leurs deux races d'origine, c'est-à-dire de quatre mois.

PORTÉE
Les taupes ont six enfants par portée, les humains, un ou de façon exceptionnelle deux ; les Diggers en ont trois ou quatre. Comme les taupes et les humains, les Diggers ont une seule portée par an.

NOUVEAU-NÉS
À la naissance, les nouveau-nés diggers sont pourvus d'un duvet noir et sont complètement aveugles. L'unique sens qui fonctionne est l'odorat, qui les oriente pour trouver le sein de leur mère. Le deuxième sens qui se déclenche est le goût, qui leur permet de reconnaître le lait de leur mère. Le troisième est le toucher, par lequel ils sentent les vibrations du sol. La vue

reste très peu développée chez les bébés hommes-taupes, et n'évolue pas à l'âge adulte. Cette quasi-cécité ne les perturbe pas, puisqu'ils vivent la majorité du temps dans des milieux obscurs, soit les souterrains de leur cité taupinière, soit de nuit, car les Diggers restent des êtres nocturnes, fuyant les rayons du soleil du jour.

DÉMOGRAPHIE
Avec une maturité sexuelle précoce et des portées importantes, ce sont les hybrides les plus nombreux. 141 à notre arrivée, ils sont désormais 1 191, 70 mères ayant accouché de trois enfants par an durant cinq ans, ce qui a permis 1 050 naissances.

Alice relit ses notes, quand Hadès la rejoint.

– On m'a dit que tu étais là, tu veux venir faire une petite visite de notre cité ? propose-t-il.

– Je suis déjà venue hier, Hadès.

– Ah oui ? répond le roi, visiblement surpris. Comme tu veux. Qu'écris-tu dans ton carnet ?

– J'ai fait un descriptif précis de l'évolution de chacune des cités.

Le roi digger s'assoit à côté d'elle.

– Je peux lire ?

Elle lui tend le carnet.

– Qui t'a fait visiter ? demande-t-il tandis qu'il approche le carnet de ses yeux myopes.

– L'un de tes barons.

– Il faudra que je te fasse une visite plus personnelle, dit-il.

– Avec plaisir, mais pour l'instant je préfère vous observer avec une certaine distance.

– Comme des… animaux ?

Ça y est, il recommence.

– Je crois que tu as développé un complexe autour de cette idée.

– Tu sais bien qu'il y aura toujours un doute : sommes-nous considérés par toi comme des « humains un peu différents », ou comme des « animaux humanisés » ?

Je dois admettre qu'il a raison. Moi-même, je suis dans une sorte de flou à leur sujet.

– Je me souviens d'avoir lu dans l'*Encyclopédie du Savoir Relatif et Absolu* un article à propos d'un certain Ivanov, qui avait essayé de créer des hybrides mi-homme mi-singe, et qui a été rejeté par la communauté scientifique qui l'accusait d'être un créateur de monstres, ajoute Hadès. Toi aussi, tu as été rejetée, n'est-ce pas ?

– Ivanov voulait impressionner ses collègues avec des expériences extrêmes. Moi, je veux sauver l'humanité en lui offrant d'autres formes d'enveloppes corporelles, tente d'expliquer Alice.

– Mais ce que tu as fait en nous créant, c'est une expérience extrême, non ?

– De nombreuses recherches avaient été menées avant les miennes sur les hybrides : il y a plus de cinq mille ans, à Babylone, les hommes croisaient déjà des ânes et des chevaux. Jusqu'à l'avant-guerre, en 2002 pour être précis, année où le professeur Jeff Lichtman, de l'université de Washington, avait réussi à croiser des gènes de souris et des gènes de méduses pour produire des souris fluorescentes visibles dans l'obscurité.

Le roi digger est impressionné.

– De telles bestioles lumineuses pourraient être intéressantes pour nous qui vivons sous terre…

– En 2018, des embryons hybrides porc-humain avaient

été fabriqués en vue de fournir des foies, des pancréas et des cœurs pour combler le manque d'organes à greffer, poursuit Alice sans relever.

– Parfait ! s'extasie le Digger.

– Mais tu as raison, ces expériences ont toujours entraîné beaucoup de méfiance car nous, les Sapiens, nous ne nous considérons pas vraiment comme des animaux ordinaires.

– Vous vous considérez comme quoi, alors ?

– Dans la Bible, il est dit que Dieu nous a créés pour dominer les autres bêtes.

Hadès remue l'extrémité de son nez en signe d'amusement et dit :

– Oui, mais c'est avec Darwin qu'est intervenue cette prise de conscience que nous étions nous-mêmes des animaux.

Il utilise le « nous » pour parler d'eux et de nous.

– Malgré tout, nous nous sommes toujours considérés comme des êtres à part, signale-t-elle.

– Des êtres sacrés ?

– En tout cas, les Sapiens se sont toujours placés au-dessus de toutes les formes de vie. En tant que telle, l'idée que la frontière entre les animaux et nous puisse être franchie est taboue. C'est pourquoi, dès l'annonce de mon projet Métamorphosis, j'ai été violemment attaquée verbalement et physiquement. On a même tenté de m'assassiner.

Hadès plonge sa main dans la terre, laissant filtrer le sable entre ses doigts.

– Nous souffrons d'un complexe d'infériorité par rapport aux Sapiens, c'est vrai, avoue-t-il. Nous avons l'impression de ne pas avoir de légitimité, puisque ce n'est pas la nature qui nous a créés, mais… toi.

– Moi aussi, j'ai été créée par la nature. Peut-être qu'elle nous a juste utilisés, nous, les Sapiens, comme intermédiaire pour vous fabriquer.

– Tu vois, tu utilises le mot « fabriquer ».

Je ne sais pas comment lui faire abandonner son complexe d'infériorité.

– Vous êtes… mes enfants, dit Alice. Rien de plus. Je ne suis pas Dieu. Je suis juste une…

– … Tu es la Mère des chimères.

– Je suis votre égale.

Hadès, un peu agacé, détourne la tête.

– Comment se passent les relations avec les autres peuples hybrides ? demande Alice pour faire diversion.

– Des petits incidents éclatent parfois, mais tout va bien, répond Hadès sans la regarder.

Alice fronce les sourcils.

– Quel genre d'incidents ?

– Il y a deux jours, des adolescents aerials se sont amusés à soulever des Diggers de leur âge jusqu'en haut des branches. Les nôtres ont eu le vertige et, pris de panique, se sont mis à hurler. Nous avons été obligés de ronger les troncs pour les faire descendre.

Des jeux d'enfants.

– Et avec les Nautics ?

– Nos jeunes s'entendent mieux avec eux qu'avec les Aerials. Ils nous apprennent à nager et nous leur apprenons à ne pas se perdre dans les tunnels obscurs.

– Si d'autres problèmes surviennent avec les Aerials, n'hésite pas à m'en faire part, Hadès.

– Je n'y manquerai pas.

Déjà il se lève pour rejoindre l'entrée de la pyramide.

Elle ouvre son carnet et ajoute dans la rubrique « Psychologie » :

Les Diggers souffrent d'un complexe d'infériorité par rapport aux Sapiens et peut-être même aux autres hybrides.

Puis Alice reprend son parcours au bord de l'étang pour rejoindre la zone des grands arbres, au sommet desquels se trouvent de grosses boules orange, des nids d'Aerials.

Quelques-uns tournoient au-dessus de sa tête. Certains portent des sacs qu'ils déposent dans leurs logements.

Sur une branche, un père aerial apprend à ses très jeunes enfants à voler. Ceux-ci s'élancent, inquiets, du haut de leur promontoire. Ils tombent un moment en chute libre avant de battre des ailes in extremis.

Alice s'assoit et note sur son calepin :

2 : <u>LES AERIALS</u>
(nom scientifique : *HOMO VOLANTIS*)
À L'OUEST

DESCRIPTIF INDIVIDU
Taille moyenne : 1,80 m (similaire aux Sapiens).
Couleur : peau épaisse sans poils (sauf au niveau de la poitrine), de couleur beige très clair, pratiquement blanche, assez proche de celle des humains albinos.

ARCHITECTURE
Leur cité est composée d'une multitude de nids sphériques en bois, en suspension sur les branches hautes des arbres.
De l'extérieur, ces nids ressemblent à de très grosses citrouilles de couleur beige. À l'intérieur se trouvent des lits verticaux où les Aerials s'accrochent par les pieds pour dormir la tête en bas.

MUSIQUE
La musique aeriale est conçue autour de l'élément air. Ils jouent de la flûte, de la flûte de Pan, ainsi que d'autres instruments à vent.

DANSE
Les Aerials composent des chorégraphies aériennes à la manière des patrouilles acrobatiques (voltige aérienne).

GASTRONOMIE
Les Aerials se nourrissent de tout ce qu'ils trouvent en hauteur, c'est-à-dire des fruits, des fleurs, des feuilles. Les petits oiseaux, des œufs, mais aussi les insectes, avec une prédilection pour les papillons de nuit qu'ils dégustent en beignets, sont leurs principales sources de protéines.

SPIRITUEUX
Les Aerials produisent de l'hydromel à partir du miel trouvé dans les ruches sauvages nichées dans les branches des arbres. Ils font aussi du vin de fleur.

PHILOSOPHIE
Le concept principal de la philosophie aeriale est l'allègement. Une phrase revient souvent : « Si tu veux monter, abandonne tout ce qui te tire vers le bas. »
Les Aerials prônent le lâcher-prise, la légèreté et la non-dépendance, le refus de tout ce qui peut alourdir.

POLITIQUE
Hermès, leur chef, s'est lui aussi autoproclamé « roi Hermès ». Il gouverne avec l'aide d'une « assemblée de conseillers » : trois hommes et trois femmes qu'il nomme, qui le conseillent dans l'analyse des situations et lui indiquent les meilleures décisions stratégiques à prendre dans l'intérêt de la communauté.
Hermès n'a pas de harem, mais, lors du vol nuptial, fait l'amour (comme tous les autres mâles hybrides) avec toutes les femelles à sa portée. Sa semence se mêle ainsi souvent à celle des autres mâles. Il aime à dire que la majorité des

enfants aerials nés à Cucufa sont les siens. Une pensée qu'ils partage avec tous les autres mâles de sa communauté.

MATURITÉ SEXUELLE
Chez les chauves-souris, la maturité sexuelle est à deux ans. Chez les hommes-chauves-souris, elle est à huit ans.

RITUEL DE REPRODUCTION
Lorsque vient l'automne, se déroule ce que les Aerials nomment « l'envol nuptial ». Tous les hommes et femmes-chauves-souris s'élancent dans les airs simultanément et font l'amour au-dessus du sommet des arbres de la forêt de Cucufa.
C'est une sorte de grande fête des sens et des corps, où les participants, surexcités, multiplient les rapports sexuels à plus de 100 mètres au-dessus du sol. En une heure, chaque Aerial peut fusionner avec une trentaine de partenaires différents.
Lorsque tous les participants à l'envol nuptial sont épuisés, ils reviennent dans leur nid personnel et passent le reste de l'automne et l'hiver en état de semi-hibernation.
Durant cette période de repos, les femelles gardent la semence masculine en elles jusqu'au printemps. Les Aeriales ont alors la possibilité d'entrer en phase de fécondation, en mettant volontairement leur stock de spermatozoïdes en contact avec leurs ovules personnels. Elles peuvent donc décider du nombre d'enfants qu'elles veulent porter.

GESTATION
Le temps de gestation chez la chauve-souris est de trois mois, chez les Aerials, de six mois.

PORTÉE
Les chauves-souris donnent naissance à quatre enfants à chaque portée. Chez les hybrides, le nombre d'enfants moyen par accouchement est de deux.
L'accouchement a lieu en automne, et marque le commencement d'un cycle de reproduction.

DÉMOGRAPHIE
70 mères ayant accouché de deux enfants par an durant cinq ans ont donné 700 naissances.
Plus les 140 parents, la population aeriale compte 840 individus.

Hermès descend de son nid pour rejoindre la scientifique.

– Je t'ai vue d'en haut et je sais que tu mets par écrit le bilan de nos activités, dit-il en désignant le carnet. Tu as parlé avec Hadès, n'est-ce pas ?

J'oubliais que ceux qui volent peuvent tout surveiller d'en haut.

– Oui, et ton frère m'a parlé d'un jeu qui avait mal tourné pour les Diggers.

– Ce sont des adolescents, ils s'amusent.

– C'est ce que je lui ai dit. Mais nous ne pensons pas tous de la même manière.

– Les Diggers sont très « premier degré », dit Hermès. Il faudrait qu'ils se détendent un peu.

Alice ne relève pas la remarque.

– Et avec les Nautics, comment ça se passe ?

– Ils nous ont proposé de nous enseigner la natation, mais nous ne sommes pas intéressés. Nous leur avons proposé de leur apprendre à voler, mais ils ont refusé.

Hermès range ses ailes et vient se placer à côté d'Alice.

– Je dois t'avouer que nous n'avons que peu de rapports avec les Diggers et les Nautics car nous sommes beaucoup plus…

– … évolués ?

– Je dirais : plus tranquilles. Nous volons dans le ciel sans nous préoccuper des autres. Nous ne nous lassons pas d'user de ce privilège de voir le monde dans son ensemble depuis les nuages. Les autres vivent à plat et en deux dimensions, tandis que nous… nous vivons en trois dimensions dans les airs.

– Et vous êtes heureux ?

Hermès sourit.

– Nous sommes en train de bâtir le futur de l'humanité, et cela nous réjouit. N'est-ce pas pour cette raison que tu nous as créés ? Et toi, Mère, es-tu heureuse ?

Alice est surprise par le caractère très intime de la question.

Suis-je heureuse ?

– Je crois, oui. J'ai le sentiment d'avoir accompli quelque chose qui va changer le monde. Et tous les matins, je me lève avec l'envie de poursuivre cette œuvre, si c'est là ta question.

Hermès regarde Alice avec insistance.

– Oui, mais tu es seule, tu n'as pas d'homme à tes côtés. Tu ne peux pas vivre éternellement dans le souvenir de Simon.

Est-il en train de me draguer ?

– Chez nous, les Sapiens, le couple n'est pas obligatoire. Nous, les femmes, pouvons très bien vivre sans la présence d'un homme. Et puis j'ai l'affection de ma fille Ophélie.

La voix de l'Aerial se fait plus grave.

– Ce n'est pas comme l'amour qui lie un couple…

– Qu'essaies-tu de me dire, Hermès ?

– Rien de précis… Je souhaite seulement que, après tout le mal que tu t'es donné pour nous, tu puisses enfin avoir toi-même du plaisir.

– Je te remercie de ta sollicitude, répond Alice en réprimant un sourire.

– En tout cas, si tu as besoin de quoi que ce soit, n'hésite pas à me le demander.

Alice préfère couper court à cet échange et se lève pour poursuivre sa tournée.

Alors qu'elle approche du village lacustre des Nautics, elle marque un arrêt, ouvre son carnet et ajoute à la notule des Aerials :

Complexe de supériorité probablement dû au fait qu'ils peuvent se placer physiquement toujours au-dessus des autres.

Dans la zone portuaire de Nautic City, des voiliers arrivent et partent des jetées. Des enfants jouent en bondissant hors de l'eau, tentant de sauter le plus haut possible.

Alice s'assoit au bord de l'une des jetées et écrit :

3 : LES NAUTICS
(nom scientifique : *HOMO NAUTICUS*)
À L'EST

DESCRIPTIF INDIVIDU
Taille moyenne : 2 mètres.
Couleur : peau lisse couleur gris bleuté, brillante, assez similaire à celle des dauphins. Peau sensible et fragile, notamment aux rayons du soleil.

ARCHITECTURE
Leur cité est composée d'un ensemble de maisons cubiques sur pilotis construites sur le bord de l'étang, auxquelles s'est ajouté un port avec une jetée et des pontons auxquels des barques effilées, dont la fabrication a été négociée avec les Diggers (en échange de l'aménagement du port de la caverne souterraine), sont amarrées.
La plupart des Nautics passent leurs journées dans l'eau, soit à pêcher, soit à nager par pur plaisir, soit à s'amuser. Ils sont très joueurs. L'éducation des Nautics s'apparente à une initiation qui se présente sous forme d'épreuves amusantes.

MUSIQUE
Les Nautics ont comme instrument privilégié la harpe. Leurs voix, aux sonorités proches des cris du dauphin, montent très

haut dans les aigus. Les femmes nautics forment ce qu'elles nomment des chœurs de sirènes et interprètent des chants accompagnés d'arpèges à la harpe.

DANSE

Les Nautics créent des chorégraphies aquatiques qui semblent avoir été imaginées par l'actrice américaine Esther Williams. Ils donnent les représentations de leurs compositions graphiques et sonores au fond de l'étang, seuls les spectateurs nautics peuvent les admirer.

GASTRONOMIE

Les Nautics ont inventé une gastronomie autour des poissons, des crustacés, des algues et même de la vase de l'étang. Ils les consomment crus en sushis, sashimis ou makis, à la manière de la cuisine japonaise.

SPIRITUEUX

Les Nautics produisent de l'alcool à base de fleurs de nénuphar fermentées.

PHILOSOPHIE

« Tout corps livré à lui-même flotte et ne coule pas. Quand quelque chose ne va pas, il faut cesser de s'agiter, juste se laisser flotter. De même, s'il y a du courant, il faut se laisser porter sans lutter, juste en lui faisant confiance car il nous amènera là où l'on doit aller. » C'est la philosophie du laisser-flotter. A contrario, cette philosophie sous-entend que tout ce qui est dur, lourd et fixe est appelé avec le temps à être détruit, comme les falaises rongées par l'eau des vagues.

POLITIQUE

Tout comme ses deux voisins, Poséidon s'est autoproclamé roi. Il est le seul à avoir une reine unique qui fait office de conseillère pour tout ce qui touche aux questions décisives concernant la communauté.

MATURITÉ SEXUELLE
À quinze ans chez les dauphins, elle est à quatorze ans chez les hommes-dauphins.

RITUEL DE REPRODUCTION
Durant la période de reproduction, les mâles partent à la recherche de leur femelle de référence. Les Nautics étant très joueurs, ils passent des jeux quotidiens de défoulement aux jeux de séduction, chacun essaie d'impressionner sa future promise par des sauts au-dessus de la surface du lac. Les Nautics forment des couples fidèles et des familles unies. En général, le mâle est dominant en début de relation, puis la femelle inverse le rapport de force et prend ensuite la plupart des décisions pour le couple et la famille.

GESTATION
La gestation chez les Nautics est relativement longue : alors que, chez le dauphin, elle est de treize mois, chez l'hybride nautic, elle est de onze mois (donc supérieure aux neuf mois des Sapiens, aux six mois des Aerials et aux quatre mois des Diggers).

PORTÉE
Un enfant.
Autre point commun avec les dauphins, les nouveau-nés nautics, tout comme les dauphins, sont fusionnels avec leur mère, le père ne s'occupant que peu de l'enfant.

DÉMOGRAPHIE
Les Nautics sont les moins nombreux car ils ne font qu'un seul enfant par an.
70 mères ont donné naissance à un enfant chacune au cours des cinq années écoulées, ce qui a donné 350 bébés.
Plus leurs 141 parents, la population totale s'élève à 491 Nautics.

À son tour, Poséidon, à qui on a signalé la présence de Mère, vient s'asseoir à côté d'elle.

– Nous sommes les derniers de ta tournée, plaisante-t-il d'entrée.

– Tes espions sont bien informés.

Il se penche au-dessus du carnet.

– Et ensuite tu vas faire quoi ? Nous mettre à chacun une note pour évaluer notre réussite ?

– Il n'y a aucune concurrence entre vos trois communautés. À mes yeux vous êtes tous égaux.

– Je te vois aller plus souvent dans la zone des Aerials. Tu préfères quand même l'air à l'eau et à la terre.

C'est vrai. À l'origine, je ne voulais que voler. C'est Benjamin Wells qui m'a conseillé d'ajouter les deux autres espèces.

– Tu as toujours cette peur d'être le moins aimé, n'est-ce pas, Poséidon ?

– C'est le cas, non ? Des êtres qui vivent dans la vase et l'eau stagnante seront toujours moins excitants à tes yeux que ceux qui vivent au-dessus des nuages.

– Donc toi aussi, tu fais un complexe d'infériorité..., réfléchit-elle à voix haute.

– Qui d'autre pense comme moi ? s'étonne le Nautic.

– Eh bien... Hadès a l'impression que, à mes yeux, les Diggers sont inférieurs aux Sapiens. Et peut-être aux Aerials. Vous arrivez tout de même à vivre côte à côte sans trop de difficulté, il me semble.

– Nous ne voulons pas te créer de problèmes, Mère. Tu as déjà tellement de choses à régler !...

Ce que vient de dire Poséidon, loin de la rassurer, inquiète Alice.

– Tu peux me parler, tu sais, Poséidon, je suis là pour ça.

En toute honnêteté, comment ça se passe avec les deux autres communautés ?

L'homme-dauphin tortille ses mains palmées.

– Tu veux vraiment savoir ? Eh bien... Rien qu'hier des Diggers éméchés sont venus vomir sur le bord du lac, et je ne sais pas si tu sais mais... le vomi d'homme-taupe, ça colle et ça pue, c'est une infection. Avec le ressac, le vomi s'est incrusté sur les pilotis et il a fallu gratter pour l'enlever.

– Quoi d'autre ? insiste Alice.

– Des adolescents aerials ont proposé un « baptême de l'air » à des ados nautics et les ont laissés sur la cime des arbres.

– Ils ont fait la même chose avec les Diggers, si ça peut te consoler.

– Pas vraiment... Nous avons d'ailleurs dû demander aux Diggers d'abattre les arbres pour récupérer nos enfants effrayés.

Poséidon soupire. Il regarde son peuple qui vaque à ses occupations sur le bord du lac.

– Et puis nous nous sentons à l'étroit ici. J'ai lu dans *Vingt mille lieues sous les mers* de Jules Verne qu'il existe au bout des fleuves un espace infini d'eau.

– Je vous en avais parlé en cours, confirme Alice.

– Oui mais ce n'est pas pareil de l'apprendre par un professeur et d'être plongé dans une lecture qui en décrit page après page chaque détail. Et puis j'ai vu des films, l'océan c'est fabuleux. C'est rempli de coraux, de poissons, de paysages extraordinaires... Les Nautics rêvent de voir ça en vrai. Grands comme petits, on voudrait tous découvrir l'océan ! C'est là-bas que vivent les dauphins, à l'origine de la moitié non humaine de notre ADN. Nous aimerions tellement les rencontrer ! C'est un peu comme la quête de nos origines. Tu peux comprendre ça, Mère.

Il est certain qu'il est plus facile pour les Aerials de trouver des chauves-souris ou pour les Diggers des taupes. Mais surtout, je constate qu'ils commencent tous à avoir des états d'âme. Rivalités d'espèces, envie de me plaire, besoin de trouver leurs racines... Il va falloir que je sois vigilante.

41.

Alice retrouve Ophélie chez elles, à la villa, pour le déjeuner.

La jeune femme est à présent âgée de vingt-cinq ans. Pour se différencier de sa mère, elle arbore des cheveux courts qu'elle teint en mauve. Elle ne porte pas de tunique ou de robe, mais toujours une salopette en jean qu'elle a confectionnée avec les vêtements apportés à leur arrivée. Elle a un tee-shirt mauve comme ses cheveux. De même, ses chaussures sont des baskets à semelle épaisse typiques de l'avant-guerre. Elle ne porte aucun bijou. En revanche, elle a toujours à la ceinture des outils de jardinage et de bricolage pour pouvoir intervenir en toute circonstance.

Les repas des deux femmes sapiens sont en général composés de fruits issus des cueillettes des Aerials, de légumes et de racines produits par les Diggers, mais aussi d'algues récoltées par les Nautics. Pour la partie protéines, les Aerials fournissent des œufs de perdrix, les Nautics des carpes et des brochets.

– Je dois t'avouer que je commence à m'inquiéter, dit Ophélie en regardant à travers la fenêtre un match de football entre jeunes diggers et jeunes nautics, qui tourne au vinaigre à cause d'un penalty non sifflé. Les relations ne sont pas au beau fixe entre les trois espèces.

Alice hausse les épaules en remplissant leurs assiettes de la salade qu'elle a préparée.

– Oui, j'ai entendu parler d'incidents. Ce n'est peut-être pas grave ?

– Ne me dis pas que tu es dupe ! s'emporte la jeune femme. Devant toi, ils font semblant de tous s'aimer parce que tu es « LA MÈRE » et qu'ils te reconnaissent une réelle autorité. Mais avec moi ils se révèlent vraiment et je me rends bien compte que tout n'est pas si harmonieux.

– Je vais essayer d'être plus attentive, promet Alice.

– Et il n'y a pas que ça, poursuit Ophélie. De ta part, ils reçoivent les mêmes enseignements, mais certains professeurs moins impartiaux leur dispensent des cours disons... orientés.

– Je t'écoute, dit Alice que le discours de sa fille perturbe plus qu'elle ne le voudrait.

– Prenons les mathématiques. Les Aerials privilégient ce qui est en rapport avec le cercle et le chiffre 1, les Diggers, tout ce qui touche au triangle et au chiffre 3, et les Nautics au carré et au chiffre 4.

– C'est peut-être en lien avec leur architecture, avance la scientifique. Les Aerials ont des nids sphériques, soit un seul trait pour réaliser ce rond ; les Nautics des maisons sur pilotis cubiques, quatre traits pour faire un carré. Et les Diggers ont une cité pyramidale, donc trois traits.

– Peut-être, mais ça n'excuse pas le mépris des Aerials envers les autres espèces, qu'ils nomment entre eux les « peuples d'en dessous » ou les « rampants ».

– Dans le monde d'avant, les soldats de l'armée de l'air se

sentaient déjà supérieurs à ceux de l'infanterie ou de la marine, rappelle Alice.

– Justement, à propos du monde d'avant : chacune des espèces hybrides a une explication différente concernant les raisons de l'apparition de la Troisième Guerre mondiale. Pour les Diggers, les Sapiens se sont entre-tués parce qu'ils avaient empoisonné la terre avec leurs fongicides, leurs pesticides et leurs herbicides. Du coup, la terre, malade, a produit des légumes et des fruits qui ont rendu les hommes agressifs et suicidaires.

– C'est un point de vue qui se défend, admet la scientifique.

– En toute logique, les Nautics considèrent que c'est parce que les Sapiens ont empoisonné les rivières, pollué les fleuves et rendu l'océan plus acide que des pulsions d'autodestruction sont apparues. Ils parlent des tankers de pétrole qui ont fait naufrage, vomissant leur huile noire mortelle dans la mer, de pluies toxiques et de fonte des pôles.

– Et les Aerials, que pensent-ils ?

– Eh bien, pour eux, la cause est la pollution de l'air. Ils évoquent le trou dans la couche d'ozone comme responsable de la folie des Sapiens ; il aurait laissé passer des rayons nocifs pour les cellules nerveuses. De même, le fait que les gros avions aient « labouré » – c'est le terme qu'ils utilisent – les nuages avec leurs réacteurs a généré des trous d'air et des perturbations qui ont accéléré l'apparition des typhons et des ouragans.

– C'est là encore une hypothèse crédible…

En colère, Ophélie lâche avec violence sa fourchette dans son assiette, faisant sursauter Alice.

– Mais, Maman, tu ne vois donc rien ! Tu ne te rends pas compte que chacune des trois communautés réécrit l'histoire que tu leur enseignes pour prouver qu'elle a raison et qu'elle est l'espèce qui doit dominer le monde ! Ils perçoivent leur propre existence comme une réponse de la nature à l'agression des Sapiens. Les Aerials vengent l'air. Les Diggers vengent le sol. Les Nautics vengent l'eau… Ils sont en concurrence pour se venger des Sapiens qui ont tout saccagé.

Alice secoue la tête en signe de dénégation.

– Je ne le crois pas.

– Maman, je te jure qu'ils ne sont pas francs avec toi. Ils sont comme des enfants qui veulent l'amour exclusif de leur mère. Et ils sont prêts à tout pour avoir ta préférence.

– Ils sont les énergies complémentaires de la vie, proteste Alice. Souviens-toi : A, D, N. Aerial, Digger, Nautic. Blanc, noir, bleu. Des aménagements sont forcément nécessaires pour que chacun trouve sa place et son territoire d'action…

Alice se lève et prend dans un meuble un échiquier un peu spécial. Le plateau a la forme non pas d'un carré mais d'un hexagone, et la partie se joue à trois. Les blancs, les noirs et les bleus.

– Tu te rappelles ce jeu ? demande-t-elle.

– Oui, c'est le jeu de Yalta. Le jeu d'échecs à trois joueurs. Hermès, Hadès et Poséidon s'affrontent parfois durant des parties interminables…

– Parce que je les y encourage… L'un des principes de ce jeu est que ce n'est pas le meilleur joueur qui gagne, mais celui qui arrive à faire alliance avec l'un de ses adversaires pour battre le troisième. À vouloir gagner trop tôt, les participants risquent de perdre en créant l'union contre eux.

Alice met le plateau de jeu sur la table devant elles et y dispose les pièces. Les deux femmes observent les figures alignées, prêtes à se déployer pour combattre.

Ophélie scrute sa mère et finit par rompre le silence :

– Désolée de te le dire, Maman, mais le jeu de Yalta ne suffira pas à apaiser leurs rivalités, et encore moins à épuiser leurs pulsions guerrières.

Alice revient à son assiette. Elle mastique lentement les légumes avant de reprendre la parole.

– La nature elle-même est violente. Les séismes, les tsunamis, les tornades balaient la terre en alternance et de façon régulière. Il suffit d'attendre et tout se calmera à nouveau.

– Je crois au contraire que le temps n'arrange rien, répond la jeune femme. Les hybrides vont avoir de plus en plus de difficulté à se comprendre et à s'estimer entre eux. Il suffit d'entendre les insultes…

– Quel genre d'insultes ? la coupe Alice.

– « Tête de limace », « rat volant », « résidu de vase »… Mais il n'y a pas que les insultes, insiste Ophélie. Ils ont chacun développé des jargons incompréhensibles pour les autres.

– Des expressions liées à leur élément de référence, rien de plus.

Ophélie quitte la table pour débarrasser son couvert.

– Mais le phénomène ne fait que s'accentuer, Maman ! dit-elle tandis qu'elle lave son assiette. Chaque groupe est en train d'inventer sa langue spécifique, et un jour, ils ne se comprendront plus entre eux !

– Tu exagères.

– Ce que tu peux être naïve, parfois ! lâche Ophélie avec exaspération. Tu idéalises tes créations au point d'en devenir aveugle face aux dangers à venir.

Je reconnais bien là la part génétique de ton père. Simon avait peur de tout. Il a été transformé par son milieu et il a transmis sa paranoïa à sa fille. Un exemple vivant d'épigénétique...

– Je crois surtout que le positif est supérieur au négatif, explique Alice avec calme. Nous sommes tous de chanceux survivants de la Troisième Guerre mondiale, tous des exilés de New Ibiza. Nous avons tous ensemble bâti à partir de rien cette communauté de Cucufa. Avec le temps, tout va se stabiliser et s'arranger.

– Eh bien moi, je crois que c'est le contraire. Avec le temps, tout ira de mal en pis.

Et voilà une phrase typique de son père. Comment quelqu'un peut-il à ce point transmettre son esprit à ses enfants ?

Ophélie se prépare un café lyophilisé, qu'elle boit à petites gorgées nerveuses. Elle reste à observer l'étang de Cucufa par la fenêtre de la villa.

– Je vis avec eux, Maman. Je les vois. Je les entends. Je les comprends. Ils se détestent. Ils vont finir par s'entre-tuer, décrète-t-elle d'une voix sombre. Et l'on ne pourra pas l'empêcher.

– Quel est ton objectif, ma chérie ?

– Qu'ils s'entendent entre eux. Il ne sert à rien de créer des êtres si c'est pour qu'ils se détruisent mutuellement.

Alice rejoint sa fille à la fenêtre et l'enserre de ses bras.

– Ce n'est pas à toi que revient cette tâche. Elle fait encore partie de mes prérogatives.

Ophélie se dégage et dévisage sa mère.

– Mais tu ne fais rien !

– Si, je les aime et je leur fais confiance.

– Moi aussi, je les aime, Maman, mais les abandonner à leurs pulsions aboutira encore à la guerre.

– Tu les aimes comment ? demande Alice à brûle-pourpoint.

Ophélie fronce le sourcil.

– Tu veux savoir si je fais l'amour avec eux ? C'est ça, Maman ?

– Je t'ai vue les embrasser alors que tu n'avais que quinze ans... C'est normal que je me demande si vos sentiments ont évolué.

Les deux femmes se regardent. Ophélie toise sa mère avec dureté.

– Plutôt que de te mêler de ma vie privée, Maman, tu ferais mieux de réfléchir à ce que je viens de te dire.

– Je t'aime, ma fille.

Et joignant le geste à la parole, Alice presse Ophélie contre sa poitrine.

– Ce soir, c'est la fête d'anniversaire de la création de notre communauté de Cucufa. J'ai préparé un discours en vue de ressouder les trois communautés. Et ensuite aura lieu le RM. La grande compétition du Relais Multidisciplinaire.

La scientifique se rassoit devant le jeu d'échecs de Yalta à trois camps.

– Les cérémonies, les fêtes et les jeux sont les meilleurs moyens de ressouder les peuples en terrain neutre.

Enfin... je l'espère de tout mon cœur...

42.

Le son d'une trompette retentit. Tous les habitants accourent vers l'agora où sont disposées de longues tables.

Au milieu, Alice est entourée à sa droite par le roi Hermès et à sa gauche par les rois Hadès et Poséidon.

Ophélie, toujours en salopette et baskets, se tient en retrait. Elle arbore pour l'occasion un tee-shirt mauve assorti à ses cheveux sur lequel est inscrit : « RELAIS MULTIDISCIPLINAIRE : CHALLENGE ANNUEL ». Loin de partager l'euphorie ambiante, elle semble préoccupée.

Quand tout le monde est bien installé, la femme aux cheveux poivre et sel et aux yeux verts, qui a revêtu une robe rose, se lève. Elle fait résonner sa chope de bois en la percutant avec une cuillère et obtient ainsi le silence des 491 Nautics, des 840 Aerials, et des 1 191 Diggers, soit des 2 522 citoyens que compte la communauté de Cucufa à ce jour.

Des Aerials ont récupéré dans une maison abandonnée à l'orée de la forêt un amplificateur audio qui fonctionne encore. La voix d'Alice retentit dans la clairière.

– Chers Aerials, chers Diggers, chers Nautics. Voilà maintenant cinq ans que nous vivons heureux et en paix ici, autour de l'étang de la forêt de Cucufa. Je tenais tout d'abord à vous en remercier.

Applaudissements fournis de tous les participants présents.

– Pour inventer chacune de vos trois communautés, j'ai choisi trois animaux : les dauphins, les chauves-souris et les taupes. J'aurais pu choisir d'autres espèces, sauf une : le lemming. Ce rongeur, assez semblable à une marmotte, a une mauvaise habitude : régulièrement, la tribu se réunit en une longue procession qui avance en file étroite sur des kilomètres pour rejoindre les bords d'une falaise. Arrivés sur ce promontoire, ils se jettent les uns après les autres dans le vide. C'est le seul comportement suicidaire collectif recensé par les biologistes dans le monde animal.

Alice fait une courte pause. Tout le monde est silencieux.

– Ce qui se produisait de manière cyclique chez les lemmings rappelle ce qui se produisait aussi de manière cyclique dans l'ancienne humanité : comme poussés par une pulsion d'autolimitation ou d'autodestruction, mes propres congénères ont procédé à des « ajustements quantitatifs ». Rappelez-vous vos cours d'histoire : l'humanité a connu des famines dues à la mauvaise gestion de l'agriculture, des épidémies à cause de l'insalubrité des grandes villes, et bien sûr des guerres, de plus en plus ravageuses. La Première Grande Guerre mondiale a entraîné la mort de près de vingt millions de Sapiens, la Deuxième, celle de soixante millions de personnes. Le nombre de victimes a donc été multiplié par trois. Puis est arrivée la Troisième Guerre mondiale… qui aurait multiplié ce chiffre par cent, même si on ne connaît pas le nombre exact de victimes.

Chacun écoute attentivement Alice.

– Mais vous, vous tous ici et maintenant réunis devant moi, reprend-elle en ouvrant grand les bras, je vous vois différents. Plus besoin d'épidémies ou de guerres pour réguler votre nombre : grâce à l'éducation que vous avez reçue, vous êtes enfin devenus raisonnables. Alors aujourd'hui, pour fêter l'anniversaire de notre installation, je vous propose une nouvelle règle : ne faites des enfants que si vous pouvez leur offrir de la nourriture, de l'amour et une éducation dignes de ce nom. Sinon, abstenez-vous de procréer. Et pensez toujours à préserver un équilibre harmonieux avec la nature qui vous entoure, sous peine de devenir aussi suicidaires que les anciens Sapiens ou les lemmings…

Elle laisse passer un temps.

– Voici donc le cinquième anniversaire de notre communauté. Cinq années pour transformer la chenille rampante qu'était l'ancienne humanité en ce papillon resplendissant qu'est notre communauté de nouveaux humains de Cucufa. Un papillon, ou plutôt devrais-je dire trois papillons, car vous êtes tous, à votre manière, des Sapiens améliorés. Mais, pour l'heure, je vous invite à profiter du festin qui nous attend, à danser, à vous amuser car demain commencera notre grand Relais Multidisciplinaire.

Elle lève son verre d'alcool de racine.

– VIVE LES AERIALS ! VIVE LES DIGGERS ! VIVE LES NAUTICS ! VIVE CUCUFA !

Tous se lèvent alors en tendant leur chope de bois vers le ciel et ajoutent :

– VIVE MÈRE !

Alice esquisse une révérence puis lance :

– La parole est à vous, maintenant. La littérature a l'honneur d'ouvrir le bal ce soir. Ce sont les Diggers qui ont été tirés au sort pour commencer.

Un écrivain digger, court sur jambes et équipé d'épaisses lunettes, monte sur une table sous les applaudissements des trois communautés. Il s'éclaircit la voix, puis débute la lecture du texte qu'il a écrit spécialement pour la célébration. C'est l'histoire d'une planète où l'on croit qu'il n'y a pas de vie car tous les êtres sont installés dans des sortes de grandes fourmilières construites sous la surface.

Un écrivain nautic prend ensuite la parole et raconte une histoire où un déluge a englouti tous les continents. Les humains ont tous disparu, sauf ceux qui savent nager longtemps sans s'épuiser. Ils se réfugient sur la dernière île émergée qui est en fait le plus haut sommet de l'Himalaya : l'Everest.

Enfin, une écrivaine aeriale raconte l'histoire d'un peuple

extraterrestre qui n'a aucune apparence matérielle. Ses membres sont purs esprits et voyagent à la vitesse de la pensée. Ils peuvent ainsi visiter toutes les planètes sans se préoccuper des moyens de voyager.

Vient ensuite le moment de la dégustation des œuvres gastronomiques. À nouveau, chaque peuple présente ses créations culinaires particulières accompagnées de leurs alcools complémentaires.

Alors que le festin bat son plein, Hadès tape sur son gobelet de bois et réclame l'attention de tous.

– J'ai un cadeau pour Mère, annonce-t-il.

Il fait claquer ses énormes mains. Arrive un chariot tiré par six Diggers, sur lequel est posée une forme de trois mètres de haut recouverte d'une bâche.

Les six Diggers déchargent le chariot et, au signal d'Hadès, retirent le tissu.

Tous reconnaissent la statue. C'est le Sapiens qu'Alice a toujours considéré comme le cocréateur des hybrides.

– Simon ! s'exclame-t-elle.

Ophélie, bouleversée, murmure :

– Papa…

Hadès, satisfait de l'effet produit, explique :

– J'ai pensé qu'en ce jour de commémoration il devait être présent.

Alice prend une grande inspiration.

Ils ont compris l'intérêt de la gratitude. Ceux qui savent se souvenir de qui les a aidés prennent le contrôle de leur destin.

– Il… il est mort pour vous permettre de vivre ! déclare-t-elle avec émotion.

Hadès claque de nouveau dans ses mains. Des musiciens

diggers surgissent, des souches creuses en bandoulière, qu'ils percutent avec des bâtons courts pour produire un rythme régulier, comme un battement de cœur.

– Nos cœurs battent à l'évocation du souvenir de Simon, déclame le roi des Diggers avec emphase.

Alors que ces tam-tams résonnent de plus en plus fort, Poséidon fait un signe à ses congénères. Des musiciens nautics vont chercher leurs harpes et commencent à poser des accords qui ajoutent une mélodie à la ligne de percussion des Diggers.

De même, Hermès encourage les siens à récupérer leurs flûtes de Pan et à jouer en lévitation au-dessus de la statue de Simon.

La mélodie grandit et prend de l'ampleur.

Alice est profondément émue, heureuse et triste à la fois.

Tout ça, c'est pour toi, Simon. Et tu le mérites. Ils font vivre ton souvenir.

Elle essuie une larme.

Ophélie vient se blottir dans ses bras, répétant doucement, sans quitter des yeux la statue :

– Papa...

Alors que la nuit commence à tomber, un grand feu est allumé au centre de l'agora, devant la statue. Quelques hybrides des trois espèces viennent faire une ronde autour de ce foyer.

La musique est de plus en plus rythmée. Bientôt tous les gens présents ressentent une sorte de transe collective qui les unit dans le battement des percussions des Diggers.

La musique et l'alcool ne font qu'amplifier ce flux naturel d'émotion et de gratitude. Ils revivent la douleur de la perte de Simon et la joie que son œuvre lui survive. Voilà la preuve qu'ils sont tous capables d'empathie. J'ai toujours pensé que le critère ultime de leur humanité serait leur capacité à percevoir la joie et la douleur des autres comme si c'était les leurs propres.

S'il y avait encore un doute sur leur niveau de conscience, voici la preuve ultime de leur perfection.

Ce ne sont pas des animaux.

Ce sont bien des êtres spirituels.

Alice est tout à coup envahie par le désarroi.

Simon, tu me manques tellement...

Les Diggers produisent avec leurs voix un son grave qui ondule sur la musique, suivis des Nautics qui placent les leurs dans la zone médium, et des Aerials qui font de même dans les aigus. Ces trois mélodies pourtant différentes s'accordent, un peu à la manière des morceaux en contrepoint de Jean-Sébastien Bach, où plusieurs mélodies forment une illusion sonore qui n'est aucune d'entre elles mais bien toutes à la fois.

Lorsque le chant est terminé, Alice demande le silence et reprend la parole :

– Je voulais vous annoncer que, cette année, Hermès a préparé un spectacle son et lumière.

Elle tape dans ses mains.

Retentissent des arpèges d'instruments à cordes et des lumières s'allument dans le ciel. Trois Aerials équipés de torches volent en suspension au-dessus de l'agora. Vingt autres les rejoignent. Ils forment des cercles de feu, tournoient en spirale, puis en huit alors que les harpes ne cessent d'accélérer la cadence.

Des Aerials déguisés en dragons crachent du feu comme dans les spectacles de cirque d'avant-guerre.

L'effet est spectaculaire et beaucoup dans le public applaudissent.

Des femmes aeriales font tournoyer des boules de feu suspendues au bout de cordes. D'autres utilisent des torches pour jongler, toujours en suspension au-dessus du public, qui tape des mains, de plus en plus enthousiaste.

Hermès surgit au milieu d'un cercle de feu. Il monte de plus en plus haut dans le ciel en faisant tournoyer deux boules enflammées au bout de cordelettes.

Il redescend, crache de longues flammèches et finit par jongler, seul, avec une dextérité impressionnante.

Après avoir effectué une révérence, il rejoint la table où se trouvent Alice, Ophélie et les deux autres rois, sous un tonnerre d'applaudissements.

Arrivent ensuite les chariots de desserts préparés par les Aerials. Tout le monde se régale des gâteaux au miel de la communauté des airs.

Alors qu'Alice discute avec Poséidon et sa femme, Ophélie se penche vers Hermès.

– Ton spectacle était très impressionnant ce soir.

– Nous avions un défi à relever : faire mieux que les Nautics l'année dernière, reconnaît modestement le roi des hommes-chauves-souris.

– Je me souviens encore du moment où, quand nous sommes sortis des Halles, tu m'as soulevée dans les airs pour me faire franchir un barrage...

– Moi aussi, je me le rappelle.

– La sensation d'apesanteur que j'avais ressentie alors était... indescriptible... J'aimerais recommencer de manière... disons plus longue.

– Si Mère est d'accord, je suis ton serviteur, répond poliment le roi des Aerials.

Elle lui touche l'aile et lui chuchote :

– Retrouvons-nous après la fête quand tout le monde sera endormi. Maman n'en saura rien.

Justement, Alice prend de nouveau la parole.

– Mesdames et messieurs, voici que s'achève la première journée des festivités d'anniversaire de nos communautés. Comme vous le savez, demain est une journée sportive, avec notre fameux Relais Multidisciplinaire. Il est temps de reprendre des forces. Je vous donne rendez-vous demain.

Tout le monde se lève. Quelques participants râlent un peu : ils auraient voulu continuer à faire la fête, mais la majorité obtempère.

Et c'est ainsi qu'une heure plus tard, quand le silence règne enfin sur les trois villages de Cucufa, deux silhouettes se retrouvent discrètement à l'orée de la clairière.

– Tu es sûre que nous n'allons pas avoir de problème avec ta mère ? demande Hermès, inquiet.

– Un jour, elle m'a dit : « Tout ce que tu n'as pas expérimenté par toi-même reste abstrait et ne t'appartient pas encore. Pour que la vie entre vraiment dans la mémoire de tes cellules il te faut la percevoir par tous tes sens, dans ton corps. » J'applique ses conseils à la lettre…

Le roi des Aerials n'est pas encore complètement convaincu.

– Ta mère ne sera pas contente, je crois.

– Ne t'en fais pas. C'est de mes parents que je tiens ce goût pour le vol. Ma mère adorait voler, mon père était astronaute, et ils se sont rencontrés en orbite à quatre cent dix kilomètres au-dessus de la Terre, je te rappelle. J'ai forcément envie de vivre à fond cette expérience, tu comprends ?

À peine Ophélie a-t-elle terminé sa phrase qu'Hermès la saisit par les hanches et l'emporte au-dessus de la cime des arbres en direction de la pleine lune étincelante.

La jeune femme sent le vent de la vitesse sur son visage et dans ses cheveux mauves. Ses yeux gris clair pétillent d'excitation.

– Plus vite, c'est possible ? hurle-t-elle.

Hermès se stabilise en battant des ailes puis place son corps pour se préparer à une plongée en repliant ses ailes comme un aigle qui voudrait fondre sur sa proie.

Le vent se fait de plus en plus puissant.

L'Aerial fonce vers l'étang et, au dernier moment, déploie ses ailes pour voler en rase-mottes à la surface de l'eau.

– Ça va ? demande-t-il à sa passagère.

– J'adore ! Encore, s'il te plaît ! Encore !

Alors le roi des Aerials emporte Ophélie toujours plus haut et toujours plus vite, effectuant des loopings et des vols planés à l'envers. Il slalome entre les arbres, rase les nuages.

La jeune femme exulte.

– Je crois que j'ai attendu toute ma vie de vivre ce moment avec toi.

Et elle ajoute :

– Et je veux qu'il se reproduise.

Alors Hermès lui répond :

– Réfléchis bien à ce que tu demandes, car si tu le souhaites vraiment, tu l'auras…

43.

– Je t'interdis de recommencer, tu m'entends !

Alice secoue la tête, incrédule. Depuis qu'un Nautic, réveillé par le vol au-dessus du lac, est venu l'informer de l'incartade de sa fille, elle ne décolère pas.

Elle se sert un café et le boit d'un trait.

Assise face à sa mère, Ophélie boit elle aussi son café matinal, imperturbable.

– Je ne suis plus une enfant, Maman, je fais ce que bon me semble.

Alice serre les dents.

– Il ne s'agit pas de toi, mais des règles de notre communauté.

– Elles sont pour le moins absurdes, tu ne crois pas ? Au nom de quoi un Sapiens ne pourrait-il pas profiter des qualités d'une des trois communautés ?

Alice secoue la tête. Ophélie poursuit :

– D'ailleurs, Maman, toi qui voulais en savoir plus sur ma vie amoureuse, eh bien je te le dis tout net : Hermès me plaît.

– Quoi ?!

Voilà exactement ce que je craignais.

– Ne fais pas cette tête. On dirait que je viens de t'annoncer la Quatrième Guerre mondiale.

– Mais enfin tu te rends compte que…

La jeune femme ne la laisse pas achever sa phrase.

– Je sais ce que tu vas me dire : notre amour est impossible, car c'est mon demi-frère et que ce serait une sorte d'inceste. Et moi, j'ai envie de te répondre que, dans la Bible, Ève est sortie de la côte d'Adam, donc techniquement, Adam était son père. Or ça ne les a pas empêchés d'avoir des enfants.

Alice fixe le fond de sa tasse vide, respire quelques instants pour retrouver son calme, puis dit :

– Non, ce ne serait pas un inceste. Hermès n'a aucun gène commun avec toi. Ce n'est pas ton frère. La fécondation des ovules animaux n'a pas fonctionné avec le sperme de Simon. Du coup, j'ai pris celui du deuxième mâle encore présent dans l'ISS, le commandant Pierre Cuvier. C'est donc Pierre le père biologique des 435 premiers hybrides.

La nouvelle semble ravir la jeune femme.

– Donc si je m'accouple avec lui, il n'y aura aucun risque de maladie congénitale ?

– La question n'est pas là, Ophélie...

– Ce qui te dérange, c'est qu'il soit un hybride, hein, Maman ?

– Bien sûr que non ! s'emporte Alice. Je dirais même qu'en tant que biologiste, j'ai très envie de savoir si l'union d'un humain et d'un hybride donne un métis viable.

– Alors pourquoi es-tu hostile à mon couple avec Hermès ?

Comment lui expliquer ?...

Alice se lance.

– Es-tu sûre qu'il t'aime pour de bonnes raisons ?

Ophélie la regarde, stupéfaite :

– Maman ! Qu'est-ce que tu veux dire ? Qu'il pourrait être intéressé par moi uniquement parce que je suis une Sapiens ?

– Exactement.

– Maman, c'est une rencontre d'âme à âme ! Comme dans *La Belle et la Bête*. J'ai lu dans l'*Encyclopédie du Savoir Relatif et Absolu* de Wells que ce conte pour enfants était inspiré d'une vraie histoire. Leur union paraissait difficile car les deux étaient de forme différente, et pourtant…

44.

ENCYCLOPÉDIE : LA VÉRITABLE HISTOIRE DE LA BELLE ET LA BÊTE.

L'histoire du conte *La Belle et la Bête* est inspirée de personnages réels. Pedro Gonzalez, né en 1537 à Tenerife, dans les îles Canaries, souffrait d'une maladie congénitale très rare qui se nomme l'hypertrichose (ou syndrome du loup-garou) : son corps était entièrement couvert d'une épaisse fourrure, qui faisait ressembler Pedro à un gorille. Il fut traité comme un monstre dès sa naissance. À l'âge de dix ans, il fut offert dans une cage au roi de France Henri II, puis placé dans un zoo. Cependant, le roi estima que ce monstre pourrait devenir un homme normal si on l'éduquait. Il confia donc Pedro aux précepteurs royaux. Pedro devint dès lors une curiosité de la Cour, symbole de la grandeur d'âme d'Henri II.

L'éducation royale porta ses fruits au-delà de toute prévision, et le jeune Pedro Gonzalez, même s'il conserva son impressionnante pilosité, devint en grandissant un homme intelligent et cultivé. Le roi lui offrit même une charge au sein du Conseil royal des Finances et il devint riche. Cependant, le roi mourut. Alors que Pedro discutait avec la reine Catherine de Médicis, celle-ci lui demanda ce qu'il lui manquait. « Une femme », répondit

aussitôt Pedro Gonzalez. La reine qui, par pure curiosité, voulait savoir si les enfants issus d'un tel homme naîtraient eux aussi avec de la fourrure sur tout le corps, organisa un mariage. Elle connaissait un noble ruiné prêt à donner sa fille si on payait ses dettes. La jeune femme se nommait Catherine Raffelin. Lorsque celle-ci découvrit le physique de son futur conjoint, elle fut effrayée et voulut s'enfuir. Cependant, Pedro, par son intelligence et sa gentillesse, parvint à rassurer puis à séduire la jeune femme.

En 1572, Catherine Raffelin épousa donc de son plein gré Pedro Gonzalez, qui remboursa toutes les dettes du père. Cette relation qui semblait au départ impossible se transforma peu à peu en vraie passion amoureuse. Pedro et Catherine eurent sept enfants dont certains eurent, à des degrés plus ou moins graves, la même particularité que leur père. Ils vécurent heureux jusqu'à leur mort.

Encyclopédie du Savoir Relatif et Absolu.

45.

Ce matin, toute la population de Cucufa est réunie sur l'agora. Alice, debout sur une estrade, parle dans son ampli. Sa voix résonne dans la forêt avoisinante.

– Je vous rappelle le principe de la grande compétition de RM : trois équipes de neuf joueurs s'affrontent, avec, dans chaque équipe, trois joueurs de chaque espèce. L'objectif est simple : franchir en premier la ligne d'arrivée. Comme les équipes sont constituées de membres de chacune des trois communautés, les couleurs choisies pour les représenter ne sont ni le noir des Diggers, ni le bleu des Nautics, ni le blanc des Aerials, mais le jaune, le vert et le rouge.

L'équipe des jaunes se présente au rythme des percussions des Diggers. Trois Aerials, trois Nautics et trois Diggers portant un bandeau jaune autour de la tête saluent la foule.

– Vive les jaunes ! crient des supporters.

Puis arrivent trois Nautics, trois Aerials et trois Diggers équipés de bandeaux verts.

– Vive les verts !

Enfin, les rouges font leur entrée.

– Vive les rouges !

Alice esquisse un geste d'apaisement.

– Je vois que vous êtes tous motivés... Je vous rappelle que la performance se joue sur la rapidité et qu'aucun geste de violence n'est toléré. On ne tord pas les ailes des Aerials, on ne mord pas les membranes des mains des Nautics, on ne met pas les doigts dans les yeux des Diggers ! L'année dernière, nous avons eu à déplorer trop de gestes peu sportifs de ce genre. Je vous informe que toute violence sera sanctionnée par l'élimination immédiate du joueur incriminé.

Huée générale parmi la foule.

Alice reprend le micro :

– Je déclare ouverts les cinquièmes Relais Multidisciplinaires ! Et que la meilleure équipe gagne !

Elle attrape la trompette posée à ses pieds et souffle très fort dedans.

Le son strident qui s'en échappe effraie les oiseaux, qui s'envolent dans un froissement de feuillage.

Aussitôt, les joueurs diggers des trois équipes se précipitent vers le premier parcours.

– Sur qui mises-tu ? demande Hermès à Ophélie assise à côté de lui.

– Sur les verts, répond la jeune femme, l'œil malicieux. Leur capitaine est un Aerial, et je pense que ce sont les meilleurs.

– Moi aussi, je crois à la victoire des verts, dit Alice.

– Et toi, Hermès ? demande Ophélie.

– Eh bien moi, je mise sur les rouges, même s'ils ont un capitaine digger.

Les spectateurs se déplacent pour suivre les différents relais : d'abord sur la terre, puis sur l'eau de l'étang, dans les airs, au niveau des dernières branches des arbres, puis sous la terre, sous l'eau et enfin à très haute altitude au-dessus des nuages, où ils ne peuvent plus suivre les compétiteurs.

Puis les sportifs resurgissent sous les hourras de la foule.

– Nous avons tous émis de mauvais pronostics : ce sont les jaunes qui ont pris la tête, reconnaît Hermès.

En effet, l'équipe des jaunes, dont le capitaine est un Nautic, franchit en premier la ligne d'arrivée. Un cri de victoire retentit chez leurs supporters, alors que la déception se lit sur les visages de ceux qui soutenaient les deux autres équipes concurrentes.

Puis apparaissent les joueurs de l'équipe verte, applaudis à leur tour par leurs supporters.

C'est alors qu'un cri plus fort que les autres retentit dans la clairière. Un cri différent.

Tout à coup, le silence se fait.

Un Aerial s'envole aussitôt dans la direction du hurlement.

À peine quelques secondes plus tard, il revient, l'air grave : un peu plus loin dans la forêt, il a découvert le corps d'un joueur digger à bandeau rouge, tenant encore son bâton de relais dans la main. L'Aerial l'a examiné et a constaté qu'il avait été assassiné alors qu'il sortait de terre. Son dos est lardé de trois blessures.

Aussitôt les esprits commencent à s'échauffer.

– Nous allons diligenter une enquête pour trouver qui a commis cet acte insensé ! déclare Alice pour calmer les plus agressifs.

– C'est un jaune qui a fait le coup ! C'est comme ça qu'ils ont gagné ! crie un supporter rouge.

– Non, c'est un vert ! hurle un autre hybride.

Puis les accusations dérivent en fonction de la communauté à laquelle appartient le chef de chaque équipe.

– Peu importe la couleur, c'est forcément un Aerial !

– Non, un Nautic !

Et il arrive ce que tous redoutaient : ce qui n'était au début qu'un match amical devient une confrontation entre les trois communautés.

Un Digger saisit un Aerial et, avant que qui que ce soit ait pu l'en empêcher, lui déchire à coups de dents les membranes des ailes. Dans la foulée, d'autres Diggers attaquent des Aerials et même un Nautic, dont ils arrachent les membranes des doigts et des orteils palmés. Et durant ces actes terribles, tous hurlent le même slogan : « VENGEANCE ! »

En représailles, des Aerials se saisissent d'un Digger, s'envolent et le lâchent depuis les hauteurs d'où il s'écrase comme un fruit mûr. En réaction, les Nautics attrapent un Digger et l'emportent au fond de l'étang pour le noyer.

Alice a repris le micro, branché sur l'ampli. Elle crie :

– ARRÊTEZ ! ARRÊTEZ !

Mais personne ne fait attention à elle. Les coups pleuvent, de plus en plus violents.

C'est comme si toutes les tensions accumulées entre les membres des trois communautés se déchargeaient enfin.

Cela n'en finira donc jamais.

Ophélie et Alice essaient de s'interposer, mais les deux femmes sont elles-mêmes bousculées.

Hermès se décide alors à agir. Après avoir vainement tenté de calmer ses propres frères, il prend les deux Sapiens et les soulève ensemble jusqu'au sommet d'un arbre sans nid pour ne pas attirer l'attention des Diggers qui abattent maintenant systématiquement tous les arbres portant des nids sphériques d'Aerials.

– Vous ne pourrez plus rien faire. Il faut rester là, profère le roi des hommes-chauves-souris.

Ophélie veut descendre de l'arbre, mais Alice la retient.

– Hermès a raison, lui dit-elle d'un air désolé. Ils sont trop nombreux et ont accumulé trop de rancœurs. Tu avais raison d'essayer de m'avertir. Je croyais que le sport allait permettre de libérer les tensions racistes entre les communautés. Le mal est plus profond que je le pensais.

Les deux femmes suivent la suite de la catastrophe depuis leur point de vue, à l'écart des combats.

Du ciel pleuvent de lourds projectiles : les Aerials bombardent avec de grosses pierres le sommet de la pyramide des Diggers et le village lacustre. Poséidon intime à son peuple l'ordre de se mettre à l'abri sous l'eau, pour éviter les projectiles venus du ciel mais aussi pour ne pas être kidnappés par les Diggers qui surgissent du sol et les emportent sous la surface.

Les arbres supportant les nids sphériques des Aerials tombent les uns après les autres, sectionnés par les dents des Diggers, qui rongent aussi les pilotis des maisons des Nautics pour qu'elles s'effondrent dans l'étang.

Le nombre des blessés augmente dans les trois camps.

Alice, perchée sur sa grosse branche, retrouve le sentiment d'impuissance qu'elle avait déjà éprouvé dans l'ISS en regardant la Terre dévastée, la fin d'une civilisation.

– Ils sont fous ! murmure Ophélie.

C'est ma faute. Je n'ai pas su isoler le gène de l'agressivité guerrière ni du racisme. C'est comme si j'avais laissé ces programmations destructrices inhérentes à l'espèce humaine dans le noyau des cellules des hybrides.

46.

ENCYCLOPÉDIE : NÉGUENTROPIE.

La loi de l'entropie est un concept proposé pour la première fois par le physicien français Sadi Carnot en 1824, dans son ouvrage *Réflexions sur la puissance motrice du feu.* Cette loi de thermodynamique énonce que, laissées à elles-mêmes, les choses vont naturellement vers le désordre et le chaos. Ou plus simplement qu'avec le temps tout se dégrade.

Selon de nombreux physiciens, l'univers lui-même ne serait qu'un point qui, en explosant et en se dispersant dans le vide, irait à chaque seconde un peu plus vers la complexité et le désordre.

Laissez un morceau de fruit ou de viande à l'air libre, et il se dégrade en forme et en aspect. Il pourrit et sent mauvais.
Selon cette loi d'entropie, pour ralentir ce chaos, il faut injecter de l'information neuve dans le système. C'est ce qu'on nomme la néguentropie. Ce second concept a été développé, entre autres, par le mathématicien américain Claude Shannon en 1956.
La néguentropie est une proposition de réparation, de retour à la cohésion et d'évolution ordonnée par une information extérieure neuve, qui suffirait à faire baisser le niveau de désorganisation d'un système durant un temps limité.
On peut envisager la vie dans sa globalité comme une néguentropie, puisqu'elle tend à conserver le plus longtemps possible une organisation, une structure, une forme et un mode de fonctionnement efficace. Mais, avec le temps, l'organisme vieillit, le corps s'abîme et la vie s'arrête. Ensuite, le cadavre continue de se dégrader. C'est aussi le cas pour la cellule, l'individu, le groupe, l'entreprise, l'espèce et l'univers. Tout naît, grandit, mûrit, vieillit, meurt et se dégrade.
Force est de constater que la loi d'entropie est permanente alors que la loi de néguentropie n'est que sectorisée et temporaire.

Encyclopédie du Savoir Relatif et Absolu.

47.

Les combats ont duré toute la nuit et ce n'est qu'au petit matin, du fait de la fatigue des belligérants, qu'ils cessent enfin.

Alice et Ophélie sont restées longtemps à observer la scène depuis les branches hautes, puis se sont finalement endormies. Elles sont réveillées par le cri d'un coq de bruyère.

Hermès les rejoint. Il est lui-même blessé mais réussit à les descendre de leur promontoire. Arrivées au ras des herbes, les deux femmes constatent les dégâts.

Le sol est jonché de corps, dont certains bougent encore. D'autres, en revanche, sont inertes. Des survivants épuisés errent, fantomatiques.

– Comment la situation a-t-elle pu dégénérer si vite ? prononce Alice, en respirant amplement pour contenir sa colère.

Ophélie, choquée par ce spectacle de désolation, reste muette.

Les survivants des trois communautés passent la matinée à soigner leurs blessés. Alice se rend dans chacune des cités et dresse un premier bilan : vingt-quatre morts chez les Diggers, dix-neuf chez les Nautics, huit chez les Aerials.

Ces derniers sont les plus épargnés du fait de leur capacité à s'élever au-dessus de la mêlée.

– Je pensais vraiment que leurs liens étaient plus forts que leurs divergences, dit la scientifique. Maintenant je ne sais pas comment on va pouvoir revenir à la normale.

– De toute façon, ça aurait éclaté un jour ou l'autre, soupire Ophélie.

– Secourons d'abord les blessés, puis nous réunirons les

représentants de chaque espèce pour faire le point, déclare sa mère.

Ainsi, le soir venu, les trois rois se retrouvent dans la villa d'Alice. Elle les invite à se placer autour de la table du jeu de Yalta. Mais aucun des trois rois ne prête attention aux pièces de bois colorées.

Ils se regardent avec méfiance.

– Ce qui s'est produit hier est la faute des Aerials, commence Hadès. C'est un des leurs qui a poignardé dans le dos un Digger de l'équipe rouge.

– C'est vous, les Diggers, qui avez commis le premier geste de violence en coupant les membranes des doigts de celui que vous considériez comme coupable ! répond Hermès, la mâchoire serrée. Sans enquête ni jugement ! En lieu et place de la justice, vous avez préféré le lynchage. Sur une simple rumeur !

– Mais c'était forcément lui le coupable ! s'emporte le Digger.

– As-tu des preuves ? lui demande Alice.

Hadès la fixe d'un regard qu'elle ne lui a jamais vu, un mélange de colère et de défi.

– Tu n'es pas neutre, Mère. Les Aerials sont tes chouchous, et ton jugement penche toujours en leur faveur.

– C'est vrai, Mère, tu n'es pas impartiale, tu défends toujours Hermès et les siens, renchérit Poséidon.

– Alors qu'ils ne sont finalement que des rats ailés, persifle Hadès.

Hermès ne peut retenir un frémissement. Il contracte les orteils de son pied droit pour le transformer en poing.

– Tu me cherches ? Espèce de limace rampante !

Déjà les deux chefs se lèvent et se défient au-dessus de la table, prêts à en venir de nouveau aux mains.

Alice s'interpose :

– Vous vous rendez compte de ce que vous faites ? Notre système est fondé sur la cohésion et la bonne entente, et vous êtes en train de gâcher ce que nous avons de plus précieux : l'harmonie entre les communautés.

– Mais il m'a traité de limace rampante !

– Calme-toi, tempère Ophélie.

– Tu vas voir comment je vais te les faire manger, tes ailes de rat volant ! lance Hadès.

– Messieurs ! Ça suffit !

– À force de vivre dans l'obscurité sous terre, le cerveau se développe moins vite, ironise Hermès. Après tout, ce garçon est à son « taupe niveau ».

Le jeu de mots ne fait rire personne.

– Tu sais ce qu'elles te disent, les taupes ?

– Mon pauvre ami, tu sens encore le compost du trou qui te sert de tanière.

– Et toi l'odeur des mouches à merde que tu gobes dans les airs.

– Nous sommes peut-être des gobeurs de mouches, mais nous ne sommes pas alcooliques !

– Hadès a raison, Mère te chouchoute, mais tu ne nous impressionnes pas, ajoute le roi des Nautics.

– Tu peux répéter, la sardine pas fraîche !?

Les poings et les pattes se ferment. Les mâchoires se crispent. Les regards sont durs, la haine est là.

– Stop ! hurle Ophélie.

Les trois rois sont debout, prêts à se battre. Hermès exhibe ses longues canines, Hadès gonfle sa fourrure pour paraître plus volumineux et Poséidon montre lui aussi ses dents pointues comme des lignes de clous acérés. Ils râlent, grognent, crachent pour se défier mutuellement.

La tension est telle que personne ne semble pouvoir empêcher le pire de recommencer.

Soudain, Hermès change complètement de physionomie.

– Très bien. Je suis désolé, Mère, mais je vais prendre une décision qui n'admet aucun débat.

Elle fronce les sourcils.

– Vu que je sens que je ne suis plus le bienvenu ici, que les arbres où nous avions construit nos nids ont été abattus et que je ne vois pas comment les choses peuvent s'arranger avec Hadès et Poséidon, je prends la décision de quitter Cucufa dès demain matin avec tous les miens.

Sa déclaration laisse les deux autres rois et les deux femmes sans voix pendant un court moment. Puis Poséidon prend la parole :

– Il a raison. Après ce qui s'est passé, aucune réconciliation n'est possible. Les tensions communautaires sont arrivées à leur paroxysme. On ne peut plus continuer à faire semblant de nous aimer. Pas même de nous supporter. Nous aussi allons partir.

L'effet de cette seconde annonce augmente la tension autour de la table.

– De toute façon, toutes nos maisons se sont effondrées. Les Diggers ont dévasté les pilotis.

Alice se lève.

– Vous ne pouvez pas faire ça.

– Ma décision est prise, Mère, renchérit Hermès. Nous allons tenter de créer ailleurs un lieu de vie qui ne nous oblige pas à cohabiter avec des Diggers ou des Nautics. C'est de cette promiscuité qu'est né le problème, et il se reproduira si on reste agglutinés les uns aux autres.

– Où comptez-vous aller ? interroge Ophélie.

– Comme nous, les Aerials, nous aimons les hauteurs et les grands espaces, je crois que les montagnes seront un bon endroit. Près des sommets et des ravins, nous serons plus à notre place.

Poséidon déclare :

– Les miens rêvent de voir la mer. Je partirai à l'opposé, vers la côte, vers l'ouest. Face à l'horizon infini et aux abysses, nous serons bien.

– Bon débarras ! grince Hadès. Enfin des paroles sensées. Ma communauté et moi en revanche nous restons ici, car la cité souterraine lacustre a des avantages que je ne pense pas pouvoir trouver ailleurs. Cette configuration est unique.

Alice comprend que désormais plus aucun retour en arrière n'est envisageable.

C'est la fin de l'utopie d'une possible entente entre ces peuples. Leurs différences les séparent davantage que leurs points communs ne les réunissent.

– Dans ce cas, je partirai avec les Aerials, déclare Ophélie.

– Quoi ? s'écrie Alice.

– Maman, depuis que j'ai goûté au plaisir du vol, je n'ai qu'une obsession : recommencer. J'ai envie d'aller dans cet endroit dont tu nous as parlé et qui se situe dans les montagnes, où il reste peut-être encore des humains survivants. Val Tonens, c'est ça ?

– Val Thorens, rectifie Alice.

Puis, après une longue réflexion, Ophélie ajoute :

– D'ailleurs, le mieux est que tu viennes avec moi. Qu'est-ce que tu ferais ici, à part te morfondre seule dans la villa à ressasser de vieux souvenirs ?

Elle a raison.

J'ai peut-être des choses à apprendre de ma fille.

48.

Les bagages s'accumulent. Les Aerials et les Nautics ont passé toute la journée à se préparer pour la grande migration.

Quand le coq de bruyère hurle le matin du jour suivant, ceux qui sont prêts à partir sont déjà réunis sur l'agora.

Alice est prête, elle aussi. Pour l'occasion, la scientifique porte une veste en cuir, un pantalon bouffant et des bottes de cuir marron. Elle a récupéré, dans le grenier de la villa, une casquette, en cuir elle aussi, et des lunettes enveloppantes ayant probablement servi à des aviateurs de la guerre de 14-18.

Le roi Poséidon s'avance vers elle et la prend affectueusement par les épaules.

– Mère, ne sois pas triste, lui dit-il. Nous aurions fini par partir un jour. Tu n'as pas failli. Ce n'est pas un échec, c'est simplement le sens logique de l'évolution de nos trois espèces.

Puis il l'embrasse.

Poséidon jette un regard à Hermès, qui se tient un peu à l'écart. En guise de salut, il se contente d'un regard gêné et d'un hochement de tête.

– Il faut que je parte, maintenant. Adieu, Mère. Et merci de nous avoir créés.

Ophélie les rejoint. Elle a, pour sa part, opté pour un anorak mauve, un bonnet de laine et des lunettes de ski aux verres teintés. Pour le reste, elle est vêtue, comme à son habitude, de sa salopette en jeans et de ses baskets.

– Adieu, frère, dit-elle en étreignant l'homme-dauphin.

Poséidon fait signe à son peuple de se regrouper pour former une ligne cohérente. Il propose que ceux qui portent les bagages les plus encombrants restent à l'arrière.

Puis l'ensemble des Nautics emprunte en sens inverse le chemin qui les a menés là cinq ans auparavant. Ils quittent l'étang de Cucufa, guidés par le roi Poséidon.

Alice regarde les alentours. Aucun Digger n'est venu les saluer. Même de loin.

Ainsi, même en ce jour particulier, je n'aurai pas réussi à réconcilier mes enfants. J'ai l'impression que le drame de toutes les dynasties se reproduit : les héritiers se retrouvent concurrents et finissent par se quereller jusqu'à la plus extrême des violences, la séparation ou la mort. Ils sont aveuglés par leurs griefs réciproques au point d'oublier leurs devoirs envers leurs parents. L'Europe elle-même a été divisée en trois royaumes distincts par les petits-fils de Charlemagne et ne s'en est jamais remise.

Mais peut-être que ce n'est qu'une étape et qu'un jour mes enfants hybrides finiront par se réconcilier aussi naturellement qu'ils se sont fâchés. Après tout, mille deux cents ans après la division de l'Europe est apparu le projet de l'Union européenne. Il faut être patient.

En tout cas, je ferai tout pour qu'ils se retrouvent en paix.

Je ne dois pas perdre de vue cet objectif.

Alors que le dernier Nautic est désormais parti, les 832 Aerials s'activent encore pour préparer leurs bagages. Hadès arrive sur l'agora. Il jette un œil à Alice, qui, avec Ophélie, range ses dernières affaires, mais n'accorde aucune attention aux hommes-chauves-souris.

– Je n'allais pas te laisser partir sans te dire au revoir, Mère.

Il a le regard fuyant, comme un enfant qui aurait fait une bêtise.

– Je me demandais justement si tu allais venir, lui dit Alice.

– Ce qui s'est passé est impardonnable, Mère. C'est nous qui avons eu le plus de victimes à déplorer. Vingt-quatre morts ! Assassinés par les Aerials et les Nautics ! Je suis bien content qu'ils déguerpissent. Je crois que les miens ne les supportaient plus. Tu sais, Mère, nous subissons depuis plusieurs années déjà le racisme de la part des… enfin de ceux qui partent avec toi.

Hermès, qui écoute de loin cet échange, se retourne.

– Tu parles encore de nous, Hadès ? demande-t-il, agressif.

– Ce n'est pas à toi que je parle, mais à Mère, lui répond Hadès du tac au tac.

Puis il reprend :

– Nous allons désormais suivre des routes séparées pour le bien de tous, y compris le tien, Mère. Maintenant que les bonnes décisions ont été spontanément prises, je peux te l'avouer : je me sens soulagé. Si les Aerials et les Nautics étaient restés, nous n'aurions eu qu'un seul objectif : les tuer.

Alice garde le silence pour ne pas envenimer les choses.

Alors Hadès la prend dans ses bras, l'embrasse sur la joue et se dirige vers la pyramide noire.

– Quelle distance nous sépare de Val Thorens ? demande Ophélie, qui sent que sa mère est à bout de nerfs.

– Un peu plus de six cents kilomètres, répond Alice sans quitter des yeux Hadès qui leur tourne le dos.

– À quelle vitesse penses-tu que les Aerials peuvent voyager dans le ciel ?

Alice réfléchit puis dit :

– Quarante kilomètres par heure. Nous ne pourrons pas faire le trajet d'une traite. Nous devrons faire une halte à mi-chemin.

– Je suis prêt, déclare Hermès.

Alice serre son bonnet de cuir et met ses lunettes d'aviatrice.

– Je suis prête moi aussi, dit Ophélie en lançant un clin d'œil à Hermès.

Puis elle ajuste ses lunettes de ski et son bonnet de laine.

Autour d'eux, les Aerials porteurs de bagages ont déjà saisi leurs fardeaux, prêts à décoller.

Hermès prend Alice par la taille en la serrant entre ses jambes. Un autre Aerial mâle de grande taille saisit de la même manière Ophélie.

– On y va ? demande Hermès.

– Je suis prête ! répond Alice.

Le roi des Aerials pousse un piaillement dans les ultrasons qui donne le signal du départ à ses congénères. Les ailes des hybrides se déploient dans un grand bruissement, et comme les flamants roses qu'ils ont vus lors de leur descente de la Seine, tous les Aerials décollent simultanément pour former une sorte d'essaim.

Malgré la pointe de nostalgie qui lui transperce le cœur, Alice apprécie cet instant de libération de l'attraction terrestre.

Il y a si longtemps que je n'ai pas ressenti une telle liberté…

Elle monte. Elle voit la forêt en bas, repère la pyramide de terre des Diggers qui ne cesse de rétrécir.

Plus loin, elle distingue le groupe des Nautics qui avance vers la Seine.

Poséidon a raison. Ils rêvaient tous de voir la mer. Ils seront heureux lorsqu'ils goûteront à cette sensation extraordinaire de l'eau à l'infini.

Ils continuent de monter. Après avoir atteint l'altitude qu'il souhaite, Hermès plane.

Ils remontent ainsi le fleuve et arrivent au-dessus de Paris.

D'en haut, la capitale ressemble maintenant à une forêt tropicale d'où émergent toujours la tour Eiffel et la basilique du Sacré-Cœur au sommet de la butte Montmartre.

Les nombreux oiseaux qui la survolent approchent, curieux de savoir qui sont ces étranges migrateurs qui, au lieu de partir au sud, se dirigent vers l'est.

– L'idéal, pour que je reconnaisse le chemin, hurle Alice pour couvrir le bruit du vol, serait que tu suives l'autoroute A6. C'est le grand ruban gris et vert qui descend vers le sud-est.

Hermès repère l'objectif, puis il émet un cri strident. Les Aerials se regroupent derrière lui.

Le souffle du vent dans les ailes se fait moins gênant, et un dialogue s'installe entre l'hybride et sa passagère.

– Je te sens moins crispée. Ce n'est pas un effet de l'ivresse de l'altitude, au moins ? questionne-t-il.

– Je crois que je me détends enfin, c'est vrai..., admet la scientifique. J'ai l'impression d'être emportée par un ange vers le paradis.

– C'est peut-être ce qui arrive aux gens quand ils meurent : un ange qui me ressemblerait les emmène vers un monde meilleur.

– Si ce n'est que c'est un être volant immatériel qui emporte l'esprit alors que c'est un être bien vivant, en chair et en os, qui soulève mon corps et le libère des lois de la gravité.

– J'aurais pu être un ange si tu m'avais fait naître avec des plumes plutôt que des membranes.

– Benjamin Wells pensait la même chose, répond Alice avec mélancolie.

– Parce que là, nous ressemblons plutôt à des diablotins…

– Je vous ai donné une peau la plus claire possible, presque blanche, justement pour que vous ayez l'air « un peu moins diable ». Dans mon esprit, je vous voyais plutôt comme ce superhéros mi-homme mi-chauve-souris, Batman, celui avec le masque noir et les oreilles en pointe.

– Bien sûr ! *Batman*, c'est la série préférée de la plupart des Aerials, s'enthousiasme Hermès. Les Nautics préféraient évidemment la très vieille série télévisée *L'Homme de l'Atlantide*.

Il accompagne sa remarque d'une moue de dégoût.

– Et pour les Diggers, en revanche, aucun superhéros à l'horizon…

– Bien sûr que si ! dit Alice. Il y a un super méchant dans la série des *Quatre Fantastiques*, un des personnages qui se nomme Mole Man, ce qui signifie « l'homme-taupe ».

– Finalement, tu n'as rien inventé, Mère.

– Disons que je m'inscris dans une tradition millénaire. L'humain cherche depuis longtemps à mélanger sa forme avec celle des animaux. Déjà, dans la mythologie grecque, les légendes fourmillent d'êtres mi-homme mi-bête. Sans parler du panthéon égyptien où tous les dieux ont des têtes d'animaux : lion, chat, ibis, faucon, serpent, crocodile…

– Les fameuses chimères ?

– Le mot « chimère » est aussi devenu synonyme de chose impossible à réaliser, d'utopie, de rêve déraisonnable, de fantasme.

Alice s'étonne de parler de ce sujet avec un hybride en planant au-dessus des nuages.

Hermès accélère ses battements d'ailes pour reprendre un peu d'altitude.

– J'ai localisé un trou d'air, signale-t-il. Il nous faut le contourner.

– Comment l'as-tu repéré ? l'interroge Alice, toujours impressionnée par les qualités particulières de chacune des espèces hybrides.

– Les poussières… Même toi, tu peux les voir. Non ?

Elle plisse les yeux pour avoir une vue plus précise.

– Et puis lorsqu'il y a au sol des zones sombres, a fortiori des lacs ou des rivières, un courant d'air froid se crée et nous tire vers le bas. De la même manière, les zones claires génèrent des courants d'air chaud ascendants.

Et pour lui démontrer son explication, Hermès se dirige à grands coups d'ailes vers un champ de fleurs jaunes et s'immobilise. D'un coup, sans bouger les bras, il s'élève de quelques mètres.

– Tu possèdes intuitivement une connaissance de la navigation aérienne, c'est extraordinaire, se réjouit Alice.

Ils traversent un nuage comme un plafond de coton. La sensation est surprenante. Puis l'ascension se stabilise.

La scientifique jette un coup d'œil à Ophélie qui, plus encore que sa mère, semble éprouver un vif plaisir à voler très haut.

– Ça va, ma fille ? Pas trop le vertige ?

– Le vertige ? Maman, je suis née pour voler !

Les courants d'air les forcent à s'éloigner. Mère et fille se font un signe de la main.

Après plusieurs heures de vol, l'essaim d'Aerials commence à être fatigué et se déplace de manière moins homogène. Transporter des charges les épuise, et ils sont obligés de faire des pauses tous les trente kilomètres avant de s'élancer de nouveau.

Alice et Ophélie changent souvent de transporteurs, car elles sont plus lourdes que les bagages conventionnels.

Une demi-journée de vol plus tard, ils ont parcouru quatre cents kilomètres.

– Nous sommes tous exténués. Il faut nous arrêter, annonce Hermès. Comment s'appelle cette ville, là, tout en bas ? demande-t-il avec un signe de tête en direction de la terre.

– Chalon-sur-Saône, dit Alice qui a connu la cité bourguignonne dans sa jeunesse.

– Et où nous situons-nous par rapport à l'objectif final ?

– Nous avons effectué plus de 60 % du trajet depuis notre départ de Cucufa. Il reste environ deux cent soixante-dix kilomètres pour rejoindre Val Thorens. À vol d'oiseau. Mais l'air risque d'être plus froid, sans compter le changement de pression dû à l'altitude.

Ils atterrissent à Chalon-sur-Saône. La ville, dont le niveau de radiations est supportable, conserve les traces des bombardements passés.

Tout est dévasté.

Les 832 Aerials et les deux humaines cherchent un endroit où s'abriter pour la nuit.

– Nous n'avons pas été les premiers à passer ici, fait remarquer Ophélie en montrant, à l'entrée de la ville, un embouteillage de voitures rouillées et recouvertes de plantes.

– Ils ont voulu migrer vers les montagnes mais ils ont dû tomber en panne d'essence, estime Alice.

Les deux femmes partent à pied explorer les abords de la ville. Elles trouvent un supermarché encore achalandé en boîtes de conserve. De retour près de la communauté, elles les ouvrent, les réchauffent grâce à un réchaud encore équipé de sa cartouche et tous dînent ensemble.

– Maman, je ne te comprends pas, dit Ophélie entre deux bouchées. Tu as initié un projet génial, toi-même tu es géniale, mais, par moments, j'ai l'impression que tu ne saisis pas la portée de ton œuvre. Tu veux que je te dise ? Tu es dépassée par tes créations. Tu t'es donné tellement de mal par le passé pour que ces hybrides existent que tu ne mesures ni leur potentiel ni leur danger.

Tu as sûrement raison, ma fille.

– Tu parles aux Aerials comme à des enfants, continue Ophélie. Tu te fais appeler « Mère », mais ce ne sont plus des bébés. C'est l'humanité du futur ! Tu le répètes à longueur de journée, pourtant tu n'agis pas en conséquence. J'ai même parfois l'impression que tu les considères comme des êtres inférieurs. Des animaux.

Je suis en train d'être éduquée par ma propre fille... Elle a vu juste : j'appartiens à un monde qui pense que seuls les humains anciens sont les vrais humains. J'envisage mes créatures comme mes enfants, mais pas comme mes égales.

– Tu sais, j'écoute souvent ce que disent les hybrides entre eux. Et ils te respectent comme je te respecte. Mais ils estiment aussi, comme moi, que tu fais partie d'un monde révolu et que tu ne comprends pas les enjeux qui sont en train d'émerger.

Si je m'attendais à être traitée de has been, moi qui ai toujours voulu être à l'avant-garde de toutes les recherches scientifiques !...

– Il est facile de juger quand on n'a pas tous les éléments en main, ma chérie.

– Je ne te juge pas, Maman. J'essaie de te faire prendre conscience du fait que toi aussi tu dois changer. Sinon...

– Sinon ce sera à toi, Ophélie, de prendre la relève, la coupe Alice, soudain lasse. Je suis fatiguée, je vais me coucher.

Une fois le repas achevé, tous se dirigent vers leurs abris de fortune respectifs. Les deux femmes ont choisi une petite maison envahie de plantes mais dont les lits sont encore utilisables. Elles s'allongent, mais Ophélie voit bien que sa mère ne s'endort pas.

– J'ai adoré cette journée, dit-elle pour la réconforter.

Alice ne répond pas tout de suite. Les mots de sa fille l'ont plus blessée qu'elle ne veut bien l'admettre.

– Si j'ai bien compris, en tant que has been qui ne voit pas le futur, je risque de ne pas comprendre ce qui va se passer, c'est ce que tu penses ?

– Oui.

– Eh bien, je vais peut-être te surprendre, mais je crois que le meilleur est à venir.

Ophélie ne répond pas, puis après un moment de silence, dit :

– Un jour, je souhaiterais voler avec Hermès.

– Si tu veux...

– Bonne nuit, Maman.

– Bonne nuit, Ophélie.

Alice reste encore un certain temps les yeux ouverts à fixer le plafond.

Ophélie a beaucoup changé. Ce n'est plus une jeune fille, c'est une femme désormais. Elle s'affirme en s'opposant à sa mère comme c'est souvent le cas.

Mais je crains qu'avec le temps nos rapports se compliquent. Surtout si elle crée une complicité particulière avec les Aerials.

N'est-ce pas le lot de toutes les nouvelles générations ? Rendre obsolète l'ancienne et essayer de faire mieux que ses propres géniteurs ?

49.

Ils volent.

À peine le petit déjeuner ingurgité, l'essaim a décollé vers le soleil levant.

Comme l'avait pressenti Alice, le vol en altitude s'avère plus fatigant pour les hommes-chauves-souris que le vol en plaine, ce qui les oblige à s'arrêter souvent. Cependant, la beauté des paysages enthousiasme les Aerials et leur insuffle la motivation nécessaire pour continuer.

Val Thorens est une des stations de ski les plus élevées des Alpes. D'après mes souvenirs de vacances avec Papa et Maman, la station est située à deux mille trois cents mètres d'altitude et le point de ski le plus haut avoisine les trois mille deux cents mètres d'altitude.

Soudain, derrière un nuage apparaît le mont Blanc.

Ce n'est peut-être pas l'Himalaya mais c'est quand même un des plus hauts sommets du monde.

Alice est admirative du panorama qui s'offre à ses yeux. Ces hybrides ailés, nimbés d'un nuage de vapeur dû à la chaleur de leur souffle, devant la cime enneigée, ont quelque chose de biblique.

Comme si un instant historique s'écrivait devant mes yeux.

– Regardez ! crie Ophélie.

Elle désigne une colonne de fumée au loin.

– Il doit y avoir une maison habitée par des…

Elle est sur le point de dire « par des humains » mais elle se reprend :

– … des Sapiens. Allons-y !

L'essaim d'Aerials se regroupe et tous se dirigent, malgré la fatigue, vers la fumée grise.

Alice reconnaît le village de Val Thorens, à droite de celui de Courchevel et de Méribel, au-dessus de la station des Menuires.

Je comprends mieux pourquoi ce lieu particulier est l'un des rares qui aient pu échapper aux radiations. C'est un écrin, protégé de toutes parts de murs rocheux.

Plus le groupe s'approche, plus il descend. Et plus il descend, plus il repère d'autres colonnes de fumée, jusqu'à distinguer des cheminées et des toits au milieu des pentes enneigées.

Soudain, des détonations retentissent. Des balles sifflent autour d'eux.

Tout en bas, des hommes armés de fusils leur tirent dessus.

– Non ! hurle Alice.

Mais personne ne l'entend à cette distance. D'autres balles les frôlent.

L'Aerial qui soutient Ophélie est touché à l'articulation de l'aile et lâche un piaillement douloureux. Il commence à perdre de l'altitude quand Hermès le rejoint. L'Aerial blessé a tout juste le temps de lancer la jeune femme à Hermès avant de décrocher. Le roi la récupère de justesse.

– Fuyons ! lance-t-il.

Les Aerials et les deux Sapiens contournent la montagne et atterrissent sur un plateau rocheux en bord de pente. Trois Aerials manquent à l'appel : touchés au torse ou à la tête, ils se sont écrasés au sol. Cinq sont blessés ou ont eu la membrane de leurs ailes percée par les balles.

Alice et Ophélie sont indignées.

– Ils n'ont même pas cherché à savoir qui nous étions et nous ont tiré dessus sans sommation ! dit la jeune femme.

– Tu te rends compte de l'effet que peut produire l'arrivée de plusieurs centaines d'hommes aux ailes de chauves-souris ? répond Alice avec un soupir d'amertume.

– Tu as raison. Ils ont dû nous prendre pour des monstres issus des mutations dues aux radiations. Ou pour des… vampires.

– C'est quoi, des vampires, déjà ? demande, inquiet, Hermès qui s'approche pour se mêler à la conversation.

– D'après une vieille légende, certains hommes se transformeraient en chiroptères la nuit pour attaquer d'autres hommes et boire leur sang en plantant leurs canines dans leur cou, explique Alice. Ces récits se fondent peut-être sur la peur qu'ont toujours ressentie les humains envers une certaine espèce de chauves-souris qui boivent réellement le sang de certains mammifères.

– Comment peuvent-ils se tromper à ce point ? dit, atterré, le roi des Aerials. Tu étais là avec nous, Mère, ils ont dû te voir.

– De loin, il y a peu de chances. Et ils ne m'entendaient pas non plus. Du coup, ils ont dû croire que des vampires géants avaient kidnappé des humains qui hurlaient de détresse, ou quelque chose dans ce genre. Peut-être nous ont-ils tiré dessus en pensant nous libérer...

Soudain, il se met à neiger. Ophélie est surprise en observant pour la première fois de sa vie les flocons qui tombent du ciel. Du fait du réchauffement climatique, jamais un tel phénomène ne s'était produit en région parisienne durant les cinq années passées à Cucufa.

Elle laisse l'un d'entre eux se déposer sur le plat de sa main.

– Que c'est beau, dit-elle en l'examinant. On dirait de la dentelle de cristal.

Cependant, passé le premier émerveillement, tous ressentent les premières morsures du froid. Ils frissonnent.

– Nous ne pouvons pas rester ici. Il nous faut trouver un abri au chaud, déclare Alice. Cette neige que tu admires tant va devenir dans quelques heures notre pire cauchemar.

– Pourquoi donc ? questionne Hermès.

– Parce que, tel que je vous ai conçus, aucune couche de fourrure ou de gras ne vous protège des basses températures.

Hermès claque déjà des dents.

– Tu parles parfois de nous comme le ferait un... ingénieur en aviation au sujet de son nouveau prototype d'avion, du blindage ou d'un altimètre à implanter dessus... Un ingénieur qui réfléchirait à la façon d'améliorer le modèle...

– Il n'y a qu'à redescendre, propose Ophélie.

– Il faudrait voler longtemps avant de trouver une zone où la température sera supportable, il neige dans toute la région, dit Alice. Et les Aerials sont épuisés.

– On fait quoi, alors ? s'impatiente la jeune femme en tortillant une mèche de ses cheveux mauves.

Alice réfléchit à voix haute.

– Depuis le ciel, nous avons aperçu des lumières, donc les habitants de Val Thorens produisent de l'électricité. Comme les centrales électriques nucléaires, au charbon, au gaz ou au pétrole ont été des cibles privilégiées ou ne fonctionnent plus faute d'entretien, je ne vois qu'une seule source d'énergie possible dans la région : le barrage. Ils doivent utiliser une centrale hydraulique.

– Très bien. Dans ce cas, voilà mon plan, lance Hermès. Nous allons attaquer leur village en le bombardant de rochers depuis les hauteurs. Ils seront bien forcés de nous accueillir.

– Ils vont encore nous tirer dessus ! objecte Ophélie. Ce n'est pas en ajoutant des morts aux morts qu'on va réussir à créer un monde plus pacifique.

– Alors repartons vers l'ouest, propose un Aerial. Si c'est vraiment une question de survie, nous n'avons pas le choix.

Alice secoue la tête.

– La nuit va tomber et vos sonars seront très rapidement perturbés par la neige. Nous ne pourrons pas nous orienter dans l'obscurité.

– Nous avons donc le choix entre nous faire cribler de balles, percuter des montagnes dans l'obscurité ou mourir de froid ! Nous sommes fichus..., gémit une Aerial.

– Et si on cherchait une caverne ? dit Ophélie.

– Le temps qu'on en trouve une assez grande, nous serons gelés, rétorque sa mère.

– De toute façon, tu l'as dit toi-même, si nous ne faisons rien, nous mourrons de froid, rappelle la jeune femme.

– Il n'y a donc qu'une solution : attaquer, répète Hermès.

Il regarde ses congénères transis de froid.

– Frappons de nuit. Nous bénéficierons de l'obscurité et de l'effet de surprise. Quant à la neige qui perturbe nos sonars, elle gênera aussi les Sapiens pour viser.

– C'est la meilleure solution, approuve un Aerial.

– Vengeons nos morts ! reprend un autre.

Déjà certains commencent à réunir de lourds projectiles.

– Non, ce ne sera pas nécessaire, dit Alice avec détermination. Je vais m'y rendre seule. Pour parlementer. Ils nous ont attaqués parce qu'ils vous ont vus. On a toujours peur de ce qu'on ne connaît pas. Si je me présente à eux toute seule, ils me reconnaîtront comme une des leurs et accepteront alors plus facilement de discuter.

– Alors j'y vais avec toi, Maman.

Alice se tourne vers sa fille.

– Non, toi, tu restes ici. Je ne veux pas que tu t'exposes à un tel danger.

Alice cherche dans le sac contenant ses affaires une veste plus chaude. Puis elle sort un sifflet.

– Si je siffle trois fois, cela signifiera que j'ai réussi et que vous pouvez venir me rejoindre. Si au bout d'une demi-heure je n'ai pas sifflé, c'est qu'ils sont hostiles et que j'ai échoué. Ils m'auront peut-être tuée ou enfermée. Dans ce cas, soit vous quittez les lieux…

– Soit nous attaquons, complète Hermès d'un ton décidé.

50.

ENCYCLOPÉDIE. LE BIAIS DU SURVIVANT.

Durant la Deuxième Guerre mondiale, la Royal Air Force a cherché à faire baisser le taux de bombardiers endommagés ou abattus lors des missions contre les Allemands. Les ingénieurs décidèrent d'observer le nombre et la localisation des impacts de balles sur les avions qui revenaient.
Ils conclurent qu'il fallait renforcer le blindage, notamment des ailes et de l'arrière du fuselage, qui étaient les zones les plus abîmées par les batteries antiaériennes ennemies.
Cependant, après une période de test, ils se sont aperçus que non seulement le taux de retour des avions n'avait pas augmenté, mais qu'au contraire il avait baissé.
C'est alors qu'un mathématicien du nom d'Abraham Wald réfléchit à cette énigme et déclara : « Vous vous trompez sur la façon d'analyser le problème. Les endroits où sont localisés les impacts de balles sont les zones les moins vulnérables. En revanche, le reste de l'appareil doit être renforcé. »
Les autres ingénieurs ne comprirent pas son raisonnement, alors il expliqua : « Les avions qui ont été touchés dans ces zones sont revenus. Les avions qui ont été touchés ailleurs, notamment au niveau du réservoir (qui a dû exploser), du cockpit (où se trouve le pilote) et des moteurs (qui, arrêtant de fonctionner, ont entraîné la

chute), eux en revanche ne sont pas revenus. Il faut donc renforcer les zones où il y a le moins de trous. »
Abraham Wald a ainsi démontré la règle du « biais du survivant » : nous cherchons à résoudre nos problèmes en basant nos recherches sur ceux qui sont résolus parce que nous les connaissons. Nous érigeons en règle les exceptions ; or ces cas ne sont pas représentatifs de la situation dans son ensemble.
Prenons comme exemple l'architecture : nous pensons que les bâtiments de plus de cent ans sont d'une qualité supérieure aux bâtiments modernes parce qu'ils ont tenu sur une longue période. Or ceux qui ont résisté sont rares ; il faudrait aussi tenir compte de tous ceux, bien plus nombreux, qui ont été construits à la même époque et qui se sont effondrés.

Encyclopédie du Savoir Relatif et Absolu.

ACTE V

Les fleurs

51.

À chaque pas, elle frissonne un peu plus.

Alice marche seule au-devant de l'épreuve qu'elle s'est elle-même imposée.

Équipée d'un sac contenant un peu de nourriture et une torche solaire récupérée dans un magasin de Chalon-sur-Saône, elle trottine sur l'unique route qui mène à Val Thorens. La neige ne cesse de tomber, de plus en plus drue.

Elle a froid mais elle réfléchit encore clairement.

Comment cette communauté de survivants isolée dans les montagnes depuis vingt-cinq ans vit-elle ? Ces gens nous ont tiré dessus, donc ils sont armés et sur le qui-vive. Ils doivent vivre là-bas comme dans une ville fortifiée médiévale, qui se défend contre tout ce qui vient de l'extérieur.

Enfin, elle aperçoit les lumières de ce village qu'elle a connu, adolescente, lorsque c'était une station de ski très réputée.

Elle ramasse une branche et y accroche un linge blanc.

C'est maintenant que tout se joue.

En approchant, elle distingue un mur d'enceinte fait de rondins de bois et des tourelles où sont postés des hommes armés. Des projecteurs balaient l'obscurité, un peu à la manière d'une caserne ou d'une prison.

Elle se place devant la grande porte d'entrée et effectue d'amples signes avec sa torche.

– Hé ho ! crie-t-elle.

Aussitôt, un spot lumineux est braqué sur elle. Deux silhouettes d'hommes armés de fusils la tiennent en joue.

Elle agite son drapeau blanc.

– JE VIENS EN PAIX. JE SUIS UNE DES VÔTRES. JE VOUDRAIS PARLER À VOTRE CHEF, hurle-t-elle.

Depuis les tours placées de part et d'autre de l'entrée s'allument d'autres projecteurs dont les faisceaux de lumière convergent vers elle dans un même mouvement.

Puis une voix menaçante lance :

– Déposez vos armes ! Mettez les mains en l'air !

– Je ne suis pas armée.

Alice pose avec lenteur son sac à terre, de même que son bâton, et lève les bras au-dessus de sa tête. Le froid est vif et les bourrasques fortes.

Les battants de la grande porte s'ouvrent en grinçant.

– Avancez ! ordonne une voix d'homme.

Dès qu'elle a franchi le mur d'enceinte, la porte est refermée. Elle garde les bras en l'air, tandis que plusieurs hommes pointent leurs fusils dans sa direction.

Un militaire en tenue de camouflage s'approche d'elle et la fouille.

On dirait les uniformes réguliers de l'armée nationale.

Deux autres hommes se montrent. Elle remarque que l'un des deux porte des galons d'officier.

– Qui êtes-vous ? demande ce dernier.

– Je m'appelle Alice Kammerer et je viens en amie.

– Comment êtes-vous arrivée ici ?

Elle montre le ciel.

– C'est vous qui avez été vue dans les pattes des monstres volants ? Vous avez donc réussi à vous échapper ?

L'officier a l'air plutôt satisfait d'avoir trouvé un scénario expliquant cette situation pour le moins inhabituelle.

– Ce ne sont pas des monstres, ce sont des hybrides…

Elle a envie de préciser :

Que j'ai créés.

Mais elle ajoute :

– … apparus après la guerre. Ils ne m'ont pas kidnappée. Ils ne sont pas dangereux.

Un temps.

– Enfin, ils ne sont pas dangereux, mais ils peuvent se défendre si on leur tire dessus, ajoute-t-elle.

Il faut que je mesure chacune de mes paroles.

– Puis-je rencontrer votre chef ? demande-t-elle.

Les soldats restent silencieux. L'officier hésite, puis fait un geste en direction du reste de la troupe, signifiant qu'il prend la situation en main.

– Suivez-moi.

À travers les rues gelées, il guide Alice vers un imposant bâtiment sur le fronton duquel est inscrit : « mairie de Val Thorens ». L'ancienne station de ski est recouverte d'un épais manteau de neige qui empêche Alice de se rendre compte des dégâts qu'elle a subis. Le militaire la fait entrer et la conduit jusqu'à une pièce où plusieurs personnes sont attablées autour d'un dîner. La plupart ont les cheveux gris, certains semblent même vraiment très âgés. Au bout de la table, un vieil homme à la peau plus foncée que les autres et aux cheveux frisés et blancs la regarde s'avancer. Alice reste stupéfaite.

Il a vieilli, mais il n'y a pas de doute, c'est lui.

C'est le président de la République Stéphane Légitimus.

L'officier chuchote à l'oreille du vieil homme, mais soudain une voix masculine s'élève parmi les convives :

– Alice ?... mais... mais... qu'est-ce que tu fais là ?!

Un homme se lève et se dirige vers elle. Malgré ses cheveux gris et ses rides un peu marquées, Alice reconnaît instantanément l'ancien ministre de la Recherche.

– Benjamin !...

Ils se serrent dans les bras avec chaleur.

– Vous la connaissez donc ? lâche Légitimus, interloqué.

– Je vous présente le professeur Alice Kammerer. C'est elle qui a lancé le programme Métamorphosis que nous avions financé bien avant la guerre.

Benjamin a survécu à la Troisième Guerre mondiale et vit ici !

Le président Légitimus fronce les sourcils.

– Métamorphosis ? Ce projet tant décrié ?

– Si vous me le permettez, monsieur le président, si la guerre mondiale a eu lieu et a causé tous ces dégâts, c'est bien la preuve que ce n'était pas moi le principal problème..., rétorque Alice.

– Mais d'où venez-vous ? l'interroge le président dont le regard amusé laisse penser qu'il apprécie le caractère intrépide de la scientifique.

– Elle vient de l'espace, répond à sa place Benjamin Wells.

Je l'avais exilée sur l'ISS pour la soustraire à la cabale montée contre elle.

Stéphane Légitimus ne peut cacher sa surprise.

– Et c'est de là-haut que j'ai pu assister à l'apocalypse.

Le président la jauge, croisant et décroisant ses doigts.

– Et donc ce serait ce projet Métamorphosis qui aurait entraîné la création des monstres qui nous ont attaqués ce soir ? dit-il.

Alice sourit et répond :

– Ce ne sont pas des monstres, plutôt des chimères. Même si le terme scientifique le plus précis qui leur correspond est « hybride ». Je les ai appelés Aerials.

À bien y réfléchir, « chimère » est plus joli à prononcer qu'« hybride ». Je vais désormais adopter ce terme pour parler d'eux.

– … Et il est temps que vous fassiez connaissance. Pourquoi ne pas les accueillir ici, à Val Thorens ?

Le président Légitimus éclate de rire, suivi de tous les hommes présents.

Alice attend que le silence revienne puis ajoute d'un ton détaché :

– Il y a d'autres possibilités : la première est qu'ils meurent de froid et… la seconde est qu'ils vous bombardent de rochers pour prendre la ville.

– Ils n'oseront pas, dit un militaire qui porte un couvre-chef avec des étoiles de général.

– Ils n'ont plus rien à perdre, argumente Alice.

– De toute façon, nous avons des armes pour nous défendre, réplique un autre.

– Combien sont-ils ? demande un haut gradé.

Chaque mot que je vais prononcer sera déterminant. Il va falloir la jouer fine.

– Ils sont plus nombreux que vous.

– Vous ne savez pas combien nous sommes ! s'emporte l'officier.

– Et vous ne savez pas combien ils sont, dit la scientifique avec détermination.

Le président calme la discussion d'un geste de la main.

– Et vous, madame Kammerer, êtes-vous avec eux ou avec nous ?

Alice répond après un instant de réflexion :

– Deux chemins s'offrent à nous dans la vie, d'une façon générale : la peur ou l'amour. Mon idée est que le monde se porterait mieux si chacun optait pour la seconde option. Et si l'amour n'est pas tout de suite possible, on peut commencer par se parler en se regardant dans les yeux et par s'écouter. Par chance, ces chimères parlent notre langue.

Le président Légitimus redevient très sérieux. Il croise et décroise les doigts.

– Nous n'avons pas les moyens matériels d'accueillir vos chimères ici. Tout est calculé pour la taille exacte de notre population et pas une personne de plus.

– Pourtant, vous devrez le faire. Sinon, ce sera de nouveau la guerre.

– Vous ne nous faites pas peur, clame le général. Nous avons les moyens de nous défendre contre toute forme d'agression extérieure !

Alice et ce haut gradé se toisent.

– Vos chimères ne peuvent rien contre nous, insiste l'homme.

C'est le moment de jouer le tout pour le tout.

– Au moment où je vous parle, un groupe d'Aerials est en train de déposer de la dynamite au centre hydroélectrique du barrage, déclare Alice avec solennité. Si je n'ai pas envoyé de signal d'ici dix minutes, ils le feront exploser.

Un long silence suit. Alice sent sur elle les regards dubitatifs des militaires.

– Vous bluffez. Je ne vois pas comment ils auraient pu apprendre son existence, dit le général.

– Nous avons bien compris que, pour qu'il y ait de la lumière ici, il fallait de l'électricité. Et comme nous sommes en montagne, c'est forcément grâce à un barrage et à une centrale hydroélectrique associée. Depuis le ciel, les Aerials l'ont cherchée et l'ont trouvée. Quant à la dynamite, nous en avons récupéré sur un chantier.

– Elle bluffe, répète le général.

– Plus que neuf minutes. Êtes-vous prêts à prendre le risque ?

Alice plante son regard dans celui du président. Celui-ci reste imperturbable, impressionnant de calme. Puis il se tourne vers Benjamin Wells.

– Qu'en pensez-vous, Benjamin ? C'est vous qui la connaissez le mieux, après tout, dit-il.

– Elle ne bluffe pas, lâche Benjamin.

– Vous en êtes sûr ?

– Certain. Je la connais depuis le lycée.

Le président regarde attentivement Alice.

– Envoyons des soldats sur place, propose le général. Ces monstres ailés ne feront pas le poids face à nos fusils-mitrailleurs.

– Ils feront tout sauter avant que vous arriviez, dit-elle.

De nouveau un long moment se passe, pendant lequel tous se jaugent en silence.

– Plus que cinq minutes, messieurs. Sachez aussi qu'ils sont très rapides, très intelligents, et qu'ils sont équipés de sonars qui leur permettent de se déplacer dans le noir, et donc d'être invisibles. Avec l'obscurité et la neige, c'est vous qui ne ferez pas le poids.

– Un sonar ? Comme des chauves-souris ? Quelle horreur ! Ce sont vraiment des monstres, fait le général avec une mimique de dégoût.

Alice se tourne vers son ami.

– Benjamin, tu vas pouvoir leur expliquer. Tu te souviens des singes hybrides ?

– En effet. Je confirme que j'ai déjà vu ces... êtres particuliers. Enfin, dans leur forme expérimentale.

Par réflexe, il caresse la cicatrice laissée par les deux crocs du spécimen Joséphine.

– Benjamin a vu les hybrides singes-chauves-souris. C'était la version 1.0 du projet Métamorphosis. Les Aerials en sont la version 2.0. Après le singe hybride, j'ai réussi à fabriquer un humain hybride. Je vous expliquerai tout lorsque nous aurons le temps. Pour le moment, il ne vous reste plus que deux minutes avant que votre barrage soit détruit.

Si je veux le convaincre, il faut que j'arrête de ciller et que je parle d'une voix plus grave et bien soutenue par le souffle, comme mon père me l'a appris.

– Plus qu'une minute.

Là, je l'ai bien prononcé.

Le président continue de la regarder fixement, alors que la tension ne cesse de monter.

– Elle bluffe ! murmure le général.

– Benjamin ? demande encore Légitimus.

– Au nom du principe de précaution, même s'il n'y a qu'une infime chance qu'elle dise la vérité, je ne prendrais pas le risque.

– C'est du bluff, je vous dis ! s'étrangle l'officier.

Alice regarde sa montre.

– Plus que quarante secondes.

Légitimus ne bouge toujours pas et continue de la fixer à la manière d'un joueur de poker qui hésite à surenchérir ou à abandonner.

– Trente secondes et nous serons tous dans l'obscurité.

Elle bat lentement des paupières.

Mon visage doit rester impénétrable.

– C'est bon, vous pouvez les faire venir, déclare enfin le président Légitimus. Mais pour l'instant je ne souhaite aucun contact entre vos chimères et nous. Elles resteront en isolement le temps que nous élaborions la meilleure stratégie. En contrepartie, elles seront nourries et à l'abri.

– Ai-je votre parole qu'aucun militaire ne s'en prendra à leur vie ? demande-t-elle.

– Vous l'avez.

Alors Alice Kammerer siffle trois fois.

52.

Autorisés à atterrir sur la grande place du village, les 829 hommes-chauves-souris apparaissent dans le ciel sombre comme une volée de moineaux, sous les yeux ébahis des militaires.

Ils sont ensuite guidés jusqu'à la salle de volley-ball d'un centre sportif, où sont installés des matelas au sol pour qu'ils puissent se reposer. On leur apporte également des couvertures et des soupes chaudes.

Dehors, la population des Valthorinois s'est rassemblée. Les habitants regardent à travers les vitres du gymnase, mi-médusés mi-effrayés.

Des soldats sont postés entre la foule et le bâtiment.

Alice, qui a accompagné les Aerials et Ophélie à l'intérieur, se penche vers Benjamin et lui glisse :

– J'espère que tout va bien se passer…

– Tu as la parole du président Légitimus comme garantie. Je le connais bien, depuis le temps que je travaille avec lui. Il respecte ses engagements.

Alice reste sceptique et fronce les sourcils.

– Et puis il y a moi. Rappelle-toi ce qu'on a appris en cours de sociologie à la fac : tous les rapports politiques et professionnels sont basés sur la confiance. Il faut trouver un mécanisme de gagnant-gagnant. Prouver qu'on a plus d'intérêt à fonctionner ensemble que les uns contre les autres.

Ils observent de loin les Aerials qui mangent, certains grelottant encore de froid, enveloppés dans les couvertures.

– Maintenant que tout le monde est au chaud, je t'invite à dîner chez moi. Je crois que nous avons beaucoup de choses à nous raconter, dit Benjamin Wells, encore tout ébahi d'avoir retrouvé l'amie chère qu'il pensait disparue dans l'espace.

– Ma fille, Ophélie, est avec moi et…

– Ta fille ? Tu as une fille ? s'étonne le ministre. Mais comment… ?

Alice désigne une silhouette plus frêle et dépourvue d'ailes au milieu des Aerials. Elle lui fait signe d'approcher.

– Ophélie, je te présente notre bienfaiteur et sauveur du moment : Benjamin Wells.

– En quoi est-il notre bienfaiteur ? demande la jeune femme aux cheveux mauves, méfiante.

– Il est à l'origine du projet Métamorphosis. C'est lui qui, en tant que ministre de la Recherche, l'a financé à l'époque. Et c'est lui qui aujourd'hui a fait pencher le président Légitimus en notre faveur alors que celui-ci hésitait à nous accueillir. Et c'est avant tout un ami.

– Je suis vraiment ravi de faire ta connaissance, Ophélie, dit Benjamin.

Ophélie répond d'un signe de tête, toujours sur la défensive.

Elle doit le prendre pour un has been lui aussi.

Après avoir prévenu Hermès, les trois humains quittent le centre sportif. Benjamin les guide dans les rues du village désert jusqu'à un grand chalet de bois au toit recouvert de neige. Un panache de fumée s'échappe de la cheminée.

Les deux femmes découvrent un intérieur confortable. De grands divans sont recouverts de fourrures, et au mur sont accrochés des cadres avec des photos de Val Thorens datant des années 2020.

– C'était comme ça, le monde d'avant la guerre ? dit Ophélie, surprise de découvrir ce qu'était jadis une station de ski.

C'est tout ça qu'on a perdu...

– Je vais vous préparer une spécialité d'ici, dit Benjamin en passant un tablier rouge portant l'inscription « C'est moi le chef ». Une fondue savoyarde. Posez vos affaires et allez vous asseoir à table.

– Non, on reste avec toi, dit Alice. Ça fait si longtemps que je n'ai pas vu une cuisine vraiment fonctionnelle...

Ensemble, ils réunissent les ingrédients nécessaires : du fromage, du vin blanc, de la noix de muscade, une gousse d'ail, du poivre, des croûtons de pain, un œuf.

Alice regarde, caresse et hume chaque ingrédient comme s'il s'agissait de denrées précieuses.

– J'imagine que vous avez dû traverser des épreuves et que vous avez connu des privations, mais rassurez-vous, ici nous ne manquons de rien.

Alice sourit, tandis qu'Ophélie examine elle aussi un à un les aliments.

– Maintenant que nous sommes enfin tranquilles, explique-moi, Benjamin, comment le gouvernement français d'avant-guerre s'est retrouvé dans cette station de ski.

L'ancien ministre de la Recherche dodeline de la tête.

– Lorsque la Troisième Guerre mondiale a commencé, la plupart des ministres du gouvernement ont pu se calfeutrer dans le bunker sous l'Élysée, le fameux QG Jupiter. Comme tu le sais peut-être, c'est un poste de commandement situé à soixante-dix mètres sous terre. Il a été construit en 1940 mais n'a jamais cessé d'être modernisé et agrandi. Dès que la guerre a éclaté entre l'Inde et le Pakistan, le président a senti que la situation allait vite prendre des proportions incontrôlables et que les destructions seraient sans commune mesure avec ce que l'on avait pu connaître dans le passé. Il a proposé à tous les membres du gouvernement de venir s'y réfugier, avec leurs femmes et leurs enfants, ainsi qu'à plusieurs généraux, des officiers supérieurs et quelques centaines de soldats triés sur le volet. Soit neuf cents personnes.

Benjamin règle le feu sous le poêlon alors qu'une délicieuse odeur de fromage fondu chaud se répand dans la cuisine.

– C'est là que nous avons attendu que les choses se calment.

– Neuf cents personnes dans le QG Jupiter ? Cela n'a pas dû être simple tous les jours dans le bunker.

Benjamin sourit.

– L'avantage, avec les militaires, c'est qu'ils savent organiser la vie en groupe.

L'ambiance devait être très différente de celle de New Ibiza. Quand je repense à la musique, aux gens bronzés et aux chemises hawaïennes dans un décor de cocotiers peints sur les murs…

– Ce qui nous a sauvés, c'est la discipline. Le président nous a ordonné de nous laver et de nous raser tous les jours. Ça peut paraître anodin, mais je crois que si nous étions restés sales, la situation aurait rapidement dégénéré.

Il a créé de la néguentropie là où il risquait d'y avoir de l'entropie.

– Nous avons continué à vivre presque normalement à l'intérieur du QG Jupiter. Il y avait une salle hospitalière, et nous avons fait de cet espace une crèche et une école. Il y a eu des mariages. Il y a eu des naissances. Il y a eu des divorces. Il y a eu des morts de vieillesse. Le ministre de l'Économie a géré les réserves de nourriture. Nous aurions pu tenir encore cinquante ans. Le ministre de l'Intérieur gérait l'ordre, le ministre de la Justice les litiges. Le ministre de l'Écologie nous incitait à produire le moins de déchets possible. Le ministre de la Condition féminine veillait à ce que les hommes participent autant aux tâches ménagères que les femmes. Nous avons même eu l'idée de procéder à une élection présidentielle pour maintenir la tradition. Et le président Légitimus a été réélu à chaque fois.

Benjamin goûte la mixture épaisse avec son doigt puis ajoute du sel.

– De mon côté, je sortais de temps en temps en combinaison de protection pour mesurer le niveau des radiations en surface. Je travaillais aussi à réparer l'antenne satellite extérieure de l'Élysée. C'est ainsi que j'ai pu la connecter à un satellite de l'armée et obtenir des informations sur ce qui se passait autour de nous. J'ai repéré des émissions électriques, qui, à mon sens, ne pouvaient être dues qu'à des zones d'activités humaines, mais je ne pouvais pas entrer en contact avec les survivants. Et puis j'ai découvert Val Thorens, épargnée du fait de sa position en haute altitude et de sa localisation dans une cuvette entourée de montagnes qui ont fait bouclier. Selon les informations engrangées par la mémoire du satellite, aucun nuage radioactif n'avait touché la région, en tout cas, pas dans des proportions dangereuses. C'était comme un havre de paix. Un écrin miraculeusement protégé. Un sanctuaire qui avait échappé aux tempêtes du monde.

– Tu n'as pas identifié d'activité électrique vers le Forum des Halles ? Ce n'était pourtant pas très loin de ton bunker et je crois que l'armée avait prévu de le réquisitionner en cas de guerre, l'interrompt Alice.

– Nous voulions quitter ce Paris dévasté où tout est en ruine, pour reconstruire sur un terrain éloigné, sain et propre.

– C'est pourtant là où je m'étais réfugiée. Et c'est là que sont nées ma fille et mes chimères. Mais poursuis ton récit. Mon histoire à moi est si longue qu'il nous faudra plusieurs dîners pour arriver au bout !

– Si tu le dis… Eh bien, j'ai fini par repérer une importante activité électrique à Val Thorens, qui indiquait qu'il y avait une population de survivants, reprend Benjamin. Le président a décidé l'évacuation des pensionnaires du QG Jupiter pour rejoindre ce lieu en montagne. Nous avons tous enfilé des tenues de protection anti-radiations et nous avons embarqué dans les gros hélicoptères de transport de troupes, restés intacts car mis à l'abri dès le début du conflit, avec le maximum de machines, d'armes et de matériel de survie. Et quand nous sommes arrivés à Val Thorens, nous avons en effet trouvé la population autochtone encore indemne. Près de mille habitants.

– Ils n'ont pas été effrayés de vous voir débarquer ainsi en force ?

– Paradoxalement, comme nous étions armés et en uniforme, ça les a rassurés. Et puis les Valthorinois ont reconnu le président Légitimus et ont estimé que, vu les circonstances, un chef d'État serait plus efficace pour gérer le monde d'après-guerre que leur maire.

– Il porte bien son nom, notre président Légitimus…, remarque avec une pointe d'ironie Ophélie, qui continue de faire le tour de la maison en détaillant chaque objet.

– Tu as raison, son élection démocratique d'avant-guerre lui conférait une certaine… légitimité. Le maire lui a tout de suite confié les clefs de la mairie pour qu'il s'y installe avec son gouvernement, ne conservant lui-même qu'un statut de consultant local. D'autant que la population avait suivi le début de la guerre à la télé et que tous étaient apeurés de l'évolution du monde extérieur à la vallée. Ils étaient contents de voir des militaires armés et des technocrates parisiens prêts à prendre des responsabilités pour gérer cette crise mondiale.

La peur, premier levier émotionnel.

– Et nous n'avons même pas eu besoin de recourir à de nouvelles élections. Légitimus avait conservé ici toute sa popularité.

De nouveau, Benjamin teste le contenu du poêlon. Il ajoute du vin blanc.

– C'est extraordinaire que tout fonctionne ici comme avant la guerre, s'exclame Ophélie.

– Cela tient pour beaucoup à la centrale hydroélectrique. Cette source d'énergie naturelle est inépuisable. Nous ne dépendons ni du pétrole, ni du nucléaire, ni du gaz, ni du soleil. Juste de l'eau, donc de la pluie et de la neige. Et ici on n'en manque pas. D'ailleurs, maintenant, tu peux me le dire : la menace sur la centrale était-elle réelle ou as-tu bluffé ?

Alice lui fait un clin d'œil.

– Si tu doutes, pourquoi avoir pris ma défense ?

– Peut-être par habitude. Par le passé je t'ai toujours soutenue, alors je continue.

Il goûte la fondue et cette fois fait un signe positif du pouce.

– C'est prêt !

De retour au salon, ils disposent sur la nappe assiettes et couverts, puis les croûtons de pain, et enfin l'appareil à fondue avec ses longues piques. Benjamin allume le réchaud à gaz qui permet de chauffer le caquelon. Puis il se dirige vers les escaliers et crie :

– À table !

On entend alors une porte qui s'ouvre à l'étage puis des pas dans l'escalier.

– Il y a quelqu'un d'autre ici ? dit Alice.

Un grand jeune homme entre dans la pièce. Alice remarque qu'il a la même forme de visage que tous les Wells, en triangle, pommettes hautes et menton pointu, avec de grands yeux noirs. Il porte une chemise de bûcheron jaune et noir et un casque sans fil sur les oreilles, qu'il ôte poliment lorsqu'il voit les deux femmes.

– Excusez-moi, j'ignorais que nous avions des invitées, je ne vous ai pas entendues arriver.

– Voici mon fils, Jonathan. Jonathan, je te présente Alice, une amie d'enfance et mademoiselle…

– … Ophélie. C'est ma fille.

Le jeune homme ne peut quitter du regard la jeune femme aux cheveux mauves et aux yeux gris clair.

Il doit avoir le même âge qu'Ophélie.

Est-ce que lui aussi considère que son père est un has been et qu'en tant que représentant de la nouvelle génération il est plus adapté au monde moderne que nous, les vieux nés avant la Troisième Guerre mondiale ?

– Elles font partie des « nouveaux arrivés », explique Benjamin.

– Maman était dans une station spatiale, précise Ophélie. Quant à moi, je suis née dans une communauté vivant à Paris, dans le métro, sous terre.

Jonathan signifie son étonnement par un sifflement d'admiration. Puis il dit :

– C'est donc vous qui êtes arrivées avec les hommes volants… Où sont-ils nés ?

– Comme Ophélie : conçus dans la station orbitale et nés dans les sous-sols parisiens, explique Alice.

– Assez palabré, je vous propose de dîner, intervient Benjamin. Je pense que vous avez faim, non ?

Ils se mettent à table.

Benjamin montre à Ophélie comment utiliser les piques pour

y placer les croûtons avant de les plonger, sans les perdre, dans le fromage fondu mélangé au vin blanc.

Les convives apprécient ce repas chaud et ludique à la fois.

Benjamin sert à tout le monde un verre de gewurztraminer. Le vin au goût légèrement sucré participe à la détente générale.

– Et qui est la maman de ce charmant jeune homme ? questionne Alice entre deux bouchées.

– J'ai eu Jonathan avec Fabienne, la ministre de la Jeunesse et des Sports.

– Elle ne se joint pas à nous ? insiste Alice, curieuse.

– Maman a fait une chute en pratiquant l'alpinisme sur le mont Blanc. Elle s'est juste brisé une jambe et elle aurait pu s'en sortir. Mais alors qu'elle tentait de rejoindre la station elle a été attaquée par une meute de loups. Et elle n'y a pas survécu.

Ophélie est très surprise.

– Des loups ?

Benjamin explique :

– La vie sauvage a repris ses droits ici. Il y a des loups, des ours, des aigles et même des lynx et des vautours.

– C'est horrible, je suis sincèrement désolée, dit Alice. Toutes nos condoléances.

– Merci, répond Benjamin. Le plus surprenant est que certains de ces animaux sauvages sont les descendants de fugitifs du zoo qui se trouve au fond de la vallée, le parc animalier du Creuset. C'est ce que m'ont raconté les Valthorinois. Il paraît même que ces animaux ne se reproduisaient pas en captivité. Pourtant, dès qu'ils ont été libérés, ils ont proliféré.

– Nous ne sommes plus au sommet de la chaîne de prédation, ajoute Jonathan. Nous sommes parfois le gibier d'autres espèces. Il y a eu d'autres victimes d'animaux sauvages. Ici ces attaques font un peu partie des risques quotidiens.

– C'est aussi pour cela que le président Légitimus a ordonné la construction d'un mur d'enceinte, reprend Benjamin.

Il avale un croûton recouvert de fromage coulant et poursuit :

– Le père de cette charmante jeune femme n'est pas avec vous ?

– Simon Stiglitz était un brillant scientifique qui m'a beaucoup aidée à réussir mes premiers hybrides, répond Alice. Il est mort en défendant les chimères contre des fanatiques racistes.

Benjamin et Jonathan présentent leurs condoléances aux deux femmes.

– Et… hum, enfin ces…

Jonathan peine à trouver ses mots.

– Aerials. Ce sont des Aerials, intervient Ophélie.

– Merci… oui, ces Aerials, comment sont-ils, je veux dire du point de vue psychologique ? Sont-ils reconnaissants aux humains de les avoir créés ?

– Pour l'instant ils ont toujours été très corrects avec nous deux, répond Alice.

– Sont-ils vraiment fiables ? insiste Benjamin.

– C'est moi qui les ai fait naître, qui les ai instruits et éduqués. Je leur ai appris à parler, à lire, à écrire, à compter, je leur ai enseigné l'histoire, la géographie, la littérature, la science comme cela se faisait jadis dans les écoles, et je crois que je les connais mieux que personne. Cependant, je ne peux pas savoir ce qu'il y a vraiment dans une tête à moitié chiroptère, avoue la scientifique.

– Quand même, tu dois bien avoir ta petite idée, la taquine le ministre.

– Ce que je peux te dire, c'est que plus je les connais, plus je les trouve passionnants. Ils ont une philosophie, une littérature, un art de la chorégraphie aérienne, une musique qui leur sont propres et qui ne ressemblent ni à ceux de notre civilisation des *Homo sapiens*, ni d'ailleurs à ceux des deux autres espèces hybrides. À mon avis, parce que leur pensée est différente de la nôtre, ils sont capables d'accomplir de grandes choses dans beaucoup de domaines.

Benjamin pousse un long soupir, puis ressert du vin à tout le monde.

– Très bien, si tu t'en portes garante…, dit-il sur un ton qui ne laisse aucun doute sur son scepticisme. J'en ai déjà parlé au président Légitimus. Nous allons nous organiser pour les héberger, mais je ne te cache pas que vu la « spécificité » de tes amis, pour l'instant, je crois que le mieux est qu'ils restent à l'écart dans une zone limitrophe de Val Thorens. J'ai vu qu'ils faisaient peur à nos enfants…

Les enfants sont naturellement méfiants envers tout ce qui est nouveau.

– Je crois qu'il faudra un certain temps pour habituer les Valthorinois à cette présence, disons… exotique, ajoute-t-il sans laisser à Alice le temps de répondre. Quant à vous deux, je vous héberge ici, chez moi, avec plaisir. Ce chalet est grand et confortable.

Chacun se régale, puis Jonathan brise un œuf au fond du caquelon pour récupérer les restes de fromage fondu.

– Bien, dit Alice, l'œil malicieux. Maintenant que nous avons renoué le contact, tu sais la question que je vais te poser pour la fin de ce repas.

– La charade du savoir relatif et absolu ?

– Parfaitement.

– C'est quoi ? demande Ophélie.

– Une plaisanterie qui date d'avant la guerre. Benjamin m'avait posé l'énigme suivante, selon lui attribuée à Victor Hugo : mon premier est bavard, mon deuxième est un oiseau, mon troisième est au café et mon tout est une pâtisserie. J'y ai réfléchi et je n'ai jamais trouvé la solution. Benjamin m'avait juste dit : « On ne trouve pas parce que c'est trop facile. » Maintenant que nous sommes de nouveau ensemble après tout ce temps, peux-tu me donner la réponse ?

– Voyons, Alice, tu auras encore plus de plaisir si tu trouves toute seule.

Il m'énerve. Je n'aime pas quand on me fait marcher.

La fatigue se lit sur le visage des deux femmes. Attentif, Benjamin propose de les accompagner jusqu'à leurs chambres. Jonathan prend lui aussi congé et remonte l'escalier, son casque sur les oreilles.

La chambre où s'installe Ophélie a une salle de bains attenante. Elle découvre la joie de prendre un bain dans une baignoire avec de l'eau chaude et du savon moussant, de se brosser les dents avec de l'eau sans peur qu'elle soit irradiée et savoure à l'avance l'idée de se coucher dans un vrai lit avec une couverture et deux oreillers. Puis elle ouvre une armoire et y découvre plusieurs vêtements pour homme et femme de toutes tailles. Elle sélectionne une nuisette et se glisse entre les draps.

À peine a-t-elle éteint la lumière de sa lampe de chevet que, écrasée par les émotions de la journée et la digestion de la fondue, elle s'endort.

53.

ENCYCLOPÉDIE : RECETTE DE LA FONDUE SAVOYARDE.

Ingrédients pour une fondue savoyarde pour 4 personnes :
400 g de comté
400 g de gruyère
400 g de beaufort
500 g de pain
30 cl de vin blanc sec
3 cl de kirsch
moutarde, sel, poivre, muscade, ail
un jaune d'œuf (facultatif)
1/ Commencez par couper les différents fromages en tranches fines.
2/ Frottez le caquelon à fondue avec une gousse d'ail épluchée.
3/ Chauffez le caquelon.
4/ Disposez à proximité de vous l'ensemble des ingrédients : fromages, moutarde, sel, poivre, muscade, vin blanc.
5/ Versez la moitié du vin blanc sec dans le caquelon et chauffez pendant cinq minutes à feu fort.
6/ Mettez le caquelon sur feu doux pour éviter de brûler le fromage et plongez au fur et à mesure les tranches de fromages dans le caquelon.
7/ Laissez fondre, sans cesser de mélanger en un mouvement en huit, jusqu'à ce que la fondue devienne lisse et homogène.

8/ Incorporez une cuillère de moutarde, de la noix de muscade râpée, du poivre et l'ail haché.
9/ Arrosez de temps en temps le mélange avec du vin blanc. Ajoutez 3 cl de kirsch.
10/ Laissez cuire encore cinq minutes sans cesser de faire des huit.
Dégustation : chaque convive utilise une pique, y plante un cube de pain et le plonge dans le fromage.
À la fin vous pouvez ajouter un jaune d'œuf et le mélanger avec le restant du fond du caquelon.

Encyclopédie du Savoir Relatif et Absolu.

54.

Alice ouvre un œil.
Il fait encore bien sombre.
Elle regarde sa montre.
2 h 20.
Oh non.
Ce doit être le vin blanc qui ne passe pas. Ou le fromage. Ou les deux. C'est quand même un plat sacrément lourd à digérer. J'aurais dû être plus raisonnable.
Elle reste immobile dans son lit, les yeux grands ouverts.
J'ai trop d'idées qui tournent dans ma tête pour parvenir à retrouver le sommeil.
Elle se lève et ouvre l'armoire. Un peignoir rose y est suspendu et des pantoufles de la même couleur sont posées au sol. Elle s'emmitoufle avec plaisir.

Mon père m'avait dit : si tu n'arrives pas à dormir, sors de ton lit, quitte ta chambre et occupe-toi. Avec n'importe quoi. Lis un livre. Écoute de la musique. Fais du tricot ou un puzzle.

La femme aux yeux verts décide d'aller sur la terrasse qui jouxte le salon du chalet. La neige a cessé de tomber et une lune resplendissante éclaire le paysage recouvert d'une couche de crème blanche légèrement brillante.

Des bruits de pas légers se font entendre derrière elle.

– Cigarette ? propose Benjamin lui aussi en peignoir et en pantoufles.

– Je n'ai plus fumé depuis des décennies, mais là je crois que je vais faire une exception.

Elle prend la cigarette qu'il lui tend, l'allume et aspire une grande bouffée de fumée aromatisée à la menthe. Elle la garde dans les poumons, ce qui la fait douloureusement grimacer et lui donne une envie de tousser qu'elle parvient à contenir. Elle sourit en serrant les dents, puis souffle très lentement. Le soulagement est immédiat.

– Quand je t'ai vue tout à l'heure, c'était comme si l'univers avait décidé que nous avions encore des choses à accomplir ensemble, déclare Benjamin.

Un hibou pousse son hululement caractéristique.

– Je crois que, lorsque quelque chose doit se produire mais ne s'est pas produit, l'univers se débrouille pour que la situation se présente à nouveau, poursuit-il.

– D'après toi, le futur serait donc déjà écrit ? dit Alice en regardant la fumée de sa cigarette s'envoler vers le ciel étoilé.

– Oui. Mais je crois aussi au libre arbitre. En fait, je vois un peu le karma comme un système de GPS. Notre destination finale est programmée avant notre naissance. Le chemin reste tracé. Mais c'est nous qui choisissons avec notre libre arbitre à chaque carrefour si nous allons à droite, à gauche, ou tout droit...

– Et que se passe-t-il si on veut faire demi-tour ou s'arrêter ?

– C'est possible. Mais quoi qu'il en soit, le GPS calcule un nouvel itinéraire pour permettre d'atteindre l'objectif fixé par notre âme avant notre naissance.

Elle souffle une nouvelle bouffée de tabac.

– J'aime bien ta métaphore.

– En fait, pour moi, destinée et libre arbitre cohabitent. Quand je t'ai vue surgir ici après toutes ces péripéties, je me suis dit : c'est un signe. On a quelque chose à faire ensemble.

Benjamin s'approche d'Alice les yeux brillants et lui caresse les cheveux.

Je suis tellement contente de le retrouver moi aussi et pourtant, je... ne crois pas que nous deux ça puisse fonctionner.

– Tu sais, dit-elle très doucement, nous avons toi et moi vécu en couple et nous avons tous les deux eu un enfant, ça change beaucoup de choses...

– Justement, ce n'est plus la rencontre d'adolescents immatures. Nous avons perdu les illusions de notre jeunesse.

Benjamin lui prend la main et l'embrasse.

– Bonne nuit, Benjamin, dit Alice en retirant délicatement sa main.

– Attends ! dit-il tandis qu'elle tourne les talons. Tu veux savoir la réponse à la charade ?

Elle fait volte-face et lui sourit.

– Serais-tu enfin prêt à me la livrer ?

– Je te préviens, tu vas être déçue par le niveau de facilité. Donc... mon premier est bavard : c'est donc... bavard. Mon deuxième est un oiseau, c'est donc… oiseau. Mon troisième est « au café », c'est donc… au café. Donc la solution est bavard-oiseau-au café. Ce qui donne la pâtisserie : bavaroise au café.

Alice éclate de rire.

– Cette charade est vraiment nulle ! Tu t'es bien moqué de moi.

– Non, répond Benjamin avec sérieux. Je t'ai juste montré que parfois, on ne pense pas à une solution parce qu'elle est trop évidente.

De retour dans sa chambre, Alice se couche avec un sentiment étrange.

Finalement cette blague sur les choses tellement flagrantes qu'on ne les voit pas est vraiment subtile.

55.

Ce matin-là, ce n'est pas le cri du coq de bruyère de la forêt de Cucufa qui réveille Ophélie, mais le brame d'un cerf.

Elle ouvre un œil, puis l'autre. Par la fenêtre sans volets, le soleil pénètre dans la pièce aux murs lambrissés. Elle se rappelle comment elle est arrivée dans cette nouvelle chambre, puis hume les draps propres qui sentent la lavande, se retourne et tente de replonger dans le sommeil.

On frappe à la porte.

Avant même qu'elle ait répondu, un visage triangulaire qu'elle ne reconnaît pas tout de suite la salue dans l'embrasure.

– Ça vous dirait d'aller skier ?

Ophélie se relève sur les coudes, la main en visière pour protéger ses yeux gris clair du soleil. C'est Jonathan. Le jeune homme, déjà habillé, porte une tenue fluo rouge et des lunettes de soleil relevées sur son front.

– Skier ? répète-t-elle en bâillant. Ça veut dire quoi déjà ? Je crois que j'ai vu ça dans des vidéos, mais comme j'ai essentiellement vécu sous terre et en forêt, cette notion m'échappe un peu.

– On monte et on descend les pentes enneigées sur de fines planches… jusqu'à ce qu'on chute et qu'on se fasse mal, répond le jeune homme avec un sourire.

Elle sourit en retour.

– Évidemment, c'est tentant.

– Mais d'abord, commençons par petit-déjeuner, annonce-t-il.

Il ouvre la porte en grand et entre, chargé d'un immense plateau, avec du café, une omelette, des croissants et un verre de jus d'orange, qu'il dépose sur le lit.

– Le jus d'orange est de la poudre chimique à laquelle on ajoute de l'eau, mais le reste est fabriqué ici : les œufs sont issus de poules locales et les croissants d'un boulanger qui utilise de la vraie farine produite à partir d'un petit champ de blé qu'on entretient sous serre, en dehors de la ville.

Ophélie prend une bouchée de croissant.

– Délicieux.

– Mon père prétend que tant qu'on mange bien, la civilisation ne s'effondre pas. Selon lui, c'est la gastronomie qui nous différencie des animaux. Après tout, nous sommes les seuls êtres vivants qui passent du temps à mélanger des ingrédients différents, à les faire chauffer, à les transmuter et à les servir avec un souci esthétique au lieu de les dévorer tels quels dès qu'on les trouve dans la nature.

– Je n'avais jamais vu les choses sous cet angle, reconnaît-elle, amusée.

– Mon père est aussi un excellent cuisinier, ajoute Jonathan tout en s'asseyant sur le rebord du lit. J'essaie d'approcher son talent. Je me demandais… Que mangiez-vous avant d'arriver ici ? Comment vous nourrissiez-vous ?

– À Cucufa, nous avons réussi à cultiver la terre, mais nous produisions peu de variétés différentes, admet-elle. Et puis il y avait les conserves que nous trouvions dans les maisons. De toute façon, Maman est nulle en cuisine.

Ophélie hausse soudain les épaules d'un air agacé qui n'échappe pas à Jonathan.

– J'ai senti au ton sur lequel vous vous parlez et à votre manière de vous regarder qu'il y a une certaine tension entre vous et votre mère. Je me trompe ?

La jeune femme réfléchit un instant.

– Maman est dépassée par un monde qu'elle a elle-même engendré. Et puis… elle veut toujours tout contrôler. Elle ne fait pas confiance à la vie.

– Ni à vous ? ose Jonathan.

– À son époque, elle était probablement parmi les plus avant-gardistes, mais elle n'a pas compris que les temps avaient changé. On ne peut plus vivre comme on vivait il y a vingt-cinq ans ! A fortiori après une guerre.

– Je comprends. Mon père aussi est un peu dépassé par le monde tel qu'il est aujourd'hui, dit le jeune homme. Vous avez vu le gouvernement ? C'est un club du troisième âge qui fait tout pour que rien ne change. Ce n'est pas en améliorant la bougie qu'on a inventé l'éclairage électrique…

– Comme s'ils n'avaient toujours pas intégré que reproduire

les mêmes solutions engendrera les mêmes conflits ! C'est dingue, s'agace Ophélie en attaquant son omelette à grands coups de fourchette.

– C'est exactement ça, approuve Jonathan. Je ne suis pas le seul jeune ici, vous savez, et toutes les décisions importantes sont prises sans jamais nous consulter. Grâce à la médecine, Légitimus est toujours en bonne santé. Lui et sa bande peuvent encore régner trente ans si on les laisse faire.

Jonathan se lève et s'approche de la fenêtre.

– Un jour, mon père m'a expliqué qu'avant, les gens râlaient pour un oui ou pour un non. Et qu'ils le faisaient savoir par des grèves, des manifestations, voire des révolutions.

– Vous voulez faire la révolution ? s'étonne Ophélie.

– Je veux inventer une nouvelle manière de vivre ensemble qui permette aux jeunes de s'exprimer et d'être plus créatifs.

La jeune femme regarde Jonathan, qui lui tourne le dos. Elle ne voit plus l'adolescent attardé avec son casque planté sur la tête de la veille, mais un homme dans la fleur de l'âge avec des convictions qu'il est prêt à défendre. Et ce changement lui plaît.

– Je vous attends en bas, d'accord ? finit par proposer Jonathan avant de quitter la pièce, le plateau dans les mains.

Quelques dizaines de minutes plus tard, ils se retrouvent dans un magasin de matériel de ski. Jonathan lui choisit un gros anorak mauve, des chaussettes, un bonnet et des gants, des skis, des chaussures. Ophélie est impressionnée par ces dernières, aussi volumineuses que rigides.

Enfin, elle est prête.

– Donc on monte et on descend, c'est ça ? dit-elle tandis qu'elle chausse ses skis.

– Le problème, c'est que les téléskis et les télésièges ne fonctionnent plus, faute de pièces de rechange.

– Et vos hélicoptères ?

– Ils sont rapidement devenus hors d'usage. De toute façon, nous n'avons plus d'essence. La seule manière de monter reste donc de grimper à pied.

– Ça doit être épuisant, s'inquiète Ophélie.

– C'est un coup à prendre, la rassure Jonathan en fermant ses chaussures. C'est vrai que certaines montées prennent une matinée entière pour une descente de quelques minutes.

– J'ai peut-être une solution.

Ophélie déchausse ses skis et rejoint tant bien que mal, chaussures de ski aux pieds, le centre sportif où les Aerials ont été installés. Elle retrouve Hermès et lui dit :

– J'ai besoin de toi.

Elle lui explique le projet. Hermès, d'abord intrigué, est vite amusé par l'idée de devenir un télésiège vivant.

C'est donc portés à bout de pattes par deux hommes-chauves-souris qu'Ophélie et Jonathan partent skier. Deux autres Aerials portent leurs skis.

– Je n'avais pas compris que leurs ailes étaient formées par une membrane tendue entre leurs très longs doigts, hurle Jonathan pour surmonter le bruit du vent et des ailes qui brassent l'air.

– Ils ont gagné des ailes et perdu des mains, répond Ophélie en criant à son tour. Mais ils ont développé leurs jambes et leurs pieds qui sont comme des bras et des mains de substitution. Leurs orteils sont d'ailleurs longs et souples comme des doigts.

Ils volent au-dessus des sapins enneigés et l'air se fait de plus en plus piquant. Ophélie apprécie son gros anorak.

– Je vais mettre une musique qui pourrait sublimer cet instant, dit Jonathan.

Il déclenche son smartphone. Une musique symphonique résonne dans le ciel.

– C'est quoi ? demande Ophélie.

– La musique du film *Jonathan Livingston le goéland*, créée et interprétée par Neil Diamond. C'est parce qu'ils adoraient cette musique que mes parents m'ont prénommé ainsi.

Les deux jeunes gens savourent à fond cet instant où ils sont suspendus au-dessus des sommets immaculés, portés par des humains-chauves-souris, avec la sublime musique de Neil Diamond en arrière-fond.

– Où vous dépose-t-on ? demande l'Aerial qui porte Jonathan.

– Là ! C'est la pointe du Bouchet, un beau sommet. De quoi faire une longue descente.

Les deux Aerials portent leurs passagers jusqu'au point désigné et les y déposent. Les deux autres, porteurs des skis, se déchargent eux aussi de leur fardeau.

Ophélie ferme les yeux et prend une longue inspiration.

Ici tout lui semble pur, frais, clair.

Elle rouvre les yeux. Ce panorama est ce qu'elle a vu de plus beau de toute sa vie.

– Voilà l'endroit où la Troisième Guerre mondiale n'a pas encore tout gâché, déclare Jonathan Wells.

Hermès s'approche du couple.

– À quelle altitude se trouve Val Thorens ? demande-t-il.

– Deux mille trois cents mètres.

– Et selon vous, ici, nous sommes à combien ?

– Disons trois mille quatre cents mètres.

L'Aerial désigne un sommet plus au fond.

– Comment s'appelle cette montagne ? Elle a l'air encore plus haute.

– Elle l'est : c'est le mont Blanc. Le point le plus haut de France. Il culmine à quatre mille huit cents mètres d'altitude.

L'homme-chauve-souris regarde le sommet avec intérêt.

– Je me demande ce qu'on peut voir de là-haut.

– Malheureusement, impossible de s'y rendre à ski, dit Jonathan.

– À ski, non, mais à tire-d'aile, oui ! répond Hermès tandis qu'il fait signe aux trois autres Aerials de s'approcher. Ça vous dirait d'aller là-bas ?

Il leur désigne le mont Blanc. Les trois approuvent.

– OK, les Sapiens, nous allons rentrer en ville nous équiper de bonnets, de gants et de gros anoraks bien chauds, et nous allons essayer d'atteindre le sommet du mont Blanc. Quant à vous, si j'ai bien compris, vous allez… descendre en glissant. On se retrouve ce soir pour dîner ?

Ils s'en vont. Les deux humains restent seuls.

– Le dénivelé est quand même un peu… impressionnant, dit Ophélie.

– Nous allons prendre une pente douce pour que tu puisses te familiariser avec les sensations, la rassure Jonathan en passant au tutoiement. Mais commence déjà par fixer tes chaussures sur les skis.

Il lui montre comment procéder et elle a l'impression d'avoir les pieds bloqués.

– Tu sais, dit Jonathan en ajustant ses lunettes, ton idée d'utiliser les Aerials comme télésièges vivants va leur permettre d'être plus facilement admis par les Valthorinois. Tous adorent le ski et ils peinent à monter les pentes à pied. Ici, le ski est une religion.

– Je vais essayer de trouver d'autres idées pour promouvoir cette nouvelle espèce humaine auprès de l'ancienne, promet Ophélie.

Ensuite Jonathan lui explique comment descendre en chasse-neige en utilisant les bâtons et comment prendre les virages.

Elle tente de le suivre mais chute à plusieurs reprises.

– Tu es trop crispée. Détends-toi, laisse-toi porter par la pente.

Ophélie parvient à dépasser sa peur et à trouver un certain plaisir à glisser dans la poudreuse.

– Très bien ! Continue comme ça.

Il lui explique comment garder les épaules face à la pente tout en maîtrisant son équilibre pour pouvoir à tout moment freiner ou s'arrêter.

– C'est plus facile que je le croyais, reconnaît Ophélie.

Au fur et à mesure qu'elle surmonte ses appréhensions, son front, ses sourcils et ses lèvres se décrispent.

– Je me sens prête à essayer avec ta technique, les skis parallèles. Comment dois-je faire ?

Jonathan prend le temps de bien lui apprendre le principe du virage skis parallèles. Le corps de la jeune femme enregistre le mouvement et les sensations. Après quelques dizaines de minutes de glisse, ils descendent tous les deux la piste en slalomant. Ils font une pause sur la terrasse d'un chalet-restaurant abandonné.

– Je commence à bien me plaire ici, déclare Ophélie.

Au-dessus d'eux passent Hermès et ses trois compagnons d'exploration qui se dirigent vers le mont Blanc.

– Je dois avouer que je les trouve très beaux, ces hommes chauves-souris à la peau si claire, dit Jonathan.

– Parmi les théories de Maman, il y en a une qui m'a toujours intriguée : que le projet secret de Mère Nature serait de produire de la beauté. Ça expliquerait, selon Maman, qu'il existe de si magnifiques papillons et des fleurs si merveilleuses.

– C'est une jolie théorie, mais la notion de beauté n'est-elle pas subjective ? Et puis la fonction esthétique des végétaux et des animaux n'a qu'un objectif, je crois : les fleurs sont belles pour attirer les insectes qui vont les polliniser, et les oiseaux chantent mélodieusement pour attirer les femelles qu'ils vont pouvoir féconder.

– Certes ! Mais regarde ces cimes enneigées, si belles. Les montagnes femelles ne sont pas esthétiques pour attirer les montagnes mâles, il me semble !

Ils rient de bon cœur.

– Peut-être que si des extraterrestres venaient nous rendre visite, ils trouveraient ça très laid, reprend le jeune homme. Et cette impression de perfection esthétique provient peut-être seulement de la diversité présente dans la nature. Quand tu vas manger dans un self-service et qu'on te propose une multitude de plats, il y en a forcément que tu apprécies plus que d'autres. Donc tu ne taris pas d'éloges sur ce self, alors qu'objectivement il est loin d'être un restaurant gastronomique.

– Ton raisonnement se tient, admet Ophélie. On continue la descente ? J'aimerais bien tenter une piste plus raide, pour aller plus vite. C'est possible ?

Jonathan éclate de rire.

– Comme tu es intrépide ! Mais tu es instinctive et douée, alors c'est parti pour une piste un peu plus raide !

Ils s'élancent, filent dans les champs de neige. Tandis qu'ils s'arrêtent de nouveau pour admirer le paysage, ils voient un groupe d'une vingtaine d'Aerials qui se dirigent vers le mont Blanc.

– Oh, c'est extraordinaire ! s'écrie Jonathan, impressionné par la nuée d'hybrides qui se déplacent dans le ciel.

– Je crois qu'Hermès a convaincu tout un groupe de partir découvrir le sommet du mont Blanc.

Elle lance un salut dans leur direction. Le roi des Aerials à l'avant du groupe lui répond par un looping.

– Comment fais-tu pour les reconnaître ? J'ai l'impression qu'ils se ressemblent tous…

– Plus tu les côtoies, plus tu apprends à les différencier. Quant à Hermès, j'arrive désormais à l'identifier de loin, car il est un peu plus grand que les autres et il a une manière de voler particulière. Il bat les ailes comme ça.

Et elle mime avec les bras un mouvement ample et gracieux.

– Alors que les autres volent plutôt comme ça.

Elle effectue des mouvements de bras plus mécaniques.

– C'est comme reconnaître un humain par sa démarche ou un poisson par sa manière de nager.

Jonathan est amusé par la comparaison.

– Et pourquoi se nomme-t-il comme le dieu de l'Olympe ?

– C'est Maman qui en a eu l'idée.

Hermès continue d'effectuer des figures aériennes de plus en plus compliquées comme pour l'impressionner.

– Ta maman semble très attachée à ses chimères, dit Jonathan.

– Elle répète depuis leur naissance qu'elle n'est pas comme Frankenstein qui avait peur de sa propre créature. Elle, elle les aime comme… comment dire…

– Comme ses enfants ?

– Peut-être même un peu plus, répond Ophélie. Grâce à Hermès, nous connaissons cette sensation incroyable de voler. Et Maman adore voler.

Hermès, après avoir effectué un signe d'adieu, reprend la tête de sa troupe d'Aerials et s'éloigne.

Ophélie lève le bras pour le saluer en retour.

56.

ENCYCLOPÉDIE : CHIMÈRES.

Le mot « chimère » vient du grec *Khimaira*, qui désigne une créature de la mythologie grecque composée d'un corps de chèvre, d'une tête de lion et d'une queue de serpent.
Homère, dans l'*Iliade*, évoque précisément ce personnage élevé par le roi Amisodarès.
Mais Khimaira n'est pas la seule. Dans la mythologie grecque, les chimères sont nombreuses. Les centaures sont décrits comme pourvus d'un torse et d'une tête d'homme, le reste du corps étant celui d'un cheval. Ils se tiennent donc à quatre pattes. Ils étaient violents, alcooliques et obsédés sexuels. L'un des plus célèbres est Nessus, qui tente d'enlever l'épouse d'Hercule, qui le combattra et le tuera. Le Minotaure, corps d'homme et tête de taureau, est quant à lui le fruit des amours de Pasiphaé, épouse de Minos, roi de Crète, et d'un taureau blanc. Enfin, le satyre a un buste et une tête d'homme et des pattes et des cornes de chèvre. Il est à la fois comique et lubrique.

Parmi les plus célèbres, la mythologie a retenu Égipan, l'ami du dieu Pan, et Marsyas, gardien des rivières, qui jouait de la double flûte.
Dans la mythologie égyptienne, Bastet, une déesse à corps de femme et à tête de chat, est la déesse protectrice des femmes enceintes et des enfants. Elle est la garante de la joie dans les foyers.
Quant aux sirènes, elles ont un torse et une tête de femme mais le bassin et les jambes remplacés par un corps de poisson à écailles. Parmi les plus célèbres, nommons Thelxinoé, qui arrive à charmer l'esprit des hommes par son chant magique ; Leucosie, qui a un corps tout blanc ; et Aglaopé, censée avoir le plus beau visage parmi les sirènes.
Les Harpies, présentes dans les mythologies romaine et grecque, ont un corps de femme et des bras ailés d'aigle. Ce sont les créatures de la vengeance divine. Elles dévorent tout, ne laissant que des excréments.
Le sphinx est l'une des chimères les plus connues. C'est justement le fils de Khimaira. Il a un torse et un visage de femme, le reste du corps étant celui d'un lion pourvu d'ailes d'oiseau. Le sphinx dévore les hommes qui ne savent pas résoudre les énigmes qu'il pose. Il est célèbre pour avoir été vaincu par Œdipe, qui a trouvé la solution à son énigme sur l'homme.
Dans la mythologie hindouiste, Ganesh est le fils de Shiva et de Parvati. Il a le corps d'un enfant obèse et une tête d'éléphant à une seule défense. C'est le dieu de la sagesse, de l'intelligence mais aussi de l'humour.
Dans la mythologie nordique, les berserkers sont des guerriers humains qui prennent l'esprit des animaux :

sanglier, loup ou ours. Ainsi, durant les combats, leur tête se transforme pour prendre l'apparence d'un de ces trois animaux dès qu'ils se mettent en colère.
Parmi les chimères les plus récentes, on peut aussi citer Mothman, l'homme-papillon. Créature composée d'un corps d'homme pourvu d'ailes de papillon, l'homme-papillon est censé avoir été observé à Point Pleasant, dans l'État de Virginie-Occidentale, aux États-Unis, en 1966, où sa statue est depuis devenue une attraction touristique. Un festival annuel lui est même consacré.

Encyclopédie du Savoir Relatif et Absolu.

57.

Des enfants aerials tournoient dans le ciel comme des oiseaux. Certains portent des petits Sapiens qui se montrent ravis.

Les jours passent et l'installation des Aerials dans la communauté de Val Thorens se fait beaucoup plus aisément que ne l'avait imaginé Alice.

Comme l'avait déjà signalé Benjamin Wells, la ville a connu un développement autonome depuis la Troisième Guerre mondiale. L'arrivée du président, des ministres et des militaires a permis d'augmenter l'efficacité de tous les secteurs, générant une agriculture et une industrie locales performantes. Les habitants bénéficient d'une autonomie énergétique grâce à la centrale hydroélectrique installée sur le barrage. Beaucoup parmi les Valthorinois sont résignés à ne plus jamais redescendre dans le monde des plaines de l'Ouest, considéré comme irradié ou rempli d'espèces mutantes dangereuses. Si bien que ce petit territoire perché au-dessus des nuages est devenu un vrai écrin sanctuaire.

Comme l'a prévu Jonathan, le fait que les hommes-chauves-souris remplacent les télésièges s'avère un excellent moyen de les rendre sympathiques, puis indispensables aux Valthorinois, férus de ski et de découverte des sommets alpins. Les Aerials permettent aussi d'installer des ponts en haute altitude en tendant des câbles au-dessus des gouffres, des crevasses et des ravins, de détecter les hordes de loups depuis les hauteurs, de transporter des matériaux sur de grandes distances. Et parfois même, ils sauvent des skieurs ensevelis sous des avalanches.

Si bien qu'un jour le président Stéphane Légitimus en personne propose qu'on accorde le statut de citoyens à part entière aux hommes-chauves-souris. Ils jouissent ainsi du droit de vote, des services scolaires, médicaux et de sécurité, ainsi que d'un droit à la retraite pour ceux qui travaillent. Légitimus, dans la foulée, crée un poste d'ambassadeur des Aerials auprès des humains. Pour montrer son modernisme, il intègre un Aerial dans son gouvernement au poste de ministre des Transports. Et, au sein de l'Assemblée des députés, les hybrides obtiennent huit des quatre-vingts sièges.

Dans les premiers temps, les hybrides s'installent, comme l'avait proposé le président Légitimus, dans un ghetto en banlieue sud de Val Thorens. Là, ils aménagent les chalets déjà existants, notamment en les garnissant de lits verticaux.

Seul bémol : les Valthorinois n'apprécient guère les habitudes alimentaires des Aerials, comme leurs plats à base de loup, d'ours ou d'aigle. Passé l'étonnement et la méfiance, certains Valthorinois, en quête de sensations fortes, se sont pourtant aventurés dans le « quartier aerial », comme jadis on se hasardait dans Chinatown ou Little Italy, à New York, pour goûter ces mets exotiques dans les petits restaurants aerials qui se sont ouverts.

Les Aerials ont adapté leur gastronomie aux goûts de leur clientèle sapiens. Le loup, par exemple, est bouilli en pot-au-feu avec des légumes ; les filets d'ours sont frits façon tempura et recouverts d'une sauce très piquante qui camoufle leur goût puissant ; l'aigle est rôti au four et servi accompagné de châtaignes. Les brochets de rivière sont délicieux en sushis. Mais l'aliment le plus prisé des Aerials et des Sapiens reste le foie gras de vautour, dont plus d'un vieux consommateur sapiens reconnaît qu'il est plus savoureux que le foie gras de canard.

Pour parfaire leur intégration, les hommes-chauves-souris ont formé des groupes de rock qui jouent, en plein air et en lévitation, une sorte de hard rock pour flûtes à bec, flûtes de Pan ou traversières, qu'aiment beaucoup les jeunes Sapiens. Et souvent, les concerts se transforment en fête populaire : les jeunes Valthorinois aiment être emportés par les jeunes femmes et les jeunes hommes aerials, qui les font danser en virevoltant à quelques mètres au-dessus du sol.

Et c'est ainsi que, après neuf mois, Alice estime que la greffe est réussie. Le mélange de ces deux espèces humaines est harmonieux.

Justement, ce soir, les Aerials ont organisé un grand concert et beaucoup de jeunes Valthorinois sont venus danser sur le rythme endiablé des flûtes de Pan électriques.

Alors que la fête bat son plein, Hermès repère dans la foule Ophélie. Il la rejoint et l'invite à participer à une ronde aérienne. Elle se retrouve à tourner alors qu'elle tient dans sa main droite le pied d'Hermès et dans sa main gauche le pied d'un autre Aerial. Elle est suivie par d'autres Sapiens, emportés pour traverser des cercles d'Aerials en lévitation.

Après les morceaux à danse collective viennent les morceaux à deux. Les Aerials ont mis au point des passes en lévitation où ils lancent leur partenaire homme ou femme sapiens en l'air et le rattrapent au dernier moment. Ce sont parfois de vraies jongleries avec non pas des ballons ou des masses, mais des jeunes gens qui virevoltent en poussant des cris comme à la fête foraine.

Après le rock arrivent les slows. On joue un vieux morceau qui a toujours du succès : « Hotel California », des Eagles. Les Aerials et les Sapiens dansent alors deux par deux enlacés.

Hermès revient vers Ophélie et s'incline en une délicate révérence.

– M'accordes-tu ce slow ?

Elle accepte en lui tendant la main.

Ils dansent torse contre torse.

– J'ai des sentiments très fort pour toi, lui avoue le roi aerial après quelques mesures.

Ophélie est à la fois surprise et flattée de cette déclaration inattendue.

– Tu as déjà plusieurs femmes, je crois.

– C'est différent… Ce sont des Aeriales. Je les ai rencontrées lors de l'essaimage et je ne me souviens même pas du prénom de certaines d'entre elles. Toi, c'est autre chose.

– Tu es bien en train de faire ce que je crois ? minaude la jeune femme.

– Et que suis-je donc censé faire ? renvoie Hermès, enjôleur.

– Essayer de me séduire, répond Ophélie sans décoller la tête du torse de l'Aerial.

– Alors aide-moi. Que dois-je faire pour te donner envie de moi ?

– Trouve les mots qui ouvriront mon cœur. Chez nous, la parade amoureuse consiste à dire les phrases qui mettent les femelles en état d'accueil.

Hermès cherche mais ne trouve rien à dire qui permettrait cette étrange ouverture cardiaque.

– Il y a trop de monde ici, si on trouvait un endroit plus tranquille pour discuter ?

Il l'entraîne en hauteur vers la montagne, plus précisément vers le chalet-restaurant où elle s'était arrêtée avec Jonathan la première fois qu'ils avaient skié. Il la dépose et entre dans le restaurant désert.

– Tu dois avoir froid…, dit-il.

Il trouve des bougies, une couverture et une bouteille de sauternes.

Il lui sert une belle rasade de ce vin dans un grand verre rond. Elle est amusée par ce geste.

– Tu n'as pas tort, lui dit-elle. Dans la parade amoureuse sapiens, on boit souvent pour se détendre.

À son tour, elle prend un verre, le remplit de la boisson dorée et le lui tend.

Hermès, comme tous les Aerials, sait qu'il ne supporte pas bien l'alcool. Il a une sorte de frisson à la première gorgée et boit pourtant tout le verre d'un trait.

– Je pense que la complexité de vos parades amoureuses a dû ralentir votre croissance démographique, dit-il en reposant le verre vide, qu'elle remplit aussitôt.

– Le principe de base est : l'homme propose, la femme dispose. Cela signifie que l'homme doit prendre l'initiative du départ mais au final c'est la femme qui fait le choix d'accepter ou non d'aller plus loin.

– C'est complexe.

– C'est subtil. Et ce sont précisément les subtilités du jeu de séduction chez les Sapiens qui permettent aux femmes de mesurer les qualités et la motivation de leur futur partenaire. C'est ainsi que se fait la sélection qui permet, sans cesse, de produire des générations meilleures que la précédente.

De nouveau, Hermès vide son verre d'un trait et grimace.

– De manière plus générale, quelles sont les raisons pour lesquelles une femelle et un mâle sapiens vont l'un vers l'autre ?

Ophélie prend une gorgée de vin.

– La première est bien sûr l'attirance physique. Comme on trouve l'autre beau, alors on a envie de toucher son corps, de l'embrasser.

Elle touche son aile et sent qu'il tremble, un peu intimidé.

– Deuxième raison : l'attirance intellectuelle. L'autre est si intelligent et drôle qu'on a tout le temps envie de discuter avec lui, de rire avec lui. On se sent comprise et soutenue.

Elle lui caresse la joue.

– La troisième raison pourrait être l'attirance financière. Si l'un des deux est riche, l'autre sait qu'en se mettant en couple avec lui ou avec elle, on s'assure une vie confortable pour soi et ses futurs enfants.

Elle lui ressert un verre.

– Tu veux me saouler ? dit-il.

– Avec l'alcool, les barrières tombent, on devient plus entreprenant, reconnaît Ophélie. Ça peut donner du courage pour aller de l'avant. Ou de l'inconscience pour accepter l'autre.

Il baisse les yeux sur le verre et boit encore.

– Le physique, l'humour, l'argent… J'ai peu de chances de te séduire. Mon physique est quand même très différent de celui des mâles sapiens pour lequel tu es forcément déjà programmée, je suis loin d'être riche, et je ne suis pas certain d'avoir de l'humour.

– Moi aussi j'ai quelques petits défauts, répond Ophélie en souriant. Et le plus important n'est pas d'être identiques, mais complémentaires.

– Je crois sincèrement que l'avenir est au métissage, dit Hermès en s'approchant au plus près du visage d'Ophélie.

Elle boit une gorgée et le ressert.

– J'ai trop bu, il vaut mieux que je fasse une pause…, dit-il.

– Je sais que vous ne tenez pas l'alcool, vous, les Aerials. Je vais enfin savoir ce que tu penses vraiment. Chez nous, on dit : *In vino veritas*. Ce qui signifie : « Dans le vin, la vérité ».

Elle boit une grande rasade puis, alors qu'Hermès veut à présent s'exprimer, elle lui dit :

– Tais-toi maintenant, et fais-moi planer.

L'Aerial ne comprend pas bien ce brusque changement d'humeur, mais il se dit que cela doit faire partie de la parade nuptiale des Sapiens : d'abord on tergiverse, puis on boit pour vaincre les inhibitions et enfin on prend l'initiative.

Il enserre dans ses jambes la jeune femme aux cheveux mauves et l'emporte dans le ciel éclairé par la pleine lune argentée.

– Tu n'es pas facile à suivre, mais j'ai déjà vu des êtres se comporter comme toi, dit-il, la voix pâteuse.

– Ah, et lesquels ?

– Les pigeons. Le mâle roucoule, la femelle fait semblant de s'intéresser à lui puis, lorsqu'il approche, elle s'enfuit. Il la poursuit, et elle fait mine de vouloir le semer tout en lui permettant de la suivre.

Ophélie éclate de rire.

– Tu me compares à une femelle pigeon ? C'est une technique de drague inédite…

Alors qu'elle rit toujours, Hermès ne sait plus quoi penser : se moque-t-elle de lui ou l'amuse-t-il vraiment ? Les vapeurs d'alcool embrument trop son cerveau pour qu'il trouve la réponse.

Soudain, elle stoppe net son rire et lui dit :

– J'ai une demande un peu particulière.

– Je t'écoute, répond Hermès.

– Peux-tu descendre un peu plus bas pour que tous nous voient ensemble ?

Hermès est surpris mais accepte. Il effectue une descente suivie d'un plané au-dessus de la foule puis tournoie en torpille, en serrant toujours Ophélie dans ses bras. Puis il s'immobilise et bat des ailes pour se maintenir en lévitation au-dessus de la foule.

Alors Ophélie attrape par la nuque l'homme-chauve-souris et pose un langoureux baiser sur ses lèvres.

Du coin de l'œil, la jeune femme peut constater qu'Alice les observe, un peu interloquée. Elle est en train de discuter avec Benjamin Wells lorsqu'elle aperçoit sa fille dans les bras d'Hermès.

Ophélie a donc franchi le cap, pense Alice.

Elle est parcourue d'une émotion très forte, comme une sensation enfouie qui s'exprimerait au grand jour.

Moi aussi je dois vivre en couple.

Il ne faut pas que je reste célibataire.

Il faut que je trouve un nouveau compagnon de vie.

Je ne crois pas que je trahisse la mémoire de Simon. Il a toujours souhaité mon bonheur. Il n'aurait pas voulu que je vive seule dans l'unique souvenir de sa présence.

Merci, ma fille, de me montrer l'exemple.

Alors Alice accomplit un geste dont elle ne se serait jamais crue capable avant cet instant.

Elle prend la main de Benjamin, la serre fort, puis, comme pour entrer en résonance avec le baiser de sa fille et d'Hermès, elle embrasse son ami qui, passé l'effet de surprise, lui rend son baiser avec plaisir.

Et tandis que Benjamin l'attire entre ses bras, elle lui chuchote à l'oreille :

– Parfois c'est précisément parce que c'est trop évident qu'on n'y pense pas…

58.

Alice et Benjamin filent à présent le parfait amour. Ils forment un couple heureux : ils sont en pleine santé, sportifs, actifs dans la vie de Val Thorens.

Alice découvre en elle un sens qu'elle avait négligé jusque-là : le goût. Car Benjamin est un vrai cordon-bleu. Cuisinier confirmé, il soigne particulièrement la présentation de ses plats et la complexité de leurs saveurs. Et plus Alice apprécie ce que cuisine son compagnon, plus elle a envie de lui rendre en retour le plaisir qu'elle reçoit.

Elle explore aussi avec Benjamin une sexualité très différente. Autant Simon était passif, autant lui est entreprenant.

C'est ce qu'Alice aime chez Benjamin : un esprit d'aventurier. Il est curieux de tout et recherche sans cesse de nouveaux domaines d'expérimentation pour l'esprit et le corps.

C'est cette curiosité qui a fait de lui un très bon ministre de la Recherche, et maintenant un excellent cuisinier : il aime apprendre et tenter des associations nouvelles. Et une fois qu'il connaît la technique, il pratique dans un souci de progression constante.

Un matin, alors qu'ils prennent leur petit déjeuner dans la cuisine, on frappe à la porte de leur chalet.

Benjamin va ouvrir : c'est Ophélie et Hermès, qui semblent très enjoués malgré le froid qui transforme en vapeur leur respiration.

– Nous voulions que vous soyez les premiers à savoir, déclare Ophélie en guise de bonjour.

Alice les rejoint.

– À savoir quoi ?

– Maman. Ça y est. Je suis… enceinte.

Nous y sommes.

Nous allons enfin savoir si l'union des deux espèces est possible.

Alice serre sa fille dans ses bras, puis s'approche d'Hermès et l'étreint à son tour.

– Depuis quand le sais-tu ?

– Ce matin. C'est tout frais. J'avais du retard dans mes règles et à la pharmacie ils ont encore des stocks de tests de grossesse. J'en ai fait deux pour être sûre.

– À combien de semaines d'aménorrhée en es-tu, d'après toi ?

– Environ neuf semaines.

– On devrait déjà entendre des battements cardiaques.

– Nous avons des stéthoscopes à l'hôpital de Val Thorens, dit Benjamin. Je vais en chercher un.

Il revient avec l'objet et le tend à Alice. Elle le pose sur le bas-ventre de sa fille.

– Il y a bien un petit cœur qui bat là-dedans, annonce la scientifique.

Hermès et Ophélie se regardent, un immense sourire aux lèvres. Mais Alice fronce les sourcils, le stéthoscope toujours collé au nombril de sa fille.

– En fait, non… il y en a deux. Deux cœurs qui battent. Ma chérie, tu attends des jumeaux.

Tous sont surpris, mais pas Alice.

– C'est logique, dit-elle. Les chauves-souris produisent quatre enfants en moyenne, les Aerials en ont souvent trois, et les Sapiens un la plupart du temps. Donc une gestation de deux fœtus me paraît normale.

Ophélie attrape la patte-main d'Hermès et la serre fort. Puis tout à leur joie de futurs parents, les deux jeunes gens prennent congé.

– Tout est parfait, dit Benjamin une fois la porte refermée. Certaines épreuves surprennent au début, mais elles ne font que nous conduire à des points précis de l'Histoire. L'apocalypse, ton invention des hybrides, tout converge vers cet instant qui me semble un pur moment d'harmonie.

Il ne le pense pas. Il est déçu. Il aurait souhaité que son fils se mette en couple avec Ophélie. Le jeune homme a rompu avec sa petite amie valthorinoise juste après notre arrivée. Il devait attendre le bon moment pour se déclarer, mais Hermès l'a devancé. Et maintenant, Jonathan est lui aussi avec une Aeriale.

À ce moment, on frappe de nouveau à la porte.

Benjamin ouvre. Un militaire essoufflé se tient sur le seuil.

– Nous avons la visite d'un étranger ! déclare le messager.

– Un Aerial ? Un Sapiens ?

– Ni l'un ni l'autre. C'est un être bizarre. Il a vraiment une drôle de tête. Il semble blessé et dit qu'il a un message urgent pour Alice Kammerer. On peut vous l'amener ?

Quelques minutes plus tard, l'individu est déposé devant la porte du chalet de Benjamin.

C'est un Digger.

Il est couvert de blessures, épuisé.

Mais que fait un Digger ici, si loin de sa cité taupinière ?

– Mère, je t'en supplie, il faut que tu viennes de toute urgence à Cucufa ! s'empresse de dire le Digger, la respiration hachée. Par pitié, ne nous laisse pas maintenant, sinon tout ce que tu as fait n'aura servi à rien.

– Qu'est-ce qui se passe ? demande Alice, inquiète.

Benjamin lui apporte un verre d'eau, que le Digger boit d'une traite et de manière bruyante.

– La guerre.

– Mais de quoi parles-tu ?

– C'est la guerre !

– Mais entre qui et qui ?

– Entre nous, les Diggers, et les Nautics.

Alice a l'air catastrophée.

– Notre roi pense qu'il n'y a que toi qui puisses arrêter ça. Il y a déjà beaucoup de morts des deux côtés. Chaque camp tente de percer la ligne de démarcation sans vraiment réussir.

La première guerre mondiale dans l'eau et sous terre ?

– Chaque jour, le nombre des victimes augmente ! s'écrie le Digger. Hadès a dit : « Seule Mère peut sauver ses créatures. »

Alice pousse un long soupir.

– Ils sont comme des enfants qui, dès que leur mère n'est plus là, se mettent à se chamailler.

– Non, Mère, on est très loin de la simple chamaillerie, je te le jure...

Pourquoi tout va-t-il naturellement vers le pire ? Ont-ils oublié ce que je leur ai appris ?

– S'il te plaît, ne tarde pas ! supplie le messager.

Juste au moment où j'avais l'impression d'avoir enfin trouvé la paix et bâti une société harmonieuse dans la parfaite entente entre humains et chimères, la guerre revient, comme si le sang devait couler de manière cyclique.

Elle se met instinctivement la main sur le ventre, comme si l'endométriose allait elle aussi revenir.

– Puisque c'est ainsi, j'irai.

– Allons-y maintenant, chaque minute qui passe est déterminante ! s'impatiente le Digger.

– Je pars avec toi, déclare Benjamin.

– Non, je préfère y aller seule.

– Alors laisse au moins des soldats t'accompagner, pour ta sécurité...

– Ce sont mes enfants, moi seule peux les apaiser. Je les ai créés, je dois les gérer seule.

– Et comment comptes-tu t'y rendre ?

– En utilisant mon moyen de déplacement préféré : Solange.

– Qui est-ce ?

– Une Aeriale formidable qui est devenue une véritable amie.

59.

Le quartier aerial, jadis un ghetto, a beaucoup changé depuis quelques années.

La façade des chalets est recouverte de graphismes représentant des scènes de la vie de leurs propriétaires.

Alice toque à une porte, puis comme il n'y a pas de réponse mais que celle-ci est entrouverte, elle entre.

À l'intérieur, elle trouve une décoration typique des Aerials, avec notamment de grandes collections de papillons de toutes tailles et de toutes les couleurs.

Les Aerials sont de plus en plus fascinés par les papillons.

Un ronflement retentit dans la maison en provenance du premier étage. Alice monte les escaliers et pénètre dans la chambre. Solange dort la tête en bas à côté d'un Aerial mâle qui ronfle.

Alors qu'elle s'avance, les deux ailes s'entrouvrent comme une grosse aubergine qui se fendille, révélant le visage de son amie.

– Désolée de te déranger, Solange, il est encore un peu tôt, mais j'ai besoin de tes services, chuchote-t-elle pour ne pas réveiller le mâle aerial qui dort toujours, enveloppé dans ses ailes.

Solange lâche son support plafonnier et retombe d'un mouvement élégant sur le sol. Elle fait signe qu'elles doivent sortir de la chambre pour ne pas réveiller son compagnon et demande :

– Tu veux aller skier ?

– Pas cette fois. Les Nautics et les Diggers sont en conflit ouvert. Je dois rejoindre Cucufa. C'est avec toi que je préfère voler.

Solange respire amplement pour comprendre la portée de sa mission.

– En chemin, tu me raconteras où tu en es dans ton couple, et moi je te raconterai où j'en suis avec les miens, dit Solange.

– Les miens ? s'étonne Alice.

– Tu sais bien, je ne suis pas que volante, je suis aussi… volage, plaisante l'Aeriale. J'aime changer de partenaire. D'ailleurs, celui qui est là-haut ne m'amuse plus. Je lui signifierai à mon retour que son temps est écoulé.

Pendant que les deux amies discutent, l'Aeriale fait sa toilette et termine en se léchant les extrémités avec sa très longue langue.

– Combien de kilomètres pour aller à Cucufa, déjà ?

– Au moins sept cents.

Solange enfile une sorte d'anorak blanc qui n'entrave pas ses ailes-bras. Puis elle réunit des affaires dans un sac à dos.

De son côté, Alice a mis son bonnet de cuir et ses lunettes complètement enveloppantes d'aviateur des années 1920.

– Allons-y, dit-elle.

– Hé ! Tu t'en vas comme ça ? lance une voix derrière elles.

Alice se retourne : le mâle aerial, mal réveillé, se tient debout en haut des escaliers.

– Désolé, Georges, je dois partir, répond Solange.

– Sans me dire au revoir ?

– Écoute, Georges, j'ai passé une bonne nuit grâce à toi, mais je préférerais que tu ne t'attaches pas trop. On ne se connaît que depuis hier après tout.

– Mais je t'aime, moi !

Alice, qui n'est pas experte en psychologie de couple aerial, préfère ne pas se mêler à la conversation.

– Et alors ? Tu crois que parce que tu déclares que tu m'aimes, je t'appartiens ? Parfois tu as un comportement… de…

Elle cherche le mot mais ne veut pas le vexer.

– Tu as un comportement de Sapiens, voilà !

– Tu n'as donc aucun cœur, Solange ? se lamente l'homme ailé.

– Si, j'ai du cœur, et c'est pour ça que je t'annonce que c'est terminé entre nous. Pour t'éviter de souffrir et de te faire des idées sur nous deux. Bon, Alice, tu es prête, on peut y aller ?

Le mâle aerial hébété n'ose pas lui répondre.

Alice et Solange se placent sur la terrasse du chalet.

Lorsque le vent lui semble favorable, l'Aeriale décolle en serrant fort sa passagère dans ses membres inférieurs. Bientôt elles sont au-dessus de Val Thorens et prennent la direction des vallées.

En dessous d'elles, le sol défile, succession de plaines, de forêts, de rivières et parfois de petits villages envahis de plantes.

Alice apprécie de sentir le vent fouetter son visage, alors qu'au-dessus d'elle les longues ailes déployées planent en profitant d'un courant ascendant plus chaud.

– Tu es dure avec ton compagnon, remarque Alice.

– Je préfère être dure, sinon il va s'imaginer que nous allons passer le reste de notre vie ensemble. Nous ne sommes pas des Sapiens. N'y a-t-il pas un proverbe chez vous qui dit qu'« il vaut mieux jeter d'un coup la langouste dans l'eau bouillante plutôt que de la laisser souffrir en la faisant cuire à petit feu » ?

Elles volent vers l'ouest.

– C'est bien que tu ailles là-bas pour arranger les choses entre Nautics et Diggers, dit Solange.

– C'est comme s'ils faisaient une crise d'adolescence d'espèce. Ils s'affirment et découvrent leur identité en se confrontant aux forces adverses. La violence fait partie d'un processus de mûrissement. Cependant, ils ne doivent pas rester bloqués dans cette phase destructrice. Il faut que je les aide à franchir ce cap pour continuer d'évoluer.

– Je suis sûre que tu vas y arriver, Mère.

Mais ça ne va pas être facile. Tempérer, harmoniser les énergies des trois espèces d'hybrides est d'autant plus difficile qu'elles sont complémentaires et antinomiques. Donc forcément instables.

60.

ENCYCLOPÉDIE :
LE SYSTÈME À TROIS CORPS.

Isaac Newton a été le premier à évoquer le problème des trois corps.
Dans un système planétaire composé d'un soleil et d'une seule planète, on peut prévoir la trajectoire de cette planète unique : c'est une ellipse.
Dans un système planétaire composé d'un soleil et de deux planètes, on peut encore prévoir la trajectoire de ces planètes : ce sont des ellipses et des épicycloïdes (des boucles dans l'ellipse).
Mais dans un système avec un soleil et trois planètes, plus rien n'est périodique, donc plus rien n'est prévisible.
Ainsi Newton a démontré que le passage d'un monde à deux corps célestes à un monde à trois corps célestes engendrait un niveau de complexité qui rendait impossible tout calcul prévisionnel des trajectoires.

De manière plus large, tous les systèmes à deux corps sont stables et prévisibles, et tous les systèmes à trois corps sont instables et imprévisibles.

Encyclopédie du Savoir Relatif et Absolu.

61.

La lune est haute dans le ciel.

Solange et Alice volent, éclairées par cette lueur couleur argent.

– Est-ce vrai que des hommes ont marché sur la Lune ? demande Solange.

– Oui, c'est vrai.

– J'ai du mal à le croire. J'ai visionné des vidéos de la médiathèque de Val Thorens qui mentionnent des documentaires dont le propos est de démontrer que ça n'est jamais arrivé.

– C'est ce qu'on appelle des fake news. Ce sont des mensonges diffusés pour convaincre les plus naïfs.

– Toi, tu penses donc que c'est vrai… Comment ont-ils fait ?

– Avec une énorme fusée. Le voyage a duré trois jours.

Solange réfléchit.

– J'aimerais bien un jour voler jusqu'à la Lune. Peu importe le temps que ça me prendra.

– Tu devras alors enfiler une combinaison et emporter une bouteille d'oxygène. Il te faudra aussi beaucoup d'élan, car, après la limite de l'atmosphère, il n'y a plus d'air, et tu n'avances plus que grâce à la poussée que tu as générée au décollage.

– C'est décidé : je veux être la première Aeriale à mettre le pied sur la Lune. Mais pour le moment, je suis épuisée, arrêtons-nous ici.

La femme ailée atterrit à Chalon-sur-Saône, près du supermarché qu'elles avaient visité lors de leur premier voyage vers Val Thorens. Puis elles repèrent un coin tranquille dans un ancien jardin public et se préparent un repas chaud sur un feu de fortune.

Alice regarde l'Aeriale dont les grands yeux noirs sphériques brillent à la lueur des flammes.

– Je ne vous comprends pas, vous, les Sapiens, dit Solange.

– Qu'est-ce que tu ne comprends pas ?

– Tout chez vous est illogique. Par exemple : j'ai vu à Val Thorens des Sapiens qui jouaient aux cartes pour de l'argent et qui perdaient tout parce que leurs cartes étaient dans le mauvais ordre. Et ils pouvaient rester des heures à jouer et à perdre ! Ils étaient comme fascinés par leur propre déchéance.

– C'est vrai que l'homme est le seul animal qui passe autant de temps à jouer aux cartes..., reconnaît Alice, amusée.

– Il n'y a pas que ça. Il y a ceux qui fument ces tubes de papier d'herbes séchées qui sentent si mauvais.

– Des cigarettes ?

– Oui, des cigarettes. Eux aussi sont incapables de s'arrêter.

– Certaines plantes peuvent avoir une emprise sur l'esprit.

– Sur l'esprit sapiens, peut-être. Je ne connais aucun Aerial qui fume.

– Quoi d'autre ? demande Alice, toujours curieuse.

– Il y a des choses que vous faites qui me dégoûtent.

– Je t'écoute.

– S'embrasser en enfonçant sa langue dans la bouche de l'autre. C'est quand même… spécial. Moi, personnellement, je trouve ça répugnant.

Elle accompagne sa remarque d'une grimace.

– Peut-être parce que vous avez une langue beaucoup plus fine et plus longue, dit Alice. Elles s'emmêleraient les unes aux autres ou s'enfonceraient dans l'œsophage…

Soudain elles perçoivent des bruits dans les buissons alentour.

Les deux femmes éteignent rapidement le feu en le couvrant avec une couverture. Puis Solange emporte Alice pour la cacher sur le toit d'une maison, derrière une cheminée.

De ce point de vue élevé, Alice et l'Aeriale assistent alors à un étrange spectacle.

Une longue file d'humains marchent à côté de chevaux qui tirent des charrettes remplies de valises et de sacs. Alice reconnaît dès les premières notes la musique qui accompagne leur avancée. « One More Time », des Daft Punk.

La communauté de NEW IBIZA ! Qu'est-ce qu'ils font là ?

Alice demande à Solange de la poser au sol, puis elle se dirige vers cette procession hétéroclite. En s'approchant, elle constate que nombreux sont ceux qui portent encore des chemises hawaïennes et des coiffures rasta, comme à l'époque où elle vivait avec eux dans les sous-sols du Forum des Halles, à Paris.

– Alice ! Alice !

Cette voix ne lui est pas inconnue.

– Franckie !…

L'exubérant Marseillais a un peu grossi et sa barbe est plus claire. Il porte toujours autour du cou, au milieu de la toison que révèle sa chemise à fleurs ouverte, son gros collier doré.

Ils s'étreignent avec émotion.

– Mais qu'est-ce que tu fais là, si loin de Paris ? demande Alice.

– Quand les radiations ont baissé, nous avons décidé de remonter en surface. Mais Paris n'est plus ce qu'il était. Nous avons eu de gros soucis avec tes petits protégés qui se font la guerre. Ça commençait à devenir dangereux pour nous, surtout à cause des Diggers qui creusent partout des galeries, des tunnels, des trous, fragilisant le sol au point que parfois il s'effondre sous nos pas et nous avec. Nous devions partir, mais où ? Un Digger nous a signalé que vous étiez à Val Thorens, alors je me suis dit que ça pourrait être un bon objectif de voyage dans la mesure où au moins là-bas il n'y a pas la guerre. En route, comme tu le vois, nous avons capturé, apprivoisé et dressé des chevaux sauvages.

Il se tourne vers les autres.

– Hé, les amis, on s'arrête pour la nuit ! Ici ce sera parfait !

Tous les voyageurs derrière lui, épuisés, poussent une clameur d'approbation.

Dans les minutes qui suivent, ils forment un grand cercle autour d'un feu.

Franckie tend un sachet à Alice.

– C'est quoi ? demande-t-elle, méfiante.

– Ce sont des chips qui ont survécu à la guerre.

Elle plonge sa main dans le sachet et constate que ces chips contenaient suffisamment de conservateurs pour rester intactes.

– Et toi, qu'est-ce que tu fais là ? demande Franckie.

– Je vais à Cucufa pour parlementer avec Hadès et chercher avec lui comment il pourra instaurer des relations paisibles avec son frère Poséidon.

– C'est quand même un peu désolant de voir ses enfants

s'entre-déchirer. Personnellement, je n'ai jamais voulu en avoir. Mais… comme tu as vu, après ton arrivée, nous avons renoncé à la règle du « *No future* », et une nouvelle génération de New-Ibiziens a vu le jour. Dans notre troupe il y a d'ailleurs plein de gosses. Ouais, un peu trop de gosses.

Le choix de ses compagnons de se reproduire ne semble pas du tout l'enchanter.

– Et comment va Ophélie ? demande Franckie.

– Précisément, elle s'apprête à produire des gosses, comme tu dis. Elle est enceinte. Je vais être grand-mère de jumeaux.

– Félicitations ! Et qui est l'heureux papa ?

– Hermès.

Franckie recrache d'un coup les chips qu'il venait d'engloutir.

– Tu blagues ? Mais c'est un…

– Un charmant garçon, je trouve aussi.

Le New-Ibizien boit à sa gourde puis ingurgite chips sur chips pour ne pas être tenté de prononcer des paroles qui pourraient être mal perçues. Voyant sa gêne, c'est Alice qui reprend la conversation :

– Nous allons enfin savoir s'il y a une barrière infranchissable entre les deux espèces, ou si un métissage est possible.

Franckie regarde l'Aeriale assise, silencieuse, à côté d'eux. De nombreux membres du groupe la scrutent depuis qu'ils sont arrivés.

– Mes plus jeunes compagnons sont impressionnés car s'ils ont certes déjà vu des Nautics et des Diggers, ils n'ont en revanche jamais vu d'Aerials, dit Franckie. Jamais.

– Je te présente Solange, ma…

Alice a failli dire « monture » mais se reprend :

– Compagne de voyage.

– Heu… enchanté, Solange. Vraiment enchanté.

Elle lui tend sa jambe terminée par une main, que Franckie saisit pour lui faire un « baise-pied » très aristocratique. Solange le retire d'un coup sec, surprise.

– C'est un geste de politesse ancien, explique Alice à la jeune hybride.

Puis elle se tourne vers le Marseillais :

– Quand tout sera arrangé, je te conseille de tenter un vol dans ses bras. Elle a une manière de voler très douce. Elle porte bien son prénom : sol-ange. Et puis si un jour tu danses avec elle dans le ciel, tu verras à quel point la sensation est extraordinaire.

– Je peux essayer là, tout de suite ? ose Franckie.

Solange accepte. Elle l'emporte au-dessus du sol et le fait virevolter dans les airs avant de le redéposer devant la foule ébahie.

– C'est extraordinaire ! reconnaît-il une fois au sol. Maintenant je me rends compte de l'intérêt de fabriquer ces… monstr… enfin je veux dire ces chimères.

– Ça me fait plaisir que tu aies fini par comprendre. Mais c'est parce que tu l'as expérimenté. Tant qu'une expérience n'est pas vécue dans son corps, elle n'est pas complètement comprise.

Il s'assoit et reprend des chips, qu'il avale nerveusement.

– Et comment ça se passe, à Val Thorens ? dit-il. Vous volez tous les jours avec les Aerials ?

– Une certaine complicité s'est établie entre nos deux communautés. Les murs de la méfiance sont tombés. Les Aerials admirent l'aptitude des Sapiens à fabriquer et à entretenir les outils et les machines compliquées du monde ancien. Une simple ampoule électrique, un réfrigérateur ou a fortiori un ordinateur peuvent les laisser ébahis pendant des heures. Et de notre côté nous apprécions beaucoup leur capacité à voyager dans les airs, à percevoir les sons et les odeurs les plus infimes.

– Et… il y a beaucoup de jeunes, enfin, je veux dire de jeunes femmes aeriales comme Solange avec lesquelles je pourrais voler ?

– Des filles comme Solange, il n'y en a qu'une, sourit la scientifique. Et si elle te plaît, je te conseille d'attendre notre retour, lorsque nous aurons terminé notre mission de pacification. Mais je crois que tu as déjà de la concurrence. Et quand bien même tu parviendrais à la séduire, tu n'aurais pas intérêt à être trop exclusif car elle ne se contente pas d'un seul compagnon.

Sa porteuse est déjà entourée d'une dizaine de New-Ibiziens qui lui réclament eux aussi une virée dans le ciel.

62.

Un rayon de soleil touche la paupière d'Alice, qui s'est autorisé une belle grasse matinée. Après une toilette rapide à la lingette, elle retrouve Solange qui, pour sa part, s'est couchée beaucoup plus tard, trop occupée à faire voler les Sapiens.

– Ça va aller ? demande Alice.

– Merci de m'avoir laissée dormir, dit l'Aeriale en bâillant à moitié.

– Moi aussi, j'avais besoin de récupérer. Mais maintenant il faut y aller.

À peine sont-elles prêtes que plusieurs hommes viennent vers elles.

– Je crois que tu as des admirateurs, Solange, constate Alice.

– Après que tu étais partie te coucher, ils voulaient tous avoir leur « baptême de l'air ». C'était amusant mais un peu épuisant.

Franckie s'approche et lui fait une bise qui semble aller vers sa joue mais qui au dernier moment dévie et s'abat dans la zone la plus fine et la plus sensible de son cou. L'Aeriale, surprise, rosit des pommettes.

Et tandis qu'elles décollent, il continue de faire des signes amicaux dans leur direction depuis le sol.

– Eh bien, dis donc, il a l'air de beaucoup t'apprécier.

– Nous sommes convenus de nous retrouver à Val Thorens quand j'aurai terminé ma mission avec toi.

– Ne me dis pas qu'il t'intéresse ?

– Il a quand même énormément de charme. Et puis, quand il me regarde, j'ai l'impression d'être la plus belle femme du monde. Il m'a même offert un collier.

Elle montre un bijou aux nombreuses pierres roses.

– Solange, si tu veux un conseil, ne te laisse pas embobiner par les cadeaux qui brillent. Ce sont des trucs de Sapiens pour séduire.

– Je sais, mais c'est agréable pour une simple Aeriale de plaire au chef d'une petite communauté sapiens. Maintenant que je sais qu'on peut tomber enceinte comme ta fille, je rêve d'avoir moi aussi un petit métis.

Ça y est. La mode des bébés métis est lancée.

Elles volent encore plusieurs heures, survolent Paris, le dépassent et arrivent enfin au-dessus de la forêt de Cucufa.

Vue du ciel, la pyramide taupinière s'avère plus imposante que dans son souvenir.

Ils ont dû en bâtir une plus grande sur l'ancienne.

Autour, des pyramides de plus petite taille fument.

Alice distingue aussi des champs de diverses cultures.

Ils ont bien développé ce secteur.

Plus loin, des étables.

Ils font de l'élevage. Mais de l'élevage de quoi ?

Elle approche et reconnaît enfin les bêtes dans les enclos : de gros rats.

Ils devaient les élever en sous-sol et se sont aperçus que les rats avaient besoin de lumière.

De grandes éoliennes tournent dans la clairière. Alice en conclut qu'ils les ont arrachées, déplacées et réimplantées à proximité pour avoir de l'électricité.

Comme les Aerials produisent de l'électricité avec ce qu'ils ont à la montagne, l'eau, les Diggers ont l'électricité grâce au vent. Donc l'air.

Les deux femmes atterrissent devant l'entrée de la taupinière qui est coiffée d'une mitrailleuse.

À peine sont-elles posées que des Diggers les entourent. Alice remarque qu'ils ont tous des tenues militaires de couleur noire avec des motifs camouflage gris clair ou gris foncé. Certains circulent autour d'elles armés de fusils, d'arbalètes ou de harpons.

Le messager avait raison. Ils sont sur le pied de guerre et combattent sur terre, sous terre et dans l'eau.

Le plus étonnant est une sorte de sous-marin échoué sur la rive de l'étang, dont l'avant est composé d'une foreuse.

Un militaire digger avec une casquette noire vient vers elle et la salue en mettant sa main sur sa tempe et en claquant les talons.

Il semble attendre qu'elle prononce une parole, alors elle déclare :

– Je suis Alice, celle qu'on appelle « la Mère ».

– Nous vous attendions. Vous pourrez entrer dans les couloirs, mais je pense que l'Aeriale rencontrera des difficultés à pénétrer du fait de la longueur de ses ailes.

– Aucune importance, dit Solange, je vais rester dehors. J'ai vu qu'il restait des nids intacts dans les hautes branches. Je t'attendrai là-bas, Mère. Siffle-moi et j'arriverai.

Alice est donc invitée à pénétrer dans la pyramide. Elle avance dans un labyrinthe de tunnels pour déboucher dans l'immense grotte qui contient le lac souterrain.

Elle admire le plafond, qui n'est plus éclairé par des vers luisants mais de centaines d'ampoules électriques jaunes et blanches qui pendent au bout de fils. Au bord du lac, il y a des habitations familiales ou individuelles de forme triangulaire.

Dans un coin, une centaine de Diggers en uniforme noir s'exercent au tir alors qu'un peu plus loin est stationné un autre subterrestre avec son museau foreur en spirale pointue.

Un zodiac arrive en trombe sur le lac souterrain et embarque Alice pour le lui faire traverser. Alors que le semi-rigide avance, elle distingue le palais royal, de forme pyramidale lui aussi, qui apparaît plus grand et plus décoré que dans son souvenir. Les ornements sont principalement des cartes, des armes, des plans de vaisseaux subterrestres.

Toujours en suivant son guide, elle pénètre dans le palais et arrive dans une vaste salle. Au fond se trouve une estrade, et dessus un trône en bois sculpté sur lequel est assis son fils, Hadès.

Le roi digger est lui aussi en uniforme noir et porte une

casquette de général à deux étoiles, ainsi que plusieurs médailles sur la poitrine.

Il a un peu grossi, il me semble.

Il descend du trône, la rejoint et l'embrasse sur les joues à la manière des Sapiens.

– Merci d'être venue si vite, Mère. Crois bien que si j'ai osé t'envoyer ce messager, c'est parce que je pense que toi seule peux débloquer la situation. Ici, c'est la guerre.

– Comment a-t-elle été déclenchée ?

Hadès prend une grande inspiration puis explique :

– Après le départ des Nautics et des Aerials, nous avons connu une période de prospérité, durant laquelle nous avons agrandi Digger City en hauteur, en largeur et en profondeur. Nous avons augmenté notre population sur le territoire alentour. De même, nous avons commencé à envoyer des expéditions pour cartographier la région et voir où nous pourrions créer des colonies. Et puis durant nos explorations vers l'ouest, nos pionniers ont fini par tomber sur des nautics envoyés par Poséidon, probablement dans la même intention.

– … Et tes explorateurs sont entrés en conflit avec les leurs ? demande Alice.

– Pas au début. Au contraire : ils se sont très bien entendus, et des idylles sont même nées entre pionniers diggers et nautics.

– Des couples se sont formés ? Formidable ! Comment est née la mésentente, alors ?

– Les jeunes se sont entendus, mais pas leurs parents respectifs. L'ancienne génération est gangrenée par le racisme et ne s'en cache plus.

– Je vois. Le syndrome « Roméo et Juliette ». L'éternelle recommencement de toutes les histoires d'amour. Ils s'aiment contre l'avis de leurs géniteurs qui, eux, se détestent pour des raisons historiques traditionnelles.

– La situation était si tendue que les deux communautés sentaient que des violences pouvaient éclater à tout moment. Et puis il y a eu la goutte d'eau qui a fait déborder l'étang. Un Digger et un Nautic se sont battus. Une fille digger les avait charmés tous les deux et mis en rivalité. Le Digger a tué le Nautic. Poséidon s'est déplacé en personne avec une armée et a exigé qu'on lui livre le coupable. Nous avons réclamé un procès, mais ils prétendaient que c'était inutile, que les preuves étaient accablantes. Et il m'a accusé de ne pas être impartial.

– La vie est un éternel recommencement, soupire Alice.

– Pour finir, les deux camps se sont affrontés. Plusieurs des nôtres et des leurs ont été tués et blessés. Le plus compliqué a été pour les couples mixtes qui s'étaient formés. Certains s'aimaient sincèrement et ont été obligés de se séparer.

Toujours ce choix entre l'amour et la peur.

Hadès se dirige vers les statues de bois qui ornent la salle du trône. Alice remarque que l'une d'entre elles la représente.

– Et ensuite ?

– Ensuite, il y a eu une période de répit où nous n'avons plus envoyé d'explorateurs vers l'ouest. Cependant, certains couples mixtes ont eu envie de se retrouver en cachette.

Les hormones sont un puissant moteur.

– Le plus souvent, ils se donnaient rendez-vous à mi-chemin entre Cucufa et Deauville, où les Nautics ont installé leur cité. Pour être franc, ni Poséidon ni moi n'arrivions à contenir nos jeunes. On ne peut pas transformer nos villes en prison. Alors il s'est passé ce que je redoutais : des bandes de voyous nautics se sont regroupées en commando et ont attaqué par surprise certains des nôtres. Et des groupes de Diggers ont répliqué… C'étaient des initiatives d'individus isolés et souvent fanatisés. Mais les escarmouches sont devenues de plus en plus violentes et chaque communauté a déploré de plus en plus de victimes.

Éros et Thanatos, l'énergie d'amour et l'énergie de mort…

– Je n'arrivais plus à retenir les miens et je pense que Poséidon non plus. En fait, mes barons réclamaient une guerre généralisée et le fait que j'aie toujours essayé de calmer le jeu m'a fait passer, moi le roi Hadès, pour un faible. J'étais sur le point d'être destitué par mes propres barons va-t-en-guerre qui, eux, étaient de plus en plus populaires. Je ne voyais plus aucune sortie politique ou diplomatique efficace, alors j'ai accepté de déclarer officiellement la guerre à mon frère.

Ils commettent les mêmes erreurs que l'humanité avant eux. Comme si le gène de la bêtise ou de la violence était intrinsèque à l'espèce.

Hadès fait une pause de quelques secondes, caressant une à une les statues. Alice en profite pour prendre la parole.

– J'ai vu que vous aviez des uniformes. Et des stocks d'armes. Et j'ai même cru voir des vaisseaux dont l'avant est transformé en foreuse.

– Chaque camp essayant d'amener l'autre sur le terrain où il est le plus à l'aise, nous nous sommes adaptés aux combats sous terre et dans l'eau. Nous arrivons à fabriquer nos propres armes désormais, et même nos engins de guerre. Eux ont des sous-marins, nous avons des subterrestres.

– Tu as l'air fier de toi…, se désole Alice.

– La guerre a un côté exaltant, tu sais, tente de se justifier Hadès. Elle unit, oblige à se surpasser, que ce soit en technologie ou en stratégie. C'est toi-même qui nous as enseigné que les fusées et Internet étaient des inventions militaires.

– Et je me doute qu'après l'enthousiasme du départ est apparue la déconvenue, dit Alice sans relever la remarque.

– Nous avons perdu beaucoup de jeunes… Et puis j'ai compris que nous étions arrivés au point où aucun des deux camps ne pouvait plus obtenir une victoire éclatante. Il nous fallait retrouver la raison. Mieux vaut une mauvaise paix qu'une guerre qui s'éternise.

– Je suis contente que tu penses de cette façon à présent.

– Poséidon et moi avons continué de communiquer discrètement en utilisant des pigeons voyageurs. Mais mes barons l'ont découvert et j'ai dû arrêter, sous peine de passer pour un traître. Actuellement, nous ne communiquons plus du tout. Les morts s'accumulent et personne ne voit comment sortir de ce bourbier.

Alice fait les cent pas dans la salle du trône.

– Et tu as pensé à moi. Tu as bien fait. Il faut que je parle à Poséidon, et vite.

– Mère, tu es épuisée et Solange aussi. Restez ici pour la nuit.

– Tout ce que tu m'as raconté me donne l'impression qu'il faut agir de toute urgence. Ton messager m'a pressée de venir.

– Il fallait vite que tu sois mise au courant, mais maintenant que c'est fait, attendre demain ne changera rien, crois-moi.

Il a raison.

– Je vais mettre à ta disposition une des grandes chambres que j'ai adaptées au confort des Sapiens. Dès que j'ai su que tu étais arrivée, j'ai demandé qu'on en prépare une pour toi. Mais avant, je voudrais te montrer quelque chose.

Il se dirige vers une bibliothèque remplie de livres.

– Tu nous répétais souvent : « Il ne sert à rien de réussir dans le militaire et l'économique s'il n'y a pas aussi une réussite dans le domaine culturel. »

– Je m'en souviens, oui.

– Eh bien, c'est le cas ici, à Digger City : on sculpte, on peint, on joue de la musique, on danse, on écrit. Et on lit.

Il prend un livre sur un des rayons de la bibliothèque et en caresse la couverture.

– Un titre en particulier est devenu une référence pour nous.

Hadès montre la couverture rouge sur laquelle on peut lire :

VOYAGE AU CENTRE DE LA TERRE
par JULES VERNE

– C'est mon livre préféré. Je ne sais pas si tu le connais. C'est l'histoire de Sapiens qui partent découvrir le centre de la Terre. Celui-ci est l'original, mais nous l'avons reproduit et réimprimé. C'est devenu un best-seller.

– Vous avez une imprimerie ? s'étonne Alice.

– Du matériel récupéré dans une petite usine. Mais nous avons surtout nos propres auteurs. *Voyage au centre de la Terre* a inspiré toute une génération de jeunes écrivains diggers qui ont écrit leur propre version de ce que pourrait être cette exploration ultime si elle était effectuée par nous, avec nos moyens et notre organisme beaucoup mieux adapté.

Hadès montre à Alice d'autres ouvrages aux couvertures plus neuves et aux titres évocateurs : *Au bout du tunnel*, *Au cœur de la planète*, *Au centre de tout*.

– Si les Aerials sont fascinés par les cimes les plus hautes des montagnes et que les Nautics rêvaient de voir l'océan, pour notre part notre quête est plus ambitieuse. Nous voulons savoir ce qu'il y a réellement au centre de la Terre. Une expédition de Diggers a d'ailleurs déjà essayé de descendre le plus profond possible.

Alice, intriguée, regarde les livres produits par ses hybrides.

En fait les Diggers pourraient très bien réussir là où nous les Sapiens n'avons pas investi beaucoup d'énergie par manque d'intérêt. Nous avons creusé en profondeur, uniquement motivés par l'envie de trouver de l'eau, des minerais et des métaux, puis du pétrole ou du gaz. Mais eux veulent vraiment savoir ce qu'il y a au centre de la Terre.

– Prends-en quelques-uns. Ton avis m'intéresse.

Puis il claque des doigts et un Digger se présente.

– Emmène Mère dans la chambre spécialement prévue pour les invités sapiens.

Le serviteur digger conduit Alice dans un dédale de couloirs avant de l'installer dans une vaste pièce du palais. Éreintée, Alice s'effondre sur le lit, prend un des livres et le feuillette, puis un autre.

À partir du roman de Jules Verne, les écrivains hommes-taupes sont parvenus à créer des intrigues originales.

C'est comme si l'écriture elle-même sentait l'humus et la terre mouillée. C'est à la fois violent, sombre et très poétique.

Entre Edgar Poe et Lovecraft.

Les histoires sont souvent celles d'individus qui cherchent la lumière au bout du tunnel. Cependant, lorsque celle-ci apparaît enfin, elle les aveugle.

À Val Thorens, Alice a assisté aux débuts des premiers auteurs aerials.

Eux, ce n'était pas *Voyage au centre de la Terre* qui les fascinait, mais *De la Terre à la Lune.*

Elle est toujours en train de lire quand une femme digger vient la chercher. Elle lui propose de se rendre dans l'atelier de couture pour essayer la robe qu'Hadès fait confectionner pour elle. C'est une robe composée d'une dentelle très fine et très douce aux motifs de racines d'arbre.

Le dîner se passe en comité restreint dans la salle de réception du palais. Il n'y a là qu'une vingtaine de personnes, hommes et femmes diggers, tous en uniforme noir à motif gris de l'armée digger. Beaucoup ont des médailles sur la poitrine, signe qu'il s'agit d'officiers de haut rang.

Au signal, l'orchestre dans la salle se met à jouer. Les musiciens tapent sur des bois creux mais aussi sur des xylophones dont les touches sont faites de planchettes.

Hadès invite Alice à s'asseoir à côté de lui.

Puis tous les invités se lèvent et chantent en chœur.

Le roi se penche à l'oreille d'Alice.

– C'est notre hymne. Un peu martial, j'en conviens, mais en temps de guerre…

Alice se lève elle aussi. Elle écoute les paroles.

– « … Qu'un sang impur abreuve nos sillons, coule dans nos tunnels et irrigue notre lac. »

Puis quelques instants plus tard :

– « Entendez-vous dans les rivières et les lacs, siffler ces féroces soldats ? Ils viennent jusque dans nos souterrains égorger vos fils, vos compagnes. »

Ils se sont largement inspirés de *La Marseillaise.*

Enfin, le roi Hadès fait signe que tous peuvent s'asseoir et frappe dans ses énormes mains.

Des serviteurs arrivent les bras chargés de plateaux. Au menu : des racines, des champignons et des légumes, des lombrics grillés qui ressemblent à des spaghettis. Le roi propose des limaces panées, mais Alice préfère ne pas abuser de la gastronomie locale.

– L'amour ou la peur, c'était ta grande idée, n'est-ce pas, Mère ?

– Ça l'est toujours.

– Alors je profite que nous sommes enfin côte à côte pour t'avouer quelque chose… Je t'ai toujours désirée.

Voilà autre chose.

– C'est normal, répond-elle avec l'air le plus décontracté possible. Comme un fils aime sa génitrice. Après tout, c'est moi qui vous ai tous créés.

Hadès fait la moue.

– Non, je t'ai désirée comme compagne, rectifie-t-il.

Bon, il va falloir rester ferme.

– Nous avons quand même une grande différence d'âge, et tu as un harem déjà assez bien rempli.

– Les femmes diggers se ressemblent toutes. Toi, tu es différente. Si je me souviens bien, dans la Bible, le roi Salomon avait un gynécée avec mille femmes, ça ne l'a pas empêché de connaître une grande histoire d'amour avec la reine de Saba, une étrangère, d'une religion différente et qui avait la peau noire.

– C'est une légende. On ne sait pas très bien ce qu'il s'est passé, élude Alice.

– Moi, je ne suis pas raciste. Le fait que tu sois sapiens ne me dérange pas.

– Merci. Je prends ça pour un compliment.

– Que penses-tu de ma proposition ?

– Hadès, je suis déjà en couple. Avec un Sapiens de Val Thorens. Il se prénomme Benjamin. Benjamins Wells.

Le roi digger grimace.

– Benjamin Wells, de la dynastie des Wells ?

– Il a mon âge. C'est un ami d'enfance que j'ai récemment retrouvé et qui est devenu mon compagnon de vie.

– Tu pourras continuer de coucher avec lui, je ne suis pas jaloux.

– Lui en revanche l'est, et pas qu'un peu. Tu as déjà des problèmes de couples mixtes entre Diggers et Nautics, tu ne voudrais pas en plus te mettre à dos les Sapiens de Val Thorens…

Il la regarde puis éclate de rire.

– Je te respecte trop pour insister. En revanche, tu me feras le plaisir d'au moins terminer ton assiette de limaces frites.

Satisfaite de s'en tirer à si bon compte, Alice prend une grande inspiration et avale une bouchée de ce mets qui la répugne.

– J'ai encore une question importante à te poser, Mère, ajoute Hadès redevenu sérieux. Si jamais tu échoues à rétablir la paix entre nous et les Nautics, pourrait-on envisager de bénéficier de tes bons offices pour une alliance militaire et économique entre Diggers, Sapiens et Aerials ?

63.

Ça chauffe en bas.

Alors que Solange et Alice volent au-dessus de Rouen, elles aperçoivent des colonnes de fumée au loin.

– Peux-tu descendre, s'il te plaît ? demande Alice à Solange.

La femme ailée approche de la zone. Ce qu'elles voient dépasse tout ce qu'elles imaginaient.

Un sous-marin émergé et un subterrestre surgissant de la berge sont face à face et font feu simultanément. Autour, des soldats diggers en uniforme noir et gris et des Nautics en uniforme bleu marine et bleu ciel se tirent dessus. Vus d'en haut, ils sont semblables à des fourmis.

Certains soldats diggers jaillissent du sol pour surprendre leurs adversaires et se battre au corps à corps sur les rives du fleuve.

– Remonte, Solange, ce n'est pas le moment de prendre une balle perdue.

Solange gagne de l'altitude et continue son avancée. Le long de la Seine, elles découvrent un autre champ de bataille, où, là encore, des engins subterrestres et sous-marins appuient des lignes d'infanterie aux uniformes noir ou bleu.

Enfin la Manche apparaît au loin.

Alice guide sa porteuse jusqu'à Deauville, ville qu'elle a bien connue dans sa jeunesse.

La ville semble avoir beaucoup changé. Depuis le ciel, Alice distingue des champs de céréales et des zones couvertes de panneaux solaires.

L'eau du barrage pour les Aerials.

L'air dans les éoliennes pour les Diggers.

Et maintenant la lumière pour les Nautics.

Tous les hybrides arrivent à se nourrir et à produire de l'électricité. Ils sont autonomes, technologiquement.

Le port de Deauville est en effervescence. Une multitude de bateaux et de sous-marins sont amarrés à la jetée, elle-même prolongée par de multiples pontons plus étroits.

Les militaires sont présents partout, dans leur uniforme bleu. Des tourelles avec mitrailleuses truffent les toits.

Alice demande à Solange de se rapprocher du casino pour atterrir. Mais l'atterrissage est perturbé par une attaque de mouettes. Visiblement, les oiseaux locaux voient d'un mauvais œil l'arrivée de cet AVNI, Animal Volant Non Identifié.

Des gardes armés nautics, qui ont repéré les visiteuses, tirent au fusil sur les mouettes pour libérer l'espace aérien.

Solange se pose sur la plage. Cette fois, le comité d'accueil est encore plus important que chez les Diggers.

Une dizaine de soldats nautics en uniforme bleu les encerclent. Tous sont très jeunes et ne reconnaissent pas Alice.

Sans un mot, les gardes les conduisent dans le casino transformé en palais par les Nautics. Dans la salle du trône décorée de cartes militaires, un grand nombre d'officiers au torse couvert de médailles entourent le monarque et continuent de discuter.

– Bonjour, Poséidon, lance Alice, agacée du peu d'intérêt que lui porte l'assistance.

Le roi des Nautics demande le silence.

– Que viens-tu faire ici, Mère ?

Il est beaucoup plus distant qu'Hadès.

– Tu n'es pas content de me voir ?

– Ici, nous n'aimons pas trop les étrangers, déclare le roi des Nautics, le regard fuyant.

Je dois essayer de l'amadouer. Il ne faut pas le prendre tout de suite de front.

– Tu as donc réussi à atteindre la mer. À exaucer le rêve de ta communauté. Je te félicite.

– Je… je te remercie, dit Poséidon, visiblement déstabilisé. Après votre départ, nous avons rejoint la Seine. Nous sommes montés dans une péniche et nous avons descendu le fleuve jusqu'à la ville du Havre. Puis nous avons longé la côte pour rejoindre Deauville.

– Votre installation s'est-elle bien passée ? poursuit Alice comme si elle entretenait une conversation anodine avec une connaissance.

Le roi nautic hésite à continuer puis fait signe à ses officiers de les laisser en tête à tête.

– Si tu veux tout savoir, pas vraiment. Nous avons rencontré quelques problèmes avec la population autochtone.

– Les habitants de Deauville sapiens survivants ?

– Non, les dauphins. Un groupe des nôtres qui suivait un banc de sardines a été attaqué par une horde de dauphins qui le convoitaient aussi. Il y a eu des morts et des blessés des deux côtés. Les dauphins peuvent s'avérer de redoutables adversaires lorsqu'ils sont dérangés.

– Ce sont vos ancêtres, pourtant, rappelle la scientifique.

– La paix a été difficile à obtenir, dit le Nautic sans relever la remarque de sa mère.

– Mais tu y es arrivé.

– Un Nautic a sauvé un delphineau attaqué par un requin. Ce geste a changé la donne. Une alliance naturelle s'est instaurée entre Nautics et dauphins pour lutter contre les bandes de requins qui infestent la région. Cet ennemi commun nous a réunis.

– Vous coopérez avec les dauphins ? Comment communiquez-vous ?

– Nous avons appris à parler leur langage.

Il émet quelques sons stridents.

– Dans le langage dauphin, quand on se rencontre, on commence par définir qui est supérieur, égal ou inférieur. Un étranger sur un territoire défini est forcément inférieur. C'est notre cas. Et a fortiori le tien, toi qui ne peux pas tenir des apnées de plus de quelques minutes.

Il a prononcé ces mots sur un ton dédaigneux qui déplaît à Alice.

– Ensuite, on se désigne par notre identification, notre espèce. Donc, dans l'ordre, les espèces importantes sont les dauphins, les baleines, les requins, puis nous, et puis globalement toutes les autres espèces qui savent à peine nager.

À quoi joue-t-il ? Cherche-t-il à m'humilier ?

– Ensuite seulement, on peut se présenter par notre nom d'individu particulier. Quand on est inférieur, il faut se tenir la tête basse, en signe de soumission.

– J'ignorais tout ça, concède poliment Alice en feignant de ne pas avoir saisi les allusions.

– Je dois avouer que, dans la vie, les dauphins sont surtout intéressés par trois choses : jouer, faire l'amour et manger. Pas forcément dans cet ordre.

– C'est la pulsion de vie et de reproduction, dit Alice. Nous sommes tous programmés pour ça, ils le sont à leur manière.

– Certes, mais pour ce qui est de faire l'amour ils sont vraiment excessifs… Dans votre ancienne société sapiens, ils passeraient pour des obsédés et des harceleurs. Nous avons dû plusieurs fois calmer leurs ardeurs envers nos femmes.

Elle remarque que Poséidon parle des dauphins avec beaucoup de respect.

Il a retrouvé ses origines animales, il s'est évidemment découvert plus de points communs avec ces ancêtres-là qu'avec les miens.

– J'ai même eu le privilège de rencontrer leur roi. C'est un vieux dauphin très impressionnant. Tu imagines, il a cent ans !

Les dauphins ont une gestation plus longue et par conséquent une vie qui dure plus longtemps. Comme un arbre qui, ayant des racines profondes, monte plus haut. Inconsciemment, Poséidon est en train de vouloir me faire comprendre que les Nautics sont la qualité alors que les Diggers sont la quantité.

Cette durée de gestation a probablement une influence sur la longévité de leur espèce. Les chauves-souris vivent au maximum quarante ans. Les taupes, vingt ans. Et même nous les Sapiens, nous avions avant la guerre une espérance de vie de quatre-vingts ans.

Poséidon poursuit :

– Oui, vraiment, c'est un vieux sage qui a compris beaucoup de choses que vous les Sapiens et même nous hybrides n'avons pas encore envisagées. Il se nomme : @#*.

Poséidon prononce alors ce qui est censé être un nom et qui ressemble plutôt à une sorte de sifflement accompagné de cliquetis un peu comme ceux que produisent les bushmen d'Afrique du Sud.

– J'ai eu le privilège de dialoguer avec ce @#*. Au début, il m'a pris de haut. Il a fait valoir son antériorité sur le territoire. Il m'a fait comprendre que nous étions des êtres non seulement étrangers, mais stupides. J'ai pris sur moi. Et j'ai su lui montrer que nous pouvions lui être utiles. Nous avons négocié. Nous avons passé des accords de coopération.

– Bravo…

Alice commence à s'impatienter.

– Mais à peine avions-nous résolu nos problèmes avec les dauphins que nous avons eu affaire sur nos frontières à des étrangers plus problématiques.

– Tu veux parler des Diggers ? Ce ne sont pas des étrangers, ce sont vos frères.

L'homme-dauphin se lève et hausse le ton :

– Ce ne sont pas mes frères ! Eux, ils sont... ils sont... laids ! Et ils sont petits, et sales, et myopes. Ce sont des brutes. Ils vivent dans la terre comme ces lombrics qui forment l'essentiel de leur alimentation. Tu as perdu ton temps avec eux, Mère. Ils n'auraient jamais dû exister.

Comment a-t-il pu en arriver à tant d'intolérance ? Est-ce là la sagesse enseignée par le roi dauphin centenaire ?

– Tu ne te rends pas compte de ce que tu dis, rétorque Alice. Ton vieux roi dauphin a raison, tu es stupide.

– Mais regarde-les ! s'énerve Poséidon. Ils ne servent à rien et sont affreux. Alors que nous, nous sommes si beaux de corps, si fins d'esprit ! Tu as dit un jour que l'évolution de la nature avait peut-être pour objectif la beauté. Reconnais que nous sommes les plus beaux : lisses, fluides, souples, luisants, bleus... et surtout propres. Viennent ensuite les Aerials, qui, je veux bien l'admettre, lorsqu'ils volent ont une certaine grâce, mais leurs visages, avec leur museau pointu, leurs gros yeux noirs sphériques et leurs grandes oreilles sont quand même très disgracieux.

Il fait une grimace de mépris.

– Non, franchement, les Diggers ressemblent à des blaireaux et sont toujours recouverts de sable ou de boue, ce qui les rend encore plus repoussants. En plus, ils puent ! Le plus effroyable d'entre eux est sans aucun doute ce roi dégénéré que je ne considère en aucun cas comme un frère. Hadès, le dieu des Enfers ! Il porte bien son nom.

Alice soupire, agacée.

– J'en ai assez entendu. Je suis précisément venue ici à l'initiative d'Hadès et c'est lui qui m'a fait prendre conscience que mes créations étaient en train de s'entre-déchirer.

Poséidon hausse les épaules.

– Il est allé pleurnicher pour obtenir ton aide car il a compris que nous allions le vaincre. Et quand bien même la victoire qui nous revient nous serait volée, grâce à notre maîtrise des routes maritimes, nous pouvons nous exiler sur d'autres continents et reconstruire d'autres cités. Eux n'avancent qu'en creusant des tunnels dans l'obscurité.

– Dans ce cas, partez ! Développez-vous sur les îles et laissez-les tranquilles sur les terres.

Poséidon descend de son trône.

– Pourquoi abandonnerions-nous ce que nous avons bâti durant des années ? clame-t-il. Ce sont eux, les Diggers, qui sont venus nous narguer sur nos frontières !

– Selon Hadès, c'étaient de simples explorateurs.

Le roi nautic éclate d'un rire sans joie.

– Évidemment ! Ils envoient des explorateurs dans toutes les directions, créent des villages et se reproduisent comme des lapins ! Là où nous donnons naissance à un enfant que nous éduquons, eux en pondent quatre qu'ils laissent à l'abandon et qui servent de chair à canon !

Et voilà, c'est bien ce que je pensais, il se perçoit comme une espèce moins nombreuse et donc de qualité supérieure, par rapport à une espèce proliférante, laquelle mise en quelque sorte sur la quantité.

– Et vous les avez combattus, dit Alice.

– Il vaut mieux couper la mauvaise herbe avant qu'elle se répande.

– Quitte à s'enferrer dans une guerre sans fin ?

– Nous ne faisons que nous défendre, Mère. C'est notre droit.

Il prononce ce dernier mot avec une violence qui n'échappe pas à Alice.

Elle regarde par la fenêtre du casino et, après quelques instants de silence, propose :

– Je crois pourtant qu'il y a une solution : définir plus précisément les territoires de chacun, ainsi qu'une zone frontière avec les Aerials. Tu as raison, les Diggers se reproduisent à une vitesse supérieure à la vôtre et à celle des Aerials. Ils vont aussi finir par venir au contact du peuple d'Hermès.

– De toute façon, la guerre entre nos trois peuples est inévitable, martèle Poséidon, fataliste. Un seul peuple hybride doit survivre. Le meilleur. Et ce sera nous.

Alice reste sans voix devant tant de sotte arrogance.

– La survie du plus fort qui prévaut sur les plus faibles, voilà bien une réflexion darwinienne qui doit heurter tes convictions lamarckiennes, ajoute le Nautic.

– Je suis plus que jamais convaincue que les êtres peuvent changer pour s'adapter au milieu, déclare Alice.

– Lamarck est mort dans la misère.

– Mais il avait raison ! Comme mon ancêtre Paul Kammerer qui se revendiquait de sa pensée !

Le brusque changement de ton de la scientifique habituellement plus calme surprend l'homme-dauphin.

– Tu crois vraiment que l'on peut discuter avec ces animaux ?

Ça, c'est la meilleure, il considère les autres hybrides comme des animaux.

– Je crois surtout que si vous continuez à faire la guerre, vous allez tout perdre. Comme les Sapiens ont fait la Troisième Guerre mondiale et ont tout perdu. Combien d'expériences désastreuses devrez-vous conduire pour enfin comprendre que la guerre débouche forcément sur l'entropie ?

– Il est trop tard ! s'énerve le Nautic. Nous avons investi trop d'énergie dans la lutte contre les Diggers pour nous arrêter là ou faire demi-tour.

– Il n'est jamais trop tard, reprend Alice d'une voix plus posée. Je vais organiser une rencontre entre les rois de chaque espèce pour que vous parlementiez.

Poséidon rejoint Alice près de la fenêtre. Il regarde à son tour le paysage au loin, la mer et le ciel.

– Parlementer pour quoi faire ?

– Pour sauver les enfants.

Il hausse les épaules.

– Ça ne changera rien.

– Ce que je te propose, c'est que chacun expose son point de vue et écoute celui des autres.

– Mais ils ne pensent pas comme nous, Mère !

– C'est tout l'intérêt d'une négociation : échanger avec ceux qui ont un point de vue différent. Tu y es arrivé avec les dauphins alors qu'ils n'ont rien d'humain, tu devrais réussir avec des hybrides qui sont plus proches physiquement et psychologiquement de vous.

Poséidon ne répond pas, buté.

– Je prends ce silence pour une réponse positive. Merci de ta compréhension. Je vais trouver un terrain neutre pour que cette réunion puisse avoir lieu et que vous puissiez discuter. Vous avez un dénominateur commun, tous les trois : votre part d'humanité.

Elle s'apprête à prendre congé mais Poséidon la retient.

– Avant que tu partes, il y a un détail que je voudrais évoquer avec toi, Mère.

Il a le regard fuyant, que va-t-il m'annoncer encore ?

– Je t'écoute.

– Eh bien, en dehors des dauphins, nous sommes aussi entrés en contact avec des Sapiens. Des survivants de la Troisième Guerre mondiale qui sont sortis de leurs abris lorsque le niveau de radiations est devenu supportable pour eux. Ils venaient de l'ouest.

– Donc des îles anglo-normandes, ou même d'Angleterre, réfléchit tout haut la scientifique. Ils ont dû trouver là-bas des zones suffisamment isolées pour vivre et se reproduire… Et comment s'est déroulée votre rencontre ?

– C'est justement de cela que je souhaitais t'entretenir. Ils pêchaient avec des gros filets et se sont retrouvés eux aussi en rivalité avec les dauphins. Ces Sapiens les ont attaqués, comme l'avaient fait précédemment les requins, et ont tué les dauphins. Compte tenu de nos alliances diplomatiques, nous avons dû faire un choix entre nos nouveaux et nos anciens voisins.

– Et vous avez choisi…

– Les dauphins. Le roi des dauphins et moi sommes arrivés à la conclusion que les Sapiens étaient des animaux trop obtus avec lesquels il était impossible de dialoguer. Nous les avons combattus, vaincus et… éliminés.

Alice est atterrée.

– Vous avez tué des Sapiens survivants ?

Elle le dévisage avec anxiété.

– Ne me regarde pas avec cet air réprobateur, Mère. C'est toi-même qui m'as appris que, dans la vie, il fallait choisir son camp. Pour nous, les dauphins semblent des animaux d'avenir…

64.

ENCYCLOPÉDIE : COMMUNICATION CHEZ LES DAUPHINS.

Les dauphins communiquent de trois manières différentes. Tout d'abord, ils produisent des sifflements en faisant vibrer des membranes situées sous leur évent. Ces membranes sont l'équivalent des cordes vocales humaines. Ces ultrasons peuvent monter dans les aigus jusqu'à 250 000 hertz et ne sont qu'en partie perceptibles par l'homme qui, lui, n'entend que jusqu'à 20 000 hertz.
Dans les conversations sifflées analysées par les éthologues, le dauphin commence par émettre sa « signature » pour se présenter aux dauphins alentour. Ensuite, l'animal prononce des phrases très complexes que les scientifiques n'ont pas encore réussi à comprendre. L'institut d'océanographie Scripps de Californie et l'Institut royal de technologie de Stockholm ont cependant mis au point un algorithme spécial pour établir un dictionnaire de traduction du langage dauphin en langage humain.
Le deuxième moyen de communiquer est la production de cliquetis qui servent essentiellement pour l'écholocalisation. Ils sont plutôt émis dans la zone des 50 000 hertz.

Les dauphins envoient ainsi des ondes en direction des obstacles ou des proies. Lorsqu'elles rebondissent sur un obstacle, ces ondes sont analysées par l'os de la mâchoire inférieure du mammifère, qui vibre jusqu'à remonter à son oreille interne. Ces ondes peuvent être envoyées de manière si forte qu'elles peuvent désorienter ou même assommer des poissons.

Enfin, les dauphins communiquent aussi en se touchant les nageoires, un peu comme les humains qui se saluent en se serrant la main.

De récentes études ont montré que chaque groupe de dauphins a son propre langage et sa culture particulière basée sur des connaissances apprises auprès des parents. Comme l'homme, les dauphins sont très bavards et semblent avoir des discussions sur des sujets autres que les questions de nourriture et de survie.

Encyclopédie du Savoir Relatif et Absolu.

65.

Paris.

De loin, la capitale, envahie par les plantes, ressemble à une jungle.

Partout des fleurs, des oiseaux, des insectes colorés.

Alice est arrivée la première, déposée par Solange au deuxième étage de la tour Eiffel, là où, avant-guerre, était situé le restaurant *Le Jules Verne*. Elle porte un costume rose clair, couleur de son espèce. Ses cheveux, désormais poivre et sel, sont rassemblés en un chignon flou.

Les trois rois hybrides sont présents, accompagnés chacun d'une escouade de protection de trente soldats.

C'est Alice qui a eu l'idée de ce lieu.

Jules Verne… *Voyage au centre de la Terre, Vingt mille lieues sous les mers, De la Terre à la Lune…* Finalement, le goût pour la lecture de cet auteur visionnaire est déjà un point commun entre eux.

Elle a donc débroussaillé pour dégager une zone agréable puis a installé une table carrée autour de laquelle les trois rois vont s'asseoir.

Pour l'occasion, Hadès a apporté le jeu de Yalta qui se trouvait encore à Cucufa. L'échiquier hexagonal aux trois camps, noir, blanc, bleu, trône au centre de la table, comme un symbole de ce qui est censé se passer.

Poséidon a revêtu son costume d'officier bleu marine, sa casquette à galons et ses médailles militaires. Hadès porte lui aussi son costume militaire noir avec casquette et médailles. Seul Hermès a opté pour un costume civil blanc immaculé. Il ne porte aucun signe militaire.

Les participants se regardent longuement avant que la discussion démarre. Alice déclare :

– Que de temps a passé entre le moment où vous étiez tous les trois des fœtus expérimentaux au fond de cylindres transparents dans la station spatiale internationale et aujourd'hui ! Vous avez été capables de faire naître des villes, des royaumes, des armées, et vous avez chacun des ambitions, même si elles sont parfois antinomiques.

Elle désigne le jeu de Yalta.

– Hadès, tu as bien fait d'apporter ce jeu. Je suis sûre que vous vous souvenez des parties que vous avez déjà jouées sur ce plateau.

Les trois rois ne se quittent pas des yeux.

– À l'époque, le jeu était un exutoire qui permettait d'empêcher les conflits directs, poursuit Alice.

Elle laisse passer un temps.

– Au cas où vous l'auriez oublié, je vous ai créés et vous ai fait grandir contre l'avis de mes congénères. Ça m'a pris du temps, de l'énergie. Je vous ai éduqués, je vous ai appris le langage, l'écriture, les sciences, l'histoire de mon peuple afin que vous puissiez ne pas reproduire les mêmes erreurs que les Sapiens. Enfin, je vous ai aimés, comme une créatrice aime ses créatures. Comme une mère aime ses enfants.

Elle les observe, puis ajoute :

– Pour ces raisons, je me sens responsable de vous trois. Je vous ai conçus à partir d'une idée simple que j'aimerais résumer en une phrase : l'humanité doit changer de forme et se diversifier pour affronter les défis futurs. J'ai voulu créer des humains nouveaux qui puissent survivre dans l'eau, en l'air ou sous terre en cas de catastrophe.

Elle prend dans ses mains les trois rois de l'échiquier Yalta, le roi blanc, le roi noir et le roi bleu, et les place en triangle.

– L'autre solution envisagée par mes contemporains pour sauver l'humanité était de quitter la Terre. Ce projet se nommait « Papillon des étoiles ». Il consistait en la colonisation d'une planète en dehors du système solaire. J'ai préféré la solution des hybrides, que je trouvais plus adaptative. Ma conviction, c'était qu'il ne fallait pas partir ; il faut se transformer pour survivre.

Les rois observent Alice qui manipule de nouveau les trois pièces du jeu.

– Je crois qu'on peut survivre sur cette planète, ensemble, et différemment d'avant. Pour moi, l'avenir de l'humanité, c'est vous trois. D'où l'importance de cette réunion.

Elle repose le roi blanc sur le plateau.

– Mais alors que j'étais témoin de la mise en place d'un espace d'alliance et de coopération entre Sapiens et Aerials à Val Thorens – une réussite totale –, on est venu me chercher pour m'annoncer que les Nautics et les Diggers s'affrontaient dans une guerre fratricide.

Elle tient face à face le roi bleu et le roi noir.

– Deux de mes enfants se disputent. Et laissent derrière eux de nombreuses victimes.

Alice pose le roi noir et garde en main le roi bleu.

– Je découvre ensuite que Poséidon et les siens ont massacré des Sapiens survivants des îles anglo-normandes.

– À notre décharge, intervient le roi nautic, je tiens à préciser que ce sont les dauphins qui ont surtout insisté pour éliminer tous les Sapiens, à cause des filets. Ils ont la hantise des filets de pêche. Et puis ils m'ont dit que les Sapiens les mangeaient ! Qu'ils les mettaient dans des boîtes de conserve avec l'inscription « Thon au naturel ». Qu'ils n'avaient même pas droit à une sépulture décente !

Alice ne relève pas.

– C'est vrai, chez nous les Aerials, l'intégration est parfaite, se vante Hermès.

– Chez nous les Diggers, il y a ce que j'appellerai une distance respectueuse, explique Hadès. Les groupes d'humains nomades que nous avons vus passer ont l'air perdus, la plupart du temps. Ils semblent malades. Alors on se tient à distance. C'est la politique du « no contact ».

Tous les regards se tournent vers Poséidon, qui sent bien une certaine réprobation à son encontre.

– Eh bien, nous concernant, c'est la politique du contact, qui a certes abouti à la guerre à outrance et à l'élimination systématique du groupe d'humains que nous avons rencontré, mais j'assume ce choix, dit l'homme-dauphin. C'est une victoire qui n'a pas été facile à obtenir et dont je suis fier. Je vois clair dans votre jeu : vous voulez me faire culpabiliser pour avoir osé tuer des Sapiens, considérés comme une espèce sacrée. Mais sacrée comme quoi ? Comme les vaches pour les hindous ?

Il plaque fort sa main sur la table, renversant quelques pièces de l'échiquier au passage.

– Je crois que les Sapiens sont comme les Néandertaliens : une espèce humaine obsolète et dépassée. Les dinosaures ont disparu à cause d'un astéroïde ? Les Sapiens n'ont même pas eu besoin de prétexte, ils se sont détruits tout seuls !

Les deux autres rois hybrides ne peuvent retenir un rire moqueur.

– En les combattant et en les éliminant avec l'aide de mes amis dauphins, je n'ai fait qu'accélérer le processus évolutif naturel d'élimination des animaux les plus faibles et les moins adaptés. Et désolé, Mère, j'assume mon choix : je préfère Darwin à Lamarck.

Les deux autres rois savent bien que cette dernière phrase va blesser Alice, et ils paraissent gênés.

– Poséidon, tu veux vraiment éliminer les Sapiens ? demande Hadès qui voit là une occasion de monter Alice contre lui.

– Je crois que plus tôt ils auront évacué la scène terrestre, mieux l'ensemble des espèces vivantes de cette planète se portera.

Les deux autres rois n'osent affronter le regard d'Alice.

– Soyez francs, dit Poséidon en se tournant vers ses frères. Vous pensez la même chose que moi. Le seul élément qui vous empêche de l'exprimer, c'est...

– La reconnaissance envers Mère, précise Hermès. Mère sans qui nous n'existerions même pas.

– Arrêtez de jouer les hypocrites ! Mère est âgée. Un jour, elle va mourir. Et que se passera-t-il ?

Hermès se lève pour prendre la parole :

– Mère a une fille, Ophélie. Elle est ma compagne et attend des enfants de moi. C'est elle qui prendra la relève.

Cette déclaration laisse les deux autres rois sans voix. L'homme-chiroptère continue :

– Voilà le futur optimal tel que je le vois : les hybrides prolifèrent et bâtissent leurs civilisations respectives. Avec, à côté, des Sapiens, et, encore à côté, des métis. Tout ce beau monde vit en bonne intelligence en se mélangeant et en s'entraidant.

Poséidon lève les yeux au ciel, tandis qu'Hadès affiche un visage sceptique.

– C'est aussi le futur que je souhaite, approuve Alice.

– Évidemment, c'est ton gendre ! s'emporte Poséidon. S'il vous plaît, arrêtons là cette mascarade. Qu'espérez-vous de cette réunion ? Me convaincre de devenir gentil avec les Sapiens que je pourrais rencontrer et de renoncer à mon alliance avec les dauphins qui – ouh les méchants – détestent les gens de ton espèce, Mère ?

Il tape encore du poing sur la table.

– Je ne peux pas rendre la vie aux Sapiens que j'ai tués. De même, je ne pense pas être en mesure de convaincre les dauphins d'oublier leurs griefs envers les Sapiens. Chaque jour, le roi des dauphins me raconte les horreurs perpétrées par les tiens, Mère. Sais-tu que, jadis, ils les enfermaient dans des delphinariums ? Dans ces aquariums étroits, ils devenaient fous à force d'entendre leurs propres émissions sonores rebondir contre les parois ! Les Sapiens les forçaient ensuite à se donner en spectacle devant eux lors de numéros dégradants et humiliants.

– Mais ils étaient nourris et soignés, rappelle Hermès.

– La belle affaire ! Vous vous imaginez si on capturait des Sapiens, si on les assourdissait et on leur demandait d'amuser nos enfants en exécutant toutes sortes d'acrobaties ridicules ? Croyez-vous qu'ils considéreraient comme un privilège d'être nourris et soignés ?

Hermès prend un pion bleu sur l'échiquier.

– J'ignorais que c'était à ce point… Je comprends mieux maintenant l'animosité des dauphins envers les Sapiens.

Je ne dois pas laisser Poséidon prendre l'initiative des débats. Je dois réagir, et vite.

– Je ne suis pas venu ici pour entendre vos leçons de morale ou vos reproches, reprend Poséidon. Je suis là pour mettre fin à la guerre avec les Diggers d'Hadès qui pénètrent dans mon territoire comme bon leur semble.

– Très bien, dans ce cas commençons les négociations, dit Alice, profitant de cette remarque. Je propose que les Diggers, qui sont ceux qui ont le plus d'enfants, et qui à ce titre ont le plus tendance à essaimer, évitent d'approcher à moins de cent vingt kilomètres de la côte et de cent vingt kilomètres de la montagne.

– C'est OK pour moi, dit Poséidon.

– Pour moi aussi, déclare Hermès.

– Pas pour moi ! Pas du tout, même ! se rebiffe Hadès, excédé. Après tout, c'est moi qui suis pris en sandwich entre les montagnes et la mer. Donc c'est moi qui suis le principal concerné. Je propose une bande de quatre-vingts kilomètres.

Le ton monte entre les trois rois. Mais, après beaucoup de palabres et d'arguments échangés, ils conviennent d'un compromis acceptable : pas de colonies diggers à moins de cent kilomètres des côtes et des montagnes, et les Nautics n'auront plus le droit de remonter les fleuves.

– Comment allons-nous procéder pour les autres pays, les autres continents ? demande Hadès. Nous aurons forcément envie d'y aller un jour.

– Respectons la même règle, propose Alice. Vous pourrez aller partout du moment que vous ne construisez aucune cité à moins de cent kilomètres des côtes ou de la base des montagnes.

– Et pour franchir les océans et les montagnes ? insiste Hadès.

– Il faudra demander leur aide aux Nautics ou aux Aerials.

– Justement, parlons maintenant des alliances possibles. Nous sommes prêts à vous aider à essaimer, dit Hermès, mais à condition que nous y trouvions un avantage.

– Pareil pour moi, ajoute Poséidon. Rien sans contrepartie.

– Et que voulez-vous comme contrepartie ? demande le roi des hommes-taupes en lissant ses longues moustaches.

– Peut-être aurons-nous besoin de vos services pour creuser des galeries dans les montagnes, avance Hermès.

– Ou pour creuser des canaux d'irrigation, enchaîne Poséidon.

– Dans ce cas, chaque situation fera l'objet de négociations particulières par diplomates interposés. Je vous propose donc de créer des ambassades dans chaque communauté.

La règle est entérinée par un vote final. Puis le roi nautic prend la parole :

– Et pour ce qui concerne les Sapiens ?

Alice répond vivement :

– Eh bien, nous sommes partout chez nous. Nous étions là avant, je veux dire, c'est notre...

– C'est notre planète ? C'est ce que tu t'apprêtais à dire ? la coupe Hermès.

– Exactement, c'est notre planète.

Les trois rois regardent Alice avec un air sceptique.

Ils ne vont quand même pas remettre ça en question !

– Nous, les *Homo sapiens*, existons depuis trois cent mille ans, rappelle-t-elle.

– Et donc ? demande Poséidon.

Alice n'en revient pas d'être obligée de se justifier.

– Et donc nous avons tout inventé : le feu, les outils, l'agriculture, l'élevage, le langage, l'alphabet, les chiffres, les livres, l'électricité, l'informatique...

– Je ne vois pas en quoi cela vous donnerait le droit d'être partout chez vous, rétorque l'homme-dauphin. Vous êtes le passé. Nous sommes le futur.

Les trois hybrides la scrutent, attendant sa réaction.

Ils n'ont plus aucune retenue. Il ne faut pas qu'ils me sentent faiblir. Je dois me montrer forte.

– Vous voulez vraiment m'entraîner sur ce terrain-là ? Soit. Dois-je vous rappeler qui vous êtes vraiment ? Vous êtes mes...

– Oui, on sait : tes créatures..., termine Hadès. Mais nous

n'en sommes plus là. Pourquoi ne définirait-on pas une zone d'influence pour les Sapiens ?

– Ce n'est pas le thème de notre rencontre, dit Alice avec fermeté.

Les trois rois échangent des regards complices comme des enfants qui ne craignent plus le jugement de leurs parents.

– Il y a forcément d'autres Sapiens qui ont survécu sur terre, continue Hadès. Il faut prévoir, dans l'accord que nous allons signer, une manière de fonctionner avec eux.

Un silence pesant s'installe.

– Mais que voulez-vous, à la fin ? s'énerve Alice.

– Poursuivre les négociations en incluant aussi le cas du peuple sapiens, traité au même niveau que les trois autres peuples vivant sur terre, dit Hadès. Profitons de ta présence : après tout, qui mieux que toi peut représenter ton espèce ? Et nous te reconnaissons en tant que partenaire acceptable de négociation.

Les deux autres approuvent.

– Je refuse d'entrer dans ce genre de délibération. La réunion est terminée, lâche Alice, abasourdie. Il était important de mettre fin à la guerre entre Diggers et Nautics et d'éviter qu'elle touche les Aerials. Nous avons rétabli la paix. Nous avons réussi à trouver un terrain d'entente pour définir les territoires respectifs de chacun d'entre vous. Le débat de cette assemblée est clos. Bon retour chez vous, messieurs.

Sans plus leur accorder la moindre attention et sans même attendre qu'ils la saluent en retour, Alice se lève, renverse toutes les pièces du jeu d'un geste nerveux puis rejoint le balcon et siffle entre ses doigts. Solange apparaît.

Elle saisit Alice sous les bras, déploie ses longues ailes et décolle.

66.

– Alors ?

– Mission accomplie. J'ai évité la Quatrième Guerre mondiale, déclare Alice à Benjamin après avoir atterri sur la terrasse de leur grand chalet.

– Tu as l'air très en colère, pourtant.

– Non, tout va bien.

Son compagnon voit bien que ce n'est peut-être pas complètement la vérité, mais il n'insiste pas. Alice remercie Solange, pose son sac à dos et monte s'enfermer dans la salle de bains au premier étage. Là, elle se fait couler un bain chaud.

Rien de tel pour évacuer la pression.

Puis elle redescend, simplement vêtue d'un tee-shirt et d'un jean. Elle se sert un grand verre de pinot noir et s'assoit dans le fauteuil devant la cheminée où flambent de grosses bûches, la bouteille à ses pieds.

Benjamin s'installe dans le fauteuil qui lui fait face et tente une approche.

– Dans l'*Encyclopédie*, un chapitre est consacré à la théorie selon laquelle les systèmes à deux corps sont prévisibles tandis que ceux à trois corps sont imprévisibles…

– Ce qui m'a frappée, personnellement, c'est plutôt le passage qui évoque l'entropie. Laissées à elles-mêmes, les choses vont naturellement vers le chaos…

Elle lâche un long soupir et se ressert de vin avant d'ajouter :

– Mes créatures se prennent désormais pour les maîtres du monde. Elles veulent négocier entre elles, sans nous.

Alice et Benjamin restent silencieux devant le feu. Quelques minutes plus tard, Jonathan les rejoint.

– Bonsoir, Belle-Maman. Je ne t'ai pas entendue rentrer. Alors, il paraît que cette réunion de paix a été couronnée de succès ?

Alice boit une nouvelle gorgée de vin puis lâche :

– Disons que j'ai évité le pire.

Jonathan interroge du regard son père, qui lui répond par un signe d'impuissance. Benjamin décide de changer de sujet :

– Hermès est rentré avant toi, il y a un bon moment. Je lui ai proposé qu'on se retrouve ce soir à vingt heures pour dîner en famille. Lui et Ophélie ne devraient plus trop tarder, dit-il en regardant sa montre.

Mais le temps passe et personne ne vient. Benjamin tente de les joindre, en vain. Après avoir vérifié en cuisine le mitonnage de ses plats, il propose de commencer sans eux.

– Mangeons les hors-d'œuvre et ils nous rejoindront ensuite.

Benjamin a préparé un plat typiquement aerial : du foie gras de vautour, qu'il sert avec un vin blanc sec et de la confiture d'oignons.

Alice avale bouchée après bouchée sans ses commentaires habituels sur les talents de cuisinier de son compagnon.

– Tu es vraiment sûre que ça va ? s'inquiète Benjamin.

– Oui, je t'assure, tout va bien.

Elle cherche un sujet de conversation pour donner le change.

– Et comment s'est passée l'arrivée des New-Ibiziens ?

– Plutôt bien, répond Jonathan. Ils vont mettre du temps à comprendre comment fonctionne notre société mixte, mais je dois avouer que Franckie sait détendre l'atmosphère avec ses blagues et sa musique. Je crois que notre société un peu guindée avait bien besoin d'une bande de joyeux fêtards comme eux. Ça leur fera du bien de moins se prendre au sérieux.

Malgré tous les efforts des deux hommes, Alice continue d'avaler à toute vitesse ses tartines de foie gras de vautour.

– Qu'est-ce qui te préoccupe, chérie ? murmure Benjamin.

– Pourquoi Ophélie et Hermès sont-ils à ce point en retard ? Ce n'est pas dans leurs habitudes. Peut-être qu'Hermès avait envie de voir un autre visage que le mien ce soir, mais ils auraient quand même pu nous prévenir.

– Je peux aller voir, si tu veux, propose Jonathan.

– Non, ne te dérange pas, ils vont bien finir par se montrer.

Benjamin va chercher le plat principal : une blanquette de bouquetin au riz qu'Alice mange machinalement en fronçant les sourcils.

– Bon, maintenant ça suffit, dit Benjamin en jetant sa serviette sur la table. Tu vas me dire ce qui t'arrive ou je remballe ma blanquette !

Alice sursaute, comme brusquement arrachée à ses pensées.

– Excuse-moi… Ta blanquette est délicieuse, comme toujours. Mais je suis fatiguée des gesticulations de mes créatures. À quoi bon vouloir changer le monde, à quoi bon essayer de convaincre les autres de son point de vue, à quoi bon avoir un plan pour le futur ? À quoi bon créer ?

– Qu'est-ce qui te prend ? s'étonne Benjamin.

– Peut-être que je vieillis. J'ai perdu mon enthousiasme initial. Peut-être aussi que toute mère a, quand ses enfants grandissent, un sentiment d'exaspération devant leurs… défauts.

– Tu es aussi la mère d'Ophélie.

– Justement. Elle n'est pas là et ça m'énerve. Peut-être qu'il est temps pour moi de me retirer et de lui laisser la place.

– Quand elle aura accouché des jumeaux, elle aura une certaine légitimité pour consolider l'alliance entre Sapiens et Aerials, dit Jonathan.

Benjamin ressert du vin à Alice et passe derrière elle pour lui masser les épaules. Elle pose sa main sur la sienne.

– Tu es formidable, Benjamin, et je suis tellement désolée de ne pas être plus enjouée ce soir. Mais cette réunion à Paris m'a laissée avec de l'amertume. Peut-être qu'il aurait fallu inviter Franckie pour qu'il détende l'atmosphère.

Soudain quelqu'un frappe à la porte violemment.

Intrigué, Benjamin va ouvrir. Hermès est là, complètement affolé, et il s'écrie d'une voix saccadée :

– Venez… vite, il y a un… gros problème !

Dans les secondes qui suivent, Alice, Benjamin et Jonathan courent dans les rues de Val Thorens pour rejoindre le chalet d'Hermès.

Ils entendent un hurlement.

C'est Ophélie !

Alice se précipite et trouve sa fille allongée sur son lit qui gémit de douleur. Elle lui passe une main sur le visage. Son front est bouillant.

– J'ai mal, Maman ! J'ai si mal au ventre !

– Calme-toi, ma chérie, il faut que tu retrouves ton calme pour le bien des fœtus.

– Je ne peux pas accoucher maintenant, Maman, c'est trop tôt ! C'est beaucoup trop tôt ! pleure Ophélie.

Ce qui se passe ensuite ne fait que confirmer les craintes de la jeune femme. Ophélie perd du sang, hurle de douleur.

Alice, Benjamin et Jonathan se relaient pour apporter leur soutien à la jeune femme.

Soudain, les fœtus jumeaux métis sont expulsés. Mais, malgré tous les soins qui leur sont prodigués, ils restent inertes.

Ophélie est en larmes. Benjamin emporte les petits cadavres des deux prématurés. Alice serre sa fille dans ses bras.

– Je suis là, avec toi, mon Ophélie…

Mais la jeune femme se débat tant qu'Alice est obligée de reculer.

– Hermès, Hermès, où es-tu ? crie Ophélie.

Hermès pose son pied dans la main de sa compagne.

– Je suis là, mon amour.

Il l'embrasse et ne peut se retenir de lécher ses larmes avec sa longue langue fine et pointue.

Benjamin attrape Alice par les épaules et la conduit en dehors de la chambre, suivi de Jonathan.

– Ils ont besoin d'être un peu seuls, viens…

67.

Les jours suivants, pour l'aider à se remettre de cette perte douloureuse, Alice reste au chevet de sa fille. Elle l'installe dans une chambre à côté de la sienne dans le chalet de Benjamin et passe ses journées assise dans un fauteuil, au pied du lit.

Ophélie est endormie. Alice veille sur elle. De la fenêtre de la chambre, elle contemple Val Thorens. Le village, placé au creux des trois montagnes avoisinantes, a bien changé depuis son arrivée. Désormais, des Aerials sillonnent le ciel en tenant des valises, des sacs de courses ou des passagers sapiens.

Des plateformes de décollage, semblables à des arrêts de bus, ont été construites sur le toit de certains chalets, ainsi que des escaliers extérieurs pour y accéder.

Les couleurs aussi ont changé. Dans le quartier dit « des chimères », toutes les maisons sont entièrement peintes en blanc. C'est d'ailleurs à cela qu'on reconnaît qu'elles sont habitées par des Aerials.

Parfois, dans le ciel, passent des hybrides qui brandissent de longues banderoles. La publicité qu'ils traînent derrière eux vante tour à tour les mérites d'un restaurant gastronomique aerial ou annonce des ventes de vêtements spécialement conçus pour dégager les ailes.

Ophélie se tourne et se retourne dans son lit. Soudain, elle se réveille en sursaut comme après un cauchemar.

– Hermès ! crie-t-elle. Où est Hermès ? Pourquoi n'est-il pas là ?

– Il est très occupé, tu sais, lui répond sa mère.

La jeune femme se concentre pour retrouver son calme. Alice essuie la sueur qui perle sur le front pâle de la malade.

– Comment te sens-tu ?

– Je me sens… vide. Inutile. Et Hermès qui n'est jamais là… Depuis ma fausse couche, il est différent. Plus distant. Comme s'il m'en voulait et me tenait pour responsable de cet échec.

– Ma chérie, il est forcément déçu lui aussi. Et malheureux. Il essaie de ne plus y penser en se plongeant dans son travail. Être roi des Aerials demande beaucoup de disponibilité, quels que soient les drames qui se produisent dans sa vie.

La jeune femme pousse un long soupir.

– Et toi, Maman, je ne te déçois pas trop ?

– Ne dis pas de bêtises ! Non, ma fille, au contraire, tu m'as apporté une information capitale qui me manquait. Maintenant, grâce à toi, je sais qu'il ne peut y avoir de métissage entre Sapiens et Aerials. Une barrière d'espèce existe bel et bien entre nous et les hybrides.

– J'espérais vraiment qu'ils pourraient naître...

La jeune femme se remet à pleurer.

J'aurais dû y réfléchir et lui en parler avant. À quoi auraient ressemblé ces nouveaux êtres ? Seraient-ils nés avec... des demi-ailes ? Comment auraient-ils pu voler, alors ? C'est Benjamin qui m'a rappelé que les poulets, dont les ailes sont réduites, n'arrivaient pas à décoller et qu'ils étaient devenus les proies de tous les prédateurs.

– Nous allons pouvoir mettre en garde les autres couples mixtes qu'ils ne pourront pas avoir d'enfants.

Les sanglots de la jeune femme redoublent d'intensité. Alice prend sa fille dans ses bras.

– L'amour n'est pas forcément lié à la procréation, c'est ce qui fait tout le prestige de l'être humain. Nous pouvons aimer sans qu'il y ait forcément un projet de bébé. Moi-même je pensais, du fait de mon endométriose, ne jamais pouvoir avoir de descendance... Et puis tu es arrivée !

Ophélie regarde le ciel au-dehors. Au loin, quelque chose l'intrigue. Elle plisse les yeux, puis elle se dresse sur ses coudes. Malgré la douleur qu'elle ressent encore dans le bas-ventre, elle parvient à se mettre debout et, soutenue par Alice, marche jusqu'à la fenêtre dont elle ouvre les deux battants.

Hermès, en lévitation au-dessus du village, donne l'impression d'être assis sur un nuage. Ophélie rit de cette plaisanterie et agite joyeusement le bras dans la direction de son compagnon. L'homme-chauve-souris enchaîne les loopings, puis se maintient un instant en suspension et reprend son vol en dessinant un cœur. Aussitôt, Ophélie lui répond en traçant elle aussi un cœur imaginaire avec son doigt et feint de le souffler dans sa direction.

C'est alors que les deux femmes distinguent une seconde silhouette dans les airs. C'est une Aeriale qui trace elle aussi un cœur imaginaire.

Les deux hybrides se lancent ensuite dans une série de figures aériennes compliquées avant de se retrouver dans les ailes l'un de l'autre et de s'embrasser.

Le visage d'Ophélie change aussitôt. Elle vacille. Alice la soutient.

– Non…, murmure la jeune femme, sidérée.

Alice la serre dans ses bras et la force à se retourner pour ne plus voir la scène qui se déroule dans le ciel.

– Je… je ne comprends pas ! bafouille Ophélie dont les yeux gris s'embuent de larmes.

– Hermès est un hybride. Les hybrides ont des mœurs différentes.

– Mais…

Alice tente d'apaiser sa fille.

– Ils sont encore une jeune espèce, et la pulsion de reproduction est probablement plus forte que le sentiment amoureux abstrait qui est apparu finalement très tard, même pour notre espèce sapiens.

– Abstrait ?

– Oui, notre sentiment amoureux peut parfois être irrationnel.

Ophélie s'assoit sur son lit et dit avec hargne :

– Alors ce qui est le plus rationnel, c'est qu'il soit déjà avec une autre femme, c'est ça ?

– Il est avec une femelle de son espèce, rectifie Alice. Et tu ne pourras rien contre ça.

Ophélie, atterrée, comme anesthésiée, se recouche et enfonce sa tête dans son oreiller pour pleurer à chaudes larmes.

Quel crétin ! Il aurait pu au moins attendre un peu avant de s'afficher avec une autre. Vraiment, je ne comprends pas les hommes, hybrides ou sapiens. Ou plutôt si, mais leur comportement est si égoïste ! Ma pauvre chérie, tu croyais que ton couple était un modèle de modernité et tu n'as fait que reproduire un schéma très ancien.

On frappe à la porte. Alice ouvre et tombe nez à nez avec Jonathan, un bouquet de fleurs à la main.

– Comment va-t-elle ? demande-t-il à voix basse.

– Pas terrible.

– Elle a toujours mal au ventre ?

– Non, maintenant, c'est plutôt le cœur qui est touché...

Jonathan fronce les sourcils.

– Un problème cardiaque ?

– Non... sentimental. Entre.

Jonathan s'approche d'Ophélie, lui prend la main et lui chuchote :

– Je suis désolé du drame que tu traverses. Je... je n'ai pas d'ailes... mais je suis là si tu as besoin de moi.

La jeune femme cesse de sangloter et laisse sa main dans celle de Jonathan.

Puis elle sort sa tête de l'oreiller et tente de sourire.

– Je crois que je suis un peu lassée des gens qui volent.

Je n'avais jamais autant perçu la perfidie de ce jeu de mots. Hermès le roi qui vole et le roi des voleurs. Il porte bien son nom.

La jeune femme aux cheveux mauves s'essuie les yeux puis plante son regard dans celui du fils Wells.

– Laisse-moi juste un peu de temps, Jonathan.

– Je suis certain que skier sur des pistes noires peut t'apporter autant de plaisir que voler avec un Aerial, dit le jeune homme avec un sourire doux.

Pour toute réponse, elle lui serre un peu plus fort la main.

Cependant, sans même qu'elle en prenne conscience, ses yeux vont naturellement vers la fenêtre, dans le cadre de laquelle elle distingue encore Hermès et sa nouvelle compagne.

Jonathan le remarque et serre un peu plus la main de la jeune femme.

Les deux jeunes gens échangent un regard tendre.

Alice, sentant qu'elle est de trop, préfère quitter la pièce pour les laisser seuls.

Dans l'escalier qui mène au salon, elle croise Benjamin.

– Alors comment va-t-elle ?

– Je crois que nous avons bien fait d'amener Ophélie ici. La présence de ton fils lui apporte beaucoup de réconfort.

Elle allume un feu dans la cheminée, se sert un verre de pinot noir et s'installe dans un fauteuil.

– J'ai envie de penser à autre chose. Cette histoire avec Ophélie me mine.

– Tu as raison. Et j'ai peut-être une idée…

Benjamin s'assoit près d'elle face au feu qui commence à ronronner.

– Ton projet Métamorphosis était basé sur trois éléments : l'air pour les Aerials, l'eau pour les Nautics, et la terre pour les Diggers. Mais il manque un élément. Il y en a quatre en tout…

– Le feu ? dit Alice en ajoutant une bûche dans l'âtre.

– Ne crois-tu pas que tu devrais stabiliser ce triangle blanc pour l'air, bleu pour l'eau, noir pour la terre en ajoutant du jaune pour le feu ?

– Je n'ai pas de matériel pour fabriquer un nouvel hybride.

Elle se rassoit et fait tourner le vin dans son verre à pied.

– Détrompe-toi, rétorque Benjamin. J'ai été autorisé à emporter dans nos bagages du matériel de pointe en cas de guerre bactériologique. Il est stocké dans un garage de la mairie.

Alice réfléchit un instant puis déclare :

– Quand bien même nous aurions du matériel exceptionnel pour nos expériences, il me manque l'ingrédient principal et irremplaçable : des gènes correspondant à un animal lié au feu.

– Eh bien… il y a un animal qui pourrait te fournir les gamètes nécessaires pour ton prochain hybride. Et il est, selon beaucoup de légendes, lié au feu.

– Un phœnix ? plaisante Alice.

– Un animal qui existe vraiment…

Benjamin prend un air énigmatique qui exaspère Alice.

– Arrête de faire ton mystérieux ! Je ne vois pas quel animal réel peut être lié au feu, même dans les mythologies.

– La salamandre, répond le ministre.

Alice ne peut masquer sa surprise.

– Tu voudrais que j'invente un quatrième hybride qui serait un homme-salamandre ?

– Ainsi, nous aurions les quatre éléments au complet : l'eau, l'air, la terre et le feu. Sans compter qu'un système à quatre joueurs est plus… carré, donc plus stable.

La scientifique n'arrive pas à quitter des yeux la danse des flammes dans la cheminée.

Benjamin continue de me guider. C'est lui, déjà, qui avait eu l'intuition d'inventer deux hybrides en plus de l'homme-chauve-souris. Et je l'en remercie, malgré les conflits actuels.

– C'est toi-même qui m'as dit que Mère Nature n'éliminait pas les projets ratés ou en fin de course, mais en ajoutait de nouveaux, argumente-t-il. Cet hybride homme-salamandre pourrait être une solution aux problèmes que nous rencontrons aujourd'hui.

Alice fixe les flammes.

Il a raison. C'est peut-être ça, la grande idée : continuer d'aller de l'avant au lieu de m'apitoyer sur les erreurs passées. Pourquoi ne pas me lancer à la conquête du quatrième élément : le feu ? Je ne suis pas à l'âge de la retraite, j'ai encore du potentiel. Je peux être utile à la nature pour l'aider à diversifier ses créatures.

Benjamin se lève, va chercher l'*Encyclopédie du Savoir Relatif et Absolu* sur son bureau et la lui tend déjà ouverte.

– Tu vas comprendre pourquoi les salamandres sont associées au feu.

Elle lit. Le chapitre évoque les salamandres et leur habitude d'hiberner souvent dans des souches creuses. Or ce bois était souvent récupéré pour servir de bois de chauffage. Une fois dans l'âtre, les bûches brûlaient, ce qui réveillait les salamandres qui, dès lors, surgissaient du feu. Autre détail qui relie salamandre et feu : les salamandres françaises, de couleur noire tachetée de jaune vif, avaient une salive toxique qui brûlait la peau de ceux qui tentaient de les toucher, et la tradition populaire les avait donc associées au feu.

Alice poursuit sa lecture et découvre qu'en 1510 un médecin botaniste, Joachim Camerarius, a noté que « la salamandre est le seul animal capable de survivre dans le feu ». Pour cette raison, explique l'*Encyclopédie*, François Ier la prit comme emblème afin de faire passer le message suivant : il survivrait à toutes les épreuves. Et il adopta pour devise *Nutrisco et extinguo*, qui signifie : « Je nourris [le bon feu] et j'éteins [le mauvais] ». Elle apprend ensuite qu'en 1565 le médecin philosophe et alchimiste suisse Paracelse a mis en relation les quatre éléments et certaines créatures magiques : les nains qui vivent sous les montagnes pour la terre ; les ondines, femmes sirènes des lacs et des rivières pour l'eau ; les elfes pour l'air ; et… les salamandres pour le feu. L'artillerie française a elle aussi pris pour emblème une salamandre entourée de flammes avec comme devise : *Nous aussi nous sommes à l'épreuve du feu.* Enfin, Alice apprend qu'en 1750 Pierre Louis Moreau de Maupertuis voulut vérifier la légende selon laquelle les salamandres résistent au feu. Il en jeta des dizaines dans une cheminée et constata « scientifiquement » que la légende était… fausse.

– Où vais-je trouver une salamandre à Val Thorens ? dit Alice en reposant le volume sur ses genoux.

– On pourrait aller faire un tour au parc animalier du Creuset. Je m'y suis déjà rendu plusieurs fois, il y a encore beaucoup d'animaux là-bas.

– Ils ont pu survivre dans des cages ou des aquariums durant toutes ces années ? s'étonne la scientifique.

– Certains vivaient dans des milieux naturels ouverts reconstitués. Ils ont continué à y vivre et à s'y reproduire sans intervention humaine.

– Et donc il y avait des salamandres, tu dis ?

– Plus précisément des salamandres axolotls, dans une sorte de petite piscine avec un décor de marécage.

– C'est quoi, des Axolots ?

– Ça se prononce « axolo-tleu », avec un « tl » à la fin. C'est un mot mexicain d'origine aztèque.

Alice n'arrive pas à quitter des yeux les braises face à elle.

– Axolo-tleu ?

– Regarde, dit Benjamin en attrapant l'*Encyclopédie* sur les genoux de sa compagne et l'ouvrant de nouveau, il y a un passage qui parle de cette salamandre si particulière.

68.

ENCYCLOPÉDIE : AXOLOTL.

L'Axolotl (*Ambystoma mexicanum*) est une salamandre de 25 centimètres qui possède une fascinante capacité à régénérer en permanence ses organes endommagés ou coupés.

Lorsqu'un Axolotl perd une patte, sa queue ou n'importe quelle autre partie du corps – y compris ses yeux, sa colonne vertébrale, sa moelle épinière, ses nerfs et même son cerveau –, elle repousse.

Cette capacité extraordinaire nommée « néoténie » vient du fait que, lorsque l'Axolotl est dans l'eau, elle reste à l'état larvaire, comme un fœtus dans du liquide amniotique.

Toutes ses cellules contiennent donc le plan général de l'animal complet. Quand un groupe de cellules est détruit, la plaie ne cicatrise pas. La partie coupée repousse pour reproduire à l'identique les cellules disparues.

Ainsi l'Axolotl, par sa capacité d'autorégénérescence, est incapable de vieillissement et donc théoriquement immortelle.
Autre pouvoir extraordinaire de l'Axolotl : même à l'état de « grand fœtus », le mâle peut se reproduire avec un Axolotl femelle.
Cependant, dès qu'elle sort de l'eau, la salamandre Axolotl opère une métamorphose complète. Elle cesse de respirer avec ses branchies et développe des poumons. Sa peau change de couleur pour devenir plus opaque et plus foncée. Son horloge biologique se déclenche et elle vieillit, comme tous les autres animaux. Ses organes coupés cicatrisent et ne peuvent plus repousser.
L'Axolotl vit dans les grands lacs de montagne du Mexique et est considérée, depuis 2006, comme une espèce en voie de disparition. Désormais, on ne la trouve que dans deux lacs : le Xochimilco et le Chalco, tous deux situés à deux mille mètres d'altitude au centre du Mexique. En cause : son goût délicat qui en fait un mets de choix pour les populations riveraines de ces lacs. Mais aussi l'intérêt permanent des scientifiques pour son secret de longévité : tous cherchent à percer le mystère pour permettre aux humains de se régénérer eux aussi.
Si l'Axolotl a pu résister aux blessures des prédateurs et au passage du temps, la gourmandise et la curiosité des hommes devant sa potentielle immortalité lui seront peut-être fatales.

Encyclopédie du Savoir Relatif et Absolu.

69.

L'hybride humain-salamandre ouvre les yeux sur le monde.

Il crie et pleure un peu, presque comme une formalité, pour rassurer l'entourage, puis regarde un à un les gens qui sont présents à sa naissance.

L'opération se déroule dans le salon du chalet de Benjamin, qui pour l'occasion a été transformé en laboratoire.

Trois ans ont été nécessaires pour parvenir à faire exister ce nouvel hybride.

Alice est en blouse blanche. La tout juste sexagénaire a désormais une grande expérience de ce genre de manipulation et, grâce au matériel de pointe que lui a fourni Benjamin, elle a pu réussir sans trop de difficulté à créer ce nouveau spécimen.

Une fois qu'elle a vérifié que le cœur battait et que la respiration était régulière, elle dépose le nouvel être dans un couffin en velours rouge.

Je n'ai jamais vu un être aussi adorable est la première pensée qui vient à l'esprit de la scientifique.

Contrairement aux trois premiers nouveau-nés hybrides, il s'agit cette fois d'une femelle. Elle ressemble énormément à une femme sapiens, à quelques détails près qu'Alice note immédiatement dans son carnet d'observation.

4 : <u>LES FIRES</u> (nom scientifique : *HOMO IGNIS*)

DESCRIPTIF INDIVIDU
Taille à la naissance : 30 centimètres.
Taille probable adulte : plus petite que l'Homo sapiens.

Couleur : peau jaune de plusieurs couches translucides, semblables à des couches de plastique transparent jaunâtre superposées.
Tête ronde avec de grands yeux dorés.
Cheveux très épais rouges aux pointes foncées presque noires.
Présence d'un moignon de queue.

– Comment va-t-on l'appeler ? demande Benjamin qui lit les notes d'Alice par-dessus son épaule. Encore un dieu de l'Olympe ?

– J'aime bien « Axelle ».

– Axelle l'Axolotl..., répète Benjamin. Ça sonne bien.

– Et je crois me souvenir qu'en hébreu Axelle signifie « porteuse de paix ». C'est ce dont nous avons le plus besoin.

– On dirait un personnage de dessin animé japonais, remarque Ophélie, enceinte de sept mois.

Benjamin Wells soupèse le bébé.

– Je trouve Axelle quand même très légère...

– C'est normal, explique Alice. Les salamandres ont des os moins denses que ceux des humains.

Alice aurait voulu lancer dans la foulée la production d'une génération de 144 autres hybrides homme-salamandre, comme elle l'avait déjà fait pour les trois autres hybrides. Cependant, l'un des appareils indispensables aux manipulations génétiques est tombé d'un coup en panne, et Benjamin n'a pas trouvé le moyen de réparer cet ensemble de pièces électroniques complexe.

– La création d'autres hybrides étant impossible, Axelle sera donc l'unique femme-salamandre..., dit la scientifique tandis que le nouveau-né se tortille dans son couffin.

Benjamin avait raison. Quatre éléments : l'air, l'eau, la terre et le feu. Donc quatre hybrides, quatre couleurs.

Quelques semaines plus tard, c'est au tour d'Ophélie de donner naissance. Le nouveau-né est un pur Sapiens, un garçon roux qu'elle et Jonathan prénomment Zacharie.

Mon grand projet de sauvetage de l'humanité reprend différemment.

Axelle et Zacharie représentent la prochaine génération, qui porte déjà en elle beaucoup d'espoirs.

70.

Il ne la trouve pas.

Cela fait maintenant dix ans qu'Axelle et Zacharie Wells grandissent côte à côte comme s'ils étaient frère et sœur.

Cet après-midi-là, alors qu'elle s'est calfeutrée dans la souche creuse d'un arbre, la fillette comprend que Zacharie n'arrivera pas à la trouver. Sa cachette est trop bonne.

Elle décide donc de renoncer à attendre et de se montrer.

– Zacharie ! J'ai gagné ! Je suis là !

Personne ne répond. Elle annonce plus fort :

– C'est encore moi qui ai gagné la partie de cache-cache !

Pas de réponse. Son frère n'est pas là. Axelle regarde autour d'elle : elle est seule au milieu de la forêt enneigée. Elle décide de rentrer à Val Thorens.

Mais, avec ce paysage recouvert de poudre blanche uniforme et tous ces sapins, elle ne reconnaît plus rien.

Elle s'arrête parfois pour crier :

– Zacharie ! Zacharie ! J'arrête de jouer ! Je suis là !

Elle se dit que certaines victoires sont plus compliquées à vivre qu'une défaite.

– Hé ho, Zacharie !

Soudain elle entend un bruit derrière elle.

– Zacharie ? C'est toi ?

Les bruits s'accentuent, on dirait des pas très lourds.

Axelle se retourne. Devant elle, une silhouette beaucoup plus grande et beaucoup plus poilue que Zacharie, avec dans la gueule d'énormes canines que la bête exhibe dans un souffle bruyant.

Un ours brun.

Il est à quelques mètres d'elle.

L'animal se déplace en position tantôt bipède, tantôt quadrupède. Il l'observe de ses yeux ronds et remue son museau pour bien percevoir son odeur. Et celle-ci ne semble pas du tout lui plaire.

– Tout doux... Tout doux..., dit Axelle en reculant et en essayant de ne pas montrer sa terreur.

Mais l'ours continue d'avancer vers elle.

Elle se met à courir, poursuivie par l'immense animal qui pousse des grognements de colère en voyant sa proie qui s'enfuit.

La lourde masse fend la neige, fait trembler le sol et écrase les broussailles.

Axelle n'appelle même pas au secours. Que peut faire une petite fille face à un tel colosse ?

Elle court de plus en plus vite, en vain. L'ours, plus puissant et plus rapide, se rapproche.

Soudain, elle trébuche sur une racine et tombe le visage dans la neige.

Quand elle relève la tête, elle entend la respiration du fauve toute proche. Elle peut même sentir son odeur.

Elle se met lentement debout. Avise une branche au sol, qu'elle saisit pour s'en faire une sorte de lance protectrice. Mais l'ours, d'un coup de patte puissant, fait virevolter l'arme comme une brindille.

Axelle recule.

– Non, dit-elle sur un ton ferme. N'approche plus…

L'ours montre les dents, quand une voix derrière l'enfant chuchote :

– Je crois que tu as gagné.

Dans son dos, Zacharie tient une grosse pierre dans une main et un bâton dans l'autre.

– Je me demandais où tu étais cachée, j'ai cherché partout, tu m'as bien eu…, lance-t-il pour essayer de détendre l'atmosphère.

– C'est-à-dire que… lui m'a trouvée avant toi.

– Passe doucement derrière moi…

Sa voix chevrotante trahit sa propre terreur.

Axelle s'exécute sans quitter le plantigrade des yeux.

Zacharie lance alors de toutes ses forces la pierre et blesse l'ours à l'œil. L'animal, furieux, fonce gueule ouverte vers le garçon rouquin. Axelle ramasse une autre pierre et l'envoie à son tour, parvenant à toucher l'animal au menton.

Le plantigrade fait claquer ses mâchoires et donne des grands coups de patte que les deux enfants évitent de justesse, jusqu'à ce que les longues griffes coupantes touchent leur cible et arrachent le bras d'Axelle au niveau de l'épaule.

Zacharie reste un instant stupéfait.

– C'est pas grave ! dit la petite fille. Continue !

Le garçon saisit un morceau de bois long et pointu, qu'il tient comme un poignard. Il parvient à l'enfoncer profondément au niveau de la veine jugulaire de l'ours. Du sang gicle.

L'animal pousse un hurlement. Profitant de ce répit, Zacharie aide Axelle à se relever.

Les deux enfants s'enfuient.

Lorsqu'ils sont à bonne distance, ils s'arrêtent pour retrouver leur respiration et constatent que l'ours ne les a pas suivis.

– Ton bras ! s'étonne le garçon. Il ne saigne pas…

Les deux enfants regardent l'épaule blessée d'Axelle : l'os affleure mais il n'y a pas de sang. La chair jaune un peu translucide ressemble à de la gelée.

– Attends, dit Zacharie. Je vais chercher ton bras.

Et avant que la petite fille ait essayé de l'en dissuader, il fait le chemin en sens inverse, vérifie que l'ours ne traîne plus dans les parages et ramasse le bras sectionné.

Puis il rejoint Axelle et ensemble ils retrouvent leur chemin jusqu'au chalet de Benjamin et Alice.

Alice, qui a désormais plus de soixante-dix ans, chausse ses lunettes et examine la plaie.

– Nous jouions à cache-cache et nous avons croisé un ours. Mais la bonne nouvelle est que j'ai pu récupérer le bras.

Zacharie montre le membre coupé.

Alice observe l'épaule déchiquetée et le bras désolidarisé du reste du corps. Les doigts frémissent encore, comme pour manifester leur existence.

Dans le jardin de mes parents, j'ai un jour vu la queue d'un lézard coupée par un coup de patte de chat, agitée des mêmes spasmes nerveux.

– Tu as mal ? demande Benjamin.

– Non. Ça picote juste un peu au niveau de la coupure.

Benjamin, dont les cheveux sont maintenant gris, regarde lui aussi le bras sectionné.

Alice s'intéresse à l'épaule de l'enfant à la peau jaune translucide, aux yeux dorés et aux cheveux rouges à pointe foncée.

Axelle serait donc vraiment immortelle...

– Axelle bénéficie de la néoténie des Axolotls, explique-t-elle.

Benjamin repose le bras sur la table basse du salon. Le membre coupé semble déçu d'être abandonné et s'agite en se pliant au niveau du coude.

– Que va-t-il devenir ? demande Zacharie.

– En théorie, il pourrait faire repousser le corps tout entier, car les cellules ont toutes la programmation globale d'Axelle. Cependant, vu qu'il n'a pas le moindre bout de cœur ni de cerveau je pense qu'il va finir par... dépérir, répond Alice.

– Pourquoi une partie continue-t-elle de grandir et pas l'autre ? interroge Zacharie.

Axelle explique :

– De ce que je sens, le morceau de corps qui repousse en totalité est celui où se trouve le plus de conscience. Et en effet, comme dit Maman, c'est le morceau où il y a le plus de cerveau.

– Donc si l'on coupait ta tête en deux, en sectionnant le cerveau pile au milieu, il y aurait un dilemme : est-ce que la conscience est plutôt dans une moitié ou dans l'autre ? demande Zacharie intrigué.

Je n'avais jamais pensé à ça...

– C'est mon esprit qui décide où il préfère se nicher, dit Axelle. Il choisit le morceau où il y a le plus de cerveau car c'est là où il pourra le plus rapidement être opérationnel.

– C'est passionnant, réagit Zacharie, admiratif. Et après ?

– Toujours selon le principe de la néoténie, Axelle devrait voir son bras repousser, dit Alice en remontant ses lunettes sur son front. Reste juste la question : en combien de temps repousse un bras complet avec la main, les doigts, les ongles...

La réponse arrive cinq semaines plus tard, quand le bras d'Axelle, la petite fille axolotl, a entièrement repoussé.

Jour après jour, les capacités de l'enfant-salamandre ne cessent de surprendre les deux vieux scientifiques. Alors qu'ils l'observent de loin jouer avec Zacharie, Alice déclare :

– Axelle est unique, pourtant elle est capable, à elle seule, de peser autant dans l'écosystème que ses trois cousins hybrides. C'est comme si nous avions remplacé la quantité par la qualité.

– Le fait qu'elle voie ses membres abîmés repousser et qu'elle ne soit pas programmée pour mourir ouvre des perspectives nouvelles, dit pensivement Benjamin.

Il prend sa compagne par le coude et l'aide à monter la volée de marches qui sépare le jardin du chalet. Alice souffre de crises de rhumatismes qui la handicapent ponctuellement dans ses déplacements. Elle qui est si dynamique s'en trouve fortement agacée.

– Axelle pourrait, à elle seule, être une sorte de réceptacle de notre culture, de nos découvertes scientifiques et de nos valeurs, réfléchit à voix haute Alice. Si une autre crise comme la guerre mondiale que nous avons connue il y a quarante ans survenait, elle pourrait faire renaître une civilisation...

De fait, à partir de cette époque, les deux enfants ont beau être élevés ensemble, l'éducation d'Axelle diffère de celle de Zacharie.

Selon les termes d'Alice, la petite fille-salamandre doit devenir en même temps une femme de lettres et une femme de chiffres. Elle doit connaître l'art et la science. Elle doit accumuler un maximum de savoir et un maximum d'intelligence, pour être une sorte de garantie que le monde ancien pourra lui aussi se régénérer comme ses membres blessés ou coupés.

Ce riche enseignement est cependant si intense qu'il en est épuisant pour Axelle. Consciente des attentes illimitées de sa mère, elle a proposé de transformer les cours en jeux qu'elle invente elle-même. Pour l'histoire et la géographie, ils sont basés sur la mémoire, sur des énigmes pour la chimie et la physique, sur l'adresse pour le sport. Elle n'apprend pas dans la peur d'échouer mais dans la joie de découvrir et d'expérimenter.

Pour se détendre, Alice propose souvent à Ophélie une grande marche en montagne. Les deux femmes aiment partager ces moments loin du tumulte. Vêtue d'un anorak épais rose, la mère remonte l'avenue principale de Val Thorens au bras de sa fille, qui porte un anorak mauve.

Ophélie est impressionnée par la vitalité de sa mère, qui malgré son âge et ses petits soucis ponctuels de rhumatismes reste toujours partante pour faire du sport, voyager, se lancer dans de nouveaux projets. Paradoxalement, à presque quarante ans, Ophélie se sent plus casanière que sa génitrice. Elle aime rester tranquille à la maison, avec son compagnon Jonathan et leur fils Zacharie. Pour elle, la soirée idéale consiste à lire au coin du feu tout en écoutant de la musique classique et en buvant du thé.

C'est sa mère qui, chaque fois, la pousse à sortir de la routine.

Elles gravissent un chemin pentu. Jamais à bout de souffle, Alice ne cesse de discuter. De ses lèvres s'échappe un nuage de vapeur.

– Axelle m'impressionne, mais elle m'inquiète aussi, déclare-t-elle.

– Elle ne sait pourtant ni voler, ni nager, ni creuser... Pas de quoi t'inquiéter comme tes autres créations...

– Elle sait réfléchir. Tu as vu comme elle excelle dans tous les jeux de logique ? Et elle adore se surpasser. Elle est affamée de connaissances.

– Je reconnais qu'Axelle est beaucoup plus mature que Zach, dit Ophélie, même s'il profite de la vivacité d'esprit dont elle fait preuve. Ça le motive pour apprendre plus vite.

Elles arrivent sur un terrain plus plat, entre neige et caillasse.

– Je les observe, moi aussi, reprend Alice. Ensemble, ils jouent à tous les jeux de stratégie, de mémoire, de résolution d'énigmes... Des jeux qui entretiennent leur complicité, même si Zacharie se rend bien compte que, pour ne pas humilier celui qu'elle nomme son « frère », Axelle fait souvent exprès de perdre.

– C'est extraordinaire, reconnaît Ophélie, ces deux-là sont une sorte de formule idéale de synergie entre deux âmes qui s'améliorent mutuellement. Peu de couples partagent une telle complicité.

Ma mère. Ma fille. Mon petit-fils. Chaque génération a le même défi à relever que la précédente : faire vivre leur amour.

Alice a trouvé un bon rythme de marche, mais un peu trop rapide pour sa fille, qui commence à avoir quelque difficulté à la suivre.

– Au-delà de l'éducation que nous lui avons donnée, Axelle a des mécanismes de pensée liés à son espèce, qui lui permettent de trouver des solutions originales.

– Quel genre de solutions ? demande Ophélie, un peu essoufflée.

– Par exemple, elle analyse son interlocuteur pour toujours dire ce qu'il a envie d'entendre.

– Tu as raison.

– Et ce, même si elle ne le pense pas. De même, elle adapte son vocabulaire pour lui donner l'impression qu'ils parlent le même langage.

– C'est plutôt un comportement de caméléon, ça, pas de salamandre…

Elles rient.

– C'est de la stratégie, enchaîne Alice après avoir retrouvé son sérieux. Elle arrive ainsi à paraître sympathique à tout le monde. Elle sait même parfaitement parler le jargon aerial.

– Ça, c'est de la séduction, remarque Ophélie.

– Du haut de ses dix ans, c'est déjà une sacrée séductrice, c'est vrai. Tu as vu comment elle sait mettre en valeur ses étranges cheveux rouge et noir ?

– Ça promet !

– En tout cas, avec ce quatrième hybride unique, j'ai l'impression que nous avons bouclé la boucle de l'expérience Métamorphosis, conclut Alice.

La mère et la fille quittent le chemin de ski de fond et avancent sur des pentes de plus en plus escarpées. Elles respirent l'air frais et pur de la haute montagne. Elles peuvent apercevoir Val Thorens en contrebas avec quelques Aerials qui volent en emportant des skieurs.

Dorénavant, tous les événements qui vont se dérouler ne seront que les fruits issus des graines que nous avons semées. Les graines blanches liées à l'air, les graines bleues liées à l'eau, les graines noires liées à la terre, et l'unique graine jaune liée au feu.

C'est à ce moment qu'elles remarquent que la fonte des neiges a révélé le cadavre d'un ours conservé par le froid.

ACTE VI

Les fruits

71.

En fait, le monde évolue de manière non pas linéaire, mais plutôt cyclique.

La notion de croissance permanente est une perception masculine.

La notion de cycles répétitifs est une perception plus féminine, parce que dans notre corps est inscrit un processus de création, de transformation, d'expulsion ou de destruction d'œuf.

Nous les femmes avons intégré l'enchaînement des notions de naissance, de mûrissement, de vieillesse, de mort et de renaissance.

Après le printemps, l'été, l'automne, puis l'hiver, et ensuite c'est de nouveau le printemps.

Le jour succède à la nuit.

La lumière à l'obscurité.

Le chaud au froid.

De même, l'univers est peut-être une entité cyclique : après le Big Bang, l'expansion, la dispersion, l'entropie, puis de nouveau la concentration jusqu'au Big Crunch, la fusion dans un minuscule espace. Et là, de nouveau l'explosion.

Comme si nous étions dans un moteur de voiture à essence qui ne fait que répéter le même processus : étincelle, explosion, expansion. Un monde qui rétrécit et s'éteint progressivement jusqu'à la prochaine étincelle qui relance le processus de dispersion de lumière, d'énergie et de matière dans l'univers.

Le briquet crépite et produit une belle flamme propagée aux vingt bougies posées sur le gâteau d'anniversaire en forme de salamandre.

Tous sont dans le grand salon du chalet de Benjamin.

Alice, qui approche des quatre-vingts ans, a les cheveux blancs et le visage ridé. Elle est assise à la gauche de Benjamin, à peine plus âgé qu'elle, les cheveux blancs depuis longtemps. À sa droite, Ophélie, qui a presque cinquante ans, puis son compagnon Jonathan et leur fils, Zacharie, devenu un grand et beau jeune homme de vingt ans. Ils sont tous réunis pour fêter les vingt ans d'Axelle.

La peau diaphane de l'hybride symbole du feu révèle merveilleusement ses grands yeux dorés qu'elle a surlignés d'un trait d'eye-liner. Ses longs et épais cheveux rouges aux extrémités foncées retombent sur ses épaules.

Elle porte en pendentif son animal symbole : l'Axolotl.

Elle est vêtue d'une belle robe noir, jaune et rouge qui évoque une flamme vivante.

Durant les dix ans qui ont suivi sa rencontre avec l'ours, la jeune fille-salamandre a perdu de nombreuses parties de son corps. Elles ont toujours repoussé.

Elle s'était coupé un doigt en émincant des oignons, avait été amputée d'une jambe après un accident de ski. Elle s'était même tranché une oreille pour rendre hommage à Van Gogh dans un spectacle de magie pour enfants. Et elle avait bien ri de l'effet produit lorsqu'elle avait exhibé son oreille coupée. Au point qu'Alice s'est un temps demandé s'il n'y avait pas un côté malsain à toujours vouloir se couper des morceaux de corps pour prouver aux autres qu'ils allaient repousser.

Pourvu qu'elle ne veuille pas nous impressionner le jour de son anniversaire en se crevant un œil.

Axelle prend un couteau et une pelle à tarte puis découpe délicatement une part dans ce qui correspond à la poitrine du gâteau-salamandre, pile au niveau du cœur, et la tend à Zacharie.

– Ceci est ma chair, ceci est mon sang, profère-t-elle pour plaisanter en lui servant ensuite un verre de champagne.

Puis elle coupe d'autres parts de gâteau qu'elle offre aux convives, et se réserve pour elle-même la tête.

– Un discours ! Un discours ! clame le jeune homme roux pour taquiner celle qu'il considère toujours comme sa sœur.

– Le discours viendra, mais d'abord régalons-nous de ce magnifique gâteau préparé par notre chef préféré : Benjamin. Et ensuite j'aurai une surprise pour vous.

Et voilà ce que je redoutais... Une surprise ? Pourvu que ce ne soit pas encore un de ces tours de magie où elle se coupe un bout de corps.

Alors que tous mangent et découvrent les saveurs délicieuses du gâteau, Alice laisse son regard errer vers la fenêtre, d'où elle distingue le village dans son ensemble.

Elle repense au chemin parcouru et à la situation actuelle.

Après toutes ces années à Val Thorens, la population d'Aerials a beaucoup augmenté, à égalité numérique avec la population sapiens. C'est le très vieux président Légitimus qui l'a souhaité, et le roi Hermès était d'accord. Les deux chefs de communauté ont surveillé la croissance démographique de leurs populations respectives afin que le taux de natalité reste toujours parfaitement régulier et maîtrisé. Ils ont ainsi obtenu cette belle égalité. De même, ils sont parvenus à maintenir un respect mutuel et une complémentarité entre les deux peuples.

Comme dit Benjamin, « la mayonnaise a pris ».

Il fait référence à l'amalgame miraculeux entre l'huile et l'œuf pour réussir cette sauce délicate à exécuter.

Les Sapiens aident les Aerials grâce à leurs mains plus habiles. Les Aerials aident les Sapiens grâce à leurs ailes qui leur permettent de survoler tous les territoires. C'est ainsi que, ensemble, Sapiens et Aerials ont pu coloniser d'autres villes et villages alentour. Une fois installés, les couples ont fait des enfants, les cités se sont développées. Le territoire qu'ils contrôlent s'est ainsi agrandi.

Le principe est que, dans chaque collectivité, village ou ville, il y ait toujours autant d'Aerials que de Sapiens, et ce pour préserver ce qu'Alice nomme « l'équilibre entre le ciel et la terre ».

Et comme c'était stipulé dans l'accord de la tour Eiffel, ils ne dépassent jamais la limite des cent kilomètres en plaine, afin de n'avoir aucun souci avec les colonies avancées des Diggers.

Alice observe Axelle. Unique représentante de l'élément feu, la jeune femme-salamandre est devenue très populaire au sein des deux communautés, sapiens et aeriale.

Elle est toujours souriante, plaisantant de tout, secouant ses épais cheveux rouges de manière gracieuse, attentive à faire plaisir aux autres.

Une fois qu'ils ont tous repris du gâteau, Zacharie revient à la charge :

– Maintenant tu ne pourras pas y échapper ! On veut entendre ton discours d'anniversaire ! Et... on ne veut surtout pas de ta surprise, ajoute-t-il, moqueur.

– Parfait, je ne vais pas me défiler. Tout d'abord, je tiens à souligner que, moi qui suis censée être la digne représentante de l'élément feu, chaque année, le jour de mon anniversaire, je dois souffler sur des bougies pour éteindre les petites flammes, qui sont pourtant mes amies... Un comble, n'est-ce pas ?

Elle laisse passer un temps puis reprend :

– Quoi qu'il en soit, je tenais à profiter de cette soirée pour remercier Maman. Je voudrais lui dire : merci de m'avoir inventée.

Alice, gênée par ce compliment, baisse modestement les yeux. Axelle poursuit :

– Quel être humain a eu la chance de dîner avec son concepteur et de le tutoyer ? Quel être humain a pu recevoir directement de son créateur ses instructions et sa morale ?

– Moïse peut-être, lorsque Dieu lui a donné la table des Dix Commandements sur le mont Sinaï ? suggère Zacharie pour étaler sa culture.

– Merci, frangin, de nous rappeler ce point historique, mais moi, c'est cent commandements que je reçois chaque jour ! De « Range ta chambre », à « Finis tes devoirs » et « Merci de faire la vaisselle » ! Les Dix Commandements ne sont pas aussi précis... Donc, encore une fois, merci Maman.

Les rires fusent. Axelle redevient sérieuse.

– Cependant, je ne peux pas me contenter d'apprendre par les livres, les films et les récits des autres. J'ai besoin d'aller voir de mes yeux ce qui se passe autour d'ici. J'aimerais profiter de ce dîner où vous êtes tous présents pour vous révéler quelque chose d'important.

– Arrête avec de nous faire languir, accouche ! la presse Zacharie.

– J'ai donc décidé de me couper…

Et voilà, elle recommence. Un orteil ? Le nez ? La langue ?

– … de vous.

Silence autour de la table.

– Oui, vous m'avez bien entendue, j'ai décidé de partir d'ici.

– Tu veux quitter Val Thorens ? s'étonne Ophélie.

– J'ai vingt ans et personne ne pourra m'empêcher d'explorer le vaste monde. Alors autant commencer tout de suite !

– Tu es consciente que tu vas traverser des territoires de Diggers et de Nautics ? Sans parler de ceux où se trouvent peut-être d'autres Sapiens survivants ? la met en garde Zacharie.

– Justement, c'est ce que je veux savoir : comment est le monde au-delà des limites que je connais ? Mon moteur est la curiosité. N'est-ce pas ce qui a fait avancer nos ancêtres, à commencer par celui qui s'est hissé sur ses nageoires hors de l'océan pour ramper sur la terre ?

– Ni les Diggers ni les Nautics ne savent que tu existes, rappelle Jonathan.

– Eh bien, je pense qu'il est temps de les en informer. Il faut qu'ils sachent qu'ils ont une sœur qui représente le quatrième élément.

– Je ne suis pas sûre qu'ils apprécient l'apparition d'une nouvelle espèce hybride rivale, surtout qu'ils sont déjà en concurrence entre eux, intervient Alice.

– En me déplaçant seule, je ne peux pas les inquiéter. Et puis ils ignorent ma capacité de néoténie.

Alice croit bon d'ajouter :

– Le contexte diplomatique était très tendu la dernière fois que j'y suis allée, et…

– Maman, c'était il y a plus de vingt ans ! l'interrompt Axelle. Tu n'es pas curieuse, toi, de savoir comment ils ont évolué ?

Bien sûr que j'en meurs d'envie. Mais si je suis restée en retrait, c'est par peur de toucher à l'équilibre délicat entre les trois nations.

Benjamin sent que la tension monte. Cependant, c'est Zacharie qui précise ce que tous autour de la table pressentent :

– Nous ne pourrons pas retenir Axelle. Les salamandres ne sont pas des animaux qui se laissent apprivoiser facilement.

– Tu veux venir avec moi, frérot ? propose la jeune fille aux cheveux rouges à son frère rouquin.

– Un jour, je voyagerai avec toi, c'est promis, mais je n'ai pas ta maturité. Ni ta capacité de régénérescence, sœurette. Si on retombe sur un ours et s'il me donne un coup de patte, mon membre coupé ne repoussera pas…

Il désigne le bras jadis sectionné que, par fétichisme, Axelle a demandé à conserver dans un grand bocal de formol et qui, depuis l'incident, est posé comme un trophée au-dessus de la cheminée.

– Pour l'instant, je me sens surtout le devoir d'être un témoin qui prend le relais pour écrire et compléter l'*Encyclopédie du Savoir Relatif et Absolu* des Wells, ajoute Zacharie. C'est ma mission d'âme.

Alice écoute la conversation sans mettre son grain de sel. Toutes les décisions importantes se prennent désormais sans elle.

À mon âge, il faut probablement que je me prépare à ce que mon avis leur importe moins.

– Très bien, dit-elle finalement. Puisque tel est ton souhait, Axelle, et je ne peux t'empêcher de partir parcourir le vaste monde… sans nous.

– Merci, Maman ! Tu me fais le plus beau des cadeaux : la confiance, répond Axelle en se levant et en l'embrassant. J'ai déjà tout préparé. Je partirai après le dîner.

– Ce soir ? De nuit ? s'étonne Jonathan.

– Pour les salamandres, voyager de nuit est plus simple, dit Zacharie qui connaît bien sa sœur. N'oublie pas que les Axolotls ont une activité essentiellement nocturne.

Autour de la table, chacun se tait, méditant la nouvelle du départ imminent d'Axelle, et l'ambiance est un peu morose. Il ne reste de la fête qu'un morceau de gâteau d'anniversaire, un pied de salamandre, une bougie à moitié fondue plantée dedans, et la sensation qu'il s'est passé quelque chose d'important qui échappe à tous les invités.

– Merci de ton soutien, frérot.

Dès la fin du repas, la famille Wells au grand complet accompagne Axelle à la sortie de Val Thorens. Elle porte un anorak jaune et un bonnet de la même couleur dont dépassent de longues mèches rouges aux extrémités presque noires.

La jeune femme n'a pris pour seul bagage qu'un sac à dos. À l'intérieur, elle a placé un fin matelas roulé, des vêtements, des outils, et quelques sachets d'aliments lyophilisés.

– J'essaierai de vous informer de mon périple. Mais pour l'instant, il faut me laisser seule afin que je me retrouve et me connaisse mieux.

Après avoir embrassé chaque membre de sa famille, Axelle franchit la porte de Val Thorens.

– C'est peut-être elle qui a raison, déclare Alice en rentrant à pied au chalet aux côtés de Benjamin. Moi aussi, j'ai envie d'aller voir ce que sont devenues les communautés des Diggers et des Nautics après toutes ces années.

– Te voilà reprise par la bougeotte ! déplore Benjamin.

– À ton âge, Maman…, ajoute Ophélie.

– Traite-moi de vieille, tant que tu y es ! se rebiffe Alice.

– Mais tes rhumatismes…

– … ils me laissent tranquille ces temps-ci. Je suis en pleine forme. Je suis encore capable de voyager !

– De toute façon, c'est trop dangereux d'y aller seule, je viens avec toi, dit Benjamin.

– Pas question. Toi, tu dois rester, car tu es le garant de la solidité de tout ce que nous avons construit ici.

L'ancien ministre caresse avec tendresse la joue de sa compagne. Alice lui dit :

– Par sa détermination et son courage, Axelle a réveillé en moi ce besoin que j'ai trop longtemps ignoré. Celui de sortir de la routine pour rester éveillée. Comme je suis un animal diurne, je partirai demain matin. Je suis sûre que Solange sera ravie de venir en escapade avec moi vers les terres de l'Ouest.

72.

La pyramide de Cucufa s'est élevée depuis la dernière visite d'Alice, vingt ans plus tôt. Vu du ciel, l'étang semble une petite flaque comme un miroir de poche à côté de l'imposante cité-colline. À présent, la taupinière noire monumentale lui semble aussi haute que la tour Eiffel.

Serait-ce possible qu'elle soit arrivée jusqu'à trois cents mètres de haut ?

Tout autour, des champs cultivés, des routes, des éoliennes et d'autres pyramides taupinières de taille plus réduite s'étalent à perte de vue.

À peine Alice a-t-elle atterri, tout en douceur – grâce à Solange –, qu'elle est entourée par une foule d'hommes-taupes de tous les âges, venus à la rencontre de ce drôle d'attelage. Elle remarque que certains Diggers portent des costumes de plusieurs pièces agrémentés de dentelle.

Ils ont tous l'air d'avoir le ventre plus rebondi que lors de ma dernière visite…

Une femme digger s'avance vers elle.

Elle est vêtue comme si elle vivait à la cour de Louis XIV. Les stylistes diggers ont dû s'inspirer d'images anciennes.

Ce doit être quelqu'un d'important.

– Je vais avertir le roi de votre arrivée, annonce la femme digger en effectuant une révérence compliquée.

– Je souhaiterais plutôt le rejoindre directement à son palais.

La femme digger hésite, puis consent à guider Alice vers une entrée de la pyramide. En descendant dans le labyrinthe sous la cité, elle remarque que les couloirs sont ouvragés dans un style similaire à celui de Versailles.

Enfin elle arrive devant le lac souterrain.

Des centaines de lustres aux milliers de pampilles éclairent cet espace, toujours dans l'esprit des châteaux du XVIIe siècle.

Alice est ensuite emmenée au palais royal en gondole. Lui aussi a pris des allures de monument français d'avant la Révolution, malgré sa forme pyramidale. La façade est décorée de moulures sophistiquées, de statues de femmes diggers nues. De nombreux serviteurs et gardes arpentent les différentes salles.

Alice entre dans la salle du trône, décorée de dorures et de tableaux.

Hadès, qui a plus de cinquante ans, a pris de l'embonpoint. Il est même obèse. Engoncé dans son costume, il ne lui manque plus que la perruque pour avoir l'air du Roi-Soleil. Il pose assis dans un fauteuil, pour un peintre qui l'embellit.

Je crois me souvenir que Louis XIV était lui aussi obèse et payait des peintres pour faire croire sur les portraits officiels qu'il avait un corps d'athlète.

– Mère, quel plaisir de te revoir ici ! Que me vaut cet honneur et cette joie ?

Hadès soulève avec difficulté son énorme masse pour la rejoindre.

Il serre sa créatrice dans ses gros bras puissants terminés par ses larges mains aux griffes recouvertes de vernis noir.

*L'obésité est une maladie typique de l'*Homo sapiens. *Il n'y a qu'eux qui sont en surpoids, les autres animaux ne mangent que lorsqu'ils ont faim et se dépensent tellement qu'ils ne stockent jamais de graisse.*

– Y a-t-il encore des crises politiques à résoudre ? questionne le monarque tout en faisant un signe de la main pour que son peintre reprenne ses affaires et s'en aille.

Celui-ci obtempère sans discuter.

– Simple visite de courtoisie, mon cher Hadès. Je souhaitais me rendre compte par moi-même de l'état d'avancement de ta civilisation.

Hadès agite une clochette et apparaissent deux valets, qui viennent prendre les ordres du roi. Alice et Hadès s'installent dans deux magnifiques fauteuils disposés autour d'une table. Deux serviteurs apportent aussitôt des boissons et de la nourriture.

Puis des musiciens font leur entrée par une porte latérale. Ils se mettent à jouer un air étrange, mélange de Vivaldi et de percussions diggers.

– En arrivant par le ciel, tu as dû voir que nos zones agricoles, nos éoliennes, nos routes se sont bien étendues, n'est-ce pas ? Tu as aussi pu constater que nos vêtements, notre architecture ont évolué. Il faut maintenant que tu goûtes à ce que nous avons de plus raffiné : notre gastronomie et notre musique. N'est-ce pas toi, Mère, qui m'as appris qu'une civilisation se définissait par son art ? Même si tu n'étais plus avec nous, j'ai continué à m'instruire sur l'histoire des Sapiens. Un jour, tu t'en souviens peut-être, tu m'as dit : « Ceux qui ne connaissent pas le passé seront condamnés à le reproduire. » Je suis convaincu que c'est vrai. En découvrant le passé sapiens, je me suis aperçu qu'il était admirable en subtilités culturelles. Je passe mon temps à lire des ouvrages d'histoire que j'ai récupérés dans vos bibliothèques. Tous ces personnages…

– Louis XIV ?

– Oui, Louis XIV, mais aussi Napoléon, Staline, Mao Tsé-toung… quelles personnalités fascinantes ! Finalement, c'est Louis XIV qui me semble le meilleur modèle. Un monarque des plus raffinés… C'est son exemple que j'ai suivi, comme tu peux le constater.

Hadès n'a pas dû lire les chapitres sur les crimes de l'absolutisme… Les milliers d'ouvriers morts lors de la construction de

Versailles, ni des dizaines de milliers de victimes des batailles inutiles lancées par ce même Louis XIV pour satisfaire ses ambitions territoriales, ou les millions de morts de la grande famine de 1693, quand ce despote autoproclamé Roi-Soleil faisait la fête pendant que 1 % de la population mourait de faim au point que des épisodes de cannibalisme ont été recensés.

– Où en es-tu de tes conquêtes territoriales, Hadès ?

Le roi agite une clochette. Un serviteur arrive en trottinant. Hadès lui chuchote un ordre à l'oreille. Dans les minutes qui suivent, un groupe de valets apportent un grand panneau sur lequel est posée une carte.

Le roi des Diggers désigne les pastilles noires dont elle est parsemée.

– Il y a désormais plus de quatre cents taupinières de taille variable rien qu'en France, et peut-être autant dans les pays européens alentour.

Puis il montre des pastilles bleues.

– Et là, ce sont les zones contrôlées par les Nautics. Comme tu vois, il y a un espace qui nous sépare.

Alice montre une pastille rose proche du gros rond noir censé représenter la capitale digger.

– Et ça, c'est quoi ?

Elle sent Hadès soudain gêné.

– Le rose ?… Eh bien… c'est la couleur de peau des Sapiens.

– Ici ?!

Le roi Digger tend la main vers un bol rempli de lombrics caramélisés, en prend une petite quantité et les croque bruyamment. Son regard est fuyant.

– Les premiers contacts ont eu lieu il y a plusieurs années déjà, nous en avions parlé ensemble lors de ta dernière visite.

Nous avons depuis trouvé un terrain d'entente. Mais disons qu'ils n'ont plus le dynamisme qu'ils avaient avant-guerre.

Plus Hadès est gêné, plus il se goinfre de lombrics au sucre. Après avoir vidé le bol de friandises, il finit par lâcher :

– Après tout, je crois que tu as le droit de savoir. Suis-moi.

Hadès extirpe de sa poche un mouchoir en dentelle, l'imbibe de parfum, le renifle et, accompagné d'Alice, sort du château. Ils reprennent la gondole pour franchir le lac souterrain puis retrouvent la surface.

Des gardes se placent à leurs côtés, mais le roi leur fait signe qu'il préfère continuer seul.

Sur le chemin, beaucoup de badauds diggers accourent pour voir « la Mère » en personne. Tandis qu'ils marchent sur une route de terre, Alice demande :

– Où m'emmènes-tu ?

Hadès, complètement essoufflé, articule avec difficulté :

– De toute façon… j'avais l'intention… de t'en parler. Il fallait… que tu saches.

– Mais enfin de quoi parles-tu ?

Après avoir remonté un chemin étroit et franchi une haie d'arbres, ils débouchent devant une vaste clairière. Au centre se trouve une sorte de village ceinturé d'un mur grillagé lui-même surmonté de torsades de barbelés. Des miradors sont placés à intervalles réguliers.

Alice a un mauvais pressentiment.

– Qu'est-ce que c'est que ça ?

– C'est un camp…, avoue Hadès d'une toute petite voix. Mais rassure-toi, ce n'est pas un camp de concentration comme ceux que les Sapiens avaient construits en Europe centrale durant la Seconde Guerre mondiale. C'est plutôt, disons…

dans l'esprit des réserves indiennes en Amérique au début des années 1900.

Atterrée, Alice distingue derrière le grillage une sorte de bidonville avec une population d'humains qui semblent vaquer à leurs occupations quotidiennes.

– Je vais avoir besoin que tu m'expliques, Hadès, ce que je vois est... déstabilisant.

Hadès respire un grand coup et se lance :

– Deux ans après les accords de la tour Eiffel, les Sapiens ont commencé à affluer de partout. Des nomades, parfois seuls, parfois en groupe. Ils étaient pour la plupart malades, affamés, épuisés. Ils avaient dû survivre en restant cachés dans des abris antiatomiques, des métros, des lieux isolés moins irradiés, peut-être même dans leur propre cave. Quand le niveau de radiations a baissé, ils ont tous fini par sortir. La plupart de ces migrants étaient comme des bébés taupes sortant pour la première fois à la surface. Ils étaient hébétés, tremblants, apeurés. Nous avons hésité sur la meilleure conduite à tenir à leur égard. Et puis c'est moi qui ai décidé qu'on leur devait un minimum d'aide, ne serait-ce que parce que c'était toi, Mère, donc une Sapiens comme eux, qui nous avais créés. Alors nous les avons soignés, nourris, hébergés.

Ils marchent le long du grillage. Alice n'en croit pas ses yeux.

– Ce qui me désole le plus, c'est leur tristesse, dit Hadès. Comme s'ils n'en finissaient pas de s'en vouloir de cette Troisième Guerre mondiale. Enfin c'est ce que j'ai perçu. Je pense qu'on pourrait comparer leur réaction à celle des Aztèques ou des Incas qui ont dû faire le deuil de leur civilisation et qui portent toujours en eux cette tragédie collective.

Plus ils avancent, plus Alice découvre l'immense bidonville.

– Au début, les Sapiens ont vécu de la mendicité au milieu de nous, dans des huttes qui n'étaient même pas complètement étanches. Nous ne pouvions pas les installer dans notre cité souterraine, évidemment. Ils étaient à la fois trop grands et trop peu adaptés au monde souterrain.

– Pourquoi ne pas les avoir laissés s'installer dans les maisons abandonnées ?

– Nous avons préféré les regrouper ici.

– Pour mieux les surveiller ? dit Alice d'un ton acide.

– Pour mieux les aider, répond Hadès d'une voix ferme.

Alice repère derrière le grillage un enfant sapiens avec de grands yeux bleus tristes qui les fixe, ses mains posées sur le fil de fer. Il tend la main à travers le grillage comme s'il quémandait de la nourriture.

– Pourquoi avoir posé ces barbelés ?

– Nous n'avons pas eu le choix, se justifie le roi. Quand ils prennent de l'alcool ou de la drogue, les Sapiens ne se maîtrisent plus et peuvent devenir très dangereux.

Comme pour confirmer cette assertion, l'enfant aux yeux bleus qui affichait jusque-là un air de victime change d'un coup de physionomie et montre les dents de manière menaçante, comme un chien enragé.

Alice, surprise, a un mouvement de recul.

Mais déjà un Digger en uniforme militaire noir surgit et éloigne l'enfant trublion en le menaçant avec une longue matraque.

– Il y a des Diggers armés à l'intérieur du camp ?

– Nous sommes obligés de procéder ainsi, toujours à cause de la drogue et de l'alcool. Certains mordent si fort que plusieurs des nôtres ont été blessés. Les plaies étaient suffisamment profondes pour que j'installe ce système de « temporisateurs ».

Il ajoute :

– Et puis beaucoup de mes sujets croient encore que la salive des Sapiens est toxique. Pourtant, je te jure, Mère, que je leur ai dit que ce n'était qu'une légende…

Alice secoue la tête.

– Un grillage, des gardes armés, des matraques… On est très loin de l'esprit d'une réserve indienne.

– Mais ces gardes empêchent les Sapiens de se battre entre eux. Quant au grillage, il leur sert de protection. Il y a quand même beaucoup de loups et de bandes de chiens sauvages dans la forêt de Cucufa. Ces animaux n'osent pas s'attaquer à nous, car nous sommes costauds, mais ils s'en prennent aux Sapiens car ils sont plus chétifs.

Il cherche des excuses, c'est pitoyable.

Ils continuent leur avancée.

– Tu vas voir, Mère, le camp est très grand. Ils peuvent circuler.

– Il n'y a aucun contact direct entre vous et eux ?

– À certaines heures, on ouvre la grande porte d'entrée pour laisser passer les… touristes. Viens, tu vas comprendre.

Alice et Hadès se dirigent vers l'entrée principale, où patiente déjà un groupe de touristes diggers.

La plupart des hommes-taupes ont de gros ventres. Elle se souvient d'avoir cherché à comprendre, dans sa jeunesse, après avoir croisé des touristes polynésiens tous obèses, pourquoi une ethnie entière pouvait être en surpoids. Elle avait appris que le sucre raffiné apporté sur les îles par les Occidentaux leur avait été fatal. L'attrait pour les pâtisseries et les bonbons s'est ensuite inscrit dans leurs gènes, selon la loi de transformisme de Lamarck, et transmis à leurs descendants sur plusieurs générations.

Les Diggers suivent la même voie que les Polynésiens.

– Viens avec moi, Mère.

Hadès sort de sa poche une fiole de parfum dont il imbibe encore une fois son mouchoir de dentelle avant de le placer devant son nez. Alice remarque que certains parmi les touristes diggers mettent carrément un masque avec un filtre sur leur museau.

– Les odeurs de mes congénères vous dérangent donc à ce point ?

– N'oublie pas que tu nous as créés avec un sens de l'odorat plus développé que le vôtre.

Ils franchissent l'entrée du camp, qui donne sur une large avenue en terre battue où est inscrit en grosses lettres baveuses : « CHAMPS-ÉLYSÉES ». De chaque côté de la rue se succèdent des boutiques, ou plutôt des échoppes où sont exposés des objets et des aliments.

Des pancartes signalent : « SOUVENIRS SAPIENS » ou : « PRODUITS ARTISANAUX SAPIENS ».

– Entre ! Entre ! J'ai beaucoup de trésors typiquement sapiens ! Très jolis et pas chers ! clame un jeune homme affable. Allez, viens voir, ça n'oblige à rien.

Ils pénètrent dans l'échoppe. Là, ils découvrent des couvertures tissées avec des motifs géométriques, des paniers d'osier, des ponchos, des sculptures représentant des scènes typiques de la vie de Sapiens.

Cet endroit ressemble aux réserves de Navajos du Nouveau-Mexique ou de Sioux du Dakota.

Hadès achète quelques articles pour faire plaisir au commerçant et montrer à Alice qu'il traite bien les Sapiens.

Puis ils ressortent.

Alice, les mâchoires serrées, ne fait aucun commentaire.

À l'extérieur, de jeunes humains fument des cônes de feuilles, le regard perdu, assis à l'ombre d'une cabane d'aspect misérable. Plus loin, des hommes plus âgés boivent dans des bouteilles transparentes un liquide ambré qui les fait sourire sans raison.

– Tu vois, ici, la drogue et l'alcool font la loi. On a essayé de les sortir de leurs addictions, mais ils y reviennent d'eux-mêmes. On ne peut pas les raisonner. Beaucoup parmi les nôtres craignent que ces Sapiens perdus contaminent nos propres enfants.

– La charité, s'il vous plaît !

Une petite fille sapiens tire la robe d'Alice.

Hadès répond à sa place :

– Je veux bien te donner de l'argent mais à la condition que tu ne l'utilises pas pour te droguer, nous sommes bien d'accord ?

La fillette approuve puis, une fois qu'elle a pris l'argent, elle éclate de rire et part en courant. Aussitôt une dizaine d'autres filles sapiens surgissent la main tendue.

– Moi aussi, la charité ! Monsieur le Digger, s'il vous plaît ! Nous ne sommes que de pauvres Sapiens ! Donnez-nous un peu d'argent !

Hadès distribue aux gamins quelques pièces et aussitôt d'autres accourent. Un garde s'approche et les disperse en agitant sa matraque.

– C'est le problème, quand tu donnes à l'un d'entre eux,

il y en a automatiquement une dizaine qui arrivent pour quémander à leur tour.

Alice est au bord de la nausée.

– On ne peut vraiment pas les sortir de là ?

– Que voudrais-tu faire d'eux ? Tous ces Sapiens, je suis désolé de te le dire aussi crûment, Mère, sont quand même un peu... dégénérés.

– Ils peuvent sûrement exécuter certaines tâches qui vous seraient utiles...

– Nous avons déjà essayé de les intégrer à notre société. Au début, nous les avons utilisés comme ouvriers parce qu'ils ont des mains agiles avec des doigts plus fins et plus longs que les nôtres, donc plus précis pour manipuler de petits objets. Mais ils ne sont pas fiables. Ils volent le matériel pour en faire du trafic. Ils sont fainéants. Si on ne les surveille pas, ils font des siestes sans fin. Et puis ils dépensent leur salaire pour s'acheter à boire... On a dû renoncer.

Tandis qu'ils continuent leur visite du camp, un bâtiment attire plus particulièrement l'attention d'Alice : une bâtisse formée de parpaings de béton bien alignés, dont les murs sont recouverts de fresques.

Au sommet du toit est placé un symbole étonnant : une sculpture en forme de chou-fleur qui évoque un champignon nucléaire.

– C'est quoi, ça ?

– C'est le lieu où ils pratiquent leur religion, explique Hadès. Je crois qu'ils nomment cette mystique « RÊVE » pour « Religion Enfin Vraie à Expérimenter ».

– Mais pourquoi ont-ils pris le champignon nucléaire comme emblème ?

– D'après ce qu'ont compris nos ethnologues, les Sapiens considèrent la Troisième Guerre mondiale comme un événement purificateur et nécessaire, un peu à la manière du déluge dans la Bible.

Religion Enfin Vraie à Expérimenter ? C'est un syndrome de Stockholm à l'échelle collective ! Une population tout entière qui vénère ce qui l'a décimée.

– Ne me dis pas qu'ils vouent un culte à la bombe atomique ? lâche Alice, de plus en plus effarée.

Hadès affiche un petit sourire navré.

Tout en marchant, Alice repère des femmes sapiens dont l'attitude ne laisse aucun doute sur leur activité. Certaines portent autour du cou un médaillon en forme de chou-fleur.

– Ces femmes se prostituent, n'est-ce pas ? dit Alice.

– Elles ont besoin de notre argent et certains Diggers pervers n'aiment faire l'amour qu'avec des femelles sapiens. Ils apprécient leur odeur poivrée, à ce qu'il paraît. Ce n'est pas mon cas.

Hadès remet un peu de parfum sur son mouchoir, qu'il place sur son museau.

– Je sais que ce camp ne donne pas une bonne image des Sapiens. Cependant, ta visite m'inspire : que dirais-tu d'organiser un, comment dire… un pèlerinage chez vous, à Val Thorens, pour que des Sapiens d'ici voient un monde où leurs congénères mènent une vie honnête et décente ? Évidemment, nous trierons sur le volet les participants parmi les moins agressifs, les moins dépravés, les plus propres, les mieux éduqués. Et je financerai le déplacement, cela va de soi.

– Je préfère que nous sortions d'ici, dit Alice qui ne veut pas répondre à ce qu'elle estime être une insulte.

Ils quittent le camp et rejoignent l'entrée de la pyramide taupinière.

Et si Hadès avait raison ? Si on veut un jour faire avancer cette communauté, il va falloir leur montrer que, même né sapiens, on peut s'en sortir. Ce n'est pas une malédiction.

Solange attend Alice en discutant avec deux femmes diggers. Mais Alice a encore des questions à poser à Hadès.

– Comment se passent vos relations avec les Nautics ?

– Tu as vu sur la carte : ils ont toujours respecté le traité de paix de la tour Eiffel. De toute façon, nous avons assez de place dans les plaines pour ne plus avoir envie d'occuper les côtes…

– Ah bon ? Tu ne sembles cependant pas complètement convaincu.

– Tant que Poséidon et moi-même serons vivants, nous maîtriserons les pulsions guerrières de nos peuples, admet le roi digger. Ne serait-ce que par respect pour toi, Mère. Mais je crains le pire pour les générations futures. Je ne te cache pas que subsiste en de nombreux individus ce racisme entre espèces que tu as déjà pu constater dans le passé.

– Des deux côtés ?

– Nous déplorons de temps en temps des bagarres entre bandes de jeunes qui se défient, mais rien de grave pour l'instant. La plupart du temps, nos relations sont apaisées. Nous accueillons même des touristes nautics. Quant aux échanges commerciaux, ils se passent bien.

– Et que sais-tu des relations entre Nautics et Sapiens ?

Le roi digger affiche une moue dubitative.

– Certains de nos touristes ont passé quelques jours de

vacances chez les Nautics. Ils ont raconté qu'ils étaient plus durs que nous envers les Sapiens.

Il soupire.

– Si tu veux mon avis, les Nautics se prennent pour des êtres supérieurs, parce qu'ils sont plus grands, plus forts mais aussi parce qu'ils se disent de la lignée des dauphins, qu'ils considèrent comme plus noble que celles des taupes, des chauves-souris ou des singes.

Il me cache quelque chose.

– Dis-moi la vérité, Hadès.

L'homme-taupe se balance d'un pied sur l'autre.

– Eh bien... je crois qu'ils ne vous aiment vraiment pas. J'ai entendu parler – mais ce ne sont probablement que des rumeurs – de guerres entre les Nautics et les Sapiens.

Exactement ce que je redoutais. Dans ma grande naïveté, j'ai cru que, parce que la situation était apaisée entre les Aerials et nous, il en était de même avec les autres hybrides.

– J'ai compris. Je dois partir là-bas, dit-elle en faisant signe à Solange.

73.

ENCYCLOPÉDIE : DEVISE VIRUS.

« Ce qui ne te tue pas te rend plus fort », disait le philosophe Friedrich Nietzsche.

Pour les virus, la devise serait légèrement différente. Elle pourrait s'énoncer comme suit :

« Ce qui ne te tue pas mute, puis essaie à nouveau, de manière légèrement différente. »

Encyclopédie du Savoir Relatif et Absolu.

74.

Tout en bas, sous leurs pieds, coule la Seine, longue veine bleu marine aux reflets argentés.

Alice Kammerer, portée par son amie Solange, franchit la frontière entre le territoire des Diggers et celui des Nautics.

Depuis les hauteurs, la scientifique de quatre-vingts ans distingue des villages où l'on peut observer des cheminées qui fument, signe que les Nautics ont créé d'autres colonies en utilisant les maisons abandonnées après la guerre.

Les zones couvertes par des champs de céréales et des panneaux solaires se sont beaucoup étendues.

Pas de doute, ils ne meurent pas de faim et contrôlent leur approvisionnement en énergie.

Enfin Alice repère au loin Deauville, la capitale des Nautics.

Là encore, le paysage a bien changé depuis sa dernière visite.

La ville est beaucoup plus vaste, sur terre comme sur mer. Il y a dix fois plus de jetées. Les navires de toutes tailles s'alignent comme des fruits sur des branches. Sur le bord de mer ont été construites des centaines de grosses maisons cubiques sur pilotis qui ne semblent pas craindre la hauteur des vagues.

– Où veux-tu que nous atterrissions ? demande Solange.

– Il y a vingt ans, le palais de Poséidon se trouvait dans l'ancien casino de Deauville. Allons voir s'il y est toujours !

L'Aeriale atterrit sur la grande esplanade devant l'entrée du prestigieux bâtiment. À peine les deux femmes se sont-elles posées qu'un groupe d'hommes-dauphins lancent sur elles des filets.

On les entrave, puis on les sépare.

– Lâchez-moi ! crie Alice.

On l'emmène sans ménagement, sans considération pour son âge avancé.

– Je suis la Mère ! J'exige de parler à mon fils Poséidon !

Mais aucun des Nautics qui l'ont capturée ne prête attention à ses cris. Ils la font monter dans une camionnette grillagée et démarrent.

Ils roulent pendant une demi-heure puis se garent non loin d'un bâtiment ultramoderne en forme de parallélépipède, qu'elle reconnaît : le Paléospace, fameux musée de paléontologie de Villers-sur-Mer, une ville voisine de Deauville.

– Je veux parler à votre roi ! Je suis sa mère ! répète-t-elle aux Nautics, qui ne semblent même pas l'entendre.

Ils la forcent à entrer dans le musée.

Alors qu'elle marche maintenue au niveau des bras par deux Nautics, elle découvre le décor de l'intérieur du Paléospace.

Des projecteurs éclairent les murs où sont accrochés de grands panneaux. Le premier est une photo qui représente la Terre, un rond complètement bleu sur le fond noir de l'espace. Une pancarte indique :

« PREMIER ÉPISODE : L'EAU. Apparition du premier élément : l'eau, il y a 4,3 MILLIARDS D'ANNÉES. La surface du globe se couvre d'un océan infini. »

Sur la deuxième photo, une tache beige se trouve au centre du rond bleu.

« DEUXIÈME ÉPISODE : LA TERRE. Il y a 4 MILLIARDS D'ANNÉES, formation des continents. Et apparition du deuxième élément : la terre. »

Alice et les deux gardes qui l'entourent avancent encore.

« TROISIÈME ÉPISODE : LA VIE. Il y a 3,8 MILLIARDS D'ANNÉES, naissance dans l'eau d'organismes unicellulaires : les algues bleues. »

Cette fois, sous la photo est posé un aquarium éclairé où l'on distingue comme une poudre qui se maintient en suspension.

« QUATRIÈME ÉPISODE : L'AIR. Il y a 3,5 MILLIARDS D'ANNÉES. Les algues produisent de l'oxygène, qui permet à l'atmosphère de se constituer. Apparition du troisième élément : l'air. »

La photo associée à cet « épisode » est encore celle d'un rond bleu, sur lequel sont éparpillées des traînées blanches représentant les nuages.

« CINQUIÈME ÉPISODE : LES POISSONS. Il y a 530 MILLIONS D'ANNÉES. PÉRIODE CAMBRIENNE. Animaux au corps mou, mais équipés d'une colonne vertébrale, ils se déplacent dans l'eau et se nourrissent d'algues, d'êtres unicellulaires ou pluricellulaires. Ils n'ont au début ni mâchoires ni dents. Les plus évolués parmi les poissons ont des nageoires pour se déplacer et des branchies pour respirer dans l'eau. »

Plus loin, une carte représente les terres émergées, dont les formes sont différentes des continents actuels. Sous la carte est placé un aquarium avec à l'intérieur un poisson pourvu d'une dizaine de nageoires épaisses, d'une queue large et de grosses écailles. L'animal est surmonté de sa dénomination scientifique : « CŒLACANTHE (*Latimeria chalumnae*) ». Et l'on peut lire :

« Rare spécimen d'une espèce apparue il y a 400 millions d'années et encore vivante de nos jours sans avoir changé de forme. »

« SIXIÈME ÉPISODE : LES MAMMIFÈRES. Il y a 200 MILLIONS D'ANNÉES. Les premiers poissons sortis de l'eau ont donné naissance aux amphibiens, aux reptiles, puis aux premiers mammifères terrestres. Parmi ces derniers sont apparus les primates, et parmi les primates une espèce au développement fulgurant : les SAPIENS. »

À côté est affichée une représentation de la Terre avec ses cinq continents.

Une flèche au sol indique qu'il faut franchir une porte.

Passé le seuil, Alice découvre un couloir dont le mur côté droit a été remplacé par une grande vitre derrière laquelle se trouve une pièce éclairée.

Une première pancarte indique : « HOMO SAPIENS », et une seconde précise : « Apparu il y a 300 000 ans, cette espèce est en voie de disparition depuis cinquante ans. » On peut aussi lire en dessous : « Couple de spécimens survivants, mâle et femelle, dans un décor correspondant à leur milieu naturel à l'époque de leur apogée. » Encore plus loin se trouve une trappe transparente de taille réduite sur laquelle il est simplement écrit : « Ne pas tenter de les nourrir. »

Alice ne peut quitter la vitre du regard : de l'autre côté, un couple d'humains semble vivre dans un appartement-témoin.

Un vieil homme, qui porte un béret, une moustache et une perruque, vêtu d'un jogging rose et avec des charentaises de la même couleur aux pieds, fume une pipe en lisant le journal assis sur une chaise. Une vieille femme est assise à ses côtés. Elle est vêtue d'un peignoir, rose aussi. Elle porte des bigoudis, est très maquillée et se trouve devant une table recouverte d'une nappe à carreaux rouges et blancs où sont posés une bouteille de vin, une baguette de pain et une assiette contenant un steak-frites.

Au fond, un poste de télévision éteint. Sur le mur de droite, une fausse fenêtre avec un rideau rouge, et, derrière la vitre, une photo couleur sépia de Paris montrant la tour Eiffel, le Sacré-Cœur et Notre-Dame collés les uns aux autres au milieu d'immeubles haussmanniens.

Sur le mur du fond, d'autres photos probablement découpées dans les journaux représentant des matchs de football, des scènes de guerre, des mariages princiers. Sur le côté gauche, un lavabo, des toilettes et un miroir.

Alice, choquée, regarde la scène sans pouvoir prononcer un mot.

Les deux Nautics qui lui tiennent les bras la placent devant la porte de verre et alors que le premier la déverrouille, le second empoigne Alice et la force à pénétrer dans la cellule. La porte de verre se referme.

Alice reste un instant hébétée, essayant de comprendre la situation.

C'est la femme à bigoudis qui parle en premier.

– Bienvenue en enfer, dit-elle d'un ton ironique.

Alice s'aperçoit que la bouteille de vin, le pain et le steak-frites sont factices.

– Moi, c'est Francine, dit la vieille femme avec dans la voix quelque chose de triste et de désabusé.

Avant qu'Alice ait pu ouvrir la bouche, retentit une sonnerie.

De l'autre côté de la vitre, la porte au fond du couloir s'ouvre. Arrive un adulte nautic entouré d'une vingtaine d'enfants de son espèce. Par réflexe, Alice se cache derrière le rideau rouge placé sur le bord de la fausse fenêtre.

L'adulte et les enfants nautics se placent devant la vitre de séparation. Certains écrasent même leur visage contre la paroi transparente.

– Et voilà maintenant le clou de la visite, annonce le Nautic d'une voix solennelle. Les enfants, voici l'ancienne humanité, ceux que vous nommez parfois du sobriquet affectueux et pourtant si évocateur de « dinosaures ». Et vous avez raison, car cette ancienne humanité a connu la même destinée que les dinosaures. Après une période de domination des autres espèces, les Sapiens ont rapidement décliné parce qu'ils n'étaient plus adaptés. Ils sont désormais condamnés à tous disparaître à plus ou moins long terme. Mais nous en avons conservé par miracle quelques spécimens pour vous les faire découvrir vivants, à vous, les nouvelles générations. Comme le Cœlacanthe que l'on vient de voir.

Il désigne fièrement la cage et ses occupants dans leur décor factice.

– Pour rendre leur mode de vie plus réaliste, comme vous le voyez, nos paléontologues ont recréé, d'après des photos d'époque, leur milieu naturel d'avant la Troisième Guerre mondiale.

Les enfants diggers scrutent l'intérieur de la cage vitrée, admiratifs.

– Y a-t-il des questions ? demande le Nautic adulte.

– Ils mangeaient vraiment du plastique ? demande un élève.

– Non, c'est juste pour montrer l'apparence de ce qu'ils consommaient au dîner.

Un enfant sort une sardine et profite de la trappe pour la jeter dans la pièce.

– Pierrot, non ! Tu n'as pas lu la pancarte ? En quelle langue faut-il te le dire ? De toute façon, les Sapiens n'aiment pas les sardines crues. Tiens, regarde, ils n'essaient même pas de la ramasser.

– Comment on les nourrit alors, puisque le pain et le steak-frites sont en plastique ? interroge l'élève.

– Le matin et le soir, un vétérinaire vient les ausculter et un nutritionniste leur donne des aliments enrichis en protéines, en vitamines et en charbon spécialement conçus pour eux. C'est bon pour le brillant de leur poil et le charbon leur permet d'éviter d'avoir des émissions de gaz. Car le Sapiens est très péteur et dans ce milieu clos ils pourraient s'asphyxier.

– Quel genre de protéines ? demande l'élève qui semble le plus zélé.

– Essentiellement des déchets de poissons : arêtes, têtes, viscères, pulvérisés, transformés en bâtonnets puis colorés en orange et blanc.

Une rumeur de dégoût parcourt le groupe d'enfants.

– Ce sont des friandises, pour eux, vous savez. D'ailleurs, ce sont les Sapiens qui ont inventé le concept. Ils l'ont appelé surimi. Ils adorent ça.

Les enfants nautics semblent très impressionnés par ce que leur professeur vient de leur expliquer.

– Ils ont quand même l'air complètement déprimés, remarque une fille nautic.

– Ils supportent mal d'être enfermés. Ils arrivent difficilement à renoncer à leur besoin de promenade. Nous sommes obligés de leur donner, comment dire... des petites pilules pour les calmer.

L'adulte est de plus en plus gêné par les questions des enfants. Il est sauvé par l'arrivée d'un Nautic en blouse blanche.

– Les enfants, voici le vétérinaire. Il va vous expliquer le grand projet auquel vont participer les deux spécimens que vous avez devant vous.

Le Nautic en blouse blanche prend la parole.

– Oui, vous voyez là de purs spécimens de Sapiens de type français. Le modèle français est reconnaissable à ses moustaches, à son béret, à sa baguette de pain, à sa nappe à carreaux et à sa femelle qui porte dans les cheveux ce qu'on appelle des bigoudis. Le mâle est à gauche et la femelle est à droite. Comme vous le voyez, ce sont de très beaux spécimens. Et nous espérons une saillie sous peu.

– Quand ? demandent en chœur les enfants.

– Pour l'instant, nos tentatives n'ont malheureusement donné aucun résultat. Mais nous continuons nos efforts d'encouragement et nous comptons bien réussir rapidement.

Les élèves sont de plus en plus intéressés. Soudain l'un d'entre eux s'exclame :

– Mais si ! Ça a marché ! Regardez, ils ont eu un enfant ! Il est là, caché derrière le rideau.

Zut, un gamin m'a vue.

Alice sort de sa cachette et effectue un petit salut amical de la main.

Le professeur a l'air très surpris.

– Non, les enfants, il ne s'agit pas d'un enfant mais d'un nouveau spécimen femelle adulte, plutôt âgé, d'après ce que je vois. Regardez. Le Sapiens âgé a les cheveux blancs, des rides et des veines apparentes sur la peau.

Alice se dirige vers la trappe qui sert à déposer de la nourriture et hurle :

– Faites-moi sortir tout de suite ! Je suis votre créatrice et j'exige de voir mon fils !

D'abord interloqué, le professeur éclate de rire, suivi par les enfants.

– Allez, venez, les enfants, dirigeons-nous maintenant vers une autre attraction du musée : les chiens. Eux aussi sont des animaux dégénérés, qui vivaient en parasites des Sapiens. Ils ne ressemblent en rien aux spécimens sauvages que vous connaissez. Ceux que je vais vous montrer sont des animaux domestiques qui étaient nourris, logés et même lavés par les Sapiens. Et ils ne savaient rien faire sans leurs maîtres. C'est un miracle que nous ayons pu trouver des exemplaires de chiens qui aient survécu aussi longtemps. Il y en a même des tout petits qu'on nomme chihuahuas. Vous verrez, c'est très surprenant.

Le groupe d'élèves et leur professeur disparaissent dans un couloir. Par la porte ouverte, on entend des aboiements graves et aigus.

Alice place de nouveau sa bouche contre la trappe.

– Sortez-moi d'ici ! Je veux parler à Poséidon !

La femme avec les bigoudis se tourne vers elle.

– Inutile de vous égosiller. Ils nous prennent vraiment pour des animaux de zoo.

L'homme à la grosse moustache la regarde en fronçant le sourcil.

Il se lève et l'examine en plaçant son visage tout près du sien. Il lui touche les joues.

– Je vous reconnais… Vous êtes… vous êtes le professeur Alice Kammerer, n'est-ce pas ?

Il a dû me voir en photo dans les journaux. Je ne le sens pas du tout, ce type.

– Et moi, vous me reconnaissez ? dit-il d'un ton où Alice perçoit une menace.

Alice recule imperceptiblement.

– Pardonnez-moi, mais, non, désolée, je ne vous reconnais pas.

– Pourtant, nos destins sont liés, dit-il d'une voix soudain dramatique.

Alice l'examine plus attentivement.

Il ôte son béret, sa perruque, ses fausses moustaches, prend un torchon et enlève le maquillage sur ses joues. Une grande cicatrice en Y apparaît sur le visage du vieillard.

Diego Martinez !

Il s'approche encore plus près et lui postillonne au visage.

– C'est vous, hein ? C'est bien vous ! Tout ça, tout ça, c'est votre faute, hein ?

– Écoutez…, murmure Alice en reculant.

Il plisse les yeux et brandit son poing serré, agressif.

– Quel dommage que l'homme qui a tiré sur vous au ministère il y a cinquante ans ait échoué ! Si j'avais su ce qui allait advenir par votre faute, j'aurais moi-même essayé de vous éliminer. Comme je regrette de ne pas l'avoir fait…

Il s'approche d'Alice. Il a l'air très en colère.

– D'ailleurs, il n'est peut-être pas trop tard. Il est temps de payer pour tout le mal que vous avez causé !

Alice, effrayée, recule et se plaque contre la fausse fenêtre.

– Je ne suis pas responsable de la Troisième Guerre mondiale, proteste-t-elle d'une voix qu'elle aimerait ferme.

– Peut-être. Mais vous avez créé ces monstres qui nous chassent comme si nous étions des animaux et qui nous enferment dans leur zoo.

N'y tenant plus, il se jette sur Alice et tente de l'étrangler. La femme aux bigoudis décide d'intervenir et donne un coup de poêle à frire sur la tête de Martinez.

– Diego ! Arrête !

– Aïe ! Qu'est-ce qui te prend, Francine ? Cette femme est à l'origine de tous nos malheurs…

– Nous sommes déjà peu nombreux, alors il est hors de question qu'on se batte entre nous.

Martinez se tâte le crâne.

– Tu m'as fait une bosse, en plus !

– Remets ta perruque et tes moustaches, Diego, sinon les gardiens vont nous punir. Si on veut avoir à manger, on doit jouer le jeu, faire semblant d'être heureux en tant qu'anciens humains sauvés in extremis grâce aux Nautics, rappelle-t-elle.

– Mais c'est Alice Kammerer ! La « Alice Kammerer » qui est à l'origine de ce cauchemar ! Tout est… sa… sa… sa faute !

Il bégaie de rage.

– Calme-toi, Diego !

– Déjà, à l'époque, je le sentais, je le savais, je l'ai dit à tout le monde. Et personne ne m'a écouté !

Le vieil homme fait les cent pas dans l'étroite pièce. Alice reste immobile, éberluée.

– Arrête, Diego, répète Francine. Nous allons devoir vivre ensemble dans cette prison, alors mets-y un peu du tien.

Alice soupire et dit :

– Il n'a pas complètement tort. J'ai une part de responsabilité dans ce que nous vivons actuellement. Je suis... tellement désolée.

Déçu de ne pas être autorisé à frapper la nouvelle venue, Diego préfère se mettre dans un coin de la prison de verre, et il tourne le dos aux deux femmes.

– Ne vous en faites pas, il boude, mais ça ne dure jamais bien longtemps, dit Francine. Il suffit d'attendre. Si c'est pas malheureux de se retrouver enfermée avec un vieux grincheux tout le temps en train de rouspéter ! Il me rappelle mon ancien mari. Lui non plus, il n'était jamais content.

Soudain, la télévision s'allume toute seule. À l'écran apparaît un couple humain faisant l'amour.

– C'est quoi, ça !? s'écrie Alice.

– Un film porno. Ne me dites pas que vous ne connaissez pas ça, ma chère ! raille Francine d'un ton blasé.

Alice regarde atterrée les corps entrelacés qui sont bientôt rejoints par plusieurs autres partenaires qui viennent participer aux ébats. Des haut-parleurs diffusent les râles de plaisir du film. Francine explique :

– Les Nautics nous montrent cette vidéo parce qu'ils ont appris grâce à un documentaire qu'ils ont trouvé à la médiathèque que c'est de cette façon que nous humains, jadis, avions donné envie aux pandas, une autre espèce en voie de disparition, de se reproduire en captivité.

Les respirations bruyantes des acteurs se transforment en gémissements de plaisir.

– On peut baisser le son ? demande Alice, agacée.

– Non, tout est automatisé.

Un Nautic de l'équipe d'entretien pénètre dans le couloir

avec une grande bassine et jette à travers la trappe des bâtonnets orange.

– J'espère que vous aimez les surimis, dit Francine, parce que c'est tous les jours le même menu.

Les deux femmes disposent les bâtonnets dans les assiettes. Diego, lui, continue de bouder dans son coin.

Alice goûte avec méfiance l'aliment reconstitué. Elle le trouve plutôt bon.

Une nouvelle sonnerie retentit.

– Un autre groupe d'enfants scolarisés vient nous rendre visite, signale Francine en s'agitant. Vite, il faut reprendre nos positions, sinon ils vont nous punir.

– Comment ça ? demande Alice.

– Ils nous privent de nourriture pendant plusieurs jours. Ou pire : ils passent en boucle du rap des années 2020. Et je vous assure que ça vous donne envie d'être docile et obéissant.

Diego et Francine remettent leurs accessoires et dissimulent les surimis dans un placard.

Francine allume une cigarette. Diego s'assoit dans son fauteuil et fume la pipe. Et ils font semblant de regarder avec intérêt le film porno comme s'il s'agissait d'un documentaire passionnant.

– Et moi je suis censée faire quoi ? s'inquiète Alice.

Francine balaie la pièce du regard.

– Asseyez-vous sur la troisième chaise. Si votre arrivée se passe comme la nôtre, un « metteur en scène en muséologie » devrait venir vous donner un costume et vous expliquer quel personnage du monde ancien des Sapiens vous devrez interpréter.

Cependant, ce ne sont pas des élèves avec leur professeur qui arpentent le couloir, mais trois soldats nautics. Ils se dirigent vers la porte vitrée de la prison. Ils la déverrouillent, ouvrent, vont droit sur Alice et l'empoignent.

– Vous êtes les metteurs en scène ? questionne-t-elle.

– Taisez-vous et suivez-nous ! dit l'un des militaires sur un ton déterminé.

La tenant par le bras, ils parcourent le musée en sens inverse, sortent du bâtiment et montent dans une camionnette.

Le véhicule s'arrête devant le casino de Deauville, là où Alice a atterri avec Solange.

Cette fois, on l'autorise à entrer à l'intérieur du bâtiment.

Tout au long de sa déambulation à travers les salles du casino, elle croise des Nautics qui la saluent d'un signe de tête.

Ceux-là ont l'air de savoir qui je suis.

Dans chaque pièce, chaque salle, les murs et les plafonds sont décorés de statues et de peintures de dauphins.

Enfin, voici la salle du trône, à l'allure de temple romain, si ce n'est que les murs sont couverts de représentations de dauphins.

Le trône est vide.

Une porte latérale s'ouvre. Un Nautic entre. Il porte une toge et des sandales.

– Poséidon ? hésite Alice qui distingue mal les traits du Nautic à contre-jour.

– Je suis son fils. Mon nom est Alexandre.

Son visage apparaît en pleine lumière. À bien l'examiner, Alice constate que le jeune Nautic ressemble à son père. Même regard, même forme de visage. Il a sur la tête une couronne formée de coraux turquoise.

– Et où est votre père ?

Alexandre s'assoit lentement sur le trône.

– Une révolution. Ou plutôt un coup d'État. Que j'ai moi-même organisé. Et que j'ai gagné.

Dans l'Antiquité, Alexandre était lui aussi jaloux de la gloire de son père, Philippe de Macédoine, et l'a fait exécuter pour devenir roi à sa place. Sinistre coïncidence.

– Un coup d'État contre votre propre père ?

Le jeune homme rajuste sa toge, comme s'il craignait qu'elle soit froissée.

– Papa était devenu trop… mou. Nous, les jeunes, nous ne pouvions supporter éternellement tant de couardise. Dans les situations de guerre, il faut des caractères forts, déterminés, clairvoyants. Il n'y a plus de place pour les compromis qui laissent pourrir les situations. Les demi-mesures multiplient les problèmes au carré.

Jolie formule mais qui ne laisse rien présager de bon.

– Qu'est-il arrivé à Poséidon ?

– Il a fallu que je donne des gages à mes collègues révolutionnaires. Ils me soupçonnaient de vouloir l'épargner du fait de notre lien familial. Alors j'ai dû montrer ma détermination.

– Que lui avez-vous fait ?

– Il a été arrêté, jugé et exécuté. Nous n'avions pas le choix. Il a été jugé comme jadis vous aviez jugé votre roi Louis XVI. Et il a été exécuté de la même manière.

– Vous lui avez coupé la tête ?!

Alexandre se tourne vers un élément du décor qu'Alice n'avait pas remarqué en entrant, situé juste au-dessus du trône.

La tête de Poséidon empaillée et disposée sur un support, comme les trophées de chasse exposés dans les châteaux…

– Poséidon…, murmure-t-elle, hébétée.

Le jeune Nautic attend que son invitée ait surmonté son émotion pour poursuivre :

– Je crois cependant qu'en tant que Mère, ou me concernant « Grand-Mère », vous avez le droit de savoir. C'est pourquoi, dès que j'ai été informé de votre présence, j'ai souhaité vous parler.

Alice ne peut quitter des yeux la tête empaillée de celui qu'elle considérait comme son fils.

– Nous avons eu beaucoup de problèmes avec les Sapiens, notamment avec ceux venant des îles anglo-normandes. Nous avons été obligés de les affronter.

Le jeune homme au visage lisse bleuté touche du bout des doigts sa couronne de corail.

– Grâce aux dauphins, nous avons remporté la victoire lors d'une grande bataille navale. Nous avons malheureusement subi de nombreuses pertes. C'est pourquoi nous avons accepté la proposition sapiens de signer un traité de paix. Les deux armées se sont retrouvées sur une île neutre. Mais c'était un piège tendu par les Sapiens : ces fourbes ont profité de notre absence pour attaquer par surprise Deauville et tuer femmes, vieillards et enfants, nautics comme dauphins. Plus de huit cents victimes. Nous avons appelé ce massacre le « massacre de la Saint-Saturnin ». Un jour de deuil que nous continuons à célébrer.

Alexandre secoue la tête comme s'il voulait chasser ce mauvais souvenir.

– Beaucoup parmi ceux de mon peuple se sont mis à haïr les Sapiens. Surtout les jeunes qui avaient vu leurs parents mourir sous les coups de fusil ou de harpon !

Il soupire.

– Pour ma part, j'ai vraiment tenté de calmer le jeu, mais la nouvelle génération criait vengeance. J'ai essayé de convaincre mon père de se montrer plus dur. J'ai échoué. Le coup d'État était inévitable. Je me suis dit que le mieux était d'en prendre la tête. Comme disait l'un de vos politiciens : « Quand les événements vous dépassent, le mieux est de faire croire qu'on en est l'organisateur. »

Alice continue de fixer la tête de celui qu'elle a vu naître. Elle se souvient de sa dernière visite, où il lui avait avoué, déjà, combien il sentait que le monde lui échappait et à quel point les jeunes se montraient violents.

– Après avoir réglé nos problèmes internes, poursuit le jeune monarque, il m'a ensuite fallu résoudre le conflit lui-même. Nous avons donc attaqué le port sapiens de Jersey, d'où partaient leurs bateaux de pêche et de guerre. Lors d'une bataille épique, nous avons nettement pris le dessus. Et j'ai décidé, afin d'asseoir ma légitimité, d'exécuter les prisonniers sapiens.

Il secoue la tête.

– Ce n'étaient que des Sapiens, après tout. Ce ne sont pas vraiment des… gens.

Il a failli dire des « êtres humains ». Je me suis battue si longtemps pour faire accepter les hybrides comme humains, et à peine arrivés au pouvoir, ce sont eux qui nous ravalent au rang de sous-espèce.

La tête empaillée de Poséidon affiche, à bien l'observer, une expression plus surprise que peinée.

Imperturbable, Alexandre poursuit son entreprise d'autojustification.

– Ensuite, tout s'est enchaîné très vite. J'ai fait promulguer une loi autorisant les Nautics à tuer tous les Sapiens qu'ils rencontraient. Nous sommes entrés dans une période que nous avons nommée « épuration », durant laquelle, je l'avoue, certains des miens ont été un peu excessifs... Ensuite, quand la rage a passé, j'ai proposé qu'on épargne deux spécimens, un de chaque sexe.

– Pour les mettre dans un zoo...

– Dans un musée de paléontologie, une institution tournée vers le savoir à destination des nouvelles générations, rectifie-t-il.

Consternée, Alice pose son regard sur Alexandre.

– C'est donc vous qui êtes responsable de tout ça ?

– Nous pensons, tout comme d'ailleurs nos cousins les dauphins, que l'avenir est à la vie aquatique. Nous venons de l'eau et nous y retournerons. C'est bien expliqué au Paléospace de Villers : l'eau a recouvert toute la planète pendant des milliards d'années et il n'y avait rien d'autre. Nous sommes la première forme de vie, avant la terrestre et l'aérienne. Nul ne doit l'oublier.

Le jeune roi nautic se lève et marche jusqu'à une fenêtre. L'horizon déroule sa longue ligne bleue.

– Ici, à Deauville, l'eau attaque vague après vague les falaises qui s'effritent un peu plus chaque jour. Car telle est la règle inéluctable. Le niveau général des mers et des océans ne cesse de s'élever. Et la surface des continents se réduit.

Il se retourne et pointe un doigt accusateur sur Alice.

– Et c'est vous, les Sapiens, qui êtes la cause de ce phénomène ! C'est votre délire de consommation sans retenue qui a entraîné une activité industrielle exponentielle ! Maintenant, le retour du règne de l'eau est inévitable. Et votre disparition inéluctable. Ensuite viendront le tour des Diggers et celui des Aerials.

– Vous avez l'air bien sûr de vous…

Alexandre est de plus en plus véhément.

– Mais ouvrez les yeux ! Les enfants nautics vous nomment « les dinosaures » ! Ils pensent que vous allez disparaître lorsque l'eau va monter… L'*Encyclopédie du Savoir Relatif et Absolu* avait peut-être raison pour ce qui concerne le passé, mais elle s'est trompée du tout au tout sur le futur. L'avenir ne sera pas, comme il y est écrit, « plus féminin, plus petit, plus social ». Il sera uniquement « plus aquatique ». C'est l'enseignement des dauphins : un jour, toute la surface de cette planète sera à nouveau recouverte d'eau.

– Que vont devenir les derniers Sapiens ? demande Alice.

– Les informations des explorateurs dauphins qui parcourent le monde et qui communiquent avec nous rapportent que des villes entières de Sapiens épargnées par les dégâts de la Troisième Guerre mondiale existent encore un peu partout. Les grandes cités ont disparu, mais les petites ont perduré. Selon eux, vous êtes encore des dizaines, voire des centaines de milliers de Sapiens, notamment dans l'hémisphère Sud, comme l'Australie.

Alice ne peut retenir un long soupir qui exprime sa déception.

– Je vais rentrer à Val Thorens.

Alexandre bombe le torse.

– Impossible. Maintenant que vous connaissez la vérité, vous pourriez être tentée de monter une alliance contre nous.

– Laissez-moi partir, répond la vieille dame soudain très lasse. Je veux juste me tenir loin de tout ce qui se passe ici.

Elle l'observe : son regard est fuyant.

– Vous m'en voulez personnellement, n'est-ce pas ? demande Alexandre.

– J'ai une théorie sur la métamorphose, dit-elle. Avec le temps, les êtres doivent changer pour devenir une meilleure version d'eux-mêmes. Vous, vous avez tué votre père, condamné l'espèce qui est à l'origine de votre existence à vivre comme des animaux de zoo, et vous êtes devenu un…

Elle cherche le mot. Alexandre la coupe :

– … un roi soucieux de guider son peuple vers un futur plus adapté à ses talents.

Alice termine son raisonnement :

– Vous êtes devenu un… poisson.

Il ne relève pas ce qu'il estime être une insulte. Il claque des doigts de sa main palmée.

Des gardes empoignent Alice et l'emmènent. Avant qu'elle ait franchi le seuil de la salle du trône, Alexandre lance :

– Attendez. Encore une petite chose…

Il s'approche d'elle et lui murmure :

– Il faut que vous sachiez qu'avant d'avoir la tête tranchée, Papa m'a dit : « Si tu vois Mère, dis-lui que jusqu'au dernier moment j'ai pensé à elle. »

75.

Francine et Diego regardent Alice sans aucune aménité.

Elle est debout dans la cage du zoo, entre la fenêtre fictive et la table avec la nappe à carreaux rouges et blancs. Une maquilleuse nautic lui peint sur le visage ce qu'elle estime être un maquillage aguicheur de Sapiens. Un Nautic, le « metteur en scène » de cette saynète sordide, termine de l'habiller avec un costume qu'il a trouvé dans la garde-robe du casino et une perruque à bigoudis. Un décorateur nautic complète la décoration de l'appartement fictif par l'installation d'un lit à baldaquin.

Alice, silencieuse, se laisse travestir sous les yeux vides des deux autres.

Les trois Nautics partis, elle s'adresse à l'ancien journaliste :

– Je sais que vous m'en voulez, monsieur Martinez, mais sachez que, quoi que vous pensiez, j'estime que la biodiversité est l'avenir, y compris la biodiversité humaine. Nous passons juste par une phase, disons de transition, un peu compliquée. Comme un bateau qui franchit les tempêtes, les récifs et les courants du cap Horn.

– Un peu compliquée ?! s'exclame Diego. Vous vous moquez de moi ?

Il se lève, furibond, mais il est coupé dans son élan par le bruit assourdissant du film porno qui se déclenche de nouveau. Alice remarque que le son est encore plus fort que la dernière fois.

Les vétérinaires nautics ont dû penser que maintenant qu'il y a deux femelles les chances de procréation allaient doubler.

Les index dans les oreilles, Francine affiche une moue désabusée et crie à l'intention d'Alice :

– J'ai bien tenté de leur expliquer ce qu'était la ménopause, mais vu que les femelles nautics sont fécondes jusqu'à leur mort, ils ne comprennent pas que l'ancienne espèce ait une sorte de date de péremption. Pour eux, quand on met en présence un mâle et une femelle, ça donne forcément des enfants.

Diego s'écrase les oreilles des mains.

– Je vais devenir fou ! hurle-t-il. Sortez-moi d'ici ou je me fracasse la tête contre le mur, et alors vous n'aurez plus aucun mâle ! Et deux femelles en cage ne sont pas près de se reproduire !

Francine le retient par l'épaule et lui caresse affectueusement la nuque pour le calmer.

– Laisse, Diego. Ça ne sert à rien.

Il pousse un cri de désespoir, puis s'écroule au sol.

Enfin, le téléviseur s'éteint et le silence revient.

D'un geste machinal, Francine avale un à un les bâtonnets de surimi orange et blanc qui se trouvent dans les assiettes en plastique.

Diego, la tête baissée, les bras autour des genoux, pleure.

Je dois trouver un moyen de ne pas devenir folle.

– Je crois que, pour préserver notre santé mentale, nous devrions trouver des jeux afin de ne pas rester là à ne rien faire, hormis subir leurs visites scolaires, leurs regards condescendants, leurs aliments monotones et… leurs vidéos porno.

– D'accord, mais nous n'avons ni jeu de cartes, ni dés, ni Monopoly, ni Scrabble, ni échiquier ou damier, regrette Francine.

– J'ai peut-être l'idée d'un jeu qui ne réclame aucun matériel spécial. Si ce n'est cette boîte d'allumettes qui sert à allumer vos cigarettes et vos pipes.

Alice saisit le précieux objet.

– Viens, Diego ! ordonne Francine. Elle a raison, jouer pour ne pas devenir fous, c'est une bonne idée.

L'ancien journaliste consent à se lever et à s'installer à table.

Alice distribue trois allumettes à Diego, à Francine et à elle-même.

– C'est le jeu des trois cailloux.

Au début, Francine et Diego sont sceptiques quant à l'intérêt de passer la soirée à pratiquer ce divertissement, puis ils finissent par admettre qu'il leur occupe l'esprit.

Et après avoir mis quelques tours à comprendre toute la subtilité de ce simple jeu de déduction, ils arrivent enfin à se concentrer et enchaînent les parties.

Nous allons être sauvés par les jeux. Il faut que notre cerveau continue de fonctionner, de prévoir, d'anticiper.

Puis d'un coup, sans avertissement, la lumière s'éteint. Chacun rejoint son lit à tâtons dans le noir.

Peut-être suis-je en train de rêver. Tout ce qui se passe là n'est qu'un cauchemar dont je vais me réveiller...

76.

ENCYCLOPÉDIE :
LE JEU DES TROIS CAILLOUX.

Le jeu des trois cailloux est un jeu très simple et très ancien, déjà pratiqué par les soldats de l'Antiquité et du Moyen Âge pour patienter avant les batailles. Il réclame peu de matériel : trois cailloux, boulettes de papier ou allumettes. Les règles sont extrêmement simples : il s'agit de placer zéro, un, deux ou trois cailloux dans sa main droite, dissimulés par son poing fermé. Les joueurs rapprochent leurs poings. Chacun, à tour de rôle, propose un chiffre, qu'il estime être l'addition du contenu des deux mains fermées (donc de 0 à 6). Une fois qu'un

chiffre est prononcé, il ne peut plus être choisi par le joueur suivant.
Si un des joueurs trouve le bon chiffre, il a gagné. Il pose un caillou, il n'a donc plus que deux cailloux. Et on recommence. C'est le gagnant qui parle en premier et ensuite chacun fait sa proposition.
Pour remporter une partie, il faut gagner trois fois, en trouvant le bon chiffre, et s'être de la sorte débarrassé de ses trois cailloux.
On peut rendre le jeu plus complexe en jouant à trois personnes (dans ce cas, le chiffre à trouver est compris entre 0 et 9) ou à quatre (entre 0 et 12). L'objectif est toujours de gagner trois fois pour se débarrasser de ses trois cailloux, allumettes ou boulettes de papier.
Ce jeu réclame à la fois des talents de psychologie et de stratégie. Pour anticiper le coup suivant, il faut repérer comment l'autre agit. Et à peine une stratégie a-t-elle permis de gagner, il faut en trouver une autre pour ne plus être soi-même prévisible.

Encyclopédie du Savoir Relatif et Absolu.

77.

Alice rêve.

Une dame immense qui ressemble à sa propre mère mais qui est enveloppée dans une robe de gazon lui parle :

– Qu'as-tu fait ?

– J'ai essayé de te faire plaisir, Maman, lui répond-elle. J'ai essayé de poursuivre ton œuvre. J'ai essayé d'interpréter ta propre manière d'agir. J'ai voulu diversifier les formes de vie, et notamment celle de mon espèce.

– Tu as tout gâché. Tu n'as pas créé de nouveaux humains. Tu as créé des chimères.

– Comprends-moi, Maman. Je l'ai fait pour t'honorer.

– Tu te mens à toi-même, ma fille. Tu as péché par orgueil, tu as voulu montrer que tu étais mon égale.

– C'est faux. Je suis la servante de l'énergie de vie qui parcourt l'univers. Ce n'est pas moi qui ai déclenché la Troisième Guerre mondiale.

La géante éclate d'un rire tonitruant, semblable à celui de Franckie au féminin.

– Arrête avec ton cinéma, Alice. Ça ne marche pas avec moi. Tu es en train de préparer la Quatrième Guerre mondiale.

– Je te jure, Maman, que j'ai tout fait dans l'idée de te servir.

– Eh bien, tu as échoué, et maintenant je vais devoir tout corriger. À cause de toi, je vais procéder à la sixième extinction de masse sur cette planète. J'ai parfois l'impression d'être un professeur qui doit effacer ce qu'il a écrit au tableau parce que les élèves n'ont pas compris la leçon. Je dois sans cesse la présenter d'une nouvelle manière, en espérant qu'ils la comprennent enfin.

Alors surgit du ciel un météore monstrueux qui percute la surface de la Terre, créant une gigantesque déflagration, laquelle, partant de la zone d'impact, produit un mur de feu qui avance dans toutes les directions, dévastant tout sur son passage, et répandant une odeur de brûlé.

Ça sent le plastique calciné… Mais ce n'est pas dans mon cauchemar, ça sent vraiment le brûlé, il faut que je me réveille…

Alice ouvre les yeux.

Le plafond en polystyrène de la prison de verre est en flammes. Des morceaux de plastique fondu et de tapisserie tombent sur le baldaquin qui prend feu lui aussi.

L'incendie gagne les murs en papier et les meubles.

Francine et Diego ont pris une bassine et un seau qu'ils remplissent à tour de rôle au robinet du lavabo. Ils arrosent en vain le décor qui flambe.

Je vais mourir brûlée vive dans une cage de musée.

Mais soudain, au milieu de la fumée et des flammes, surgit, de l'autre côté de la vitre, une petite silhouette connue.

Axelle !

Elle ouvre la porte de l'extérieur et libère les trois Sapiens qui s'empressent de sortir de leur prison.

– Mais qu'est-ce que tu... ? balbutie Alice en étreignant leur sauveuse.

– Pas le temps de discuter, suis-moi ! dit la Fire.

Main dans la main, mère et fille courent dans le dédale de couloirs vides du musée, suivies de près par le couple de vieux humains, alors que le Paléospace de Villers-sur-Mer s'embrase de plus belle.

Axelle, qui a repéré les lieux, les guide jusqu'à une issue de secours qui débouche sur une ruelle arborée. Une fois hors du bâtiment, les fuyards, profitant de l'obscurité, peuvent enfin s'arrêter pour reprendre leur souffle. Alice demande alors à sa fille :

– Comment as-tu su que j'étais là ?

– C'est Solange qui est venue me chercher.

– Solange ?

– Elle est par là. Elle nous attend.

La femme-chauve-souris, jusqu'alors dissimulée derrière un arbre, sort de sa cachette et étreint fort son amie sapiens en l'enveloppant dans ses ailes protectrices.

– J'ai eu si peur pour toi ! murmure-t-elle.

Alice l'embrasse.

– Toi aussi, tu as été emprisonnée ? Comment as-tu fait pour t'échapper ?

– En fait, quand tu as été arrêtée, les Nautics ont craint d'avoir des problèmes diplomatiques avec les Aerials et m'ont libérée. Du ciel, j'ai suivi la camionnette et j'ai vu qu'ils t'avaient enfermée dans le Paléospace. J'ai tout de suite réfléchi à la façon de te libérer, mais je me suis dit que du fait que mes mains sont mes pieds, je n'y arriverais jamais seule et qu'il me fallait de l'aide. Je suis allée chercher la plus débrouillarde de tous tes hybrides.

– Mais comment as-tu trouvé Axelle ?

Solange avec un grand sourire :

– Elle était chez les Diggers, elle avait fait sensation avec un spectacle de magie durant lequel elle s'était coupé un doigt pour impressionner son public. Tout le monde parlait d'elle et de son pouvoir ! Les Diggers ont pu m'indiquer l'hôtel pour étrangers où elle s'était installée. Je l'ai rejointe. Je lui ai expliqué la situation et nous avons ensemble mis au point un plan d'évasion. L'incendie en faisait partie.

La jeune femme-salamandre secoue ses longs cheveux rouges pour en faire tomber les cendres qui s'y sont accrochées.

– Nous avons choisi d'agir à l'heure où il y aurait le moins de Nautics aux alentours, raconte-t-elle. Par chance, ce sont des hybrides diurnes, alors que les Aerials et moi sommes nocturnes.

Soudain, une sirène d'alerte résonne.

– Il va falloir vite déguerpir, dit Alice.

– Et nous ?! demandent en chœur Francine et Diego.

– Désolée, je n'ai que deux bras, annonce Solange.

– Vous ne pouvez pas nous abandonner ! clame Diego. C'est à cause de vous si nous sommes dans cette situation. Vous avez le devoir de nous sortir de là !

Il a raison, on ne peut pas les abandonner.

– Solange, tu vas devoir faire deux voyages. Tu vas commencer par évacuer ces deux Sapiens.

Alice repère un bâtiment abandonné à quelques encablures du Paléospace de Villers-sur-Mer encore en feu.

– Axelle et moi allons nous cacher dans ce vieil entrepôt le temps que tu viennes nous reprendre. Nous devrions y être en sûreté.

Solange emporte alors Francine et Diego hors de la zone nautic, pendant que les deux femmes filent se mettre à l'abri. Elles parviennent à pénétrer sans difficulté dans le local désert et sombre. C'est une sorte de grand hangar désaffecté dont une seule fenêtre donne sur l'extérieur. De là où elles sont postées, Alice et Axelle peuvent observer le Paléospace, fragilisé par les flammes, qui menace de s'effondrer. À l'extérieur, les sirènes continuent de hurler et des dizaines de pompiers nautics accourent sur le lieu du sinistre.

– Comment as-tu réussi à incendier un bâtiment en béton, en acier et en verre qui n'a pratiquement aucune structure inflammable ? chuchote Alice.

– Facile : j'ai utilisé des produits d'entretien, répond la jeune femme-salamandre en lissant ses longues mèches rouges aux extrémités foncées.

Alice la trouve de plus en plus belle et gracieuse, même si

sa tête rappelle parfois celle d'une grenouille – mais d'une grenouille extrêmement délicate. Ses yeux brillent d'admiration pour la débrouillardise de la jeune femme.

Depuis leur poste d'observation, Alice et Axelle observent les Nautics qui forment une chaîne et transportent des seaux d'eau qu'ils jettent abondamment sur les flammes. D'autres s'éparpillent un peu partout avec l'intention manifeste de fouiller chaque recoin.

– Ils ont compris que nous étions encore là, murmure Axelle. Je ne suis pas sûre que tu aies fait le bon choix en voulant exfiltrer tes congénères avant nous…

– Si ces deux-là vivaient en captivité, c'était par ma faute d'une certaine façon. Je leur devais bien ça.

Axelle a un air navré.

– Ah oui, j'oubliais ce sentiment si étonnant partagé par la plupart des Sapiens : la culpabilité.

Alice voudrait répliquer, mais la jeune femme-salamandre continue :

– Crois-tu vraiment que le chef d'une horde de loups ressent de la culpabilité à mener sa meute massacrer un troupeau de moutons ? Et que l'araignée se demande si c'est bien de manger…

– … de beaux papillons ?

– La culpabilité ne sert à rien, Maman. Enfin, je veux dire, dans l'évolution. Les notions de pitié, de scrupule et de regret ne sont que des notions abstraites et inutiles typiquement sapiens.

Au même moment, deux Nautics armés de grandes machettes se dirigent vers l'entrepôt où elles se trouvent. Axelle fait signe à sa mère, qui se tient toujours devant la fenêtre, de se baisser. Discrètement, elle lui montre une grande armoire métallique dans un des coins de la pièce, dont la porte est entrouverte et l'intérieur vide. Elles se glissent dedans.

Dehors, les deux Nautics en uniforme militaire s'arrêtent à l'entrée de l'entrepôt.

– Tu sens pas comme une odeur ? dit l'un.

– T'as raison, ça pue le Sapiens, par ici, répond l'autre.

Les deux militaires entrent et balaient l'espace de leur lampe torche.

– Pas de doute, l'odeur est plus forte par ici.

À cet instant, Alice regrette d'avoir conçu un Nautic avec un odorat si performant. Elle regrette aussi de leur avoir donné une plus grande musculature.

C'était pratique pour nager mais ça leur donne aussi l'avantage dans tout combat physique. Et ça ne m'arrange pas précisément...

– On ne peut pas rester là, murmure la Fire. S'ils nous trouvent, nous n'aurons aucune possibilité de nous échapper.

Axelle prend la main d'Alice pour l'aider à sortir de leur cachette sans être vues par les Nautics.

Malgré leurs précautions, l'armoire métallique grince et les deux hommes-dauphins se retournent brusquement.

Tout va alors très vite.

Dans un réflexe fulgurant, Axelle jaillit à l'extérieur du placard, bondit sur le premier soldat, lui arrache la machette des mains et la lui enfonce profondément dans le cœur. À son tour, Alice, qui a profité de la confusion pour s'extraire tant bien que mal de l'armoire, fait face au second soldat, dont elle tente de se protéger. Mais le Nautic la repousse et elle tombe au sol. La vieille Sapiens étant hors-jeu, le Nautic fonce vers Axelle, qui paraît plus dangereuse.

Il prend de l'élan et frappe de sa longue machette la jeune

femme-salamandre au niveau des hanches. Le geste circulaire est puissant. La lame est si aiguisée qu'elle sépare d'un coup le corps d'Axelle en deux parties.

Le morceau du haut, qui comprend la tête, les bras et le tronc, tombe dans un bruit de masse molle alors que celui du bas, des hanches aux pieds, reste en position verticale.

Le Nautic constate, médusé, qu'aucun des deux morceaux ne saigne. Profitant de l'effet de surprise, Alice, recouvrant un surplus d'énergie malgré son âge avancé, ramasse la machette et pourfend à son tour le deuxième militaire au niveau du cœur. Du sang bleuté gicle. Il hurle et s'écroule.

Sans perdre de temps, Alice se penche vers la moitié supérieure d'Axelle, alors que la partie inférieure tient toujours debout, immobile et stable, comme pour continuer de narguer son assaillant.

– Ça va aller, la rassure aussitôt Axelle, alors que ses bras tentent de redresser cette partie du corps à la verticale.

– Mais non, ça ne va pas aller ! Tu es coupée en deux par le milieu..., s'affole Alice.

– Si je survis à ça, je pourrai participer au fameux tour de magie de « la femme coupée en deux », dit-elle avec un clin d'œil taquin.

Alice est décontenancée par le flegme de la jeune femme.

Elle, habituellement si calme dans les situations difficiles, se sent cette fois-ci dépassée par les événements. Axelle devine son désarroi et lui dit avec douceur :

– Pour l'instant, Maman, je suis toujours vivante, puisque j'arrive à te parler. Et je ne souffre pas. Mais il va falloir que tu me portes, sans quoi je risque d'avoir du mal à me déplacer.

– Tu ne crois pas qu'on devrait plutôt...

Axelle réussit à se dresser sur ses bras.

– Ce n'est pas le moment de tergiverser, lui dit-elle d'un ton ferme. Il faut se préparer à partir dès que Solange sera là. Il suffira que tu tiennes mon thorax en l'attrapant sous les aisselles.

– Et tes jambes ?

– Laissons-les ici. C'est la partie avec le cerveau qui est la plus précieuse. C'est là où se trouve ma conscience, tu te rappelles ? Le reste, c'est juste… de la viande.

L'expression surprend Alice, qui peine à quitter des yeux les jambes qui se tiennent toujours debout, comme si elles attendaient qu'on replace sur les hanches le haut du corps.

Soudain, elles entendent une voix. Depuis la fenêtre, Alice aperçoit deux soldats. Cachée contre le chambranle de la fenêtre, elle tend l'oreille. L'un d'eux, la perruque de Francine à la main, déclare à son collègue en regardant le ciel :

– Ils ont fui par les airs avec la complicité d'un Aerial. On ne les retrouvera jamais. Viens, on sera plus utiles pour éteindre l'incendie.

Nous avons un répit.

Pendant qu'Axelle surveille l'entrée, Alice fait le tour du hangar, cherchant une issue pour atteindre le toit-terrasse du bâtiment. Elle repère une trappe et une échelle métallique. Axelle, à la force des bras, la rejoint et toutes deux se hissent à l'extérieur pour attendre le retour de Solange.

Tandis que la nuit est tombée sur Villers-sur-Mer, la femme aeriale apparaît enfin à l'horizon.

– La voilà ! signale Alice en agitant les bras.

Solange, qui les a repérées malgré l'obscurité grâce à sa faculté d'écholocalisation, les rejoint.

– J'ai déposé les deux Sapiens à une vingtaine de kilomètres d'ici vers le nord, explique-t-elle en reprenant son souffle. Vous deux, je vais vous emmener à vingt kilomètres vers l'est, ça vous va ?

Dans l'obscurité, Solange a cru qu'Alice portait Axelle sur son dos, elle n'a pas remarqué tout de suite que ce n'était que la moitié supérieure d'Axelle, comme une sorte de sac à dos dont les bras seraient les bretelles.

Elle plaisante :

– On dirait que vous avez eu des petits soucis pendant mon absence…

– Une simple coupure, répond Axelle sur le même ton.

Mais Alice se tourne, et Solange découvre le corps sectionné sous le nombril de la jeune femme-salamandre.

– Tu n'as plus de jambes ! s'écrie-t-elle, horrifiée.

– C'est comme quand vous vous coupez les ongles trop à ras, mais ils finissent par repousser, explique Axelle avec philosophie.

L'Aeriale reprend son calme.

– Et donc tu ne saignes pas…, dit-elle, les yeux rivés sur la substance molle comme de la pâte à modeler qui recouvre la plaie.

– Si Axelle dit que ça va, c'est que ça doit aller, l'interrompt Alice. Filons d'ici avant que d'autres Nautics débarquent.

Solange attrape Alice par la taille, qui elle-même tient Axelle sous les bras, et décolle. Grâce à sa puissante vision nocturne, la femme-chauve-souris se déplace avec aisance dans la nuit.

Elle parvient ainsi à voler suffisamment loin pour que les trois femmes ne soient ni repérées ni poursuivies. Cependant, la charge est lourde pour Solange, tout comme pour Alice.

– J'ai besoin d'une pause, dit-elle, épuisée, à l'Aeriale.

Elles atterrissent dans une zone qui semble inhabitée. Elles s'abritent dans une ancienne villa abandonnée et y installent un campement de fortune pour passer la nuit. Tandis que Solange et Axelle s'endorment à peine la tête posée au sol, Alice, bien qu'à bout de forces, a du mal à trouver le sommeil.

Je n'en reviens pas.

Tous ces êtres nouveaux que j'ai fabriqués m'échappent entièrement.

Ils me menacent ou ils me sauvent.

Ils m'écoutent ou ils me surprennent.

Je les ai voulus différents.

Ils deviennent non seulement autonomes mais aussi incontrôlables, voire incompréhensibles.

Le monde ancien n'est plus.

Le monde nouveau m'inquiète.

78.

ENCYCLOPÉDIE : ANTHROPOCÈNE.

Dans les années 2000, le géochimiste néerlandais Paul Josef Crutzen et le biologiste américain Eugene Stoermer popularisèrent le concept d'Anthropocène, dans leur livre intitulé *The Future of Nature*. Le chapitre 10 est titré : « Anthropocène : comment pouvons-nous vivre dans un monde où il n'y a pas de nature sans homme ? ».

Le terme d'« anthropocène » est fabriqué à partir des mots grecs *anthropos*, qui signifie « humain », et *kainos*, qui signifie « période ».

Selon les deux scientifiques, nous serions sortis de l'ancienne ère, l'Holocène (période qui a commencé il y a 12 000 ans), pour entrer dans une nouvelle période géologique complètement différente. Pour la première fois, un seul animal, l'homme, est devenu l'acteur majeur des changements qui se déroulent sur la planète.
L'espèce humaine, par sa croissance démographique, son activité agricole, industrielle et technologique exponentielle, a modifié la température de l'air, l'acidité de la mer, l'équilibre chimique des sols.
Paul Josef Crutzen et Eugene Stoermer ont constaté que, par sa seule activité, l'humain avait réduit la biodiversité qui l'entourait. En 2021, sur les huit millions d'espèces animales et végétales recensées dans le monde, un million est menacé d'extinction. C'est la première fois qu'une seule espèce animale est capable d'influer sur tout l'équilibre écologique de la planète.

Encyclopédie du Savoir Relatif et Absolu.

79.

Un coq bleu à deux têtes se met à chanter sur deux notes différentes.

Alice ouvre les yeux. Elle découvre l'intérieur de la villa où elles se sont réfugiées la veille : à moitié en ruine, les murs conservent encore des traces de l'ancien temps. Elle prend une grande inspiration et sourit.

Nous nous en sommes tirées…

Alice remarque que la demi-femme axolotl est encore en train de dormir, sa tête aux longs cheveux rouges posée sur ses deux bras repliés pour former un coussin.

Son sommeil semble très paisible.

Dormir est essentiel pour sa reconstruction cellulaire.

– C'est quand vous voulez ! annonce Solange en faisant jouer les muscles de ses épaules pour s'échauffer. Je suis prête à repartir.

La moitié supérieure d'Axelle s'agite. La jeune femme-salamandre ouvre les yeux. En appui sur les coudes, elle jette un coup œil à son bas-ventre sectionné.

– Ça va ? demande Alice.

– Je me sens un peu… la moitié de moi-même, tente-t-elle de plaisanter.

– Et… tu as mal ? s'inquiète l'Aeriale.

– Non. Comme j'ai déjà eu l'occasion de le constater, les nerfs coupés repoussent sans même que je les sente.

Axelle se redresse un peu plus et, utilisant ses bras comme des jambes, parvient à se tenir droite. Elle sort de son lit de fortune et se déplace sur ses mains comme s'il s'agissait de pieds jusqu'à la cuisine où elle a laissé ses affaires. Elle se pose sur le tronc, saisit dans son sac un réchaud et une boîte d'allumettes. Puis elle accomplit les gestes nécessaires à la préparation d'un café lyophilisé.

Perdue dans une multitude de pensées, Alice boit le breuvage chaud.

– À quoi penses-tu ? demande la jeune femme axolotl, constatant le trouble d'Alice.

– En créant trois nouvelles humanités, j'ai créé trois rapports différents avec l'ancienne : un rapport d'association avec les

Aerials, un rapport de neutralité avec les Diggers et un rapport de destruction avec les Nautics. Amical. Destructeur. Neutre. A, D, N. Encore les trois lettres qui donnent la formule de la vie. Comme Aeden. Ce qui est censé être le nom du paradis dans la Bible.

– A, D, N. Certes, mais tu m'oublies, dit Axelle. Je suis la représentante du quatrième élément. Il faudrait rajouter le F de Feu. Ce serait donc ADNF.

– À quel comportement envers l'ancienne humanité correspondrait ton F ?

La jeune femme-salamandre cherche puis prononce :

– F comme Fuir ?

– Association, neutralité, destruction, fuite..., répète pensivement Solange.

Alice Kammerer soupire profondément. Sa vie a été jalonnée d'aventures extraordinaires, depuis ce fameux discours au ministère de la Recherche, cinquante ans plus tôt. Son séjour dans la station spatiale. L'Apocalypse vue à quatre cent dix kilomètres d'altitude. La découverte de la communauté de New Ibiza qui vivait sous terre. La naissance des hybrides. Leur expulsion et l'exil vers les montagnes. Et enfin la stabilisation de leurs trois civilisations respectives et leurs rapports si différents avec les humains.

La jeune femme-salamandre et la femme-chauve-souris perçoivent le trouble de la vieille Sapiens.

– Au fond, Maman, dit Axelle, à quoi t'attendais-tu ? Les hybrides auraient-ils dû éprouver une gratitude permanente et illimitée envers les Sapiens ?

Mais Alice n'écoute pas. Elle pose sa tasse de café, se lève, sort de la villa en ruine et s'enfonce dans le jardin envahi par les plantes.

Les deux autres femmes, intriguées, la suivent.

Alice s'arrête dans les herbes hautes, regarde en l'air et crie en direction du ciel :

– Ô, Mère Nature, réponds-moi ! Me suis-je trompée ? Ai-je fourvoyé mon espèce en voulant la sauver ?

Le soleil matinal brille au-dessus des nuages. La végétation bruisse de chants d'oiseaux et du froissement des feuillages agités par une très légère brise.

Alice ferme les yeux, attend un signe. Le tonnerre ? La pluie ? Une tempête ? Mais rien de tout cela ne se produit.

Elle rouvre les yeux. Son regard se perd dans le fouillis végétal autour d'elle. Un détail attire soudain son attention.

Sur une tige, une chrysalide dont l'occupante se démène pour dégager ses ailes marron avec des taches rouges, blanches et noires. Elle reconnaît l'espèce.

C'est un *Vanessa atalanta* pour les entomologistes, un vulcain pour le commun des mortels, car ses couleurs évoquent la transformation de la matière par le travail de Vulcain, le dieu romain du feu, le dieu forgeron penché sur son enclume.

Axelle, intriguée, s'approche d'Alice, imitée par Solange. Les trois femmes observent le vulcain qui se tortille douloureusement pour se libérer.

– Ça n'a pas l'air facile, constate Solange. On dirait qu'il souffre, pourtant il veut à tout prix y arriver…

– On dirait l'humanité, murmure Alice.

Axelle dit alors d'un ton détaché :

– Toutes ces histoires ne sont à l'échelle du temps que d'infimes péripéties. À la fin, la vie trouvera un chemin. L'esprit de l'humanité survivra au-delà de son état de matière, quelle que soit l'espèce dans laquelle il s'incarne : Sapiens, Nautic, Digger, Aerial ou Axolotl.

Comme pour lui donner raison, le papillon s'extrait d'un coup de la gangue noire, luisante et rigide de sa chrysalide. Enfin libéré de son ancienne forme, l'insecte déploie ses ailes et s'élance.

Les trois femmes, émues, suivent du regard le joli petit papillon.

Le vulcain s'élève puis redescend tranquillement pour butiner une fleur blanche en déployant sa longue langue en spirale. À peine a-t-il terminé de se goinfrer de nectar qu'il rejoint une autre fleur, noire, puis une bleue.

Et si on laissait faire la nature, sans vouloir influer sur son évolution ? Juste lui faire confiance, en sachant qu'elle finira par trouver ses propres solutions auxquelles, nous, esprits limités, ne pouvons même pas songer ? Comme la charade de Benjamin. « Parfois, c'est parce que c'est trop évident qu'on n'y pense pas plus tôt... »

Mais alors que le papillon poursuit son périple au ras des fleurs multicolores, son vol est soudain interrompu par un obstacle qu'il n'a pas repéré : une toile d'araignée.

Le vulcain se débat dans la prison de soie grise sans parvenir à s'échapper. Et plus il déploie des efforts, plus sa situation se complique.

Alice refuse de laisser cette tragédie se dérouler sans réagir. Elle saisit une branchette et libère le malheureux insecte prisonnier.

Bon, il faut quand même par moments donner un petit coup de pouce.

Puis elle regarde la jeune fille à la peau diaphane et aux cheveux rouges.

Je ne regrette rien.

J'ai bien fait de créer ces quatre hybrides.

Désormais, si les trois premiers échouent, il y a une solution de secours qui se nomme Axelle, la petite lueur qui entretient la flamme.

Axelle, l'enfant-salamandre immortelle.

FIN

NOTE DE L'AUTEUR

L'idée du *Temps des chimères* m'a été inspirée par un reportage sur les hybrides que j'avais rédigé à l'époque où j'étais journaliste scientifique. Ce reportage, qui avait alors semblé trop avant-gardiste, n'a jamais été publié. Mais il m'a inspiré par la suite, lorsque je devins écrivain, pour la rédaction du roman *Le Père de nos pères*, publié en 1998.

Dans cet ouvrage de prospective, je proposais en effet une hypothèse : si nous étions davantage compatibles avec les organes de porc qu'avec les organes de chimpanzé, c'est parce que nous étions nous-mêmes issu d'un croisement accidentel entre un porc et un primate qui aurait donné le fameux chaînon manquant à l'origine de l'humanité.

Depuis, je n'ai jamais cessé de réfléchir à une manière de nous mélanger à d'autres formes de vie. Une autre manière de penser à notre animalité en quelque sorte.

Longtemps, l'éthique a posé des limites aux recherches sur les hybrides : les chercheurs doivent mettre fin à l'implantation d'embryons d'animaux contenant des cellules humaines après quatorze jours et il leur est interdit de placer ces embryons dans des utérus d'animaux pour en poursuivre le développement.

Pourtant, cette frontière est en train de céder progressivement.

En 1999, une équipe scientifique de Harvard et du MIT ont conçu une souris avec une oreille humaine entière dans le dos.

En 2003, à Shanghai, une équipe de scientifiques chinois a implanté des cellules humaines sur un lapin pour obtenir un embryon hybride d'homme-lapin, qu'ils n'ont pas laissé grandir mais dont ils ont récupéré des cellules souches capables de poursuivre ultérieurement leur croissance.

En 2009, une équipe russe a prétendu avoir créé un hybride vache-humain pour obtenir du lait maternel humain.

Le 24 juillet 2019, le gouvernement japonais a officiellement autorisé la création d'embryons hybrides humains-animaux au-delà des quatorze jours.

Le généticien Hiromitsu Nakauchi, qui avait fui son pays pour poursuivre ses recherches aux États-Unis, a été autorisé à revenir pour continuer ses expériences d'hybridation non plus avec des rats mais avec des animaux plus grands, comme le mouton ou le porc.

En Chine, il n'y a aujourd'hui aucune limitation éthique pour les recherches sur la fabrication d'hybrides homme-animal.

Des chercheurs dans le monde entier font actuellement des expériences sur des animaux pour les doter d'organes humains, principalement en vue de pallier, grâce aux xénogreffes, le manque de dons d'organes.

Ces recherches sont souvent mal perçues par le public et ne sont pas toutes officielles ou connues.

La France, un temps pionnière dans ce domaine (avec notamment la chercheuse Nicole Le Douarin, médaille d'or du CNRS en 1986 pour ses travaux sur les hybrides), a soumis au Parlement en juillet 2020 un projet de loi comprenant dans son article 17 l'autorisation de la création de chimères animal-homme à partir de cellules souches embryonnaires humaines.

Cet article 17 a été rejeté par un vote du Sénat le 2 février 2021.

Pour l'instant la bioéthique, tout du moins dans notre pays, prévaut sur l'intérêt scientifique ou médical.

Mais pour combien de temps encore ?

REMERCIEMENTS

L'astronaute Jean-Francois Clervoy pour toutes les informations sur la vie dans l'ISS, la fameuse station spatiale internationale.

Karine Joly et Greg Crozier, champions du monde de parachutisme, pour l'extraordinaire saut en parachute au-dessus de la pyramide de Khéops qui m'a vraiment bouleversé.

Laurent Gounelle pour nos conversations spirituelles.

Anne Tuffigo pour nos conversations sur les mondes invisibles.

Patrick Baud pour nos conversations scientifiques.

Franck Ferrand pour tout ce qui concerne les sujets historiques.

Henri Loevenbruck pour l'anecdote de l'Encylopédie sur les bombardiers anglais durant la Seconde Guerre mondiale.

Jonathan Werber, Amélie Andrieux et Gil Meyland qui ont eu la patience de lire le manuscrit à un stade inachevé pour donner un avis.

Mon éditrice Caroline Ripoll.

Toutes les équipes Albin Michel.

Et une pensée particulière pour mon éditeur « historique », Richard Ducousset.

Enfin je voudrais remercier aussi les équipes du Livre de Poche qui font vivre mes ouvrages dans le temps.

DU MÊME AUTEUR
AUX ÉDITIONS ALBIN MICHEL

Cycle des chats :

DEMAIN LES CHATS, 2018

SA MAJESTÉ DES CHATS, 2019

LA PLANÈTE DES CHATS, 2020

Cycle des Fourmis :

LES FOURMIS, 1991

LE JOUR DES FOURMIS, 1992

LA RÉVOLUTION DES FOURMIS, 1996

Cycle des Aventuriers de la science :

LE PÈRE DE NOS PÈRES, 1998

L'ULTIME SECRET, 2001

LE RIRE DU CYCLOPE, 2010

PENTALOGIE DU CIEL :

Cycle des Anges :

LES THANATONAUTES, 1994

L'EMPIRE DES ANGES, 2000

Cycle des Dieux :

NOUS, LES DIEUX, 2004

LE SOUFFLE DES DIEUX, 2005

LE MYSTÈRE DES DIEUX, 2007

Cycle Troisième Humanité :

TROISIÈME HUMANITÉ, 2012
LES MICRO-HUMAINS, 2013
LA VOIX DE LA TERRE, 2014

Nouvelles :

L'ARBRE DES POSSIBLES, 2002
PARADIS SUR MESURE, 2008

Autres livres :

LE LIVRE DU VOYAGE, 1997
NOS AMIS LES HUMAINS (THÉÂTRE), 2003
LE PAPILLON DES ÉTOILES, 2006
NOUVELLE ENCYCLOPÉDIE DU SAVOIR RELATIF ET ABSOLU, 2008
LE MIROIR DE CASSANDRE, 2009
LE SIXIÈME SOMMEIL, 2015
DEPUIS L'AU-DELÀ, 2017
LA BOÎTE DE PANDORE, 2018
LA PROPHÉTIE DES ABEILLES, 2021
MÉMOIRES D'UNE FOURMI, 2022
LA DIAGONALE DES REINES, 2022

Composition Nord Compo
Impression CPI Firmin Didot en septembre 2023
Éditions Albin Michel
22, rue Huyghens, 75014 Paris
www.albin-michel.fr
ISBN 978-2-226-46479-8
N° d'édition : 24578/01 – N° d'impression : 175567
Dépôt légal : octobre 2023.
Imprimé en France.